네안데르탈인의
귀환

정과리 비평집
네안데르탈인의 귀환 ──소설의 문법

펴 낸 날   2008년 2월 28일
지 은 이   정과리
펴 낸 이   채호기
펴 낸 곳   ㈜문학과지성사
등록번호   제10-918호(1993. 12. 16)
주   소   서울 마포구 서교동 395-2(121-840)
전   화   02)338-7224
팩   스   02)323-4180(편집)   02)338-7221(영업)
전자우편   moonji@moonji.com
홈페이지   www.moonji.com

ISBN   978-89-320-1846-1

:: 정과리 비평집

네안데르탈인의
귀환

—소설의 문법

문학과지성사
2008

호모 네안데르탈렌시스는 25만 년 전에 유럽에서 진화하였다. 빙하시대의 후반기를 통째로 살아냈으며 3만 년 전에 멸종하였다. [……] 호모 사피엔스는 4만 년 전에 유럽으로 퍼져나갔으며, 아마도 네안데르탈인의 멸종에 일정한 원인 제공을 하였다.

—스티븐 미튼Steven Mithen, 「노래하는 네안데르탈인—음악, 언어, 마음 그리고 육체의 기원 *The Singing Neanderthals—The Origins of Music, Language, Mind, and Body*」, Harvard University Press, 2006, p.222

네안데르탈인들은 오늘날의 인간의 솜씨와 다를 바 없는 정교한 인공물들을 만드는 기술을 가지고 있었다. 또한 그들이 복잡한 사회적 관계 체계를 갖추고 지속적으로 검토하고 정비하면서 유지해나갔다는 것도 의심할 바 없는 사실이다. 그러나 그들은 자신들의 기술을 이용해 사회관계를 매개하는 인공물을 만들 줄을 몰랐다. 그러니까 오늘날 우리가 늘 하는 바와 같이 의상과 장신구를 고르고 보석과 귀걸이를 수집하는 행동은 할 줄 몰랐던 것이다.

—같은 책, pp.232~33

책머리에

이야기 하나

1988년 『스밈과 짜임』(문학과지성사)을 낸 이래, 줄곧 평론들을 쌓아두고만 있었다. 미리 꼴을 꾸려 짠 『무덤 속의 마젤란』(문학과지성사, 1999)에 수록된 글들만이 합당한 운명을 누릴 수 있었다. 다른 글들은 대부분 쓰일 용처가 있었지만 그냥 방치되어 있었다. 그 중 정처없던 글들이 오히려 뭉뚱그려져 『문학이라는 것의 욕망』(역락, 2005)으로 묶이었다. 그런데 뜻하지 않게 그 책에 심심한 눈길을 준 분들이 있어서 망외의 행운을 누리게 되었다. 물론 그 행운이 버려진 글들의 외로움을 달래줄 수 있는 건 아니었다.

사정이 이렇게 된 것은 꺼낼 필요조차 의심스러운 사소한 이유들이 중첩되었기 때문이었다. 그나마 공개할 만한 사연은 2005년 책의 서문에서 암시되었다. 대체로 그런 따위의 일들이 끌고 간 1988년 이후 비평살이 20년의 끝자락을 누비는 감정은 조만간에 멸종될 정신적 네안데르탈인에게 엄습하는 기묘한 존재감, 그러니까 마음 밑바닥으로부터 울리는 상실감이라는 실존적 감각이었다. 아마도 나는 그저 저 상실을 길고 길게 잣는 시늉으로 소실점을 향해 최대한도로 느릿느릿 뒷걸음질해 나아가는 데서 스며 나는 쾌감을 맛보려 할 수도 있었을 것이다.

그러나 물레질을 대신하여 한 해 동안 잠을 자고 난 어느 아침 세수를 하다가 나는 문득 다시 한 번 달려보는 것도 괜찮을 사업이라는 결정을 내렸다. 나를 기다리는 게 험구의 갈퀴들일지 도역의 연옥불일지 모르겠으나, 왠지 한 번 화로 속에 집어넣어졌다가 나온 쇠붙이가 이어 찬물을 뒤집어쓰면서 바깥의 열기를 제 몸의 더운 피로 보존할 때 품었을 법한 서늘한 느낌에 마음이 달콤해졌던 것이다. 실상 어쩌면 이런 찰나적인 감정은 윤활유가 들이부어진 녹슨 기계의 허망한 착각일 수도 있었고, 혹은 이미 옹관묘 속에 자신을 유폐하기로 작정한 자가 자신의 유물을 흉물스럽게 남기지 않으려다 보니 어쩔 수 없이 낼 수밖에 없던 마지막 기운 같은 것인지도 몰랐다. 그렇게 생각하자니 이번엔, 똑같은 종류의 육체적 느낌이었으나 그 의미는 정반대로, 모골이 서늘해지고 말았는데, 하지만, 이런 감정이 당연히 과장일 수밖에 없을 터라, 과장은 과장으로 징검뛰기를 해서 다음 번에는 2세기 무렵 영지주의자들의 환희로 한걸음에 달려가고 말았으니, 그이들에 의하면, "세례를 받기 전에는 천문에 새겨진 숙명을 벗어날 수 없으나, 세례를 받은 후에는 그로부터 해방되어 '나는 누구인가' '나는 무엇으로부터 나를 되찾게 되는가?' '나는 건 무엇이고 거듭나는 건 또 무엇인가?' 등등의 질문으로 보편적 운명을 감싸 안게 된다"는 것인데, 내 한 해 동안의 단잠이 찰나의 찬물과 등가로 교환될 수 있는 것이라면, 이 또한 해석의 열쇠가 아니라고 할 까닭이 없었다.

그리하여, 이 잡다한 해석들을 진실을 요구하는 힐문을 헷갈리게 할 방해 전파로 삼아, 나는 다시 한 번 세상 안으로 슬그머니 한 발을 내미는 것인데, 그 첫번째 발걸음에 해당하는 게 바로 이 책이다. 이 책은 1989년 이래 지금까지 쓴 소설론을 모은 후에 다시 두 권으로 쪼개서 만든 첫번째 묶음이다. 분량 때문에 가른 두 권 사이에 무슨 큰 차이가 있으랴만, 굳이 나누자면 이 책은 소설의 내적 문법을 중시한 글들을 모았고, 다음 책은 소설이 세계와 직면한 상황을 중시한 글들을 모았다는 것이다. 그 문법을 다시 되새겨보자니 소설이란 다시 살아보기, 즉, 생의 반복으로써 생으로부터 차이 나는 짓이라는 게 잘 드러난다. 소설적 허구란 현실의 좌절과 절망을 글로써 되풀이하여 다른 (불)가능한 현실을 꿈꾸는 방법적 장치라는 것이다. 그러나 이 간단한 방법론을 실행하기가 그토록 어려운 것은 아무도 어디에서도 저 '다른 현실'의 근거는커녕 최소한의 기미를 찾을 수 없고, 오로지 좌절과 절망을 요구하는 현실 내부로부터 그것들을 줍거나 쌓거나 파거나, 그 방법은 무한정 열려 있거니와, 어쨌든 현실 내부로부터 구할 수밖에 없기 때문이다. 현실은 절망을 강요하는데 작가는 거듭 여기가 가나안이라고 여겨야만 하는 것이다.

그러니, 또한 "이야기는 무한하다"는 말이 있듯이, 저 되풀이-차이의 세목들도 무한할 수밖에 없으니, 소설론들을 몇 묶음으로 나누어 거기에 유관한 이름을 부여한 소이이다. 물론 소제목들은 소설론들을 요약하는 게 아니라 단지 암시하고 있을 뿐임을, 그리고 모든 소설은 생의 반복이되 어떤 반복법도 기왕의 방법을 반복하는 일은 없다는 것을, 즉 모든 소설적 반복은 오로지 일회적일 뿐임을 독자들은 알아주셨으면 한다.

이야기 둘

짧지 않은 세월 동안 비평의 경향도 믿을 수 없을 만큼 변해서 한국인의 의식이 비약적으로 발전했던 1970년대 비평의 최고 성과라고 내가 생각하며 또한 나 자신이 기꺼이 따르려 했던 '공감의 비평'은 거의 멸실되고 아이디어와 이론으로 작품을 포장하는 '조념(造念) 비평'(잠정적으로 이 말을 만들어보거니와)이 전국적인 유행이 되었다. 이러한 변화는 또한 비평이 급격하게 국가 제도 안으로 편입되어간 세간의 사정과 밀접한 연관이 있는데, 그 연관도 참으로 가지가지인 듯하다. 나는 최근 한 스무 편 되는, 임자가 다른 평론들을 검토할 기회가 있었는데, 대부분의 글들이 프랑스의 한 정신분석학자를 원용하고 있어서 매우 놀랐다. 나의 놀람에는 이중적인 까닭이 있었는데 하나는 세계에 널려 있는 수많은 이론들을 마다하고 오로지 한 먹잇감에만 집중하는 이 거대한 편식증이라는 것이고, 다른 하나는 그 사람의 글이 번역되지 않은 채 해설서들이 난무하는 상황이니, 짐작건대 '그가 말했다고 한다'고 써야 할 것 같은 대목에서 한결같이 '그는 말했다'고 쓰고 있었다는 것이다. 이러한 사태는 원전을 정말 읽었는지 의심스럽기 짝이 없는데도 모든 글들이 '마르크스가 말하길'을 앵무새처럼 되뇌던 저 옛날을 떠올리게 해 입 안이 씁쓸해질 수밖에 없었는데, 물론 그 당시를 지배하던 계도 비평과 오늘의 조념 비평 사이에 무슨 직접적인 연관성이 있는 건

10

아니어서, 당시의 계도 비평이 제도권 바깥에서 세계 전복을 꿈꾸는 자들이 제도권 안에서 안식을 구하고자 한 사람들을 통렬히 매도할 필요가 있을 때마다 분출되던 낭만적 혁명주의의 열기를 띠고 있었다면, 오늘의 조넘 비평에는, 국가 이데올로기 관리기구가, '세계 몇 위'라는 말로 때마다 실감시키는, 나라의 학문과 문화를 표 내고자 하는 의지의 전방위적·대규모적 실행에 맞춤하게, 다양한 이유로 선별한 대상을 예쁘게 가공하여 세계 문화와 학문의 맥락 속에 위치시키는 데, 즉 세계적 규모라고 가정된 모모한 진열장들에 '디스플레이'하는 데 능란한 기능주의의 산술이 작동하고 있다는 게 분명히 다른 점이라고 할 수 있다.

하지만 그 어느 것이든 이런 '쏠림'은 결국은 일시적인 유행에 불과해서, 사르트르·루카치·마르크스·포스트모더니즘·푸코가 차례로 그랬듯이, 일정한 때가 지나면 그 많던 마니아들이, "그 많던 싱아"처럼 빠져나가고, 소수의 진정한 취미인들만이 남아 그들을 읽는 일을 계속하게 되는 것이다. 그런 의미에서 나는, 이론의 유행으로 보자면, 조만간에 정신분석을 진화심리학이 대체할 가능성이 무척 높거니와, 첨단 이론에 유달리 관심을 갖는 이들이라면 차라리 신다원주의와 인지 이론의 결합을 통해 괴물처럼 성장하고 있는 후자 쪽에 재빨리 눈길을 돌리는 게 나을 것이라고 충고하고 싶다. 그러나 나의 진짜 관심은, 내가 읽은 스무 편의 임자들 중에도 분명히 있으리라고 추측하고픈 진정한 취미인들에게 있는데, 그들은 세계의 잘나가는 이론들을 추종자들과 마찬가지로 즐겨 읽으면서도 그것을 효율적인 생산 수단으로서가 아니라 대화 상대자로서 대한다는 점에서 근본적으로 다른 독서를 하는 사람들이다. 그들의 독서 취향은 편식이 아니라

잡식이고, 독서 방법은 추출과 조합이 아니라 토론과 공감이며, 독서 태도는 허기진 장님 코끼리 살 떠내기 식이 아니라 통째로 눈 맞추고 몸 비비는 식이다. 그리고 이렇다는 것은 그들이 이론을 읽을 때도 작품을 읽을 때와 똑같은 자세로 임한다는 것을 가리키는데, 삶의 의미를 제대로 이해하기 위해 작품 속으로 진입하고 작품을 더욱 깊이 느끼기 위해 이론을 쓰다듬는 그 자세는, 대상의 '술부'에 개의치 않는 육체적 만남의 그것, 즉 기본적으로 성애적인 자세이다. 그리고 바로 이것이야말로 조념사들이 취하지 못할 자세인데, 왜냐하면, 후자들의 관심은 옷을 벗기는 데 있지 않고 옷을 입히는 데 있으며, 따라서 기본적으로 장식적이기 때문이다.

여기까지 와 보니 나는 저 진정한 취미인의 정신적 근원이 공감의 비평에 있다고 주장하고 싶었던 모양이다. 그러니까 '다시 달려보고 싶다'는 느닷없는 발심은 지금 낡아빠진 꼴을 하고 무심히 버려져 있는 저 옛날의 비평을 되살려보고 싶다는 욕망에 다름 아니었던 것 같다. 그리고 이 낙오병의 욕망은, 저도 모르는 자아도취 속에서, 자신의 물증들로서 이 소설론들을 제출하려는 듯이 보인다. 하지만 뜬금없는 각성의 계기가 되었던 찬물 세수를 다시 하고 정색을 하고 들여다보면 이 "자랑처럼 무성한" 글들은, 과도하게 주관적인, 다시 말해 느끼는 애정보다 퍼붓는 애정이 지나치게 많은 욕구불만자의 독후감처럼 보이고, 원래 그 비평을 세웠던 나의 오랜 스승들의 위대한 교감적 행동들에 비추어 보면, 세간의 언어로 '조족지혈'에 불과한 것이어서, 점직함만이 마음을 후려갈긴다. 그러니, 결국 나의 복원 사업은 내가 먼 미래에 달성해야 할 미완의 과업으로서 내 앞에 닥쳐 있는 것이다. 순수하게 자발적일 그 과업에 에너지가 잘 주입되도록 무병을 빌고 그 운행이 순행이도록 내 마음이 "모든 나타와 안정을 배격"하는 저 태평스런 폭포와 같기를 그저 바랄 뿐이다.

2008년 2월
정과리

차례

제1부 **간단 형식**

치유로서의 예술

─황순원의 「소리 그림자」의 경우

황순원의 단편 「소리 그림자」(『탈/기타』, 3판, 문학과지성사, 1990)
는 어린 시절 함께 놀다가 불구가 된 동무에 관한 이야기이다. 소설
의 줄거리를 대강 간추리면 다음과 같다.

성일은 교회당 종지기의 아들이다. 나와 성일은 성일의 아버지를 대
신해서 종을 치곤 하였다. 어느 날 종을 치려고 하는데 종 불알을 누군
가가 붙잡아 매어놓아서 성일이가 그걸 풀려고 종각 위에 올라갔다가
나를 불러 올라가보니 장로네 집 개가 다른 개와 흘레붙고 있었다. 그
모양을 보고 둘이 웃고 있는 사이에 장로가 나타나 노기 찬 표정으로
고함을 질렀고 이에 놀란 나는 기둥을 안고 내려왔으나 성일이는 장로
가 사다리를 치우는 바람에 공중에서 떨어져 꼽추가 되었다. 그 후 나
는 이사를 했고 성일이와 지냈던 어린 시절의 기억을 다 잊었다. 그런
데 40여 년 만에 성일이 죽었다는 부고가 나에게 날아와 나는 조문을
하기 위해 어린 시절에 살았던 동네로 간다. 장례식은 이미 끝난 상태

였고 나는 성일이 그동안 불구의 몸으로 가족도 없이 혼자 살면서 아버지의 대를 이어 종지기를 했다는 사실을 알게 된다. 그리고 성일이 남긴 그림들을 보게 되었고, 그 그림들이 한결같이 어떤 '불길'을 담고 있다는 것을 발견한다. 나는 그림 한 장을 빼내어 간직하고는 성일의 무덤을 들렀다가 집으로 돌아가는 차를 기다리는 도중에 다방에 들어가 품에 간직했던 그림을 다시 펴본다. 그 그림은 바로 성일을 불구로 만든 사건의 실마리가 되었던 두 마리 개의 흘레붙는 장면을 그려놓고 있었다. 나는 문득 "아무 허물도 없는 어린이의 일생을 망쳐버린 한 중년 사내의 어이없는 징계에 대해 분노가 치밀어" 오른다. 그런데 불현듯 종소리가 내 가슴속에 울려 퍼지면서 성일이 그린 그림 속의 불길이 분노의 표현이 아니라 "즐거움에서 우러나온 율동"이었음을 깨닫는다.

이 소설의 마지막 메시지는 '성일'의 그림그리기가 '성일'이 입은 상처를 다스리는 일이었다는 것이다. 그것은 두 가지 명제로 압축된다: 예술은 분노의 표현이 아니다; 예술은 상처의 치유다.

이러한 관점이 새로운 것은 아니다. 이미 많은 사람들이 이와 비슷한 주장을 빈번히 꺼냈었다. 그럼에도 불구하고 나는 이 짧은 단편을 읽으면서 근원을 알 수 없는 전율이 내 몸을 휘감는 것을 느낀다. 소설 속의 '나'와 마찬가지로 작품 밖의 나 역시 그 '종소리' 비슷한 것이 가슴속에 잔잔히 흐르는 것을 느낀다. 이런 느낌은 어디에서 오는 것일까? 이것이 작품이 제공하는 (추)체험적 감동인 것일까?

게다가 얼핏 보아서는 이 마지막 메시지는 작품 안에서 내적 필연성을 갖고 있지 못하다. 처음에 '나'는 '성일'의 그림에서 보이는 불길을 '분노'로 읽는다. 그러고는 '불현듯' 그것이 분노가 아니라 "즐거움에서 우러나온 율동"이었음을 깨닫는다. 이 오해에서 각성으로 이행하는 과정을 매개하는 것은 '불현듯'이라는 한 단어뿐이다. 그 단어는 '나'의 각성이 말 그대로 우연한 각성임을 가리키고 있다. 거기에는 '이유'도 없고, 하물며 그 이유를 가능케 한 '사건'도 없다. 혹은 그것을 스스로에게 납득시키는 '나'의 '추론'도 없다. 잘 알다시피 아리스토텔레스는 '반전'을 시학의 6대 구성 요소에 포함시키면서 반전은 우연성에 의하거나 외적 장치에 의한 것보다 내적 필연성에 의해서 일어나야 한다고 말했었다. 그런데 「소리 그림자」의 반전에는 내적 필연성은커녕 외적 장치도 없다. 그것은 문자 그대로 '불현듯' 일어난 것이다. 그렇다면 이 작품은 미학적으로 불완전한 것으로 판단될 수도 있다. 그리고 그 점에서 예술이 제공하는 체험적 형상화에서 실패한 것으로 보일 수도 있다.

그러나 그렇다면 독자로서 내가 받은 주관적 느낌, 즉 내 마음속에서 일어난 잔잔하지만 분명한 어떤 정신의 전율은 어떻게 된 것일까? 그것은 문자 그대로 주관적인 것일 뿐일까? 다시 말해 다른 독자들은 그저 심심하기만 한데 나 혼자 공연히 흥분하여 맥박이 빨라진 것일까? 그것은 독자인 내가 어느 정도 비정상적이라는 것, 나의 뇌의 '신피질'에 어떤 고장이 발생했다는 이야기가 될 수도 있다. 그리고 그런 진단은 나로서는 받아들일 수 없는 것이다. 신피질의 고장으로 변연계가 과도하게 움직였다는 이런 경고에 대해 나의 변연계는 열이 받쳐 신피질의 정상 작동을 입증하기 위해 다시 과도하게 움직이고야 만다. 겉으로는 순전히 우연한 반전으로 보이는 저 각성이, 실은 작품의 고유한 형식에 의해서 움직여온 어떤 숨은 절차를 통해서 필연적으로 일어난 것이 아닐까? 다시 말해 저 오해를 이 각성으로 이끄는 '사건'은 부재하는 것이 아니라 교묘히 감춰져 있는 것이 아닐까?

이 질문에 그럴듯하게 대답하기 전에 우선 분명한 한 가지 사실을 확인하기로 하자. 이 작품을 통해서 작가는, 의식적이든 무의식적이든, 예술의 '치유적 기능'을 강조하고 있다는 것이 그것이다. 이러한 관점은 상식에 속하는 것이라고 방금 말한 바 있지만 여러 다른 관점들이 심각한 마찰 없이 공존한다는 게 또한 상식의 특성이다. 생각해 보면 예술에 치유의 기능만이 있는 것이 아니다. 우리는 인간이 사는 가운데 입는 정신적·육체적 상처에 대해 예술이 행하는 기능들을, 적어도 네 등급으로 나누어 볼 수 있다. 비판으로서의 예술이 있는가 하면, 증상으로서의 예술이 있다. 치유로서의 예술이 있다면 더 나아가 구원으로서의 예술도 있다.

정신적·육체적 상처의 원형에 가장 가까운 것은 '증상'으로서의 예술일 것이다. 삶의 부정성을 있는 그대로 드러내는 데서 예술의 할 일을 찾는 것, 그것이 증상으로서의 예술이다. 왜 이런 예술이 필요한가? 사는 것만으로도 괴로움이 바닥을 모르는데 예술마저 그 괴로움을 가중시킬 필요가 있는가? 이런 의문에 대해 해답을 얻으려면 예술이 삶 그 자체가 아니라 삶의 '모의'라는 점에 주목해야 한다. 예술은 삶을 되풀이한다. 그런데 다른 시간대에 다른 장소에서 허구적 인물들을 통하여 되풀이한다. 그렇기 때문에 예술은 삶의 문제를 왜곡할 수 있다. 과장할 수도 있고 은폐할 수도 있다. 치장할 수도 있고 헐벗길 수도 있다. 요컨대 대리 체험의 '진실성' 그리고 '절실성'이 예술에게 숙제로서 던져지는 것이다. 예술은 어쨌든 삶 그 자체는 아닌 것이고 그런 의미에서 어떤 방향으로든 삶의 '변형'이다. 이 변형이 본래적 삶의 문제를 온당히 환기하려면 예술은 그 나름의 방식으로 '진실'해야 하고 '절실'해야 하는 것이다. 다시 말해 본래의 삶의 문제를 제대로 앓아야만 그것을 제대로 알 수 있는 것이다.

그러나 예술의 이러한 원초적 기능이 삶에 대한 처방까지 내려줄 수 없다는 데에서 불만이 일어날 수 있다. 그 불만의 결과 예술에는 다른 역할이 부가된다. 삶의 문제에 대한 진실한 진단을 넘어서 효과적인 처방까지 내는 예술로서 '비판으로서의 예술'과 '치유로서의 예술'이 제출된다. 전자는 상처 입힌 쪽의 개조를 통해서 삶이라는 질병을 치료하려는 입장이고 후자는 상처 입은 쪽의 위무 혹은 개량을 통해서 그 질병을 치료하려는 입장이다. 그 점에서 두 입장은 세계관의 근본적인 차이를 보인다. 한편 구원으로서의 예술은 무엇인가? 그것은 비판과 치유 양 방향에서 모두 가능하다. 어느 방향을 통하든 그 방향이 존재의 차원을 변경시킬 때 '구원'은 일어날 수 있다. 그것은 현실적 문제의 해결을 궁극적인 안식 혹은 행복의 차원으로 이끈다. 그 순간 시간성은 영원성으로, 현장성은 보편성으로, 구체성은 일반성으로 차원 이동을 한다. 요컨대 인간은 유한자의 한계로부터 벗어나는 것이다. 사람들은 예술이 그런 '구원'을 가져다줄 수 있다고 자주 말한다. 특히 종교가 퇴락한 오늘날 예술이야말로 그런 구원을 가능케 하는 거의 유일한 통로라고까지 말한다. 그러나 예술을 통해 모두가 그런 구원에 이르렀다는 보고는 없다. 그런 기록이 있다면 우리는 이미 '정토(淨土)'에서 살고 있을 것이다. 개인이 그런 구원을 받았다는 보고는 있지만 개인의 사건은 정확하게 측정되지 않는다. 한 길 사람 마음속은 오리무중이기 때문이다. 구원은 늘 연기되거나 결여된다. 그리고 구원의 욕망만이 뭉게구름처럼 자란다. 우리가 예술에서 보는 것은 구원 그 자체라기보다 구원에 대한 갈망이다. 그 갈망이 조급성의 정념에 포박될 때, 갈망하는 자는 자신도 모르게 성급히 근거 없는 초월을 감행한다. 그럼으로써 구원의 욕망을 유발하였던 본래 삶의 문제들이 폐기되는 것이다. 그리고 그것이 폐기되니 사실상 구원의 까닭도 사라지는 것이다. 간단히 말해 삶에 아무런 문제가 없는데 무엇 때문에 구원을 받으려 한단 말인가? 근거 없는 초월로서의 구원은 구원의 환상에 빠지는 대가로 구원 행위 자체의 존재 이유를 말소하는 방식으로 시행된다. 그럼으로써 구원으로부터 그것의 의의를 박탈해버린다. 우리 주위에는 그런 예술적 시늉들이 무수히 존재한다.

구원은 예술이 꿈꾸는 궁극적 경지일 수 있으나 그것은 현실과의 긴장을 유지할 때만 유효하다. 바로 이 지점에서 우리는 구원을 향한 예술로부터 치유 혹은 비판의 예술로 돌아갈 필요를 느낀다. 여기서 증상·비판·치유·구원 중 어느 것이 더 올바른 예술의 역할이냐를 따지는 일은 무의미하다. 우리가 주목할 것은 그런 게 아니라 그것들이 결코 분리될 수 없는 방식으로 뒤엉켜 있다는 것이다. 왜냐하면 나머지 셋과 겹을 대고 있지 않은 어떤 역할도 본래적 의미를 상실해버릴 것이기 때문이다. 그것을 일단 '구원'의 경우에 대해 살펴보았었다. 구원으로서의 예술 행위가 현실과의 긴장을 획득해야 한다는 것은 그것이 증상으로서의 예술 행위, 그리고 비판 혹은 치유로서의 예술 행위와 어떤 방식이 되었든 긴밀한 관계를 맺어야 한다는 것을 가리킨다. 다른 경우들, 이를테면 치유로서의 예술 행위에도 똑같은 요구가 주어지지 않겠는가? 치유의 과정이 증상의 변화 과정과 동시에 진행되리라는 것은 당연한 일일 것이다. 또한 예술이 행하는 치유가 물질적·정신적 상처의 정신적 치유라면, 정신적 치유는, 비록 복잡한 경로를 경유해야 한다 할지라도, 궁극적으로 영혼의 구원과 연결되어 있을 것이다. 단순히 세속적 위안으로서의 치유를 예술 작품이 보여줄 때 그만큼 감상자의 감동의 정도는 약화될 것이다. 그리고 그것은 비판과 치유 사이에도 적용되는 것이 아닐까? 비판이 상처를 입힌 자의 개조를 통해서 상처를 치료하는 방법인 반면, 치유는 상처의 다스림, 즉 상처 입은 자를 위무하거나 정신적으로 성숙시킴으로써 상처를 치료하는 방법이라고 말했다. 방향이 다르기 때문에 이 두 방법은 얼핏 보아 양자택일적인 것처럼 보인다. 그러나 정말 그럴까?

「소리 그림자」의 마지막에 일어난 반전은 비판(분노)과 치유 사이에서 일어난 것이다. 따라서 이 작품 역시 이 둘을 양자택일적인 사항들로 제시하고 있는 듯이 보인다. 그러나 독자는 이 반전에 문제가 있음을 이미 보았다. 우선, 반전의 우연성을 지적했었다. 그리고 그렇다면 감동의 원천은 어디에서 오는 것일까를 궁금해했다. 이 궁금증을 풀기 위해 좀더 자세히 들여다보면 저 우연성의 실제적 구조가 보인다. 그런데 이 실제적 구조 역시 꽤 당혹스럽다. 그 우연성은 비판(분노)으로부터 치유로의 돌발적인 전환으로 이루어진다. 다시 말해 이 작품은 단순히 예술은 분노가 아니라 치유다, 라고 말하고 있는 게 아니다. 반전이 일어나기 전까지 서술자는 예술의 비판적 기능을 부지런히 주장하고 있었다. 그는 '성일'이 그린 그림에서 일어나는 불길을 분노의 표현으로 읽었던 것이다. "폐인이 돼버린 울분을 참지 못하고 밖으로 연소시킨" 분노, "아무 허물도 없는 어린이의 일생을 망쳐버린 한 중년 사내의 어이없는 징계에 대한 분노"말이다. 그러니까 서술자가 읽은 것은 순수한 동심의 세계와 성인의 율법의 세계 사이의 대립이며 후자에 의한 전자의 훼손이고, 훼손당한 동심이 내뿜는 부당한 율법의 세계에 대한 항변이다. 그런데 그런 울분과 항변으로 읽히던 것이 갑자기 '즐거움'의 표현으로 읽힌다. 어떻게 된 일일까? 그 물음에 대한 대답을 구하기 위해 반전이 일어나던 정황, 즉 반전의 두 항목 사이에 끼여 있는 다방에서의 레지와의 대화 장면을 다시 들여다보기로 하자.

　새로이 내 가슴속에는 아무 허물도 없는 어린이의 일생을 망쳐버린 한 중년 사내의 어이없는 징계에 대해 분노가 치밀어 올랐다.
　① 그러나 이 같은 분노쯤은 고인의 그토록 외롭고 어두웠던 생애에 비기면 아무것도 아니었다. ② 고인은 그러고서도 부친의 대를 이어 종지기 노릇을 했던 것인가.
　레지가 엽차를 가져왔다.
　"저, 여기서두 교회당 종소리가 똑똑히 들리나?"
　③ 나는 레지에게 교회당 종소리가 예전과는 달라졌으리라는 것을 말하고 싶었던 것이다.
　"오늘이 토요일 아녜요?"
　오늘이 일요일로 착각하고 묻는 줄로 레지는 아는 모양이었다.
　공연한 걸 물었다 싶었다.
　사람들은 곧 새 종지기의 종소리에 익숙해질 것이다. 그래서 무방한 것이다. ④ 그저 옛날 그 종소리는 나 혼자 간직하면 족한 것이다.
　그러는 내 가슴속에 불현듯 종소리가 울리기 시작했다.

두 어린이가 종을 치고 있었다. 이제는 종지기인 성일이 아버지는 거기 없고, ⑤ 단지 두 어린이만이 같이 종 줄을 잡고 있었다. 줄을 잡아당겼을 때의 땡 소리와 줄을 늦출 때의 강 소리 사이의 간격, 그리고 다음 땡 소리와의 약간 긴 간격, 이러한 땡과 강 소리가 되풀이되면서 내는 가락에 어울려 일종 특이한 여운이 울려 퍼지고 있었다. 그 여운의 파문이 자꾸만 내 가슴을 채워왔다. (번호와 밑줄은 인용자에 의함.)

얼핏 보면 이 대목은 별 뜻이 없는 정황 묘사처럼 보인다. 넓은 의미에서 사실 효과effet du réel를 위해서만 쓰인 에피소드처럼 보이는 것이다. 그러나 꼼꼼히 읽어보면 이 대목이 사실은 반전의 동인을 품고 있는 핵심적인 매개 장면임을 이해할 수 있다. ①은 표면적으로는 분노를 가중시키는 역할을 한다. 그런데 동시에 은밀하게 분노의 주체가 원래 '성일'이 아니라 '나'였음을 환기한다. 그러나 독자는 ①의 발언 내용 자체, 즉 '성일'의 어두웠던 생애가 '나'의 분노보다 훨씬 컸다는 발언에 대해 의혹을 품게 된다. 이 의혹은 세 단계로 나뉜다. 우선 이 문장을 문자 그대로 읽으면 의미론적으로 오문임을 알 수가 있다. '생애'가 '분노'보다 더 크다, 라고 말하는 것은 범주의 혼란을 보여준다. 당연히 독자는 '뭐가' 크다는 말인가, 라는 의문을 가질 수밖에 없다. 따라서 이 문장을 제대로 읽으려면 다음과 같이 고쳐야 할 것이다.

그러나 이 같은 분노쯤은 고인의 그토록 외롭고 어두웠던 생애〔가 야기한 울분, 원한, 분노……〕에 비기면 아무것도 아니었다.

즉 '나'의 '분노'는 '성일'의 '울분 혹은 원한 혹은 분노'에 비기면 아무것도 아니었다. 이렇게 비교 대상들을 범주적으로 일치시킬 때에만 의미가 온전히 드러난다. 그런데 이 진술에 생략이 일어났다는 것은 다시 두 개의 의혹을 유발한다. 첫째, 왜 '나'는 무심결에 '성일'이 품었을 감정(울분인지 원한인지 분노인지)을 생략했을까? 독자는 저 생략이 어떤 무의식적 기도에 의한 은폐일지도 모른다는 의구심을 은밀히 품게 된다. 둘째, 정말 '성일'은 그런 감정을 가졌던 것일까? 왜냐하면 이 대목이 환기한 방향에 따라 작품의 앞부분에 대한 기억을 더듬어보면 '성일' 자신의 감정이 직접 표현된 적은 한 번도 없었음을 깨달을 수 있기 때문이다. '성일'의 고통 혹은 하물며 분노는 모두 '나'에 의해서 그렇게 추정된 고통이자 분노일 뿐이었다. '나'는 이 추정된 고통 혹은 분노를 되풀이해서 언급하다가 급기야 ①에 와서 아예 기정사실화하고 있다. 즉 사실의 확인을 통해서가 아니라 추정의 반복을 통해서 추정을 사실로 확정한 것이다. 저 '은폐'와 이 '확정' 사이에 모종의 관계가 있는 것이 아닐까?

이러한 의혹들은 보통 독자들은 그냥 스쳐 지나갈 수도 있는 미약한 의아함들이다. 그러나 모래가 모여 태산을 이루듯이 이 미약한 의아함들이 어느새 모여 강력한 심문이 될지도 모른다. ② 역시 미약한 의혹을 야기하는 대목이다. 이 문장은 우선 '나'의 한탄을 그대로 적은 것이다. 이 한탄은 종에서 떨어져 꼽추가 되고도 종지기로 평생을 산 '성일'에 대한 연민을 포함하고 있다. 그런데 이 연민의 원인이 된 사실에 대한 이유는 명확하지 않다. 왜 종지기로 살았을까? 가장 그럴듯한 대답은 '생계'일 것이다. 꼽추가 된 처지에서 아버지로부터 물려받은 종지기직 외에는 달리 가질 직업이 없었을 테니까. 현실적인 정황을 고려할 때 충분히 납득할 수 있는 이런 까닭은, 그런데, 작품 안에서는 관여성pertinence을 갖고 있지 못하다. '나'가 '성일'의 부고를 받고 옛 마을에 당도했을 때 '나'가 본 것은 마을이 약간 변화해졌다는 것, 그리고 '성일'이 산 방이 작은 단칸방이었다는 것이며, 그것을 통해서 내가 느낀 것은 '성일'의 "40여 년 동안의 외로움"뿐이었다. 때문에 작품 안에서는 '성일'이 종지기로 평생을 살았다는 사실의 원인은 모호성의 베일에 싸인 채로 있게 된다. 그리고 이 모호성으로부터 ②에 대한 전혀 다른 해석이 배면에 깔리게 된다. 즉 '성일'이 평생을 종지기로 산 것은 어쩔 수가 없어서가 아니라 '성일' 자신의 적극적인 소망의 결과일지도 모른다는 해석이 그것이다. 그 배면의 해석은 '나'의 한탄에 슬그머니 이의를 제기한다. 그러나 이 역시 보통 독자들은 그냥 스쳐 지나갈 수 있는 아주 미약한 의혹거리이다.

그러나 ③에 오면 독자는 조금 정색을 해야 한다. 다시 말해 화자 '나'의 감정을 자연스럽게 따라 읽던 지금까지의 태도를 버리고 '나' 역시 한 사람의 인물로 간주하여 의식적으로 따져볼 채비를 해야 한다. 왜냐하면 '나'는 아주 엉뚱한 질문을 던졌기 때문이다. '화자'가 보기에도 그 엉뚱함이 유별났던지 스스로 질문을 던진 이유에 대해서 대답을 내놓고 있다. 그 대답은 의미심장하다. 우선 그것은 '나'가 종소리를 '성일만의 종소리'로 보존하고 싶다는 무의식적 욕망을 가지고 있음을 보여준다. '성일'이 죽었으므로 이제 종소리는 "예전과는 달라졌으리라"는 짐작은 '성일'만의 종소리가 있다는 이야기이며, 또한 '나'가 그 '성일'의 종소리에 특별한 집착을 하고 있다는 것을 보여준다. 그런데 왜? 이 질문은 '나'가 레지에게 던진 질문의 엉뚱함 때문에(레지의 대꾸에 의해서 이 엉뚱함은 분명하게 문면에 드러난다),

강하게 부각되는 것인데, 그러나, 메아리는 없다. 다만 그 현상, 즉 '나'는 옛날의 종소리를 보존하고 싶어 한다, 는 현상만은 강한 인상으로 남아 있다.

이 현상은 그러나 독자의 추론에 의해서 쉽게 풀릴 수 있다. 단 하나의 전제가 있는데, 그것은 추론이 일종의 '깊이 읽기' 혹은 '자세히 읽기'라면, 그것을 통해서 이 작품이 은밀히 숨겨놓은 미약한 의혹들 또한 해석의 광장 위로 고개를 내밀게 되리라는 것이다. 따라서 이 현상은 이중적으로 읽힌다고 가정을 할 수가 있는데, 그것은 다음과 같다.

(1) 화자의 진술을 자연스럽게 따라 읽으면서 문제의 현상을 해석하기;

(2) 화자의 진술이 감추고 있는 의혹거리들을 부각하는 방향에서 문제의 현상을 해석하기.

(1)의 길은 다음과 같은 해석을 낳는다.

'나'는 성인의 율법의 세계가 망쳐버린 어린이의 일생에 대해 분노한다. → '나'의 분노를 통해 순수 동심의 세계/성인들의 율법의 세계가 대립 구도를 형성한다. → '나'의 의식 속에서 전자는 순진무구한데 비해 후자는 억압적이고 파괴적이다. → '나'는 율법의 세계에 의해 훼손당한 동심의 세계를 회복하고 싶어 한다. → '옛 종소리'를 보존하려는 욕망은 바로 동심의 세계를 회복하려는 욕망의 구체적 표현이다. (정신분석적 관점에서 '옛 종소리'를 욕망의 원인으로서의 '대상 a[objet a]'라고 말할 수 있다.)

(1)의 길을 통한 추론과 해석은 비교적 자연스럽다. 그런데 이 해석이 결정적으로 부딪히는 난관은 '성일'이 그린 그림들 속의 '불꽃'을 '즐거움'의 표현으로 읽을 근거를 찾을 수 없다는 것이다. 이 해석의 길에서 '성일'의 삶은 언제나 훼손 그리고 상처의 심화로 나타난다. 그런데 어떻게 그것에서 생의 즐거움을 발견할 수 있단 말인가? 마찬가지로 이 해석은 왜 '성일'이 평생을 종지기로 살았는가에 대한 의문도 풀어주지 못한다(작품 바깥에서 제시할 수 있는 일반적인 대답을 제외하고는). 더 나아가 이 해석은, '성일'이 죽음에 임박해서 '나'를 부른 까닭도 이해할 수 없는 것으로 만든다. 그 사건으로 인해 '성일'의 일생이 완전히 파괴되었다면 왜 '성일'은 그 사건을 환기할 게 뻔한 '나'를 임종의 자리에 부르려 한 것일까?

(2)의 길은 (1)의 길이 부딪힌 결정적인 난관 때문에 불가피하게 선택된다. (2)의 길은 그 점에서 일종의 '현상학적 환원'에 해당한다. 즉, 서술자 '나'에 의해서건, 혹은 독자의 자유로운 읽기에 의해서건 어떤 해석도 유보하고 사건 자체의 현존성과 물질성으로 되돌아가는 것이다. 그렇게 되돌아갔을 때 무엇이 보이는가? 제일 먼저 들린 건 종소리 그 자체이고 제일 먼저 떠오른 건 종 줄을 잡고 있는 두 아이이다. 이 장면은 저 옛날의 장면을 그대로 되풀이한다. 되풀이하는데 그 이후에 일어난 사건들과는 무관한 형태로, 즉 순수한 원형으로서 나타난다. 이 점에서 이 장면은 (1)의 길이 다가간 마지막 장면과 겹친다. (1)의 마지막 국면이 (2)의 최초의 장면이 되는 것이다. 이 최초의 장면이 저 마지막 국면과 다른 점은, 이 장면은 종소리의 순수한 원형을 보여준다는 점만을 제외하면 어떤 것도 의미하지 않는다는 것이다. 그러나 이 의미의 비결정성에 의해서 그것은 그 이

후의 사건들(훼손이라는 의미와 분노라는 감정이 입혀진)과 전면적인
비교의 시료대 위에 놓는다. 그리고 이 전면적인 비교를 통해 앞의
해석과는 다른 것들이 눈에 보이기 시작한다.

무엇보다도 ⑤에 묘사된 대로, 두 아이가 종 줄을 잡고 있다는 것.
(1)의 해석에서 종의 사건은 '장로'와 '성일' 사이에 벌어진 사건이
었다. 그런데 실은 이 사건은 '나'와 '성일'이 함께 겪은 사건이기도
한 것이다. ④가 그대로 지시하듯이 저 종소리는 "나 혼자 간직하면
족한 것이다." 왜 "나 혼자 간직"하는가? 종소리는 죽은 '성일'과 살
아남은 '나'만이 공유할 수 있는 것이기 때문이다. 그런데 '성일'이
떨어지고 난 후에 '나'는 어떻게 되었는가? 서술자 '나'의 진술 속에
서 그 이후에 '나'는 사라지고 '성일'만이 남는다면 '나'는 종소리가
'나와 성일이 공유하는 것'임을 의식적이든 무의식적이든 회피하고
있었던 것이 아닐까? 과연 '나'는 그 사정을 무심한 척하면서도 자신
의 회피를 망각의 이름으로 고백하고 있다:

그때 나는 낙엽송가시가 손과 팔에 박혀 며칠 따끔거리고 아픈 것으
로 그만이었지만, 성일이는 떨어진 것이 빌미가 되어 종내 꼽추가 되고
말았다. 그 뒤 우리 집은 광주로 이사를 했다. 아홉 살 때의 일이었다.
내게는 이른바 고향이란 게 없어, 여섯 살까지는 아무 기억에도 없
는 어느 곳에서, 아홉 살까지는 성일이가 있는 마을에서, 그리고 광주,
용인, 파주 등지를 거쳐 정착한 곳이 서울이었다. 국민학교 선생이었
던 부친의 전근지를 따라 이리저리 옮겨 다녀야만 했던 것이다.

'나'는 '성일'이 꼽추가 되었다는 말을 한 직후, 이사를 떠났다는

얘기로 '성일'이 당한 사건을 서둘러 망각 속에 집어넣는다. 그러한 망각의 시도가 스스로 미심쩍어서 자신에게는 고향이 없다는 얘기까지 하고야 만다. 즉 종 사건은 '나'가 유년 시절을 이리저리 옮겨 다니다가 우연히 발생했고 또 덧없이 사라질 사소한 사건에 지나지 않는다는 변명을 '고향 없음' 얘기는 함축하고 있다. 그러니까 '나'는 저 종의 사건을 잊어버리고 싶었던 것이다. 그리고 실제로 잊었다. "성일이의 부고장도 이름 위에 종지기란 말이 씌어져 있지 않았던들 그가 누구라는 걸 전혀 몰랐을 것이다"라고 진술하고 있는 것으로 보아 '나'는 '성일'의 이름마저도 잊었다. 왜 그랬을까? 물론 '나'가 그 자리에 함께 있었다는 명백한 사실을 은폐하고 싶었기 때문이다. '나'가 그 자리에 있었다는 것, 그것은, '나'가 '성일'이 꼽추가 된 내력의 직접적인 원인이 아니라 하더라도, '나'에게 다양한 종류의 자책을 유발할 수 있다. 가령, "그때 성일이 먼저 올라가지 않고 내가 올라갔더라면 나는 종 줄만 풀고 내려왔을지도 모르는데……"; "그때 내가 기둥을 잡지 않고 성일이 잡았더라면 성일이 아니라 내가 꼽추가 되었을 텐데"; "똑같은 사건을 당하고도 나는 멀쩡한 데 비해 성일은 불구가 되다니……"

그러니까 '나'는 실제로 일어나지 않았지만 가능할 수 있었던 '다른 경우들'에 비추어 '나'와 '성일'의 불공평한 운명이 의식의 표면에 떠오르는 것을 막고 싶었던 것이다. 그것은 자신의 의사와 관계없이 자신을 부당한 행운의 소유자로 만드는 일이니까.

부당한 행운의 소유자가 되고 싶지 않다는 의식, 그것은 필경 현재의 '나'의 상태(사회적 지위, 재산의 정도, 가족 상황 등)를 행운의 결과로 받아들이고 싶지 않다는 데서 연유한다. 작품 속에 그런 욕망이 직접 표현된 적은 없으나 그가 다시 찾아본 옛 마을에서 '발전'의 징조를 읽으려고 애썼다는 것은 그 욕망의 존재와 그것의 장소를 가만히 암시한다. 그것은 서울로 올라간 '나'나 시골에 남은 사람들이나 모두 생활이 나아졌으며 따라서 '나'가 서울로 갔다는 것이 특별한 행운이 아니라는 주장을 함의하고 있는 것이다.

그리고 그 연장선상에서 '나'는 '성일'의 일생에서 고통만을 보는 것이고 또한 '성일'의 그림에서 분노만을 보는 것이다. 세상으로부터 입은 고통과 세상에 대한 분노. 그 고통과 분노를 읽고 느끼는 과정 속에서 '나'가 '성일'의 사건에 대해 개입하고 있는 관계는 자연스럽게 잊힌다. 그러니까 우리가 '미약한 의혹'이라고 불렀던 것들이 실은 치밀한 무의식적 기도일 수가 있는 것이다. 여기까지 오면 앞에서 물음표를 붙여놓았던 '은폐'와 '확정'의 변증법을 충분히 이해할 수 있다. 그것은 다음과 같은 알고리즘으로 이루어져 있다.

ⓐ '나'는 '성일'이 품었을 감정을 생략한다(실제로 '성일'이 어떤 감정을 품었을지는 아무도 모르는 일이다).

ⓑ 그 생략을 통해서 감정뿐만 아니라 감정에 이름을 부여할 주인마저 공백 상태가 된다.

ⓒ '성일'은 죽고 없으니까 그 사건을 공유하고 있는 '나'가 '성일'의 감정에 이름을 부여할 역할을 대리한다.

ⓓ '나'는 그 감정에 적당한 이름으로 '분노' '고통' '울분' 등 세상에 대한 항변의 의미를 담고 있는 것들로 모은다. (가능한 이름으로 선택될 감정들을 이끄는 지시체는 '나의 분노'이다. 즉 그 감정들은 '나의 분노'보다 큰 것이어야 한다.)

ⓔ '나'는 그 감정에 최종적 이름을 부여하지 않는 대신 그렇게 선택
의 집합을 만든 후에 그것을 기정사실화한다.

ⓕ 독자가 어떤 이름을 선택하든 '나'의 의도는 효과적으로 달성된
다. 그 선택의 집합 속에 든 단어들은 '성일'의 고통과 불행에 대해 모
든 화살을 세상에게로 돌리고 있으니까.

왜 이런 복잡한 운산이 필요했던가? 그것은 우선은 과거의 좋지 않
은 기억으로부터 벗어나고 싶다는 충동의 소산이다. 그러나 더 나아
가 그것은 현재의 '나'의 상태에 어떤 의혹과 불안의 그림자가 드리
워지는 것을 막으려는 충동의 소산이다. 이 충동은 결국 '나'의 현재
의 상태는 부당한('성일'에 비해) 혹은 우연한 행운이 아니라 '나'의
노력의 결과이다, 라는 것을 주장하려는 충동과 짝을 이룬다.

아마도 이것은 현대인들의 일반적인 태도이자 욕망이다. '개인의
자유'와 '개성' 그리고 '자유 경쟁'이 보편적 이념으로 제시된 이후
사람들은 자신의 행운을 자기의 노력의 결과로 보고 자신의 불행을
세상 탓으로 돌리기 시작했던 것이다. 불우한 친구의 사소한 에피소
드에 불과한 것처럼 보이는 이 이야기가 사실은 정상인인 '나,' 그리
고 '나'를 포함하고 있는 현대인 일반의 욕망에 대한 성찰을 제공하
고 있다는 것을 발견한다는 것은 꽤 놀라운 일이다.

그러나 그렇다고 해서 이런 성찰이 현대인들의 삶이 모두 부당하다
는 결론을 이끌어내지는 못한다. 실제로 우리의 삶은 나의 노력과 세
상의 방해 혹은 협력의 종합의 결과로 나타난다. 「소리 그림자」가 현
대인의 삶의 부당성을 주장하고 있는 것으로 읽을 어떤 표지도 사실

은 없다. 이 소설이 실제로 겨냥하고 있는 것은 다른 데에 있다고 해야 할 것이다. 그 다른 데가 무엇인가?

그것의 실마리는 ⓒ에 있다. 이 복잡한 '나'의 운산이 '성일'의 불행을 세상 탓으로 내몰아 '나'의 연루의 흔적을 없애려는 한 가지 목적에 의해서 실행되었다는 것은 이미 말했다. 그런데 그러기 위해서 '나'는 과거의 사건을 망각의 저편에 붙잡아두는 것이 아니라(그랬더라면 그는 '성일'의 장례에 가지도 않았을 것이다) 그것을 이용했던 것이다. 그 감정의 이름 집합을 세상에 대한 항변의 뜻을 가진 것들로 모으는 권리가 '나'에게 어떻게 주어질 수 있는가? 바로 그 사건은 '나'와 '성일'이 공유한 사건이었으니까, 라는 것이 대답이다. 결국 '나'는 '성일'과의 과거를 망각하기 위해서 그 과거를 활용하고 있는 것이다.

이러한 '나'의 이율배반이 가리켜 보여주는 것은 분명하다: 과거의 사건은 아무리 잊으려 해도 결코 망각되지 않는다는 것이다. 망각된 것은 의식의 밑바닥에 끈질기게 달라붙어 있다가 언제고 의식의 표면으로 부상한다. 그것을 망각 속에 계속 붙잡아두려는 욕망은 그것의 부상을 강압적으로 억제할 수가 없어서 교묘하게도 그것을 자신에게 유리한 방향으로 활용한다. 그 활용은 일종의 '자기기만mauvaise foi'이다. 이 소설이 겨냥하고 있는 것은 현대인들의 태도 일반이 아니라 그 태도가 잠재적으로 내포하고 있는 자기기만이다. 그런데 이 자기기만은 현대의 보편적 이념들에 의해서 지탱되는 것이다. 즉 현대인들에게는 언제나 수시로 출몰할 수 있는 잠재적 태도라는 것이다.

'성일'의 행위가 의미를 드러내는 것은 바로 이 지점에서다. 과거가 결코 망각될 수 없는 것이라면 그 과거와 정직하게 대면하고 그것을 온당한 방향으로 이해하는 것이 바른 일일 것이다. 아마도 이 작품의 궁극적인 전언이 '치유'라면 치유는 바로 이 자리에서 자기의 구체적인 방법론을 드러낼 것이다.

과거와 관련된 '성일'의 행위는 다음 세 가지로 요약된다.

(1) '성일'은 죽음에 임박해서 '나'를 부른다;
(2) '성일'은 종지기로 살면서 그림을 그렸다.
(3) '나'는 '성일'의 그림에서 결국 '즐거움의 율동'을 느낀다.

여기에서 사실로서 제시되는 것은 (1)과 (2)이며 (3)은 '나'의 각성(따라서 주관적 판단)이다. 그런데 (3)의 판단이 약간 돌발적인 반전임을 앞에서 보았다. 만일 여기에 어떤 필연성이 있다면 그것은 (1)과 (2)에 대한 정밀한 독해를 통해 얻어질 수 있을 것이다.

우선 '성일'의 그림그리기 행위가 '성일'에게 상처를 치유하는 행위였다고 단정할 수 있는 근거는 아직 아무 데서도 발견되지 않는다는 점을 지적해야 할 것이다. 그것이 '즐거움'의 행위라고 하는 것은 '나'의 판단이지, '성일'의 발언이 아니다. '성일'이 사실로서 보여준 것은 (1)과 (2) 두 가지뿐이다. '나'를 불렀다는 것, 이것은 '성일'이 '나'를 잊지 않고 있었다는 것을 가리킨다. '나'를 잊지 않고 있었다는 것은 두 사람이 함께 겪었던 일들을 잊지 않았다는 뜻으로 이해할 수 있다. 그런데 그 '함께 겪었던 일'이란 무엇인가? '나'의 경우, '나'가 끝끝내 잊지 못한 것은 '성일'이 종에서 떨어졌던 날의 사건이다. '성일'도 똑같은 사건을 잊지 않고 있었던 것일까? 그에 대한 답을 구하기 위해서는 도대체 '성일'이 남긴 그림에 무엇이 그려졌는가를 살펴야 한다. 그가 평생을 '종지기'로 살았다는 것, 그리고 그렇게 살면서 그림을 남겼다는 것은 '성일'이 과거를 버리지 않고 보존하는 방식으로(종지기로 살기), 자신의 불행한 삶을 다스리려고(그림그리기) 했다는 것을 가리키기 때문이다. 그림에 대한 정보는 다음과 같이 정리할 수 있다:

ⓐ 그림은 목탄지에 연필로 그렸다;
ⓑ 작품 속에 나타난 그림의 제재는 다음 네 가지이다.
  ㉠ 찬송가를 부르는 교인들의 그림;
  ㉡ 얽힌 나무뿌리 그림;
  ㉢ 헐벗은 산에 박힌 울퉁불퉁한 바위 그림;
  ㉣ 개가 흘레붙는 그림;
ⓒ 모든 그림에는 '불길'이 일고 있다.

ⓐ는 중요한 의미가 있는 정보로 보이지 않는다. 다만 다른 특징들의 분석이 끝난 다음에 이것이 그림의 단순성(비치장성, 즉 순정성)을 가리키는 역할을 한다고 해석할 수 있을 것이다. ⓒ에 대해서는 이미 말했다. 이 '불길'을 '나'는 분노로 읽다가 다시 '즐거움'으로 읽었다. 문제는 ⓑ이다. ⓑ는 '성일'이 그린 그림들이 '불길'뿐만 아니라 또 다른 공통 요소들을 가지고 있다는 것을 보여준다. ㉠은 교회당 안의 그림이다. 반면 나머지 셋은 종루에 올랐을 때 보이는 광경의 그림이라는 것이다(㉡은 확실하진 않다). 그러니까 이 그림들은 모두 그림의 대상이나 그리기의 주체가 어떤 '성스러운' 장소에 있을 때의 광경을 그린 것이다. 다른 공통점이 또 있다. 이 네 개의 그림은 모두

둘 이상의 존재가 함께 모여 있는 상태를 그리고 있다는 것이다(역시 ⓒ은 확실치 않다. 산과 바위가 병치되어 있지만 함께 같은 '일'을 하고 있는 것으로 보기는 어렵기 때문이다. 그러나 앞에서의 ⓛ이건 지금의 ⓒ이건 이런 약간의 어긋남이 일반적 특징을 더욱 강하게 부각하는 기능을 한다고 이해할 수도 있다. 이런 솜씨는 대가만이 발휘할 수 있는 것이다). 이 공통된 표지들에 근거하면 '성일'이 잊지 않은 '과거'는 종에서 떨어진 불행한 사건으로서의 과거가 아니라 그 사건이 일어나기 전의 과거, 즉 둘 이상의 존재가 세상이라는 배경 속에서 즐겁게 노닐며 그것이 종소리가 울려 퍼질 때의 느낌처럼 성스러운 분위기까지 품은 과거라는 것을 가리킨다. 그렇다면 '성일'이 '나'를 부른 것은 옛날의 불행을 환기하기 위해서가 아니라 옛날의 '즐거움'을 다시 회복하기 위해서라고 할 수 있을 것이다. 그리고 이때 '나'는 성일이 필수적으로 요청할 존재이다. '나'가 함께 있어야만 그 장면이 온전히 되살아날 수 있기 때문이다. 결국 '성일'이 자신의 불행을 극복하기 위해서 한 일은, 과거를 원래의 모습으로 되돌리기 위해서였다. 그것은 삶에 대한 분노의 표출도 아니고, 혹은 한국인들이 흔히 그렇게 한다고 회자되는 것처럼 한(恨)을 곰삭히는 것도 아니다. '성일'이 닦은 길이자 생의 원리는 불행을 운명처럼 겪는 삶 자체를 부단히 불행 이전의 상태로 변용하려는 작업 속에서 열린 길이고 원리이다. 그 작업은 비천한 상태를 부정하거나 비천한 상태로부터 성스러운 상태로 격상하는 것이 아니라 가장 비천한 상태 자체를 가장 성스럽게 만드는 작업이다.

이제 마지막으로 대답을 할 때이다. 「소리 그림자」의 전언이 '예술은 상처의 치유다'라고 말한다면, 그 치유란 무엇인가? 우선 그 치유는 점진적인 치유의 과정이 아니라 치유하려는 의지의 되풀이이다, 라고 말할 수 있을 것이다. 왜냐하면 '성일'의 치유는 불행을 부정하거나 불행한 삶을 행복한 삶으로 바꾸기 위해 다른 일을 하거나 하는 데서 온 것이 아니라 불행의 온전한 수락에서 시작되기 때문이다. 이로부터 시작된 치유가 실제로 그 목표를 달성했는가, 의 질문에 대한 대답은 언제나 미결정으로 남아 있다. 다만 독자는 그 치유 행위 자체가 이미 성스러운 것임을, 즉 치유됨 자체임을 발견할 수 있을 것이다. 따라서 '치유는 치유하려는 의지이다'라는 명제는 실제로는 거꾸로 씌어져야 할 것이다. '치유하려는 의지가 치유이다'라고. 다음, 이 치유는 치유가 발생하기 이전, 즉 상처가 발생하기 이전의 상태, 불행도 울분도 분노도 없었던 상태를 끊임없이 환기하는 방법을 통해서 나타난다는 것이다(필자는 바로 이것이 '소리 그림자'에서의 '그림자'의 의미라고 생각한다). 그리고 이러한 방법의 논리적 귀결로 마지막 특성이 나타난다. 즉, 이 치유는 비판마저도 치유로 형질을 변경시킨다고 말할 수 있을 것이다. 다시 말하자면 '성일'의 그림은 결국 '나'의 분노, 분노의 표출이 가져다줄 만족을 위해 타인('성일')에게마저도 분노의 감정을 덧씌우게 되는 그런 분노의 자발적 격화에서 '자기기만'을 발견케 하면서, '나'에 대한 욕망이 '자기기만'으로 빠지지 않도록 자기를 다스리는 길을 열어주기 때문이다. 아마도 소설이 독자에 대한 발언이고 따라서 일정한 사회적 기능을 한다면 바로 이 마지막 특성에 그 기능이 있을 것이다. 그런데 이 기능은 문면만 읽어서는 결코 발견되지 않는, 작품 깊숙한 곳에서 움직이는 숨은 원리이다. 그것이 이 작품을 더욱 오묘한 것으로 만드는 것임은 말할

것도 없다. 독자가 느끼는 알지 못할 감동의 원천은 거기에 있다고
나는 생각한다.   〔2005〕

제2부 **대위법**

마침내 사랑이 승리했을까? 혹은 반복의 간지에 대해
─ 이청준의 세계관에 대한 하나의 질문

『당신들의 천국』이 사랑과 자유에 대한 소설이라는 것은 누구나 인정하는 것이다. 그러나 이 진술에는 모호한 구석이 있다. '대한'의 뜻은 무엇인가? 사랑과 자유의 갈등을 형상화했다는 것인가? 폭넓게 수긍될 수 있는 진술임은 틀림없다. 그러나 사랑과 자유는 왜 갈등하는가? 이 두 항목은 양립 가능한, 아니 실천이성적 차원에서 양립 가능해야 하는, 인류의 근본적 가치들이 아닌가(이는 또한 작가가 직접 언명하고 있는 것이기도 하다)?

만일 이 소설이 사랑과 자유의 갈등을 형상화한 소설이라면 가능한 도달점은 네 가지로 압축된다. 첫째와 둘째, 사랑과 자유 중 어느 한 가지의 승리로 귀결하는 것. 셋째, 사랑과 자유가 변증법적으로 지양되는 것. 마지막으로 사랑과 자유 사이의 괴리가 항구적으로 되풀이되는 것. 앞의 두 가지 가능성을 독자는 쉽사리 배제할 수 있을 것이다. 이 소설은 가령, 조원장과 황장로 사이의 승패를 가리는 싸움을 그린 소설이 아니기 때문이다. 소설의 해답은 세번째와 네번째 대답중 어느 하나에 있는 듯이 보이지만 그러나 그조차도 모호하다. 한편으로 독자는 사랑과 자유가 변증법적으로 통합되어 무엇이 탄생했는가, 라는 물음에 대해 분명한 결론을 내릴 수 없다. 다른 한편으로 사랑과 자유의 영원한 길항이 왜 계속되어야 하며, 어떻게 계속되어야 '생산적'인 삶의 변화를 낳을 수 있는지에 대해서도 독자는 알 수가 없다. 다만 독자가 확인하는 것은 이 두 가지가 각각 상대방에 의해 제어되지 않을 때 자가당착에 빠진다는 사실뿐이다. 즉 사랑의 함정은 동상(독재)이며 자유의 나락은 "불신과 미움"이라는 것 말이다.

이러한 결론의 불확실성은 많은 해석자들을 당황하게 했고 그로부터 그들은 자기도 모르는 새에 퇴각의 길을 밟았다. 즉 애초에 배제되었던 두 가지 가능성의 하나로 자신의 해석을 귀결시킴으로써 모호성의 불안을 억누르려 했던 것이다. 그리고 그 방향은 대체로 첫번째 대답, 즉 사랑의 승리에 최종 인준을 하는 것으로 집중되었다. 『당신들의 천국』에서 "분열로부터 화합으로의 길이 열려 있"음을 본 정명환의 분석으로부터 '타자의 윤리학'을 길어낸 우찬제의 해석에 이르기까지 그러한 집중 현상은 사실상 일관되었다고도 할 수 있다(나 자신, 수년 전 이러한 해석의 큰물에 한 바가지 맹물을 보탠 적이 있다).

물론 이러한 집중은 이 방향의 해석이 텍스트의 실상에 비교적 가까이 다가간 것임을 방증할 것이다. 사실상 작품의 결말을 이루는 윤해원과 서미연의 결혼식에서의 조원장의 축사는 그러한 해석의 타당성을 강력하게 뒷받침한다. 그러나 그렇다 하더라도 그것이 여전히 자유의 환상에 들려 불필요한 탈출을 시도하는 자들이 돌출하는 현상을 막지는 못한다. 오늘의 혼인식이 "시작에 불과"하고 이제 "마음의 흙을 한줌 한줌 더하여 우리의 둑을 살찌게 해야" 할 것이라는 조원장의 당부가 사랑의 완전한 실현을 미래에 설정함으로써 현재의 시간대를 가능성으로 충만케 한다 하더라도, 그러나 가능성의 충만이 곧바로 실현태와 동의어로 받아들여질 수는 없다. 게다가 근본적인 문제가 있다. 사랑의 완전한 실현이 자유를 배제하고 이뤄지는 것이라면, 그것은 작가가 의도한 것일 수도 독자가 바라는 것일 수도 없다. 모호성의 불안에 시달리다 조급히 하나의 선택으로 퇴각했던 해석가는 여기에서 다시 급히 행위의 근본성에 눈을 돌리게 되고, 자유와 사랑의 이 얄궂은 동행에 대해서 질문을 던지게 된다. 문제는 사랑과 자유 중 어느 것이 중요한가가 아니라 사랑과 자유가 어떻게 동시에 실현되는가가 아닌가?

이 '어떻게'의 문제에 대한 정언적 명령은 소설 속에 제시되어 있다. 그 정언적 명령은 "자생적 운명"이라는 단어로 집약된다. 사랑의 실현이 자생적 운명이 되어야 한다는 것, 다시 말해 자유 의지의 실천이 되어야 한다는 것이 그것이다. 사랑의 승리에 표를 던진 해석가들은 사실 그것을 무시하지 않았다. 비평가들은 그로부터 작품의 원동력으로서의 윤리적 명제를 읽었다. 정명환의 '윤리적 차원,' 김현의 '실천적 화해,' 우찬제의 타자의 윤리학(상호 발견)은 그것을 명시하는 어휘들이다. 그러나 그렇게 윤리적 명제에 작품의 지위를 걸게 되자마자 사실의 차원에서 그것의 실현은 더욱 난망한 일이 되었다. 정언 명령은 실천이성의 몫이고 의무이다. 그것은 밤하늘의 별과 같은 차원에 놓인 것으로서 사실에 기초하지 않는다. 조원장의 축사에서 "오늘 우리의 이 뜻이 그곳에서 이루어지든지 못하든지 간에, 여러분이 그 땅의 주인이 될 수 있든지 없든지 간에"와 같은 조건의 거부가 자연스럽게 튀어나오는 것은 그 때문이다. 사실에 기초하지 않은 실천이성은 그러나 또한 사실 세계에 적용됨으로써만 의미를 갖는다. 그것은 경험 세계 속에서 '실현'되어야 하는 것이다. 그러나 다시 한 번, 어떻게? 다시 말해, 그것을 가능케 할 '자생적 운명'은 어떻게 소록도민의 삶에 뿌리내릴 수 있는가?

이 마지막 '어떻게'에 대한 대답은 작품 속에 없다. 그것의 부재를 상징적으로 가리키는 것이 윤해원과 서미연의 결혼식이다. 왜냐하면 이 둘은 작품 속에서 지극히 부차적인 인물들이었기 때문이다. 그들은 텍스트 내에서 어떤 주목할 만한 역할을 부여받은 적이 없다. 그들의 혼인식은 그러니까 그들의 '천국' 만들기가 이제 겨우 시작되고 있음을 공표하는 의례이다. 그렇다면 독자는 이렇게 말할 수밖에 없다. 『당신들의 천국』이라는 사랑과 자유의 화해를 향한 지난한 과정은 바로 그 이름으로 된 똑같은 작업의 지난한 과정을 위해 치러진 것이다. 그리고 이에 따라 『당신들의 천국』의 주제는 이렇게 정의될 수 있다: 사랑과 자유의 화해를 목표로, 그러나, 화해의 궁극적 미완을 대가로, 영원히 사랑과 자유의 항구적 갈등을 그린 소설이라고. 이러한 정의는 무척 장황하여, 미해결의 초조감을 언어로 달래려는 임시방편적인 처방에 불과한 것이겠지만, 그래도 문제의 심연에 한 걸음 더 깊숙이 내딛게 해주는 장점을 가지고 있다. 어찌 됐든 이것은 두 개의 주제가 착종된 사태로부터 하나의 손쉬운 선택으로 빠져나오려는 우리의 유혹을 끊고 이 사태 자체, 즉 소설이라는 불가해한 덩어리를 정면에서 응시할 수밖에 없게끔 독자의 자세를 강제하기 때문이다. 그럼으로써 독자는 소설 속의 사랑을 포기한 대가로 소설과의 사랑을 치러낼 수밖에 없는데, 이 불가피한 '사랑' 속에서 독자는 앞선 정의의 중간 절의 '미완을 대가로'를 '미완에 힘입어'로 바꾸어

볼 요량을 하게 되리라. 그 바꿈은 뜻밖의 비약을 야기할 수도 있다. 왜냐하면 사건의 관점에서 보면 사랑과 자유의 불일치가 사람들을 항구적 고난 속에 붙들어 매는 것인 반면, 텍스트의 관점에서 볼 때는 바로 그것이 이야기에 지속과 변전을 부여하는 힘이기 때문이다. 그리고 이렇게 텍스트의 시각으로 문제의 방향을 선회시켰을 때 독자는 소설을 움직이는 운동 체제를 살펴볼 수 있다. 사건의 시각에서 보자면 끝날 줄 모르는 운명적인 되풀이에 그칠 뿐인 것이, 텍스트의 시각에서 보면 의도의 응결체로 나타나는 것이다. 이 앞에서 독자는 두 가지 선택을 놓고 망설이게 된다.

첫째, 이 되풀이는 형태상의 그것이고 실질적으로는 내용의 변화를 수반한다는 것.

둘째, 이 되풀이는 항구적인 되풀이라는 것.

첫번째 패를 집게 되면 소설은 자유와 사랑의 좀더 긴밀한 일치를 향해 가는 중간의 도정이 된다. 『당신들의 천국』이라는 텍스트는 두 개의 바깥-텍스트hors-textes 사이에 놓여 있는데, 전-텍스트와 텍스트 사이, 그리고 텍스트와 후-텍스트 사이에는 일종의 '발전'이 있다는 것이다. 이 방향의 해석은 그럴듯한 근거를 발견한다. 왜냐하면 『당신들의 천국』은 '주정수 원장'의 사건을 전-텍스트로, 윤해원-서미연의 혼인으로 표지되는 조원장 이후의 사건을 후-텍스트로 놓고 있기 때문이다. 그리고 주정수 원장의 사건은 독재와 자유의 갈등으로 기억되고 있다면 윤해원-서미연의 결혼은 자생적 운명이 싹을 틔웠음을 선포하는 것이기 때문이다. 따라서 독재·자유의 갈등 → 사랑·자유의 길항 → 자생적 운명의 획득으로의 내용의 변주가 자연스럽게 드러난다. 그리고 실제로 섬 자체가 시간이 지날수록 달라졌던 것이다. "수많은 규제와 억압의 규율들이 하나하나 사슬을 풀어가고 있"었으며, 이제 나환자에 대한 편견마저도 없애는 일이 남아 있는 참이었다. 윤해원과 서미연의 결혼은 바로 나환자를 정상인의 집합 속으로 포함시키는 절차로 해석될 수 있었다.

그러나 외형상의 그럴싸함에도 불구하고 이 각본은 실질적으로 설득력이 없다. 독자는 『당신들의 천국』에서 이러한 주제들이 일사분란하게 얽혀 있는 것임을 알고 있다. 사랑·자유·독재·자생적 운명 등은 인물을 달리하여 각각에게 떠맡길 개별 항목들이 아니다. 그런데 방금 그려본 내용상의 변주에서는 독재와 사랑이 주원장의 사건과 조원장의 사건으로 갈라지며, 자생적 운명은 신혼부부에게 이월된다. 텍스트 내부의 신분상 윤해원─서미연 부부가 소록도민의 자식이라 하더라도, 이미 말했듯, 텍스트 내부에서의 그들의 행적은 조원장의 사건에 관여하고 있지 못하다.

독자는 할 수 없이 첫번째 패를 던지고 두번째 패를 든다. 두번째 해석에서 되풀이된 사건들 사이에는 내용상의 변화가 없다. 윤해원─서미연의 혼인은 문턱을 뛰어넘는 사건이 아니라 도돌이표가 찍히는 자리이다. 작품의 첫머리: "새 원장이 부임해 온 날 밤, 섬에서는 두 사람의 탈출 사고가 있었다"로 되돌아가는 것. 그러나 이 해석은 외양상 텍스트의 기술로부터 도움을 받고 있지 못하다. 새 원장이 부임하는 것이 새로운 삶의 시작이라면, 윤해원─서미연의 혼인 역시 새로운 삶의 시작이다. 그러나 새 원장이 부임한 날 밤 탈출 사고가 있었다. 새 삶의 시작을 비웃고 재래적 삶의 완강함을 예고하는 사고이다. 작품의 말미에는 그러한 사고가 없다. 오히려 새 삶의 기운을 북돋는 조원장의 축사가 힘차게 계속되고 있을 뿐이다.

50

그러나 아니다. 여기에도 사고가 있었다. 그것도 첫머리에서와 똑같이 두 건의 사고가 있었다. 하나는 탈출 사고가 아니라 이상욱의 잠입 사건이다. 이것은 소록도의 역사(役事)를 마지막까지 감시하는 눈길의 항존을 가리킨다. 새로운 삶이라는 것이 그렇게 생각처럼 쉽사리 이루어지지 않는다는 것, 다시 말해 사랑과 자유의 갈등에 섣부른 화해는 오해와 착각에 지나지 않으며 그것은 결국 갈등의 심화에만 기여한다는 것. 이상욱의 잠입은, 그러니까 쉽게 오지 않는 화해를 가능케 하기 위해 필요한 부단한 점검과 실천에 대한 윤리적 요구를 가리킨다. 몰래 잠입한 이상욱이 조원장의 축사를 몰래 들으며 내내 심각한 표정을 짓고 있다가 희미한 미소를 떠올리기 시작하는 게 조원장이 "마음의 방둑"을 이야기할 때부터이다. "흙과 돌멩이보다는 사람의 마음이 먼저 이어져야" 한다는 것. 이것은 이상욱의 역할이 바른 실천의 요구에 있음을 강화하는 표지이다.

또 하나의 사건은 좀더 은밀한 데에 숨어 있다. 작품 말미의 조원장의 축사는 결혼식장에서 실제로 발성된 것이 아니다. 그것은 조원장의 예행 연습이었다. 그런데 그것이 결혼식 시간을 넘겨서까지 계속되는 것이다. 조원장은 자신의 연습에 도취해서 그만 "혼인식이 시작될 시간이 이미 지나고 있는데도" "늦은 사실조차도 까맣게 잊"고서 "자신의 광기에 못 이긴 기이하고도 진지한 연기[를] 도도하게 계속"해나간 것이다. 게다가 이러한 조원장의 지각에 행보를 같이하여, 육지 쪽에서 온 하객들은 "벚꽃이 만발한 중앙리 예식장 쪽 길을 유랑민처럼 줄줄이 떼지어 넘어가"면서 "시간이 늦고 있"었다. 새로운 삶의 시작에 대한 도취는 부지중에 그 시작을 지연시키고 있는 것이다.

이 두 개의 '사고'는 윤해원-서미연의 혼인이 새로운 세계의 서장이 되는 일을 은밀히 가로막는다. 가로막으면서 그 혼인의 시간대를 농축시키고 가열시킨다. 사실의 관점에서 보면 이 혼인 장면은 조원장의 첫 부임 장면과 닮은 데가 하나도 없다. 그러나 비유의 관점에서 보면 전자는 후자의 지연이자(환유적으로), 되풀이(은유적으로)이다. 다시 돌아가 사실의 관점에서 보면 저 혼인은 분명 새로운 삶의 실제적 선포의 의례인데, 그러나 그 삶은 아직 확증되지 않았다. 그것이 어떻게 전개될지는, 따라서 어떤 시련과 파국의 위험에 직면할지는 아무도 알 수 없는 일이다. 가령, 윤해원과 서미연의 혼인이 환자-정상인의 관계를 정상인들의 관계로 도약시키는 사건이라고 하자. 그러나, 정상인들의 관계 속에서도 사랑과 자유의 갈등과 길항은 여전히 제기될 것이다. 정상인들의 관계가 환자-정상인의 관계와 다르다는 것을 어떻게 입증할 수 있는가? 그것을 작품은 서미연의 은폐를 통해서 암시하고 있다. 서미연 역시 미감아로 자랐던 것이다. 그러나 그녀는 그것을 감추었다. 윤해원이 과거의 흔적과 싸우기 위해 정상인이 되기를 거부하였다면, 서미연은 미래의 가능성을 다투기 위해 과거의 흔적을 포기하였다. 그렇다면, 환자와 정상인의 혼인이라는 명분은 사실상 '사기'란 말인가? 그렇게 읽을 게 아니다. 그렇게 읽는 것은 윤해원과 서미연이 똑같이 미감아면서 완전히 다른 두 방향의 길을 택하도록 글쓰기가 나간 까닭을 알아차리지 못한 소치이다. 오히려 이것은 환자의 정상인 가능성과 마찬가지로 정상인의 환자 가능성에 대한 암시로 읽어야 할 것이다. 나날의 일상을 자연스럽게 사는 우리는 또한 얼마나 삶에 찌들어 삶을 원망하고 삶을 파투내고 싶어 하면서, 다시 말해 삶에 골병 든 채로 살아가고 있는가(지나가는 길에 덧붙이자면, 작가가 명시하고 있는 이 소설의 '우의성'은 이렇게 텍스트 내부로부터 시작한다. 환자-정상인의 관계는 정상인 내부의 질환성-정상성의 관계의 우의라는 텍스트 내부의 우의성은 소록도 주민과 일반인의 관계는 한국인 일반과 개발독재 정권 사이의 관계 혹은 종속국으로서의 한국과 지배국가로서의 강대국들 사이의 관계의 우의라는 텍스트 외부의 우의성으로 되풀이된다. 외부적 해석은 내부로부터 점화되었기에 지극히 자연스럽게 독자의 눈동자 안에서 불타오른다. 이 소설이 정치적 알레고리라는 해석에 대해서 이의를 다는 사람이 없는 것은 텍스트 내부의 힘 때문이다).

그리하여, 조원장의 사건과 혼인으로 인해 열릴 새로운 삶은 현실태와 가능태로 선명히 대립하면서 맞대고 있다. 전자는 넘쳐나면서(끊임없이 반복되었기 때문에) 부족하고(여전히 화해는 달성되지 않았기 때문에), 후자는 공허로서(어떤 것도 아직 시작되지 않았기 때문에. 심지어 결혼식마저) 충만하다(가능성의 최대치를 담고 있기 때문에).

이렇게 보면 독자는 두 개의 가능한 패를 모두 버릴 수밖에 없다. 그는 마치 두 개의 선택 사이에 옴짝달싹하지 못하고 끼인 꼴이 되었다. 분명 『당신들의 천국』은 그가 양옆에 끼고 있는 두 개의 외-텍스트들 사이의 맥락에 대해 어떤 발전적 변화를 약속하지 않고 있다. 그 짐에서 이 소설은 사랑과 자유 사이의 길항의 항구적 계류를 보여주고 있다. 그러나 이 계류가 운동의 정지를 뜻하는 것은 아니다. 그것은 그 계류를 최대치의 긴장 속으로 몰아가고 있다, 다시 말해 화해의 '미완'을 '완성'하고 있는 것이다.

독자는 아마 여기에서 데리다의 '반복'에 관한 유명한 명제를 상기할 것이다. 존 오스틴의 '수행적 언어performative'에 이념적 함의를 추가하고 동시에 변형하고 있는 그 명제는 다음 두 가지 진술로 요약된다. (1) 수행적 언어는 '개시'의 언어이다. 그것은 가령 독립 선언서가 새로운 국가를 여는 것과 같다; (2) 한데, 수행적 언어는 '반복 가능성iterability'이 없으면 실행되지 않는다(「서명, 사건, 맥락」, *Limited Inc.*).

　(1)은 오스틴의 '수행' 개념을 문학의 특권적 언어로 끌어오고자 한 많은 비평가들의 '괴상한' 욕망 속에 데리다 역시 동참하면서(나중에 오스틴이 수행/확언의 이분법을 버리고 언어 행위의 세 차원에 관한 논의로 옮겨 갔음은 주지의 사실이다. 그런데 비평가들은 '수행적 언어'의 변별성에 특별히 이끌렸다. 그리고 바로 문학이 그 언어가 깃들 곳이라고 주장하기를 주저하지 않았다), 그것의 이념적 혹은 정치적 의의를 선명히 부각하고 있다는 것을 보여준다. 사실에 기초하지 않는 수행적 언어는 하나의 '명령'이며, 그 명령은 새로운 시대의 개막을 알리고 요구하는 것이다. 문학 언어는 바로 이 수행적 언어의 본산이다. 문학 언어는 과거를 추억하고 미래를 묘사로써 제시한다. 그 방식은 확언적이지만, 실은 "오등은 자에 아 독립국임을 선포하노라"는 독립선언서가 그러하듯이 현실에 아직 존재하지 않는 상상 세계를 여는 개시적 '행위'인 것이다. (2)는 그러나 수행/확언confirmative의 본래의 이분법을 뒤집는다. 반복되는 것은 확언의 대상이다. 사실로서 확정된 것만이 반복될 수 있기 때문이다. 반면, 수행적 언어는 언제나 새로움의 개방이다. 한데, 새로움은 또한 언제나 땅으로부터의 탈출이고 육체로부터의 이탈이다. 그것은 생명의 태움 혹은 버림이다. 생명은 오직 대지와 육체를 획득함으로써만 얻어질 수 있기 때문이다. 수행적 언어가 반복 가능성이라는 조건을 부착하는 것은 바로 생명을 얻기 위해서이다. 수행은 확언을 가정함으로써만 수행된다.

『당신들의 천국』으로 돌아가 보자. 여기까지 와서 독자는 이 작품이 최종적으로 현시하고 있는 사랑과 자유 사이의 항구적 계류가 실은 어떤 근본적인 변화를 치러내고 있음을 느낀다. 그 변화는 앞에서 말했듯 변증법적 혹은 발전적 변화가 아니다. 사랑과 자유도 결코 지양(다른 것에 의해 제거)되지 않으며 그 내부적 항목들(독재·사랑·자유·미움·불신·자생……)은 한꺼번에 되풀이될 수 있을 뿐 단계적으로 교체되지 않는다. 그렇다면 무엇이 변화했단 말인가? 바로 반복의 형태가 달라졌던 것이다. 반복으로부터 반복 가능성으로. 그게 무슨 말인가?

앞에서 보았듯이, 『당신들의 천국』의 말미는 사랑과 자유의 길항을 의도적으로 계류시켰다. 그 계류를 통해 길항은 집중되고 가열되었다. 그럼으로써 새로운 삶의 가능성은 그만큼 더욱 멀어졌다. 멀어진 정도가 아니라 언제나 장벽 저 너머에, 빗장의 저편에 위치하게 되었다. 그러나 이 집중·가열이 새 삶의 문턱에서 일어났음을 주목해보자. 그것에 주목하면 집중되고 가열된 것은 사랑과 자유의 갈등과 길항이 아니라 그 갈등을 극복하고 그 길항을 소통시키려는 실천이 집중되고 가열된 것으로 나타난다. 독자가 문면을 통해 마침내 읽은 것은 갈등의 영원한 반복이지만 독자가 심안 속에서 마침내 점화시킨 것은 화해를 향한 행동의 항구적 반복이다. 고난이 반복되는 방식으로 구원이 되풀이된 것이다. 독자는 문득 「병신과 머저리」의 한 불가해한 광경을 떠올린다. 그대로 옮겨보자.

내가 관모와 김일병 사이로 끼어들어 내내 그 기이한 싸움의 구경꾼이 되어버린 동기는 아마 내가 그것을 보게 된 데서부터였으리라. 언제까지나 자세를 허물어뜨리지 않을 것 같던 김일병이 마침내는 천천히 머리를 들어 나를 올려다보았는데, 그때 나는 갑자기 호흡이 멈추어버린 것처럼 긴장이 되고 말았다.

그때 '내'가 김일병에게서 보았던 것은 김일병의 눈빛이었다. 허리 아래에서 타격이 있을 때마다 김일병의 눈에서는 '파란 불꽃 같은 것이 지나갔다'는 것이다. 〔……〕 '나'는 다음에도 여러 번 그 기이한 싸움을 구경했다. 그때마다 '나'는 김일병의 '파란빛'이 지나가는 눈을 지키면서 속으로 관모의 매질에 힘을 주고 있었다. 그런 때 '나'는 그 눈빛을 보면서 이상한 흥분과 초조감에 몸을 떨면서 더 세게 더 세게 하고 관모의 매질을 재촉했다.

'관모'의 매질을 재촉하는 '나'의 심리적 초조감에서 관모의 폭력에 전염된 자의 파괴 충동을 엿본다면 그것은 아주 유별난 취향이 되리라. 실은 '김일병'의 '파란 불꽃'이 문제가 되었던 것이다. '나'는 관모의 매질이 있을 때마다 김일병의 눈에서 파란 불꽃이 일어남을 발견하고 그 파란 불꽃을 더욱 지피기 위해 관모의 매질을 부채질했던 것이다. 폭력의 되풀이로부터 항거의 되풀이로 반복이 그 내부에서 형질 변화를 일으킨 것이다.

이 반복의 내적 형질 변화는 변증법적이거나 발전적인 것이 아니라 일회적인 것이다. 다시 말해 문학적 글쓰기를 통해 단 한 번 수행된 방식으로 또한 결코 되풀이될 수 없는 양상으로 나타난 되풀이인 것이다. 왜 문학적 글쓰기인가? 사건들만을 문제 삼는 것이 아니라, 그것과 연관된 모든 정황들, 풍경들, 에피소드들, 그리고 그 사건을 이야기하면서 도출된 회상들, 심상들을 모두 그 사건이 표상하는 문제에 집중시키기 때문이다. 문학적 글쓰기는 삶이라는 재료들을 연접시키지 않고 농축시킨다. 그 농축의 강도는 그대로 텍스트에서 전개된 사건의 유일성을 표시한다. 반복의 글쓰기가 노리는 궁극적인 과녁은 바로 최초의 글쓰기이다.

바로 이 강도의 유일성을 통해서 문학적 글쓰기는 텍스트의 사건에 극적 성격과 유일성의(창조적) 지위를 뒷받침한다. 그것은 갈등의 최대한의 집중을 통해서 어떠한 타협의 가능성도 배제하며, 그 화해 불가능성을 통째로 구원의 가능성으로 옮겨놓는다. 그럼으로써 그것은 텍스트 외부의 정황, 즉 작가와 독자가 처해 있는 사회적 상황을 가장 선명하게 달구고 가장 깊숙한 속내까지 비추며 사회의 변화 가능성을 공허로 충만시킨다. 다시 말해 공허의 대가로, 공허 덕분에 새 삶의 가능성이 보름달처럼 들어차게 되는 것이다.   〔2003〕

증발의 현상학, 회귀의 의미론

—김주영의 「야정」

1. 상식적인 분류를 따르자면 『야정(野丁)』(문학과지성사, 1996)
은 대하역사소설의 하나이다. 『토지』『객주』『장길산』『태백산맥』
『불의 제전』 등등 1970년대 말부터 1990년대 초엽까지 유행한, 아니
오늘까지도 유행하고 있는 '대하역사소설'을 민중의 수난으로부터 자
각과 극복에 이르기까지의 집단적 여정을 그린 소설이라고 간단히 정
의할 수 있다.

   1.1. 물론 이 정의가 뜻있게 말해주는 것은 하나도 없다. 몇 개의
설명이 덧붙을 필요가 있다. 아주 고전적인 원칙에 따라 기본적인 세
가지 사항을 살펴보기로 하자. 인물(성격), 시간(플롯), 장소(배경)
가 그것이다. 우선 인물. 대하역사소설의 주체는 민중인데, 이 민중
의 함의는 생각보다 까다롭다. 1980년대의 열쇠단어였던 이 민중은
도대체 무엇인가? 민중의 외연은 아주 넓다. 가령, 80년대의 민중문
학론자에게 '민중'은 노동자와 동의어였다. 반면, 같은 시대에 유행
한 대하역사소설에서의 민중은 토호들의 가렴주구에 시달리는 농민

으로부터 외세 침탈에 곤경을 치른 한민족 자체에까지 이른다. 때문에 우리는 민중의 외연에서 민중의 뜻을 찾아내기가 어렵다. 반면 민중의 내포는 비교적 하나로 모인다. 민중은 우선 집단이고, 그 다음 자각한 대중이다. 피지배자, 수탈당하는 사람, 힘없는 자들이 자신의 사람됨을 자각하고 함께 분연히 떨쳐 일어나 주체성을 회복하고 현실을 깨치려 한다. 거기에 민중의 집단성이 힘을 보태고, 민중의 자각이 시간을 가능케 한다. 대하역사소설에서의 민중은 피압박 농민, 혹은 수난에 처한 민족이 자신의 권리와 삶의 뜻을 깨닫고 그것의 획득을 위하여 장구한 투쟁의 역사를 이루어나감으로써 존재한다. 따라서 민중은 근대성과 불가분리의 관계에 놓인다. 주체성의 이룸, 그것이 근대의 의미이기 때문이다. 마지막으로, 공간. 이 민중은 어디에 있는가. 공간의 외연도 다종다양하다. 노동 현장, 벌교, 첩첩산중, 북간도 등등 사방에 민중의 공간이 있다. 이 공간의 내포는 그러나 하나이다. 역사 파열의 자리, 정체된 삶이 문득 구멍을 찾아내고 봇물처럼 터져 미래로 나가는 자리는 모두 민중의 공간이다. 사람들이 가령 "역사의 '한복판'을 꿰뚫고 나간 민중들의 생존의 드라마" 운운하며 그 공간을 세계의 중심에 놓곤 하는 것은 역사 파열의 자리가 곧 격동하는 역사의 샘, 새 역사의 핵심이 되었기 때문이다. 여기에 와서, 민중의 드라마는 곧 역사 그 자체가 된다. 민중은 역사 속이나 역사 밑바닥에 있지 않다. 그것이 곧바로 역사이다. 그러니, 김윤식·정호웅이 대하역사소설의 내적 형식을 '길'이라고 파악한 것도 일리가 없지 않다(『한국소설사』, 예하, 1993, p.458). 길은 대하역사소설과 견주어 유개념이지 종개념이 아니다. 생각건대 길의 형식이 아닌 소설이 어디 있겠는가? 전체성이 사라진 세상에서 전체성을 찾으려는 마성의 편력이 소설이라는 통념을 받아들인다면 말이다. 되짚어가는 길(회상)이든, 되돌아오는 길(귀향)이든, 아니면 앞으로만 질주하는 길(모험)이든. 소설은 두루 길이다("길이 시작되자 여행은 끝났다"라고 하지 않는가?). 그런데도『한국소설사』의 저자들이 굳이 길에 강조점을 찍었던 것은 대하역사소설에서 민중의 드라마는 역사 그 자체가 된다는 것을 직감하고 있었기 때문일 것이다.

1.2. 그러나, 이러한 삶이 가능한가? 삶이 그대로 역사와 일치하는 것, 역사의 시종을 완전히 주파하는 것, 이렇게 완전한 하나의 사이클을 이루는 실존이 있는가? 결국 이것은 일종의 가상현실의 모험에 불과한 것이 아닐까? 김병익은 그것을 누구보다 날카롭게 간파했다. 모두가 '민중'을 실체 개념으로 받아들이고 있던 1980년대에 그는 민중이 "농촌과 도시, 농민과 기업인, 사용자와 근로자, 가진 자와 못 가진 자, 다스리는 자와 다스림 받는 자" 등등 사회의 양극화라는 "현실의 문제의식을 역사적 사실성에 의탁한 표현이기도 하며 혹은 역사적 개념에 현실에 대한 정열로 생기를 불어넣은 것"(『들린 시대의 문학』, 문학과지성사, 1985, p.200)임을 지적하였다. 달리 말해, 민중은 상상태이지, 현실태가 아니다(1980년대에 국한하여 엄격하게 말하자면 상징태이다. 왜냐하면 그것이 초자아의 지위를 차지했기 때문이다. 이에 대해서는 졸고, 「민중문학론의 인식구조」, 『스밈과 짜임』, 문학과지성사, 1988을 참조 바란다). "도덕적 이상주의적 정열" (『숨은 진실과 문학』, 문학과지성사, 1994, p.88)이 현실의 문제를 뚫고 나가기 위해 고안된 구성적 개념, 김주연의 표현을 빌리자면, "방법정신"인 것이다. 그런데, 이 민중의 상상 모험이 오늘날에도 여전히 위력을 발휘하고 있는 것은 무엇 때문인가? 민중이라는 어사는 문

학과 사회과학에서는 자취를 거의 감춘 반면에 문화 일반에서 개화기나 서민들의 삶을 다룰 때에 습관적으로, 다시 말해 무반성적으로 애용하는 상투적인 용어가 되었다. 민중의 고난과 투쟁이 아주 오랜 옛날 일처럼 느껴지는 오늘, 여전히 민중의 수난사를 그리고 있는 작품들이 쏟아져나오고 있다면 그것은 왜인가? 아마도 누가 왜 이것을 지었느냐고 묻기보다는 누가 왜 이것을 원했느냐고 물을 필요가 있다. 국민소득 1만 달러를 돌파하여 선진국의 대열에 진입했다는 소리가 무성한 지금, 실속이야 어쨌든 형식적인 민주화가 이루어지고 정부 주도하에 날마다 개혁이 진행되고 있다고 주장되는 지금, 소비가 미덕이 되어 문화 산업이 문화의 더듬이를 현실에 대한 반성적 성찰로부터 욕망의 탐닉으로 전회시켜버린 지금, 다시 말해 민중 개념의 문제틀이 숨어버린 지금, 여전히 사람들이 민족·민중의 수난사를 다룬 대하소설들을 즐기고 「서편제」에 대한 집단적인 열광처럼 여전히 (원)한에 침닉하고, 이산가족 찾기의 아류형들이 아침 TV를 장악하고 있는 것은 무엇 때문인가?

1.3. 아직도 근대의 과제가 미완되었기 때문이라고 말할 수도 있을 것이다. 그러나, 이 옛 심성의 끈질긴 존속은 그것의 새로운 변이형들과 더불어 검토되어야 할 것이다. 1990년대 이후 창궐하기 시작한, 『무궁화꽃이 피었습니다』나 『남벌』『북벌』류의 의사 역사 문화물들이 바로 그것들이다. 그것들은 한민족을 더 이상 수난자로 묘사하지 않는다. 거기에서의 한국은 돌연 강대국으로 변신하여, 저 '나빠유' 제국들(최인훈의 아나그램을, 그의 원래의 의도와 무관하게 슬쩍 빌리자면)을 따끔히 혼내주고 세계 정의를 실현하는 위대한 나라이다. 그것들은 「인디펜던스 데이」나 「브이」와 동렬에 속하는 작품들이다. 김윤

식의 성찰은 바로 이 점에서 주목할 가치가 있다. 그는 민중에 관한 김병익의 해석을 그대로 수용하면서 그것에 기대어 대하역사소설의 역사철학적 의미를 "현재성이 빠져 있는 것"(김윤식, 「황홀경의 사상」, 『김윤식 선집 5』, 솔, 1996, p.437)이라고 규정한다. 그리고 현재성이 부재한 그 자리에 "황홀경에의 망상"을 집어넣는다. 과거로부터 미래로 훌쩍 건너뛰게 하는 매개물, 그것이 황홀경에의 망상인 것이다. 다시 말해, 근대는 미완된 것이 아니다. 근대는 넘쳐나서 무언가로 변신하였다. 무엇으로? 서양의 역사가 그대로 밟았던 것처럼, 제국주의로. 그렇다. 대하역사소설은 근대성에 상응할 뿐만 아니라, 근대의 과잉이다. 이 과잉의 함정에 빠지지 않으려면 김윤식이 강조했던 것처럼 "사회과학의 조명"(p.453)이 긴요하다. 다시 말해, 사실성과의 싸움이 불가피하다.

1.3.1. 『먼동』은 역사의 숨 가쁜 전환 속에 파묻히고 버림받은 평민들의 역사를 발굴하여 상부 역사와 하부 역사를 대결시킴으로써, 『불의 제전』『불의 얼굴』은 디테일의 철저성에 내기를 걺으로써 그 싸움을 유지해나갔다. 그러나, 몇몇 작가의 싸움만으로 대하역사소설의 오늘의 현상학적 의미가 반전되는 것은 아니다. 대하역사소설은 수난으로부터 태어났으나, 오늘, 신화의 가계에 입적한다.

2. 그런데, 『야정』은 대하역사소설인가? 양반의 횡포와 수탈에 못이겨 만주땅으로 이주한 한말 유맹들의 질긴 삶의 내력이 물론 그려져 있다. 『야정』은 또한 일반적인 대하역사소설이 보여주는 전체성의 사이클을 그대로 그린다. 강계로부터 압록강을 건너 이호산, 양차향, 환희령을 거쳐 청하에 이르고, 다시 청하에서 등을 돌려 청구자촌을 거치고 십사도구, 탑전을 지나 다시 강계로 돌아오는 것이다. 그러

나, 나는 주저한다. 내가 주저하는 까닭은 두 가지이다. 우선, 대하소설이 갖추고 있다고 이야기되는 요건들을, 더 나아가 소설이 갖추고 있다고 생각되는 요건들을 갖고 있지 않기 때문이다. 앞의 문제에 연속해서 나올 두번째 까닭은 종래의 한국 대하역사소설들과 비교해 『야정』은 다른 점을 많이 가지고 있다는 것이다.

2.1. 거칠게 말하자면, 『야정』에는 역사와 인물이 없다. 좀더 정확하게 말해 소설적 의미에서의 역사와 인물이 없다. 굳이 역사와 인물을 따지는 까닭은 대하역사소설의 기본 요소가 그것이기 때문이다. 물론 대하역사소설의 인물은 집단(민중)이지 개인이 아니다. 그러나, 그 집단은 통합적 단위일 뿐 실체적 단위가 아니다. 대하소설의 집단은 살아 있는 개인들의 다양하고 이질적인 삶이 한데 모여 이루어놓은 무엇일 뿐이다. 아니 그렇게 전제되고 있는 무엇이다. 그 점에서 대하소설은 소설 일반에서 벗어나지 않는다. 소설은 무엇보다도 개인의 이야기이다. 다시 말해 종교나 설화가 아니다. 그것이 개인의 이야기라는 것은 한편으로는 소설이 근대의 탄생과 짝을 이루고 있다는 것을 뜻하며, 다른 한편으로는 소설은 '규범으로부터의 자유로움'을 형식적 특징으로 갖는다는 것을 뜻한다. 오늘의 반소설, 누보로망의 탈-소설적 특징은 개인성, 개인 이데올로기에 대한 해체 혹은 전복으로부터 시작되는 것이지 공동체의 해체 혹은 전복으로부터 시작되지 않는다. 대하역사소설은 소설의 개인주의 이데올로기의 극점에 있다. 대하소설의 대부분이 한 주인공을 영웅화하고야 마는 곡절은 거기에 있다. 따라서 대하역사소설에서도 개인으로서의 인물을 먼저 묻지 않을 수 없다. 그런데 『야정』에서 그 인물들은 전통적인 소설관이 요구하는 뚜렷한 성격을 갖지 않는다. 첫 권부터 독자를 당황케 하는

것은 인물들의 종잡을 수 없는 태도 혹은 행동이다. 가령, 가장 비중 높은 인물인 최성률을 보자. 주인인 홍전백에게 겁탈당한 아내가 해산을 할 때 성률은 지극히 평범한 사람으로 묘사된다. 그는 홍전백에게 분노할 뿐만 아니라 아내마저도 원망해, "계집의 귀쌈을 눈물이 쑥 빠지게 갈겨주고 싶"(1: 13)기도 하고, "패대기치듯 방에다 닌"(1: 14)다. 더욱이 그는 그를 감싸준 원택의 죽음을 초래하고야 마는 사건, 즉 주인집 몸채 대청에 단검을 꽂아놓는 사단을 벌이기도 했다. 보통 사람이라면 당연히 취할 수 있는 심사며 행동이다. 그러던 성률이 압록강을 건넜을 때는 만사를 예측하고 이웃의 마음씨를 헤아리는 현자가 되어 무리를 이끄는 행수의 지위에 오른다. 그러나, 그러면서도 성률은 다시 아랫사람을 죽음에 이르게 하는 어처구니없는 실수를 저지른다. 소혜와 채연을 불러들이려 한 창만의 사주로 인해 홍전백 일가가 비적에게 몰살당했다는 것을 들었을 때 성률은 창만과의 의절을 미리 작정하는 한편, 맹보의 만류에도 불구하고 어둔 밤길을 떠났다가 구평을 승냥이들의 먹이가 되게끔 하고 말았던 것이다(2: 326~38). 그러곤 다시 성률은 무리로부터 일탈해 소혜를 만나 십사도구의 행수가 되는바, 어느새 성률은 뛰어난 지도자로 복귀하는 것이다. 물론 성률의 그러한 실수가 소혜에 대한 사랑이 일으킨 격정때문이었다고 해석할 수 있으나 그 이전까지 작가는 성률의 소혜에 대한 사랑을 귀띔한 적이 없다. 성률만이 모순투성이인 것은 아니다. 본래 다혈질의 성격이라고는 하나, 그 성질만큼 성률에 대한 의리가 각별했던 창만이 쌍표 휘하로 들어간 이후 성률에게 불손하게 대거리하고, 그래서 성률과 의절하게 된 발단을 제공하는 것도 이해할 수 없는 일이다. 또한, 난데없이 성률을 사랑하는 태이도, 애초에 "아둔한 계집"(1:7)

으로 묘사되었는데 아편 중독에 빠진 상태에서 갑작스레 도가의 행수가 되어 "관가툰"을 일으켜 세우는 금이도 두루 종잡을 수 없다.

2.1.1. 소설 속의 전형은 뚜렷한 성격을 가리키는 게 아니라 모순이 복합된 성격을 가리킨다고 사람들은 말한다. 그러나, 전형의 모순은 지양과 통합을 위한 모순이며, 그 지양을 향하는 목적론 때문에 모순된 측면들 사이엔 은밀한 공모가 준비되어 "행동을 통해"(루카치) 지양된다. 고집 센 루카치는 그 실제는 밝혀내지 못한 채, 전형의 원칙을 끝없이 되풀이하는 것으로 일관하였는데(『발자크와 프랑스 리얼리즘』), 그것은 그가 행동에 의한 지양만 찾았을 뿐 사전 공모에 대해서는 외면했기 때문이다. 아무튼 그런 모순의 복합체의 한 예로, 『적과 흑』의 쥘리앵 소렐을 들 수 있을 것이다. 그는 이기적이면서 동시에 개혁적이고, 열정적이면서도 소심하기 짝이 없으며, 사회적 야심으로 들끓는 가운데에서도 순순한 내면에의 칩거를 그리워하는 인물이다. 이 성격의 모순들은 그러나 찬찬히 살펴보면 모순된 것이 아니다. 낮은 신분의 쥘리앵은 그가 이기적인 만큼 더욱 신분의 장벽에 비판적일 수밖에 없으며, 당연히 나폴레옹을 꿈꾸지 않을 수 없다. 또한 그가 열정적인 만큼, 그 열정을 가로막는 유형무형의, 안팎의 금제에 민감할 수밖에 없으며, 그러니 그가 소심하지 않을 수가 없는 것이다. 그의 열정과 야심은 그의 이기주의와 연결되어 숙명적인 내면 환상의 차원에 붙박히게 되는바, 사회적 야심이 레날 부인의 편지 한 통으로 일거에 좌절되고 말았을 때, 다시 말해 그 내면 환상의 외형적 변주가 한순간에 무너졌을 때 그는 그 순간 내면 환상의 참모습에 직면하지 않을 수가 없는 것이며 그로부터 낭만적 허위로부터 "소설적 진실"(지라르)로 되돌아가는 것이다.

2.2. 『야정』의 인물들의 성격적 모순에는 이런 공모와 지양이 보이지 않는다. 고전적 원칙에 의하면 성격적 모순은 행동을 통하여 지양된다. 그러나 『야정』의 인물들에게서는, 그들의 행동 자체가 모순투성이다. 그 대표적인 예가 성률과 소혜의 사랑이다. 처음에 독자는 성률과 소혜가 사랑하는 사이라는 것을 전혀 알 수가 없다. 그런데 어느새 소혜와 성률은 이미 점지되어 있던 짝으로 바뀌고, 그것이 작품을 추동하는 기본 동력의 하나로 작용한다. 그 과정을 차례로 살펴보자.

① 나이는 성률보다 네 살 손아래로 스물둘이었지만 지체는 하늘과 땅 사이였다. 장성하면서부터 내당의 소혜와 행랑에서만 기거했던 성률 사이에 상종이 잦았던 것도 아니었다. 고개를 떨어뜨리고 앉았으려니 이상한 살냄새가 코끝에 와 배었다. (1: 39)

② 그러나 두 사람이 소꿉 시절부터 익히 상종해왔을지언정, 상전의 소생인 소혜의 지체는 구름과 같이 높았고 성률은 고추박이 비천한 노복이었던 것이다. (1: 41)

③ 소년 시절, 상전과 종놈의 지체를 서로 분별할 수 없었을 때, 사람들이 보이지 않는 호젓한 축담 아래에서 너나들이하면서 자주 소꿉을 놀았던 시절이 있었다. 그 당시는 젊었던 침모나 물아범이 네 살 차이밖에 안 되는 성률과 소혜의 소꿉놀음을 거들기조차 하였다. 두 아이는 서로 죽이 맞아 성가시게 하지 않고 잘 놀아주었기 때문이었다. 신분을 넘어서는 그들의 정리는 오래도록 가슴에 남아 지워지지 않았다. (2: 24)

④ "행수야말로 도끼로 제 발등 찍고 싶은 심정이 아니겠나. 정인이던 소혜 아씨하며 혈육인 채연이마저 처참을 당해 시신조차 거두지 못했으니……" (2: 338)

⑤ "내겐 소혜 아씨가 있네. 비록 만나본 지는 오래되었지만 내 심지 깊은 데서 소혜 아씨가 나를 떠난 적은 없었지." (3: 28)

⑥ "갈고리 같은 손이 섬섬옥수로 돌아앉기를 바란 적은 없었으나 채연 아비 만나지 못할까 봐 가슴 죄었던 적은 많았다오."/"나 또한 다름아니었소."/"우리가 서로 혼인하자고 손가락 걸었던 철부지 적 일이 생각납니까?"/"철부지 적이었다 하나 잊을 턱이 없지요." (3: 122)

①과 ②에서 소혜와 성률은 엄연한 반상의 차이 때문에 도저히 인연을 맺을 사이가 아니었던 것으로 진술된다. 기껏 둘 사이의 관계란, 소꿉 시절에 군것질에 입맛을 들인 주인집 딸을 위해 참새를 잡으러 다니는 하인들이 손이 작은 어린애 성률을 들깨워 끌고 나가곤 하였을(1: 40~41) 뿐이다. 성률이 맡은 "이상한 살냄새"는 둘 사이의 근본적인 어긋남을 상징한다. 그러나 ③에 와서, 소꿉 시절이 슬쩍 소꿉놀이로 바뀌면서 둘 사이가 아주 각별한 사이였던 것으로 뒤바뀐다. 그러나 이때만 해도 독자는 어린 시절에 항용 있을 수 있는 소꿉장난 따위가 훗날의 비련의 사랑으로 이어질 줄은 미처 짐작 못한다. 하지만, ④에 오면 둘 사이가 단지 어린 시절의 장난도 둘만의 마음만의 사랑도 아니라 아주 오래되어 다른 사람들도 모두 알고 있

었던 공개된 사랑이 된다. 그리고 드디어 태이가 성률에게 연정을 표했을 때 성률은 소혜만이 마음의 정인이라 하며 태이를 물리치고 (⑤), 소혜를 만나서는 그들의 사랑이 결코 떼어놓을 수 없는 운명적 사랑임을 확인한다(⑥). (성률과 소혜의 사랑이 이토록 절실했던 것이라면, 성률이 실제의 아내 '금이'를 그토록 찾으려 했던 것은 또 웬일인가?)

2.3. 이 태도의 급격한 변전과 더불어 전통적 소설관과 어울리지 않는 점을 더 찾을 수 있다. 서술의 과속과 대화의 과잉이 그것이다. 『야정』의 서술은 아주 박진한 묘사로 이루어져 있다. 특히, 그의 능숙한 고어 구사 능력과 풍부한 어휘력은 서술을 자상하고 풍요롭게 하는 데 크게 기여한다. 비적들의 직함이나 중국식 먹을거리에 대한 그의 박학은 사실성의 효과를 자아내는 데 썩 잘 쓰인다. 그런데 이상하게도 서술들은 꼬리가 없다. 다시 말해 자세하게 묘사되던 하나의 장면이 돌연한 사건의 변화와 더불어 갑자기 잠적해버린다. 가령, 금이가 해산한 아이에 대한 성률의 행동이 그렇다. 그는 금이가 해산할 때 분노로 몸을 떨었다. 그런데도 그는 아이를 버리고 오라는 집사의 명령을 받고서 조금은 엉뚱하게도 그 아이를 옛 동료의 집에 숨겨놓는다. 외로운 늑대처럼 분노하던 성률은 문득 사라지고 남의 새끼를 보살피는 개개비 성률이 나타난 것이다. 사람들 간의 친원의 변화도 지나치게 빠르다. 가령, 성률과 창만의 관계라거나 갑두의 빈번히 되풀이되는 표변이 그렇다. 채연이 옥창기에게 첫눈에 반한 것은 그렇다 치고(첫눈에 반한다는 것에는 일체의 시간 개념이 개입될 수 없다), 옥창기가 종구를 의식하고 있었음에도 채연과 잠자리에 드는 속도는 지족선사의 욕정에 버금간다. 또한, 갑산댁에게 꾸지람을 당

하자, 곧바로 그날 밤 채연은 "청구자촌 둔처에서 자취를 감춰버린" (3: 282)다. 산지사방이 비적과 승냥이와 중국인들투성이인 타인의 땅에서 『야정』의 인물들은 어찌 이렇게 대담할 수 있는가? 한편, 대화는 아주 빠른 속도로 넘쳐흐른다. 가령, 중화인 방주의 몸종이 된 조선 여인네를 그녀의 몸값을 갚아주고 본 남편에게 되찾아주려고 녹장으로 찾아갔던 김치근에게 당사자인 여인네가 돌아가지 않겠다는 의사를 표시하며 그 이유를 대는데, 그 언변이 청산유수로 막힘이 없어 거의 2쪽 분량의 장광설을 펼친다(5: 185~87). 혹은 이런 대화를 보라.

"이런 미련한 꼬락서니하구선. 치마폭 밑에서 조섭하지 않고 하릴없이 치간 뒤에는 왜 나왔나?"/ "시렁 가래에 삼끈을 걸고 목을 매겠다고 하냥다짐을 두며 성화를 먹이는데 난들 용뺄 재간이 있어야지요."/ 종구는 열쩍게 웃었으나, 김치근은 한쪽밖에 남아 있지 않은 손으로 삿대질을 하면서,/ "이 사람이 회두의 분부라면 호랑이 어금니처럼 무서워하면서 난 업수이 여겨 층하를 두나?"/ "성화를 먹이는 어머니가 측은해서 참고 있었소. 어머니께 딴 꿍심이 있었던 것도 아니고 설령 나보고 죽으라고 보채신들 내가 어쩌겠소. 알고 보면 그 또한 알량하나마 효도가 아니겠소."/ "조잘거리기는 아침 까치로다. 임자 어머니께 비상 없었던 게 다행이군그랴. 하긴 그려. 임자에겐 삼끈으로 목이라도 매겠다는 부모가 있다는 게 다행 아닌가."/ "빈정거리지 말고 당장 발행합시다." (3: 266)

어머니가 붙잡는 바람에 사흘이나 길을 지체한 종구와 그 때문에 밸이 뒤틀린 김치근이 나누는 대화다. 정황으로 봐서는 충분히 이해할 수 있는 대목이다. 그러나 이 대화의 빠른 오고 감은 주목할 만하다. 혹자에 따라서는 한국적 해학의 펼침이라고 볼 수도 있는 이 걸쭉한 입담의 공방은 이야기의 맥락(그게 있긴 하다면)과 무관하게 따로 논다. 독자는 이 짧지 않은 입담들이 그다음의 이야기와 어떻게 연결되는지, 혹은 김치근의 빈정거림이 김치근의 일반적 행동 양태와 어떻게 상응하는지 잘 이해할 수가 없다. 많은 대화들이 이와 같다. 동시에, 따로 노는 한편, 그 대화들은 아주 급한 주고받기로 이루어져 있다. 『야정』의 대화는 대꾸고 탁구다. 다시 말해, 인물들의 대화 사이에 생각이 끼어들 틈이 없다. 성찰을 차단하는 말들, 끈 없는 서말 구슬, 그것들은 텍스트의 맥락을, 즉, 역사를 이루지 못한다.

2.3.1. 태도의 혼란, 서술의 단절, 대화의 과잉은 『야정』의 주체가 개인도 집단도 아니며, 심지어 행동도 아니라는 것을 가리킨다. 야정의 주체는 차라리 우연적 사건들이다. 그 사건들의 우연성이 태도를 표변케 하며, 서술을 중단시키고 사건 그 자체에 대한 말의 탐닉(대화의 과잉)을 촉발한다. 그러나, 나는 지금 『야정』을 부정적으로 평가하고 있는 것이 아니다. 오히려 그 반대다. 샤리아르 왕과 동류이신 독자들이여, 그 까닭을 들으려면 다음 장에서 아침 까치를 맞으시라.

3. 『야정』의 형태학은 맥락의 중단, 그것의 소실이다. 이것은 『야정』의 주제학과 엄밀하게 상응한다. 번식 불능. 그것이 『야정』의 주제학이다. 보라, 성률은 자식들과 헤어지며, 창만과 쵠쵠, 우덕과 안골댁은 생산을 못 하며, 태수의 아이는 일찍 죽고, 김치근은 총각이며, 종구는 버림받는다. 집단의 성원들은 물론 추가된다. 그러나 인물들의 추가는 수평적이다. 대물림은 이루어지지 않는다. 1권에 나왔

던 인물들이 마지막 권에도 여전히 중심인물이 되는 것은 그들의 후대가 부재하기 때문이다. 열네 해(1872~85)에 걸친 고단한 뿌리내림의 사업은 연속성을 갖지 못함으로써 똑같은 형태로 영원히 되풀이되고야 마는 반복 강박이 된다. 그런데 그것이 사실 아닌가? 조선인이 언제 간도에 만주국을 세운 적이 있었던가?

3.1. 나는 앞에서 전체성이 가능하려면 사전 모의가 있어야 한다고 말했다. 그러니까, 끝을 만드는 것은 기원이다. 전체성은 계산된 드라마다. 『야정』은 바로 이 계산된 드라마를 부정한다. 그것은 역사를 만들지 않는다. 그것은 스칼렛 유의 인물을 만들지 않는다. 『야정』은 대하역사소설이 아니다. 그것은 대하역사소설의 장르를 취하면서 그것에 못 미친다. 못 미친 덕분에 그것은 황홀경에의 망상을 부정한다. 그 망상의 1970, 80년대적 얼굴은 "작가의 목적의식이 객관 현실의 규정성을 압도할 때 생겨나는 윤리적 이분법의 인식틀, 한 사회를 그 역동적·총체적 변화의 차원에서 바라보고 파악하지 못하는 논리적 분석력과 종합력의 부족"(김윤식·정호웅, 앞의 책, p.477)으로 인한 "리얼리즘 미달 상태"이다. 사실성과의 싸움 앞에서 자복하고 만 것이다. 그 점에서 『토지』 후반부가 보여준 관념의 파탄은 뒤잇는 작가들의 귀감이 될 것이다. 고전소설의 구조로 근대의 풍경 속으로 진입하였을 때 작품은 문득 관념과 현실의 비각에 직면할 수밖에 없었던 것이다. 그 관념을 현실로 가장하지 않으려 할 때 도저한 관념의 방황이 전개되지 않을 수 없다. 황홀경에의 망상은 그것으로 그치지 않는다. 그것의 1990년대적 얼굴은, 앞에서 말했듯, 근대성의 제국주의적 전회이다. 분명히 말하지만 1970, 80년대의 대하역사소설과 1990년대의 가상 역사 문화물 사이에는 사회심리학적 연속성이

있다. 그 연속성 속에서 수태된 망상의 희극에 빠지지 않으려면 그 흐름을 되돌려 세울 필요가 있다. 『비명을 찾아서』를 왜 뛰어난 작품이라 하는가? 되돌아가기의 미덕을, 근원으로부터 다시 생각하는 미덕을 보여주었기 때문이다. 『야정』은 대하역사소설에 못 미침으로써, 영원히 그것 직전에 머무름으로써 망상의 함정에 빠지지 않았고, 동시에 그것의 문제를 성찰케 할 빈자리를 마련한다. 역설적이게도, 그렇다. 서술의 가속화, 대화의 과잉이 정지와 여백을 가능케 했으니 말이다. 성찰의 차단이 성찰의 자리를 열었으니 말이다. 또한 거꾸로, 못 미치는 게 나아가는 것이다. 한 발만 더 나가면, 그래서 미치면, 영원한 미달 상태에서 허우적거리게 된다. 못 미칠 때만 늪을 에둘러 다른 길을 나아갈 수 있다.

3.1.1. 작가가 『야정』의 반역사소설적 특성을 의식했는지는 분명치 않다. 그러나, 그것은 그리 중요하지 않다. 엄밀한 의미에서 작품의 생산자는 작가가 아니다. 작품의 생산자는 어떤 관계이다. 그 관계가 단순히 작가와 독자 사이의 관계라고 말할 수는 없다. 관계는 관계들이다. 그것에는 작가의 소설에 대한 의식과 그 소설에 대한 자의식 사이의 관계가 개입된다. 또한 오늘의 대하역사소설이 암암리에 이용하고 있는 작가와 독자 사이의 공모와 그 공모에 대한 작가의 자의식 사이의 관계도 있다. 바로 여기에서 우리는 글쓰기의 정직성을 말할 수가 있다. 작가가 무엇을 생각했느냐는 문제항은 작가가 무엇을 썼느냐는 문제틀의 아주 작은 원소에 불과하다. 정직성은 작가가 작품을 다 장악할 수 없다는 사실로부터 온다. 작가의 의식이 어떻든 작가의 글쓰기가 그 사실을 겸허히 수락할 때 비로소 사물들과의 대화가 시작된다. 텍스트와 정황과 의식의 허심탄회한 교환.

3.2. 그러나 글쓰기는 정직성이 아니다. 문학은 무엇보다도 허구이다. 정직성과 허위의 싸움은 생활의 차원에서 벌어지지만(날마다 일간 신문의 첫머리를 장식하는 부정 비리 폭로 기사들!), 글쓰기에서 정직성은 허구와 함께 놀아난다. 『야정』도 망상에 빠지지 않기 위해 그저 사실의 직접성에 머무른 것이 아니다. 뭔가 다른 길이 열려 있다.

3.2.1. 생각해보면, 대단원은 지금까지의 논의를 한몫에 부인한다. 태이는 성률의 아이를 낳고, 채연은 종구와 재회한다. 그러고 보니까, 이미 번식에 성공한 인물이 있다. 맹보는 아이를 낳았던 것이다. 이 말미의 대역전은 무엇인가? 그것은 대하역사소설의 일반적 귀결을 따른다. 그냥 따르는 정도가 아니라 완벽한 상투형이다. 작가는 서둘러 대하역사소설의 요건을 보충한 것인가?

3.3. 앞에서 성률과 소혜의 관계를 예로 들어 태도의 혼란을 지적했다. 그런데, 다시 생각해보자. 정말 이 혼란은 모순일 뿐인가? 만일 그게 아니라 미리 말하지 않았을 뿐이라고 한다면 어쩔 것인가? 가령 앞의 인용문 ①은 성률과 소혜의 관계가 소원할 수밖에 없었던 사정을 말하고 있다. 그런데, 작가는 그 관계의 소원함은 "장성하면서부터"라는 것을 슬그머니 끼워넣는다. 어린 시절에 대해서는 함구를 하는 것이다. 이 때문에 ②에서 "소꿉 시절부터 익히 상종해왔을 지언정"이라는 말을 무조건 한 입 두 말이라고 책할 수가 없다. 그리고 작가는 어린 시절을 왜 "소꿉 시절"이라고 표현했을까? ②에서는 어린 시절에 자주 상종할 수 있었다는 것만이 말해졌다. 그러나 ③에 와서 보면 그 시절에 둘이 단순히 만나기만 한 것이 아니다. 둘은 "소꿉놀음," 즉 조숙한 짝짓기 흉내를 내고 있었던 것이다. ②의 '소꿉 시절'은 ③에 대한 암시가 아닐까? 그렇다. 이 혼란들, 표변들에

는 잘못되었다고 말할 수 없게 만드는 교묘한 트릭이 있다. 속임수와 암시가 개입해 있는 것이다. ①에서 "이상한 살냄새"는 ②를 짐작 못 하게 한다. 그러나, ①의 "장성하면서부터"는 ②를 부인 못 하게 한다. ①에서 ⑤에 이르는 과정은, 그러니까, 이중적이다. 그것은 표변이며 동시에 숨은 진행이다.

3.4. 이 숨은 진행이 작품 전체의 흐름을 암시하지는 않을까? 다시 말해, 대단원은 조급한 보충이 아니라 오히려 은근히 진행된 어떤 숨은 내력의 결과가 아닐까? 『야정』의 길은 표면적으로 전체성의 사이클을 가진다. 그것은 강계에서 강계로 되돌아간다. 그러나 실제적으로 그 길은 계속 단절되는 길이다. 그것을 앞에서 말했다. 이 표면 구조와 심층 구조의 모순은, 한데, 그냥 어긋나 있지만 않다. 강계에서 강계로 돌아가는 길은 같은 길을 되짚어가지 않는다. 압록강을 건너 청하까지 난 길은 이호산·양차향·환희령을 거치는 길이지만, 청하로부터 돌아오는 길은 청구자촌·십사도구·탑전을 거친다. 장소가 다른 것이다. 이 장소의 차이는 단순히 그것으로 끝나지 않는다. 그 사이에 독자들이 주의하지 못한 채로 괄목할 만한 변화가 진행되어 있다. 그 변화를 이렇게 요약할 수 있다.

정치: 신분의 변화: 성률/소혜로부터 성률-소혜로: 주인/하인으로부터 짝으로.

경제: 산업의 변화: 수렵·채취에서 개간농(쌀농사)으로: 자연 경제에서 개발 경제로.

사회: 사회틀의 변화: 생존의 문제로부터 생활의 문제로: 살아남기 위해서는 이기적이 되어야 하는가(갑두), 강한 자에게 소속되어야 하

는가(창만), 희생해야 하는가(성률)라는 생존의 물음으로부터 제대로 살기 위해서는 귀화해야 하는가(옥창기: 사회주의), 조선인으로 여전히 남아야 하는가(맹보: 뿌리에 대한 책임: 민족주의)라는 생활에 대한 물음으로.

의식: 운명적인 격정으로부터 이성적인 이해로: 첫눈에 반했던 옥창기에게 환멸을 맛보고 종구에게로 되돌아가는 채연의 변화는 가장 상징적이다.

인물들: 성률·갑두·창만으로부터 태이·채연·맹보로.

놀라운 변화가 일어난 것이다. 이 변화를 독자가 알아차리지 못했다면, 그것은 독자가 드라마에만 관심이 있었기 때문이다. 다시 말해, 영웅적 주인공들의 변전에만 눈독을 들이고 있었기 때문이다. 변화는 영웅적 주인공으로부터 오지 않는다. 이 변화의 국면들은 아주 이질적인 색깔을 가지고 있다. 신분의 변화는 성률과 소혜의 신비화된 사랑에 뒷받침되어 있다. 반면, 경제의 변화는 하부 인물인 을술의 노력 덕택에 이루어졌다. 사회의 변화는 존재의 분화를 수반한다. 즉, 삶 덩어리 그 자체(성률·창만·갑두)인 것으로부터 의식(옥창기)과 몸(맹보)의 나뉨으로 나아간다. 의식의 변화는 맹보의 경우처럼 전혀 눈에 띄지 않을 정도로 느린 실행적 변화와 채연의 급격한 사건적 변화라는 양 갈래로 찢겨 진행된다.

그러니, 독자가 이 변화를 알아차릴 재간이 있는가? 그는 드라마를 좇으면서, 뭔가 찜찜한 기미만을 느꼈을 뿐이다. 그러나, 모든 깨달음은 작은 기미로부터 오는 것이다. 책장을 덮으면서 그 찜찜한 기미를 못 떨쳐 다시 첫 권을 드는 독자는 작은 기미에 의미를 부여하기 시작한다. 그 의미 부여가 숨은 역사를 캐내고 새로운 드라마를 엮는다. 그렇다. 문학은 언제나 되풀이해 읽는 것이다. 한 번 읽고 버리는 것은 문학이 아니다. 문학은 언제나 그 자신에게로 회귀한다.

4. 『야정』은 파열적 텍스트다. 표면구조, 심층구조, 잠재구조(방금 보았던 숨은 변화의 진행을 그렇게 부르자)로 갈라져 있다는 점에서도 그러하고, 잠재구조의 변화가 저마다 색깔이 다른 이질적인 국면들을 통해 이루어지기 때문에도 그러하다. 그 이질성은 텍스트를 찢긴 상태로 놓는다. 심층구조의 단절성이 여전히 작동하고 있다. 텍스트는 봉합되지 않는다. 그러나 찢긴 그대로 있지도 않는다. 잠재구조의 변화는 변화(이음)에 대한 의지를 부추긴다. 그 부추김에 호응할 사람들은 바로 독자들이다.

4.1. 궁극적으로, 이 파열은 대단원의 파열로 이어진다. 앞에서 『야정』의 길이 강계에서 강계로 회귀하는 길이라고 하였다. 그러나, 엄격하게 보면, 이 말은 잘못된 말이다. 강계로 돌아가는 것은 홍주뿐이다. 다른 사람들은 탑전 둔처로 모인다. 그러니까, 귀환하면서 남는다. 강계는 강계로 돌아가고 만주의 삶은 그대로 남는다. 남은 자들은 만주에서의 삶을 처음부터 다시 시작할 것이다. 그렇다면 어느 것이 회귀인가? 줄거리상으로 보자면 회귀하고 남는다. 구조상으로 보자면, 회귀하는 자는 종결을 만나고 남는 자는 처음으로 되돌아간다. 강계에서 강계로 이어진 봉합선은 동시에 단절을 지시하며, 강계와 탑전 사이에 터진 틈새는 동시에 원환을 그린다(만주에서의 삶의 처음으로 되돌아가기 때문이다). 파열의 원환, 나는 이것을 도형학적으로 제시할 어떤 띠를 찾지 못한 게 안타깝다.

4.2. 그러니, 『야정』은 대하역사소설에 못 미치기만 한 게 아니다.

그것은 동시에 다른 역사를 만들어낸다. 그것에 비추어 『야정』은 역시 대하역사소설이라고 불러야 할까? 그것은 대하역사소설의 정의에 대한 근본적인 수정을 전제로 할 때만 가능하다. 『야정』은 대하역사소설을 부정하는 대하소설이다. 아니 그것을 수정케 하는 그것이다. 근대와 제국주의 사이로 난 그 길에 돌더미를 쌓아 막고 돌이 캐내진 장소에서 전혀 새로운 길의 입구를 여는 것이다. 그 길을 더욱 열어 보일 사람들이 독자라는 것은 이미 말한 바와 같다.

4.3. 마지막으로 한마디 덧붙이기로 한다. 널리 알려진 대로 김주영은 우리말의 고어를 가장 능숙하게 다룰 줄 아는 작가 중의 한 사람이다. 『야정』에서도 그의 솜씨는 유감없이 발휘되고 있다. 그런데, 문맥으로 보아 사전의 뜻과 다른 어휘들이 꽤 있다. 첫 권에서 몇 개의 예만 들어보자. 첫머리에 빈번히 쓰인 '고추박이'는 문맥으로 보아 대갓집에 꼼짝없이 매인 하인이란 뜻으로 보인다. 그러나 한글학회가 지은 『우리말 큰 사전』(어문각, 1991)에는 "낮고 천한 계집의 남편을 이르는 말"이라고 풀이되어 있다. '옹구바지'도 사전에는 "한복을 입을 때, 바지통이 옹구의 불처럼 축 처지게 입은 모양"이라고 풀이되어 있는데, 작품의 문맥으로 보아서는 차라리 하인들의 바지를 그대로 일컫는 것으로 보아야 한다. 사전의 뜻이 '그런 모양을 한 바지'까지 포함한다 하더라도, 그것은 옷을 입고 있을 때나 쓸 수 있는 말이다. 그런데 작품 속에서의 옹구바지는 벽에 걸려 있다. 또한 '색책(塞責)'을 『우리말 큰 사전』은 "겉으로만 탈없이 꾸며감"이라는 뜻이라 하고, 『동아 새국어사전』(동아출판사, 1990)은 "맡은 바 책임을 다함"이라 하여, 아주 다른 풀이를 내놓고 있다. 『야정』의 문맥에 근거하자면, 『우리말 큰 사전』의 풀이가 올바른 것 같으나, '색(塞)'의

뜻이 "이루어 채움, 다함"이라는 것(『漢韓大辭典』, 민중서림, 1986)에 미루어 보면 『동아 새국어사전』의 뜻풀이가 옳아 보인다. 사전이 옳은지, 작가가 바로 쓴 것인지 나는 알 수가 없다. 그것을 제대로 알려면, 어원과 말뜻의 변화 그리고 그에 따른 용례들이 설명되어 있는 국어사전이 있어야 하지만, 우리나라에는 그렇게 제대로 된 사전을 찾을 수 없다. 맞춤법 개정을 거듭하느라고 지쳤는지 아니면 한글 전용 논쟁에 휘말려서 경황이 없었는지 모르지만, 다른 나라에서는 1세기도 더 전에 이루어놓은 것을 여태 미루고 있는 우리의 국어학자들이 그저 야속할 따름이다. (한글이 상용글로 자리 잡은 지 겨우 100년이 되고 있다는 점을 감안하면 내 투정은 너무 철 이른 것일까?)

[1996]

드러남과 감춤의 변증법

—김주영의 「홍어」

『홍어』(문이당, 1998)는 매력적이고도 특이한 소설이다. 그것의
매력은 이 소설이 일종의 성장소설이며, 성장의 주체인 어린 주인공
의 세상 보는 관점과 그것의 변화를, 어른의 눈에 의한 왜곡이 없이,
있는 그대로 드러내고 있다는 것으로부터 온다. 저급한 성장소설들은
어린 주인공과 어른들 간의 갈등을 성급하게 부각하여 두 세계를 절
대선과 절대악으로 이분하거나 주인공의 일탈 충동을 극대화해서 마
치 산전수전 다 겪은 성인의 활약을 보는 듯한 착각에 빠지게 한다.
그것들은 의문과 발견을 보여주는 것이 아니라, 고정관념의 체험적
재확인만을 생산한다. 그것들은 성장소설로 포장된 통속소설들이다.
물론 모든 성장소설에는 성인 세계와의 갈등이 있고, 세계로부터의
일탈의 충동이 있다. 『홍어』에도 주인공과 어른들 세계의 갈등은 있
으나, 그것은 미지의 세계에 대한 신비성을 동반하고 있어서, 말의
바른 의미에서의 성장의 '모험'(알 수 없는 세계의 탐험)을 가능케 하
고 있으며, 『홍어』의 주인공 역시 일탈 충동에 끊임없이 시달리고 있

으나, 현실적 불가능성을 보상하고자 하는 상상적 창조의 형태를 띠고 있어서 독자를 생각이 계속해서 열려나가는 놀이 속에 참여케 한다(아이가 현실적 불가능성을 어떻게 아느냐고? 물론이다. 아이의 '놀이'는 현실적 충족이 불가능하다는 것을 직감적으로 느끼는 순간 시작된다).

무엇보다도 이러한 작품의 미덕은 작가가 말의 권리를 인물에게 그대로 넘겨주었기 때문에 가능하였다. 실로 여기에는 작가의 어떤 예단도 재단도 없다. 모든 생각과 진술이 오직 어린 주인공 '나'의 뇌를 경유해서만 '나'의 입을 통해 나오기 때문에, 독자가 읽는 것은 '나'의 확신과 오인의 지속적 교대이다. 가령, 이 문장을 보자:

나는 진작부터 발견하고 있었던 한 가지를 어머니는 경황 중에 지나치고 있었다./그것은 사람들이 가오리라고 말하기도 하는 홍어였다. (19)

"경황 중에 지나치고 있었다"는 작가의 목소리가 개입된 사실 판단처럼 읽히는데, 실은 '나'만의 순수한 목소리다. 그 어조의 단호함은 어머니가 "아버지로 상징될 만한 〔그〕 건어물"이 사라진 것을 정말 보지 못했다고 생각하도록 독자를 유도한다. 그래서, '나'가 "홍어의 부재를 어머니가 눈치 챌 수 없도록" "황급히 열어둔 채였던 외짝문을 닫"(23)았을 때 어머니의 무지는 불변의 사실로 굳어지는 듯이 보인다. 그러나, 실은 어머니는 알고 있었던 것이다. 부엌의 침입자가 그걸로 "저녁 요기까지 든든하게 했"(29)다는 것을. 하지만 여기서 그치는 것이 아니다. 어머니의 이 판단 자체가 나중에 다시 부정된다. 그 침입자에게 '삼례'라는 이름이 주어지고 그녀가 식구가 되고 난 한참 후에 내가 물어보자 삼례는 일거에 부인하는 것이다: "하지만 난 그 홍어 모른다. 배가 고팠다 할지라도 그 짜고 못난 홍어 한 마리를 내가 무슨 재간으로 먹을 수 있겠니"(63).

이렇게 '나'의 세상 이해는 이렇게 거듭되는 예측의 배반, 혹은 좀 더 전문적인 용어를 쓰면, 기대 지평의 배반으로 요동한다. 여기에는 "늙은 여우처럼, 실수를 낳지 않는 판단력과 예민함으로 다져온 귀를 가지고 있다는 자신감"(122)의 표현들과 "그러나 어머니의 짐작이나 내 짐작 모두가 빗나가고 말았다"(72)는 식의 착오에 대한 쓰디쓴 인정, 그리고 이 확신과 배반의 결과인 "어쩌면 〔……〕 때문인지도 몰랐다"는 식의 판단의 주저가 되풀이해 순환하고 있다. 이런 순환을 낳은 요인은 바로 전지적 화자는 물론이거니와 순수 관찰자로서의 화자도 없다는, 즉 어떤 객관적 화자도 없다는 구조적 특이성에 있다. 그것은 이 작품의 '나'가 화자가 아니라는 것을 뜻한다. 그가 전지적 화자라면, 판단 착오를 했을 리가 없고 그가 순수 관찰자라면, 자신의 판단을 작품 속에 개입할 리가 없다. '나'는 판단과 착오에 의해 작품 속에서 실존적인 기쁨과 고통을 느끼며, 바로 그것 때문에 그는 작품 '안에' 살아 있다. '나'는 화자가 아니라, 정확히 '하나의' 인물이다. 그러니, 이런 지문이 가능한 것이다.

구름 위에선 세상의 모든 것을 명료하게 바라볼 수 있었다. 〔……〕 어머니가 옆집 남자를 흠모하게 된 수수께끼 같은 까닭도 알아낼 수 있는 명징한 눈도 가질 수 있었다. (247)

어머니가 옆집 남자를 흠모하는 게 마치 사실인 듯이 제시되어 있다. 그러나, 실은 그것은 '나'의 상상적 의혹일 뿐이며, 그것이 '나'

의 환각 속에서 사실화되어 나타난 것이다. 따라서 이 지문의 어디에
도 사실을 전달하는 객관적 화자의 목소리는 없다. 이 작품의 지문과
대화들은 오직 인물들만의 것이다. 그것도 정황의 한복판에 있는 인
물의 목소리이다. 다시 말해, '있었다'는 과거형이 아니라 현재진행
형이다. 지문의 중심 어체인 '~ㅆ다'체는 회상의 형식을 빌리고 있
음에도 불구하고 묘사의 문체이며, 대화는 기억에 의해서가 아니라
'나' 외의 다른 인물들이 작품에 참여하는 말의 방식으로 나타난다.
실질적으로 지문과 대화 사이에 경계가 없으며, 따라서 그것들은 저
마다 살아 있다(따라서, 지문은 해설이 아니라, 또 하나의 대화 언어이
다). 작가는 인물들로 하여금 스스로 말하게 한다. 지문과 대화들은
두루 '정황의 배후에 놓인 시선vision derrière,' 즉 규정적 시선이
아니라, '정황과 함께하는 시선vision avec,' 즉 참여적 시선과 함께
생성된다. 그것들은 독자에게 정보를 '제공'하지 않고, 정보의 발견
과 창출에 가담케 한다.
　　『홍어』의 매력은 또 있다. 앞에서 인용한 삼례의 부인은 묘한 여운
을 남기고 있다. "난 그 홍어 모른다"는 "난 그 홍어 안 먹었다" 혹은
"난 그 홍어 보지도 못했다"와는 다른 뉘앙스를 가진다. 그것은 "홍
어가 이미 내 뱃속에 들어갔으니, 어쩌겠느냐"는 뻗댐은 아닐까 하는
의심이 들게 한다. 게다가 이어지는 발언은 독자의 의심을 더욱 깊게
만들어주는 한편, 홍어를 먹은 자가 또 있을지도 모른다는 새로운 의
문의 공간을 창출해낸다. 홍어가 "짜고 못났"는지 삼례가 어떻게 알
고 있겠는가? 전에 홍어를 보았거나 들은 경험이 있었음은 분명하다.
그녀는 홍어가 바닷고기임을 알고 있는 것이다. 그러나 그렇다고 해
서 그녀가 그것을 먹어보기까지 했을까? 삼례의 과거를 전혀 알지 못

하는 독자는, 게다가 그녀가 거지의 행색으로 도착했음을 알기 때문에, 그 대답에 회의적일 수밖에 없다. 더구나 홍어는 "산골 마을에서는 거리감조차 가늠할 수 없을 정도로 머나먼 흑산도나 백령도라는 섬지방에서 잡힌다는"(19) 희귀한 고기 아닌가? 나중에 낯선 여인이 동생을 안고 집에 나타났을 때, 그 아이의 목에 매달린 고기는 홍어가 아니라 북어였다(181). 이 또한 북어가 흔하다면 홍어는 귀하다는 것을 암시적으로 내비친다. 그러니, 의심을 간직한 채로 그 발언을 되풀이해 읽으면, "배가 고팠다 할지라도 그 짜고 못난 홍어 한 마리를 내가 무슨 재간으로 먹을 수 있겠니"는 "내가 무슨 재간으로 '다' 먹을 수 있 '었'겠니"라는 발언의 의도된 오문이 아닐까, 하는 의혹이 당연히 생길 수 있다. 분명 그녀는 부엌 문설주에 걸려 있던 홍어에 입을 댄 게 아닐까? 입을 대긴 했으나 너무 짜서 다 먹지 못하고 버린 것은 아닐까? 그래서 버려진 홍어를 누가('누룽지'가? 혹은 족제비들이?) 물고 간 것은 아닐까?

『홍어』의 매력의 이차적인 요인은 이처럼 생각의 풍요를 가능케 한다는 데에 있다. 말들은 현상에 의미를 고정시키는 쐐기가 아니라, 다른 생각들과 말들의 발생기이다. 몇 개의 예를 더 들어보자. 가령, 삼례가 홍어를 먹은 것을 이미 알고 있었다는 것을 어머니는 "저년은 저녁 요기까지 든든하게 했을 끼다. 밤새 부석 앞에 앉아서 홍어 한 마리를 꿉지도 않고 몽땅 묵어치웠드라"고 말함으로써 드러낸다. 여기에서 독자가 얻는 정보는 단순히 삼례가 홍어를 먹었다는 것만이 아니다. "부석 앞에 앉아서 홍어 한 마리를 꿉지도 않고"는 아궁이의 불에 홍어포를 굽는 군침 도는 광경을 선명하게, 사투리의 리얼리티에 힘입어 더욱 선명하게, 떠올리게 한다. 독자는 본 이야기의 전개와 관계없는 가외의 장면에 참여하고, 이 장면의 생생함은 홍어를 둘러싼 본 이야기의 전개에 짜릿한 긴장을 덧붙인다. 또 다른 예:

"쌍년, 잡히기만 해봐라. 그 피둥피둥한 가랭이를 콱 찢어놓을 테니깐."(118)

삼례에게서 버림받은 사내가 집에 찾아와 하는 말이다. 얼핏 돈까지 훔쳐 달아난 여자에 대한 분노의 목소리만이 들리는 듯하다. 그러나, '피둥피둥한'이라는 단어가 왜 끼어들었을까? 보통은 "가랭이를 콱 찢어놓을 테니까"라는 말로 충분하다. 그런데, 의미론적으로 불필요한 단어 하나가 끼어들어감으로써, 사내가 삼례에게 분노하고 있을 뿐 아니라 동시에 그녀의 몸을 그리워하고 있다는 것을 은연중에 노출하고 있다. 게다가 지시사 '그'는 그 몸에 실재성의 환각을 일으킨다. 그 단음절 하나가, 저기에 삼례의 몸이 있다; '그' 가랭이는 피둥피둥하다; 나는 욕정에 불탄다, 는 마음의 장면을 순간적으로 연출한다. 그러니, 가랭이를 콱 찢어놓겠다는 것이 문자 그대로의 의미인지 아니면 성적인 다른 욕망의 표현인지 독자는 무척 궁금해진다.

이렇게, 『홍어』의 언어는 지시사가 아니라 촉매이다. 말들은 말들을 부른다. 『홍어』는 말들의 환몽 속에 있다. 이 서로를 불러 무한해지는 말들의 환몽은 독자를 경계를 가늠할 수 없는 상상의 늪 속으로 유도한다.

그러나 이 풍요는 동시에 처절한 가난을 감추고 있다. 이 환몽은 죽은 물고기들이 둥둥 떠 있는 소택지의 탁한 물을 대립자이자 등가

물로 두고 있다. 다시 말해, 아버지가 없는 채로 산골 마을에 갇혀 살고 있는 한 아이의 절망적 감정이 감추어져 있다. 그 가난은 육체적으로는 굶주림이고 사회적으로는 아비 없는 자식의 부끄러움이고, 개인적으로는 성인의 사회에 참여할 수 없는 어린아이의 설움이라는 실제적 항목들을 달고 있다. 그 항목들 중 가장 표면적으로 드러나는 것은 마지막 항목이고, 선명하지 않지만 어쨌든 드러나 있는 것이 두 번째 항목이다. 아버지가 돌아오는 날, '나'는 방천둑의 자작나무 아래에서 "두 손을 깔대기처럼 만들어 입에 댄 다음, 마을 쪽을 향해 목청껏 소리 지"른다. "이 새끼들아, 우리 아부지가 온다 카이"(271). 그리고 첫번째 항목은 완벽하게 감추어져 있다. 그러나, 그것이 부재하는 것이 아니라 속 깊이 감추어진 것이라는 것을 암시하는 징후들은 도처에서 발견된다. 우선, '나'를 분신처럼 따라다니는 옆집 개의 이름이 하필이면 왜 누룽지인가? 누룽지는 단순히 '나'를 쫓아 다니는 것이 아니다. 다음과 같은 광경은 누룽지가 나에게 그 이상의 기호로서 존재한다는 것을 보여준다.

숨 가쁘게 헐떡거리고 있는 누룽지는 지칠 대로 지쳐서 늘어진 혀끝이 거의 땅에 닿을 지경이었다. 옆구리는 풀무질을 하는 것처럼 벌럭벌럭 물결치고 있었고, 입 언저리에는 엉킨 거미줄 같은 흰 거품이 기다랗게 매달려 있었다. 주둥이를 처박은 가슴털은 그래서 걸쭉한 침으로 젖어 있었다. 낯선 사람을 바라보고 있는데도 짖을 기력을 잃은 누룽지는, 몸을 대문턱에 내던지고는 새삼스럽게 긴 한숨을 내쉬고 있었다. (120)

삼례의 사내가 출현한 날, 옆집 사내에게 도움을 청하기 위해 내가 뛰어갔다 왔을 때 함께 동행한 누룽지에 대한 묘사이다. 그런데 이것은 상식적으로 이해하기 힘든 괴이한 정경이다. 아무리 빨리 달렸다 하더라도 개가 이 정도로 헐떡거린다는 것도 이상한 일일뿐더러, 헐떡거리기로 하자면, 누룽지보다 내가 더 심했어야 했다. 그런데 나의 상태에 대한 묘사는 그저 "초인적인 속도감으로" "가쁜 숨을 진정시킬 사이도 없이" 달려갔다 왔다고 기술될 뿐이다. 현실성을 고려한다면, 누룽지의 헐떡거림은 나의 헐떡거림에 대한 우회적 표현이라고 해야 타당하다. 다만, '나'는 그것이 나라고 말하기를 피하고 있는 것이다. 왜? 이어지는 구문에서 알 수 있듯이, 그래야만 콘도르를 닮은 그 사내에 대한 공격성을 마음껏 드러낼 수 있기 때문이다. 또한, 어머니가 키운 수탉을 누룽지가 물어 죽였을 때, '나'는 "동료애와 쾌감"을 느끼고, "솔직한 속내 같아서는 누룽지를 끌어안고 방천둑 눈밭 위라도 구르고 싶었다"(255)고 토로했던 것이다. 그러니 누룽지는 나의 심리적 대리인임이 분명하다. 그런데 그 개의 이름의 '누룽지'라는 것은 나의 현실적인 고통이 먹을거리와 연관되어 있음을 은근히 암시한다. 또한, 유달리 '먹을거리'의 토포이가 많다는 것도 그 암시를 강화해줄 것이다. 우선 제목인 '홍어'부터가 그러하고, 소설의 첫 무대가 '부엌'이라는 것도 그러하다. "세영이 사팔뜨기 눈은 아직 고치지 못했군"(291)이라며 돌아온 아버지가 처음으로 '나'에 대한 인식을 보여준 것이, "밥상 위에 놓인 은수저를 들" 때였다는 것도 의미심장하다. 그리고, "지독하게 매운 고추를 먹었을 때처럼 고통스러움을 통한 파괴적 쾌감이 있었다"(58)나, "면상이 수수떡처럼 검붉은 그 사내"(110), "배춧잎처럼 부푼 담청색 치마"(290) 등 먹을거리의 비유는 아주 빈번하고 아주 구체적이다. 그것들이 구체적이라는 것은, 산골의 가난한 살림의 먹을거리들로서, 그 자체로서 굶주림을 환기한다는 것을 뜻한다. 또한 나타난 동생의 목에 걸린 북어포에서 '나'가 받았던 느낌은 어떠한가? "기초 언어 동작도 미숙할 그 아이가 씹지 말고 핥기만 하라는 야비한 저의가 숨어 있는 훈련 과정을 거쳐 버릇으로 정착될 때까지, 얼마나 많은 폭력적인 독려를 이겨내며 씹어버리고 싶다는 충동과 씹지 말아야 한다는 의지력을 시험받아야 했을까"(183).

이상의 표지들은 배고픔, 혹은 허기의 주제가 작품의 표면에는 전혀 나타나 있지 않으나, 작품의 내핵에 깊이 감추어져 있다는 것을 충분히 암시하고도 남는다. 깊이 감추어져 있으나 때로 그것은 엉뚱한 장소에 출몰한다. '나'에게 자주 발생하는 환각의 한 체험을 기술하는 대목에서 '나'는 "배고픔은 언제나 꿈에다 날개를 달아주었다"(126)는 말을 엉뚱하게(즉, 줄거리의 전개와 관계없이) 흘렸던 것이다. 환각은 실재계와 직면하는 자리라는 정신분석의 이론을 굳이 빌리지 않더라도, 우리는 이 뜬금없는 발언이 깊이 감추어져 있는 욕망의 편린을, 도둑이 흔적을 남기듯이, 꺼내놓은 것임을 짐작할 수 있다. 그것은 삼례와 아버지가 똑같이 가지고 있고, 그것 때문에 아버지에게 '홍어'라는 별명이 붙은, "흰 어루러기"(35)와도 같은 것이다.

그러니까 여기에는 이중의 발견이 있다. 우선, 『홍어』의 매력이 말의 생기(살아 있는 말들)와 말의 풍요(말이 말을 부르는 말들의 나선형적 순환)에 있다면, 그 생기와 풍요를 낳은 것은 바로 현실의 가난이다. '나'의 환몽은 "[현실에서] 무력해서 달콤한 부유감"(247), 즉 무력하기 '때문에' 달콤한 부유감이다. 말은 현실을 보상하는데, 그 보상은 현실의 결핍을 말로 대신한다는 뜻에서의 보상이 아니라, 결핍 자체가 말의 즐거움을 낳는 양분이라는 뜻에서의 아주 말라르메적인 보상이다("시는 언어의 결핍을 보상한다"는 말라르메의 말을 그렇게 해석한 것은 옥타브 마노니의 「정신분석가들을 위한 말라르메」였다).

그러나 독자의 이 발견은 다른 발견으로 이어진다. 말의 풍요 속에 감추어진 현실의 궁핍이라는 이 의미론적 구조는 이 작품을 드러난 것과 감추어진 것의 변증법으로 이끈다. 그런데, 이 감추어진 것은 단순하지 않다. 앞에서 보았듯이 감추어진 것은 복수이며, 감추어진 것들 중에는 드러남 쪽에 가까이 있는 것(그래서, 작품의 표면적 주제의 형성에 참여하는 것)과 덜 드러난 것(일종의 허허실실, 작품의 주제를 위장하는 것)과 아예 감추어진 것(작품의 이면적 주제의 형성에 참여하는 것)이 각각 있다. 이로부터 현실과 말 사이에, 그리고 말들 사이에 지속적인 착란이 발생한다. 그 착란은 작품 전반에 광범위하게 퍼져 있어서, 텍스트의 착란이 작품의 실질적인 주제라고 말할 수 있을 정도다. 큰 단위의 차원에서 나타나는 그 착란을 열거해보기로 하자.

(1) 제목의 착란: 이 소설의 발단은 '눈내림'으로 시작되어 '눈내림'으로 끝난다. 그것을 감안하면, 이 작품은 『눈』이 더 어울릴 법하다. 그러나 제목은 『홍어』이다. 눈내림은 실제적인 사건인 데 비해, '홍어'는 암시적 연상체이다.

(2) 관점의 착란: 이 소설은 한편으로는 성장소설이면서 다른 한편으로는 아내의 남편 찾기 소설이다. 다시 말해, 겉으로 드러난 주인공이 둘이다. 독자는 이 소설을 '나'의 성장사로 읽을 것인지 어머니의

수난사로 읽을 것인지 망설여진다. 좀더 정확하게 말하면, 그 두 관점 사이를 쉴 새 없이 왕복해야 한다.

이보다 더 작은 관점의 착란들도 또 있다. 이 작품의 한 주제가 '찾기'임이 분명한데, 찾는 자가 찾는 게 아니라, 찾음을 받는 자가 찾는 자를 찾는 전도가 빈번히 나타난다. 가령, 밤에 사라진 삼례를 찾아 나선 '나'가 한참 헤매다가 "옆집 남자에게 훈육당하"던 중 등 뒤에서 삼례의 외마디 소리가 들려온다. "삼례가 오히려 나를 찾아 나서기까지 오랜 시간이 흘러간 것"(75)이다. 얼마 후, 삼례를 다시 미행했을 때에도 같은 일이 벌어진다: "내가 삼례를 미행했던 것이 아니라, 삼례가 나를 미행하고 있었다"(85). 나중에 집을 나간 삼례가 술집 작부가 되어 돌아왔을 때에도 마찬가지다. '나'는 삼례를 찾아간다. 그런데, 내가 술집 앞에서 하냥 기다리고만 있다가 환각에 빠져들었을 때, "내 이럴 줄 알았지, 초저녁부터 찜찜하더라니깐"(147) 하면서 "삼례가 나타난"다. 이런 "전도"(76) 외에도 나의 심리적 분신인 누룽지가 나의 개가 아니라, 옆집 개라는 것도 관점의 착란으로 읽힐 수 있는 예이다.

(3) 서술의 착란: 『홍어』에는 사실주의적 묘사와 낭만주의적 감정이 어지럽게 뒤엉켜 있다. 작품 속의 기호들은 아주 수미일관하게 짜 맞추어져 있어서 작가가 정확성에 바친 열정과 시간을 충분히 짐작할 수 있다. 그러나, 기호들과 그 기호들이 실어 나르는 주제들에는 이탈의 방만함이 넘쳐흐르고 있다.

(4) 결말의 착란: 작품의 결말은 놀랍게도 아버지가 돌아오자, 어머니가 떠나는 것으로 메지 나고 있다. 그 발상이 하도 충격적이어서 독자는 어머니의 가출이 '나'의 환각 속의 그것인지, 아니면 '나'의 가출의 전도된 표현인지, 아니면 정말 어머니의 가출인지 판단하기 어려운 혼돈 속에 빠진다.

나는 작가의 최근작 『야정』을 두고 '파열적 텍스트'라고 이름 붙인 바 있는데(「증발의 현상학, 회귀의 의미론」), 그 파열은 『홍어』에서도 지속되고 있다. 그러나, 파열의 지속은 원-파열로부터의 이탈이 이 파열 속에 있음을 암시한다. 과연 꼬리가 길면 잡히듯이, 모색이 길면 의미가 잡힌다. 『야정』의 파열이 거의 무의식적이라면, 즉 작가의 의사에 '반하여' 나타난 것이라면, 『홍어』의 파열은 무의식적인 '기도'의 결과가 아닐까 추측하게 할 만큼 아주 조직적이다. 이 파열은 "사팔뜨기 눈"(291)을 한 자의 파열이지만, 동시에 사팔뜨기 눈으로 볼 때에만 정상인의 눈의 평면적 시각을 떠나 풍요롭게 볼 수 있다는 것을 강하게 암시하는 파열이다. 실로 사시(斜視)를 하고 이 작품을 열심히 바라본 사람은 작품의 원동력이라고 할 수 있는 착란이 얼마나 다면적인 말들의 풍경을 연출하고 있는지 스스로 체험할 수 있을 것이며, 더 나아가, 그것이 근대 한국인의 심성사와 그 심성사 위에서 산출된 한국의 역사적 소설들(작가 자신의 작품들까지 포함하여)에 대한 깊은 반성적 성찰을 담고 있다는 것을 알아차릴 수 있을 것이다. 그것을 풀어내는 일은 꽤 흥미로운 일이 될 것이다.　　　〔1998〕

제3부 **중첩법**

소설, 곧 다시 살기

─ 복거일의 『캠프 세네카의 기지촌』에 기대어

> 전체는 집합들을 꿰는 실과도 같은 것이어서,
> 각각의 집합을 필연적으로 다른 집합과 무한히 연결되게끔 한다.
> 또한 전체는 열림이어서, 물질과 공간에 속하기보다는
> 차라리 시간 혹은 정신에 속한다.
> ─ 들뢰즈

1. 길과 소설

복거일의 소설은 '시간'과의 무도이다. 그것은 모든 소설이 시간적 축 위에 놓인다는 것 이상의 의미심장함을 지닌다. 우선, 지금까지 발표된 그의 소설들은 시제의 네 범주를 두루 포괄하고 있다. 과거·현재·미래, 그리고 역─시간이 그것이다. 『비명을 찾아서』(문학과지성사, 1987)가 대체 역사를 통한 현재 진행의 이야기라면, 『높은 땅 낮은 이야기』(문학과지성사, 1988)는 반추의 형식을 빌린 회상의 이야기이며, 『역사 속의 나그네』(문학과지성사, 1991~ , 미완), 『파란 달 아래』(문학과지성사, 1992)는 한국 문학에서는 보기 드문 공상 과학적 미래소설들이다. 이 소설들은 모두 '시간'에 대한 분명한 의식을 보여주고 있다. 가장 그것과 거리가 먼 듯이 보이는 『높은 땅 낮은 이야기』조차, 작가는 '봄'의 단락으로 열어서 '네 해'의 단락으로 메지 냄으로써 이 이야기가 과거의 한때에 일어나서 지나가버린, 즉 탈

시간화된 사건을 다루고 있는 것이 아니라 시간 그 자신의 진행을 다루고 있음을 암시하고 있다. 더욱이 『비명을 찾아서』의 틀을 이루고 있는 가상적 현재와 『역사 속의 나그네』에서 이야기의 축으로 작용하고 있는 시간 줄기들과 시간 감독관의 존재는 그가 시간의 존재를 탐구한다기보다 시간의 존재론을 직접 문제 삼고 있다는 것을 보여준다. 그는 있었던 시간, 있는 시간, 있을 수 있는 시간이라는 시간 형식의 세 범주를 넘어서서 한편으로는 없는 시간을, 다른 한편으로는 여러 시간들의 동시적 존재를 제시함으로써, 시간에 대한 우리의 상투적 인식을 뒤흔들고 있다. 그러니, 그의 소설을 시간과의 '무도'라고 말하지 않을 수가 없다. 그는 시간을 파트너로 삼아 지금까지 보지 못했던 아주 새로운 삶의 율동과 리듬을 생산해낸다.

『캠프 세네카의 기지촌』(문학과지성사, 1994) 역시 그와 같은 맥락에 놓인다. 그것은 특이한 제재로서의 '기지촌' 이야기 이전에 '시간'과 함께 추는 또 하나의 무도이다. 전부 94개의 단락으로 나뉜 이 소설이 '길'에서 시작하여 '나가는 길'로 마무리된다는 것은 그것을 적절히 암시한다. 길이란 공간적 좌표의 한 지점으로부터 다른 한 지점으로의 이동이지만, 그것은 어느 공간적 지점에도 머무르지 않는다. 어느 한 지점에 다다랐을 때 길은 이미 다른 지점을 향해 나아가고 있다. 그래야만 길인 것이다. 그것은 그 스스로 이동하는 공간이다. 다시 말해, 길은 시간적 공간, 혹은 공간화된 시간이다. 그러니, 루카치가 "길이 시작되자 여행은 끝났다"는 명제로 소설의 탄생을 지시하였을 때, 그것은 동시에 근대적 의식의 탄생을 지적하고 있는 것이었다. 길이란 곧 되어감이며, 되어감, 즉 역사란 근대인들의 발명품인 것이다. 실로, 복거일 소설의 인물들은 무엇보다도 근대인이다.

그들은 두루 독립자이고 탐험가며 개척자이다. 그 소설적 모형을 로빈슨 크루소에게서 찾을 수 있다면, 복거일 소설의 인물들은 모두 로빈소나드이다. 그들의 그러한 성격은 거의 전면적이다. 가령 그것은 '기노시다 히데요'가 '박영세'로 바뀌게 되는 소설 내용의 큰 맥락에 놓여 있을 뿐만 아니라, 사실적 근거와 합리적 논리를 통해서 협상을 이끌어나가는 히데요의 일상적 행동 세목들에도 뚜렷이 새겨져 있으며, 대체 역사에 착안한 작가의 의식을 또한 꿰뚫고 있다. 역사를 아예 다시 쓴다는 것이야말로 개척자의 사항인 것이다. 역사를 다시 쓴다는 것은 역사를 다시 만든다는 뜻과 동의어이기 때문이다. 역사는 결코 이미 주어지지 않는다. 그것은 언제나 의도의 산물이다. 다시 말해, 역사 인식과 역사적 관점의 산물이다. 역사와 역사 인식은 결코 분리되지 않는다. 그러니, 역사를 다시 쓴다는 것이야말로 역사를 다시 만든다는 것과 동의어가 아닐 수 없다. 그리고 역사를 다시 만드는 것은 개척자만이 할 수 있는 일인 것이다.

근대 한국사의 유별난 수난적 성격 때문에 이러한 근대인은 한국의 현대 소설사에 흔하지 않았다. 한국의 근대인들은 자신을 세우기도 전에 혼란을 맞이하였던 것이고, 때문에 독립적 개인을 의식하기도 전에 이미 개인의 분열을 체감해야만 했다. 『광장』의 '이명준'이 돋보인 것은 그 때문이다. 이명준은 강정구의 용어를 빌리자면 '순수 해방 공간'에 상응할 만한 순수 근대인을 처음으로 표징하였던 것이다. 그가 걸핏하면 뇌까렸던 '외로움'은 그 순수성의 다른 이름이었다. 이명준은 혼란한 한국 현대사에 그러한 순수한 근대인의 행동 양식을 적용하려고 하였다. 그러나, 순수 해방 공간이란 존재할 수 없으며, 마찬가지로 순수한 한국의 근대인은 존재하지 않는다. 객관적으로는 그것은 환상에 불과한 것이었고, 그것은 『광장』에서 이명준의 좌초를 낳을 수밖에 없었다. 아마도 이명준 혹은 독고준을 충분히 의식하고 주형된 복거일적 인물들은 최인훈적 인물들의 좌초와 혼돈으로부터 벗어날 돌파구를 찾아내었다. 그것은 가상의 역사를 사는 것이었다. 작가는 현존의 시간 줄기로부터 전혀 다른 시간 줄기를 분화시킴으로써 본래의 그것이 혼재시키고 착종시키고 있는 자유로운 독립 주체로서의 한국인을 실험할 자리를 확보할 수 있었다.

그러나 그렇다고 해서 복거일의 소설이 허구 속의 천진한 약진을 전개하고 있다고 오해해서는 안 된다. 읽은 사람은 누구나 알 수 있겠지만, 작가는 누구보다도 현존하는 시간의 완강함을 의식하고 있다. 그 의식이 얼마나 강한지는 대체 역사의 양상을 보는 것으로 충분히 알 수가 있다. 『비명을 찾아서』에서 뒤바뀐 역사는 오히려 한국 현대 사회의 실상을 비추는, 한기가 '상황적 알레고리'라고 이름 붙인, 마법의 구슬로 기능하고 있다. 그것은 한국 자본주의의 경제적 대외 종속과 이미 본국(?)에서는 낡아버린 강압 정치의 답습과 일상 속에 광범위하게 스며든 문화적 아류성을 어느 묘사보다도 더 선명하게 보여주고 있다. 그 선명도는 역사를 바꿔버림으로써 본래의 시간 줄기에 미만한 주체의 환상을 걷어내버린 만큼 더욱더 강렬하게 얻어진 것이었다. 그 마법의 구슬은 민주 국가의 자유 시민이라는 한국인의 신분적 존재 근거를 하나의 허울이자 핑계인 것으로 만들어 여지없이 뜯어내버린다. (동시에 그것은 오늘의 일본에 대한 알레고리이기도 하다. 경제 대국과 의회 민주주의와 소위 문화적 세계주의의 외관 뒤에 일본은 실제로 무엇인가?)

물론 대체 역사의 의의가 거기에만 있는 것은 아니다. 그것의 또 다른 측면은 '새롭게 다시 살기'이다. 허상을 걷어내고 실상만으로 조형된 공간에서 완전히 다르게 살아보는 것에 대체 역사라는 실험의 근본적인 목표가 놓여 있는 것이다. 그 점에서 대체 역사의 특성은 이중적이다. 그것은 본래 역사의 허울을 벗겨낸다는 점에서 본질 지향적이다. 그것은 삶의 정수를, 진액을 뽑아낸다. 그것은 일종의 현상학적 환원에 속한다. 그러나, 다른 한편으로 그것은 현상학적 보충이기도 하다. 그것은 다시 조형된 공간에 새로운 시간의 물을 흘려보낸다. 새 부대는 새 술을 요구하는 법이다. 한데 그 새 술을 어디서 퍼 올 것인가? 그것은 새 부대가 그것의 양조장이 아니라면 나올 데가 없는 것이다. 다시 말해, 참된 자기 민족을 찾아 상해로 떠나는 박영세는 그의 전신이 히데요였기 때문에 탄생할 수 있었다. 히데요의 근대인적 성격이 그 결말을 가능하게 했던 것이고, 그 결말은 다시 히데요-박영세의 삶의 태도에 반향하는 것이다. 그런 의미에서 기노시다 히데요는 박영세로 거듭난 것이 아니라, 히데요/박영세, 아니 차라리, 히데요(박영세)라는 이중적 인물이 된 것이다. 박영세는 옛날의 히데요를 부정할 때에만 태어난다. 그러나, 동시에 그의 히데요는 결코 사라지지 않는다. 오늘의 박영세는 옛날의 히데요를 참조할 때에만 이해될 수 있다.

이 점에 주의한다면, 흔히 그에게 붙는 에피세트가 일종의 왜곡을 동반하고 있음을 알아차릴 수 있다. 참된 민족 혹은 참된 자기 찾기의 유형적 인물이라는 그것 말이다. 그의 민족 발견은 엄격한 의미에서 발견이 아니다. 그것은 차라리 발명에 속한다. 발견과 발명은 모두 없는 것으로부터 있는 것으로의 이동을 뜻한다. 그러나, 발견을 공간의 직선적 이동에 대입할 수 있다면 발명은 공간의 중층적 포개짐에 대입된다. 발견은 미래로의 탈출이지만 발명은 미래의 건립이다. '로의'와 '의'의 대립은 간단한 게 아니다. 발견은 현재를 부정하는 데에서 동력을 얻지만 발명은 현재 그 자체로부터 동력을 얻는다. 모든 자료와 도구가 현재로부터 나오기 때문이다. 발견은 현재를 부인하고 발명은 현재를 긍정한다. 그러나 역설적이게도 발견은 현재 속에 갇힌다. 모든 발견은 선험성을 전제하기 때문이다. 발견될 대상은 '이미 있다.' 그래야 한다. 있지 않으면 발견될 수 없다. 그것은 현재의 이면에 혹은 현재의 바깥에 '있다.' 그러나 현재는 결코 그 뒷면으로 들어가기를 허용하지 않으며, 그 바깥을 두르는 울타리를 철거하지 않는다. 그것은 좌초와 방황을 낳고 그것들은 다시, 지라르적 관점에서는 수직적 초월을, 루카치의 용어로는 아이러니를 낳는다. 발명의 대상은 반면에 이미 있는 것이 아니다. 그것은 '아직 없다.' 그것은 있는 것 위에 없는 것을 추가한다. 그러나 그 '없는 것'은 하늘에서 떨어지지 않는다. 그것은 지금 있는 것을 재료로 해서 생산된다. 『비명을 찾아서』의 마지막 대목을 예로 들어보자.

저만큼 아오끼의 차가 보였다. 그는 마음속으로 그것에게 고갯짓을 한 다음, 고개를 들어 하늘을 쳐다보았다. 동이 트고 있었지만, 별들은 아직 초롱초롱했다. 작은곰자리를 찾았다. 높다란 아파트에 가려 보이지 않았다. 그래도 그의 길을 가리켜줄 북극성이 거기 걸려 있다는 생각은 그의 마음을 든든하게 해주었다. 그는 가슴에 고인 슬픔을 깊은 곳으로 밀어넣었다. '길이 보이는 한, 나는 비참한 도망자가 아니다.' 그는 자신에게 일렀다. '길이 보이는 한, 난 망명객이다. 내가 나일 수 있는 땅을 찾아가는 망명객이다.'

히데요는 망명 조국을 찾아 떠난다. 그의 행위는 진정한 자기 찾기의 시도로 읽힐 만하다. 그러나, 자세히 보자. 히데요는 고개를 들어 북극성을 찾는다. 그 몸짓은 다시 한 번 『소설의 이론』을 생각키운다. 루카치는 길에서 별들을 제거하였다. 저 하늘의 별들이 갈 길을 비추어주던 때는 여행의 시대였다. 그러나 이제 길을 가는 자에게 그 별의 상징성은 감추어졌다. 신은 숨은 것이다. 그런데, 히데요는 그 별을 찾는 것이다. 물론 히데요에게도 별들은 보이지 않는다. 하지만, 별이 숨은 것은 상징성이 사라졌기 때문이 아니다. 아파트에 가려져 있기 때문이다. 그것은 보이지 않지만 별들은 "아직 초롱초롱했다." 그 별들이 북극성의 대체물, 다시 말해 은유는 아니다. 북극성은 보이지 않기 때문이다. 그것들은 후자의 환유체이다. 그러나, 그 환유체는 북극성의 부재를 그것의 존재 가능성으로 바꾼다. "그래도 그의 길을 가리켜줄 북극성이 거기 걸려 있다는 생각은 그의 마음을 든든하게 해주었다." 루카치의 별과 이것이 무엇이 다른가. 루카치에게 별은 죽은 별이다. 별은 있긴 있으나, 그 별은 사물과도 같은 별이다. 히데요에게도 별은 숨어 있다. 그러나, 히데요는 북극성을 만들어낸다. 사물과도 같은 별들에 기대어. 어쨌든 그 별들이 초롱초롱 빛나고 있지 않은가? 그래서 그는 자답하는 것이다. "길이 보이는 한, 난 망명객이다." 이 명제의 중심은 주절에만 있는 것이 아니다. 쉼표가 적절하게 가리키듯이 그 명제의 중심은 두 절 모두에 있다. '길이 보이는 한,' 그는 도망자가 아니다. 다시 말해, 길이 보이는 한 그는 가려진 별자리에서 북극성의 지점을 점 찍을 수 있다. 북극성이 길을 비춰주는 것이 아니라, 길이 북극성을 만드는 것이다. 다시 말해, 그는 망명 조국을 찾아 떠나는 것이 아니다. 그의 길은 망명 조국을 세우러 가는 길이다. 찾아 떠나려면, 망명 조국이 있어야 한다. 그러나, 이 작품 어디를 보아도 그것의 실재성을 증거할 수 있는 것은 아무것도 없다. 망명 정부에 대한 아주 희미한 소문만이 있을 뿐이다. 소문에 진상을 부여하는 것은 망명 정부에 있는 것이 아니라 그에게 있다.

길은 그 앞에 놓여 있는 것이 아니라 그가 만드는 것이다. 무엇을 만드는가? 식민지의 역사를 독립국의 역사로 바꾸어놓는 것. 그러니까, 그것은 대체 역사 그 자체이다. 그의 최종적 결단은 작품 구상의 첫머리에 놓여 있는 것이다. 동시에 그것은 작품 도중의 히데요의 온갖 행적들에 반항하는 것이기도 하다. 작품의 결말은, 따라서, 작품의 시작에 맞물린다. 그러나, 그것을 두고 작품이 원형적 순환의 성격을 가지고 있다는 것으로 읽어서는 안 된다. 그것은 또 하나의 시간 줄기가 원래의 시간 줄기 위에 포개진 것으로 읽혀야 한다. 현존의 역사에 대체 역사가 포개졌듯이, 대체 역사 그 자체 위에 히데요의 훗날이 포개지는 것이다. 그것이 원형적 순환과 다른 것은 그 포개짐이 동일한 것의 되풀이가 아니기 때문이다. 그 포개짐을 통해서 히데요는 어느새 박영세로 변모했던 것이다. 중요한 것은 그 박영세는 결코 히데요를 떠나서는 존재할 수 없다는 것이다. 마찬가지로, 그의 망명은 조선이라는 공간을 결코 떠나는 것이 아니다. 그것은 지금, 이곳으로의 망명이다. 조선 위에 다른 조선을 세우는 것이다. 식민지-조선 위에 독립국-조선을 세우는 것. 좀더 정확하게 말하면 식민지-조선(히데요의 조건) 위에, 활동하는-조선(히데요의 태도)에 근거해서, 독립국-조선(박영세)을 세우는 것이다. 거기에 발견과 다른 발명의 참된 뜻이 있는 것이며, 대체 역사의 형태적 특수성에 반향하는 것이다.

2. 다시, 길

『캠프 세네카의 기지촌』은 대체 역사가 아니다. 전통적인 분류법을
따르자면, 그것은 『높은 땅 낮은 이야기』와 더불어 회상형 소설에 속
한다. 본래 개척자에게는 과거가 보이지 않는다. 20대의 청춘에게는
앞날만이 보이는 것처럼. 과거가 보일 때는 힘이 달리는 것을 느낄
때이다. 오늘의 황무지에 버려진 사람만이 옛날의 금잔디를 노래하는
것이다. 복거일의 회상형 소설은 그렇다면 어디서 오는 것일까? 언제
나 탐험가들로 가득 찬 이 소설가의 방에 쓸쓸한 표정의 불청객이 왜
찾아오는 것일까?

조금은 엉뚱하게 독자는 여기에서 복거일의 필연적인 엘리티즘을
본다. 그 엘리티즘은 복거일 소설의 인물들이 근대의 전망을 온통 체
현하고 있다는 데서 온다. 그때 그는 근대인이라기보다 차라리 근대
그 자체이다. 원형에 근접하는 자는 누구나 세계 그 자체가 된다. 그
러나 그것은 치명적인 위험을 동반한다. 그는 한 개인에 지나지 않기
때문이다. 개인이 감당하기에는 세계는 넓고 할 일은 까마득하다. 그
러나 개인이라는 단어에 존재 이유를 부여한 것이 무엇인가? 그것은
개인이 세상을 내재하고 있다는 믿음이었다. 그러니, 한 개인으로 물
러날수록 그는 다시 세상 전체를 향해 되튕겨 나가지 않을 수 없다.
순수 근대인이 되려고 하는 자는 그 딜레마를 벗어날 길이 없다. 그
의 결코 해소될 수 없는 쓸쓸함, 슬픔은 그로부터 온다. 보라, 히데

요의 "가슴속에 고인 슬픔"이 어디에서 비롯되는지를. 그것은 가족과 헤어진다는 사실로부터 오지 않는다. 이별의 슬픔보다 더 그를 힘들게 한 것이 있었다. 자신이 "알고 지낸 사람들"에게 자신이 단순한 충동적 범죄자로 오해받게 된다는 것이 그것이다. 그의 망명은 "나를 높이 평가해주어 이사회에서 적극적으로 변호했었"던 하세가와 감사와 "자신이 감옥에서 풀려나와 처음 회사에 나갔던 날" 가장 반가워했던 하나꼬로부터의 인정의 상실을 야기한다. 그의 슬픔은 헤어짐에서 오는 것이 아니라 상호성의 상실과 나의 추락으로부터 온다. 그것이 육친성과 감정보다 "훨씬" 위에 놓인다.

이 추락에 대한 슬픔은 자신에 대한 믿음 혹은 당위가 없다면 존재할 수 없는 것이다. 그 점에서 복거일적 인물은 운명적으로 평범한 사람이 되지 못한다. 근대의 핵심에 인간 주체의 개념이 들어 있다면, 철저한 근대인의 덕목은 어떤 무엇에든 자신을 빗대지 않는 것이다. 개인은 합리성과 경험의 주체일 뿐만 아니라 자기 자신에 대한 주체이어야 한다. 다시 말해, 스스로를 합리성과 경험의 실행자로서 증거할 수 있어야 한다. 그런데 그것은 몰이해를 낳는다. 누구나 그렇게 철저하게 살 수는 없기 때문이다. 그러니, 근대적 기획을 몸으로 체현하는 자는 근대인들의 몰이해 속에 필경 갇히고야 만다. 예수의 '수난passion'이 예수의 '열정'과 동의어라는 바로 그 의미에서, 근대인의 열정은 근대인의 수난이 될 수밖에 없다. 그가 외부의 모든 편견과 자신의 모든 타성과 대항하며 이곳에서 싸우려면, 그는 불가피하게 외톨이이자 이방인, 망명자가 되지 않을 수가 없다.

복거일의 회상형 소설이 갖는 의의는 여기에 있다. 그의 근대인이 근원적인 유형에 처해질 수밖에 없다는 것, 그 유형은 자신의 추락을 동반한다는 것, 그리고 그것은 거꾸로 그 자기 점검과 단련을 낳고 그것은 다시 그의 유형의 조건이 된다는 것. 그것들은 상호 상승적으로 작용하여 복거일적 인물에게 해소될 길 없는 슬픔 속에 빠져들게 한다. 그 슬픔과 정면으로 대면하는 자리, 그것이 이 작가의 회상의 자리가 아닐까? 과거를 쓸쓸하게 되돌아보는 자리가 아니라 쓸쓸함의 의미에 대해서, 더 나아가 근대인의 삶의 양식에 대해 성찰해보는 자리가 아닐까?

과연 그렇다. 『높은 땅 낮은 이야기』와 『캠프 세네카의 기지촌』에서 공히 이야기의 주축을 이루는 것은 지나간 사건에 대한 환기가 아니다. 그것은 비무장지대 혹은 기지촌에 놓인다는 것의 의미에 대한 사유이다. 한데, 『높은 땅 낮은 이야기』에서 그 성찰은 '정리' 혹은 '점검'의 차원에 놓여 있었다. 비무장지대는 다른 소설들의 탐험가들이 문득 자신을 되돌아보기 위해 찾은 은신처와도 같은 것으로서 존재한다. 비무장지대의 '네 해'의 시간은 징역살이와도 같은 일종의 행동의 유예 기간으로 조성된다. 현이립이 가래를 뱉는 광경은 유예의 공간으로부터 열려 행동의 공간으로 몸 던짐을 상징적으로 가리킨다.

그러나, 그렇게 되면, 그때의 행동 존재는 더 이상 성찰인이 될 수가 없다. 성찰의 몫을 유예의 공간에 남겨놓았던 때문이다. 그리고 그로부터 존재하는 곳에서 생각하지 않고, 생각하는 곳에서 존재하지 않는다는 역설에 부닥칠 수밖에 없게 된다. 행동 혹은 탐험의 삶 자체가 성찰이 되거나, 성찰의 삶이 그 자체로서 탐험이 되지는 못하였던 것이다.

『캠프 세네카의 기지촌』은 『높은 땅 낮은 이야기』가 부닥친 그 문제에 대한 자각 위에서 출발한 듯이 보인다. 이 작품 역시, 일종의 회상형 이야기이며, 그 회상적 틀은 여전히 자신을 되돌아보기 위해 마련된 공간이다. 그러나, 그 회억은 더 이상 침잠 속의 반추, 행동을 보류한 사유가 아니다. 그것을 우리는 몇 가지 형태적 특성으로부터 찾아볼 수 있다. 우선, 앞에서 살펴본 것처럼, 길의 형식이 이 작품에도 적용되고 있다. '길'의 단락에서 시작해서 '나가는 길'의 단락으로 마무리되고 있는 것이다. 그러나, 그 길은 행동만이 존재하는 직선적 길도 아니며, 『높은 땅 낮은 이야기』에서처럼 잠시 머물다 가는 길도 아니다. 소단락의 제목은 그것을 은밀히 암시한다. '길'과 '나가는 길' 사이엔 야릇한 비대칭이 있다. '나가는 길'은 알겠는데, 첫 단락의 제목은 왜 그저 '길'인가? 그것은 '들어가는 길'이라고 해야 하지 않았을까? 출구가 있으니 당연히 입구가 있어야 할 것 같은데, 첫 단락의 '길'은 그 길이 입구라고 말하지 않는다. 그것은 도대체 무엇인가? 독자가 그것을 기대하면 할수록 입구는 유보되며 독자의 의문을 증폭시킨다. 그 의문을 풀기 위해서는 작품을 읽어볼 수밖에 없다. 첫 단락을 읽어보기로 하자.

기적을 길게 남기고, 기차는 산모퉁이 뒤로 사라졌다. 북적거리는 승강장이 조용해졌음을 깨닫고, 나는 역을 둘러다보았다. 아무도 보이지 않았다. 표를 받던 역무원도 사무실로 들어간 듯, 개찰구도 비어 있었다./〔……〕/차표를 내려고 사무실 쪽으로 가니, 역무원이 출입문 유리로 내다보고 서 있었다. 내가 손잡이를 잡자, 그가 문을 열었다. 늙수그레한 그의 낯빛이 뜻밖에도 부드러웠다. 거기에 용기를 얻어, 나는 그에게 절골로 가는 길을 물었다.

아주 단순한 묘사처럼 보이는 이 두 문단은 의외로 복잡한 심상을 비추고 있다. 나의 갈 길은 '절골'인데 나는 기차에서 내려 곧바로 절골로 가는 것이 아니라, 몇 개의 중개소를 거쳐 간다. 그것들을 하나하나 살펴보기로 하자. 우선, 기차. 기차는 떠난다. 그냥 떠날 뿐 아니라, 산모퉁이 뒤로 사라진다. 그것은 길의 사라짐과 동의어이다. 그렇다면 나는 어떤 머묾의 자리로 들어가는 것일까? 다음, 역. 역은 아주 조용하다. 텅 비어 있다. 기차가 나를 부려놓고 간 곳은 정적의 공간, 백지의 공간이다. 그 공간은 일종의 타불라 라사일까? 앞으로 나만의 새 삶이 펼쳐질 순수 공간이라는 것일까? 아니면 '인간 없는 땅'에 홀로 버려진 나의 외로움을 예시하는 것일까? 그 두 가지 가능성은 사실상 하나이다. 로빈슨 크루소의 무인도가 순수 가능성의 공간이자 동시에 지독한 외로움의 공간이었듯이. 그런데 "뜻밖에도" 어느새인가 마술처럼 사람이 나타난다. 역무원이 출입문 유리로 내다보고 서 있었다. 이 순수 공간에도 사람이 살고 있었던 것이다. 그 공간은 이미 누군가에 의해서 점유된 공간이라는 것일까? 다시 말해 그가 앞으로 살 지역은 결코 순수 가능성의 공간이 아니라는 것일까? 하지만 역무원의 기능은 거기에 있지 않다. 그의 역할은 중개자의 그것이다. 문제는 그가 내다보는 곳이 출입문의 유리라는 것이다. 그 문은 출구인가? 입구인가? 기차의 관점에서 보자면 그 문은 입구이다. 그러나 역의 입장에서 보자면 그 문은 출구이다. 어찌 됐든 나는 출입문의 손잡이를 잡는다. 그러자 그가 문을 연다. 내가 문을 연 것이 아니다. 유리문을 사이에 두고 대칭이 아니라 상호성이 성립된 것이다. 이어지는 진술: "늙수그레한 그의 낯빛이 뜻밖에도 부드러웠다"는 그

래서 나온다. '뜻밖에도'는 마음의 늦은 반응일 뿐이다. 그것은 역무
원이 나타났을 때 이미 시작된 것이다. 무엇이 시작되었단 말인가?
순수 가능성/외로움의 공간을 교류의 공간으로 돌변시키는 마음의
움직임이 시작되었다고 말할밖에 없다. 그 마음이 역무원을 마술처럼
출현시킨 것이고, 또 그 마음이 "내가 손잡이를 잡자, 그가 문을 열
었다"는 진술을 가능케 한 것이다. 기차에서 절골로 나가는 이 길은
다음과 같이 도시될 수 있다:

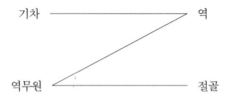

내가 절골로 가는 길은 똑바로 난 길이 아니다. 나는 역과 역무원
을 거쳐 그곳으로 간다. 그 거쳐 감을 통해서 길의 직선에 모호함이
발생하고, 그리고 두 개의 길이 열린다. 하나는 개척과 외로움의 길
이고, 다른 하나는 만남과 뒤섞임의 길이다. 그러나 그것뿐인가? 하
나의 길 위에서 그는 로빈슨 크루소를 연상한다(단락 2). 그러나 그
길은 교묘히 바뀌어 정지된 자리가 된다. 어느새 나는 자신이 '원주
민'이라고 생각한다(단락 6). 그 원주민 의식은 로빈슨 의식과 같고
도 다르다. 내가 제일 먼저 들어온 사람이라는 뜻에서 "은근한 자부
심"을 느낄 때 나는 로빈슨 크루소의 연장선상에 있다. 하지만 그것
도 잠시이다. 사람들의 들어옴은 궁극적으로 미군 부대의 들어옴을
전제로 한다: "자연히 우리 식구들은 미군들이 들어오기를 애타게 기
다렸다"(단락 7). 그때 더 이상 나도 아버지도 로빈슨 크루소가 아니

다. 미군 부대의 한 기생자에 불과한 것이다: "골짜기 아래쪽에 미군 부대가 철조망을 두르고 의젓이 앉아 있었다. 그 한쪽에 우리 마을이 혹처럼 붙어 있었다"(단락 12). 본래 길은 두 길이었던 것이다. 그리고 여기에 또 하나의 길이 있다. 그 길은 본래의 길이 이중적으로 분화되어 있음을 바라보는 눈의 길이다. 모든 길은 하나인데 그러나 그 길은 언제나 그 안에 또 하나의 길을 내재하고 있는 길이다. 길은 단순히 두 갈래의 길인 것이 아니라 끊임없이 분화하는 운동 그 자체이다. 길의 분화가 길이다.

첫 단락의 제목이 형용어를 생략하고 있는 것은 그것 때문이다. 길은 들어가는 길이지만 동시에 그 이상이다. 불모의 개간지거나 분단 현실의 황색 지대이거나, 그 길은 그곳으로 들어가는 길이면서 동시에 어떤 다른 길이다. 만일 들어가는 길이기만 했다면, 『캠프 세네카의 기지촌』은 『높은 땅 낮은 이야기』의 되풀이에 불과했을 것이다. 그러나 이 작품에서 작가는 길을 그렇게 닦지 않았다. 그가 닦은 길은 스스로 갈라지는 길이다. 길은 언제나 길 감이다. 그러나, 이 작품의 길은 그저 그렇게 길의 운동성을 표지하고만 있지 않다. 그 길은 길 감이 아니라, 길 냄이다.

이 초두의 구조는 작품의 큰 맥락에 반향한다. 우선 화자의 위치. 화자는 이 작품에서 이중적 위치를 가지고 있다. 그는 아버지의 사건을 '보는' 자이면서 동시에 아버지와 사건을 '겪는' 자이다. 그는 성찰의 주체이며 동시에 행동의 주체이다. 다음, 행동 주체로서의 아버지의 입장. 얼핏 이 작품에서 아버지는 행동의 권화인 듯이 보인다. 그러나, 그는 사유의 검은 지대 속에 놓여 있기도 하다. 아버지는 언제나 기지촌의 삶을 주도하는 위치에 서 있다. 그러나 결코 그는 자신을 드러내지 않는다. 대표직과 신문의 사진에서 그는 언제나 빠져 있다. 왜? 우선은 실용적인 이유 때문이다. 그러나, 그 실용적인 이유의 뒤에 도사리고 있는 것은 아버지의 과거이다. 부역자로서 몰렸던 과거. 그 과거는 아버지의 모든 행동의 최종적 참조 사항으로 작용한다. 독자들은 걸림돌이라고 표현하지 않는 것에 주목해주었으면 좋겠다. 그것은 걸림돌일 뿐 아니라 행동의 동인이기도 하다. 실패한 과거를 다시 사는 것, 거기에 기지촌 삶과 부역의 관계의 핵심이 있다. 아버지가 드러나지 않는 정말 실용적인 이유는 거기에 있다. 바깥으로의 사소한 드러남은 과장을 가져오고 그를 부역자로 몰리게끔 만들었다. 그러니, 기지촌에서는 그렇게 살 수가 없는 것이다.

더 나아가 아버지의 부역은 화자의 이야기를 두 개의 이야기로 분화시킨다. 기지촌의 이야기를 말할 수 있는 이야기라고 한다면, 부역의 이야기는 말할 수 없는 이야기이다. 작품의 흐름은 말할 수 있는 이야기 뒤편에 숨어 있는 말할 수 없는 이야기가 어떻게 그 차단의 벽을 뚫고 서서히 말할 수 있는 이야기로 바뀌는가를 보여주고 있다. 얼핏 보아, 아버지의 부역이 마지막에 가서 갑자기 튀어나오는 것처럼 보이는 것은 그에 대한 온전한 얘기가 종국에 가서야 가능해지기 때문이다. 그러나, 그것은 실제론, 말할 수 있는 이야기에 가려진 채로 서서히 진행된 부상 운동의 결과이다. 그것은 가족의 첫번째 정착 사업인 일월당 약포가 문을 여는 '단락 14'의 종군 얘기 도중에 암시되기 시작하여 화자가 가족에게 '맏이'의 대접을 받게 되는 '단락 19'에 와서 형체를 드러내며, 아버지가 정치 활동을 개시할 즈음의 '단락 38'과 "양키 고 홈"의 제목을 단 '단락 56'을 거쳐 '단락 79'에 와서 아버지의 육성을 통해 본격적으로 회상되고 아버지가 죽은 다음 화자가 고향을 방문하는 '단락 81'에 와서 그 어둠을 걷는다. 그 과정은 아버지의 기지촌에서의 삶의 변화 과정과 유기적으로 맞물려 있다.

마지막으로, 작품의 삶. 이 작품은 하나의 삶을 다루고 있는 것인가? 아버지의 삶, 더 나아가 기지촌 사람들의 삶? 다시 말해, "바깥 세상에서 살아갈 힘이 없는 사람들이 모여들어서 가까스로 살아가"(단락 21)면서 하나의 온전한 생활 공간을 이루게 되는 과정인가? 그러나, 얼핏 보이지 않는 또 하나의 삶이 있다. 그것은 '나'의 삶이다. 기지촌의 삶과 다른 의미에서의 나의 삶. 그것은 '장수바위'와 연관되어 있는 삶이다. 장수바위는 나의 정향에 대한 항상적인 참조 사항이다. 내가 사곡리의 첫 대학생이 되어 마을을 떠날 때 그는 "장수고개 위에서 걸음을 멈추고 골짜기를 내려다"(단락 36) 본다. 그가 몸과 마음이 지쳐 무역 회사를 그만두고 고향으로 돌아올 때도 그는 "장수고개 위에"(단락 72) 올라서서 캠프 세네카를 바라본다. 장수고개가 절골과 바깥 사이의 문턱을 이루고 있기 때문이다. 물론 화자가 절골을 완전히 떠날 때도 그는 장수고개를 거쳐서 나간다(단락 94). 그가 절골로 들어올 때 넘은 "꽤 높은 고개"도 장수고개였을 것이다. 하지만 문턱에 위치해 있다는 것만으로 그것이 나의 행로에 대한 참조 사항이 될 수 있는 것은 아니다. 문제는 장수고개가 아니라 장수바위이다. 그는 장수고개를 넘을 때마다 장수바위를 흘낏 쳐다본다. 그리고 장수바위의 설화를 다시 떠올린다. 장수바위의 설화는 위기에 처한 민족을 구원할 영웅에 대한 흔한 갈망을 표현한다. 그 점에서 그것은 기지촌의 삶과 상응 관계에 놓인다. 기지촌이란 외세에 종속된 한국의 제유체이다. 그러나 내가 장수바위와 맺는 관계는 바로 그것을 복사하고 있지는 않다. 나는 그것을 설화의 대상으로서가 아니라 생각의 대상으로서 대면한다. 장수바위 설화가 모순으로 이루어져 있다는 것(단락 12), 나와 장수는 일종의 경쟁 관계에 놓인다는 것(단락 36), 장수는 결코 나오지 않는다는 것(단락 94), 그리고 사람들은 끊임없이 장수바위의 설화를 재생산한다는 것 등이다. 마지막 항목은 좀 풀이를 요구할지 모르겠다. 그것은 우선 장수바위를 둘러싼 바깥 사람들과 안 사람들의 끝없는 공방을 말한다. 중국 사신이 말뚝을 박으면 원님이 그것을 뽑아낸다. 일본놈들이 다시 쇠말뚝을 박으면, 해방 이후 동네 사람들이 뽑아낸다. 그것은 끊임없이 되풀이되는 이야기이다. 민족(그리고 자신)의 수난과 구원에 대한 아쉬움과 원망과 갈망이 얽혀 있는 이야기이다. 그러나 동시에 그것은 이야기일 뿐 아니라 현실이기도 하다. 장수바위의 말뚝을 뽑아내는 일을 우리는 끝없이 실천한다. 사곡분교에 세워진 미군의 공적비는 젊은 교사의 주도로 뽑혀 쓰레기터에 버려진다(단락 89). 이번에도 말뚝을 뽑은 것이다. 다음엔 누가 말뚝을 박을 것인가? 나의 생각의 더듬이는 그러나 이 끝없는 공방 그 자체에 놓여 있지 않다. 공적비는 언제 뽑혔는가? 미군들이 물러날 때이다. 마치 일본놈이 물러났을 때 쇠말뚝이 뽑히듯이. 장수는 그러니까 구원의 실행자가 되지 못한다. 그럴 필요가 있을 때는 장수는 나올 수가 없다. 말뚝이 박혀 있기 때문이다. 그가 나올 수 있을 때는 나올 필요가 없을 때이다. 장수바위 설화의 이 근본적인 이율배반, 나의 성찰은 바로 그것의 실제적인 모습에 대한 것이다. 이 끝없는 이율배반의 실천에 대해서. 한국인의 이 집단적인 패배의 무의식에 대해서.

기지촌에서의 '삶'의 중요성이 여기에서 나온다. 작가가 기지촌의 삶을 말해야 할 필요성도 여기에서 나온다. 말뚝은 필요할 때 뽑혀야 한다. 그것을 실천하는 것이 기지촌에서의 삶이다. 기지촌의 삶은, 하지만, 그것을 의식하지 못한다. 나의 삶은 기지촌의 삶이 그 자체로서 말하지 못하는 것을 생각할 수 있게 한다. 그 점에서 나의 삶은 아버지(기지촌)의 삶과 다르면서 상관적이다. 그것은 후자에 대해 반성적이고 보완적인 기능을 한다.

3. 묶음 철 없는 사진첩

분화와 상관의 구조라고 이름 붙일 수 있는 이 기본 형태 안에는 또 하나의 좀더 복잡한 형태가 끼워져 있다. 전부 94개의 짧은 단락들의 모음으로 이루어져 있다는 것이 그것이다. 이 형식은 작가가 즐겨 사용하는 것이기도 하다. 『비명을 찾아서』는 전부 109개의 단락들의 모음이다. 『높은 땅 낮은 이야기』는 155개의 단락들로 이루어져 있다. 이러한 형식을 채택한 특별한 이유가 있는 것일까? 『비명을 찾아서』의 그것과 『높은 땅 낮은 이야기』와 『캠프 세네카의 기지촌』의 그것들 사이에는 차이가 있어 보인다. 『비명을 찾아서』의 이야기는 단락 번호를 제거한다 하더라도 그 자체로서 한 편의 장구한 드라마로 읽힌다. 지금까지의 그에 관한 평문들이 단락 나눔에 대해 특별한 주목을 하지 않은 이유는 아마 거기에 있을 것이다. 그러나 그 단락 매김이 무의미한 것은 아니다. 그것은 각 단락의 머리에 붙은 가상적 인용문들과 조응한다. 그 인용문들은 단락에 대한 일종의 상징도를 이루면서 동시에 경쟁한다. 상징도를 이루는 것은 그것들이 대부분 단락의 서사적 내용을 개념적으로 축약하고 있기 때문이며, 경쟁하는 것은 그럼에도 불구하고 인용문이 예시하는 것과 비교해 본문은 언제나 넘쳐나거나 때로는 모자라기 때문이다. 하나의 예만 들어, '단락 16'을 살펴보기로 하자. 그 단락의 인용문은 조선 독립의 불가능성을 주장하는 서양인의 가상적 저서에서 뽑은 것이다. 반면 본문은 히데요가 근무하는 일본 회사와 서양 회사 사이의 합작 투자 계약에 관한 협상 과정을 보여주고 있다. 내용상으로는 인용문과 본문 사이에는 아무런 연관이 없다. 인용문은 차라리 '단락 15'의 마지막 대목, 즉 히데요가 조선이 독립한 것으로 기술된 대체 역사 소설을 읽다가 불현듯 조선인(반도인)에게 부당하게 적용되는 차별성에 분노해 "차라리 독립하는 게 나을지도 모르지"라는 "엄청난 말"을 내뱉은 것과 연관된다. '단락 16'의 인용문은 히데요가 분김에 뱉은 말을 마치 조롱하듯이 제시된다. 그리고, 본문은 히데요의 탁월한 협상 수완을 보여준다. 그런데 그의 행동은 철저한 일본인으로서의 의식에서 나온다. 그 점에서 인용문은 완전히 일본화됨으로써 독립의 가능성을 상실해버린 조선인의 모습을 축약하고 있다고 말할 수 있다. 그러나, 자세히 읽는다면, 본문은 또한 그것을 부정할 가능성을 낳고 있음을 알 수가 있다. 우선, 이 인용문이 서양인에 의해 쓰여졌다는 것은 의미심장하다. 그것은 히데요의 협상 대상이 서양인이라는 사실과 상응한다. 그런데, 서양은 일본에게 열등감의 영원한 원천이다. '단락 11'과 '단락 12'의 머리 인용문은 그것을 명백하게 기술하고 있다. 게다가 자본의 관계에서도 히데요의 회사는 서양 회사에 종속되어 있다. 그리고 히데요 회사의 내지인 간부들은 그것에 굴복하고 있다. 일본인-조선인의 관계가 일본-서양의 관계에 되풀이되어 있는 것이다. 그런데, 반도인인 히데요가 그것을 깨뜨리고 히데요의 회사에 유리하게 협상을 마무리 짓는다. 일본이 서양에 대한 정신적·물질적 종속으로부터 벗어나는 작은 사건이 히데요에 의해서 일어난 것이다. 그 가능성은 애초부터 부정되고 있었다. 현상이 그것을 부정하고 있었기 때문이다. 그러나, 아주 예기치 않은 곳으로부터 현상에 대한 반란이 일어난 것이다. 내지인 간부들이 자발적으로 협상에 끌려갈 때 반도인이 그 예속을 거부한 것이다. 이 우연한 사건이 조선인 그 자신에게도 일어나지 않겠는가? 다시 말해, 히데요의 회사와 서양 회사 사이의 역학 관계에 변혁이 일어났듯이, 영원한 식민지인 조선과 일본 사이의 요지부동으로 보이는 지배·종속 관계에도 변혁이 일어날 수 있지 않겠는가? 게다가 히데요의 각성은 바로 이러한 낯선 것과의 우연한 만남으로부터 비롯된다. 일본인의 저서들『도우꾜우, 쇼와 61년의 겨울』이라든가 『독사 수필』 같은 책들이 그의 각성의 첫 토양을 이룬다. '단락 16'의 본문은 바로 그러한 가능성을 흘려보냄으로써 인용문의 완강함과 경쟁한다. 그것은 인용문의 내용을 풀어낼 뿐만 아니라, 동시에 인용문의 형식적 특성과 연관되어 그것을 부정할 여지를 만든다.

『비명을 찾아서』의 머리 인용문은 각 단락들을 연결하는 끈의 역할을 한다. 보았듯이 그 끈은 변모의 촉매로 작용하는 끈이다. 반면, 『높은 땅 낮은 이야기』와『캠프 세네카의 기지촌』의 각 단락들에는 그러한 머리 인용이 없다. 대신 작품 맨 앞에 하나의 머리 인용이 두 작품 모두에 놓여 있다. 『높은 땅 낮은 이야기』의 머리 인용은 본문의 서사적 내용의 주제를 요약하고 있는 것으로 보인다. 즉, '회복,' 우연한 사건으로 폐허화된 의식의 회복이 그것이다. 그 대신 그것이 각각의 단락들에 반향하는 것으로 보이지는 않는다. 그 단락들은 아주 잘게 쪼개져 있는 단편들이다. 그 단편들은 전체적인 주제와 상호 조응한다기보다는 차라리 오생근의 지적처럼 "비정형적이며, 불투명하게 느껴지는 시간의 연속" 속에 놓여 있는 "비무장지대의 일상적 삶과 이야기를 효과적으로, 내용과 형식에 맞게 전달하기 위한 것처럼 보인다."

『캠프 세네카의 기지촌』의 경우는 어떠한가? 작품의 맨 머리에 인용되어 있는 것은 『로마 제국』에서 발췌한 것이다. 이 역시 『높은 땅 낮은 이야기』의 경우처럼 본문의 서사적 내용에 반향하는 것으로 보인다. 다만 두 가지 차이가 있는데, 그 하나는 인용문의 주체가 로마인, 즉 주둔군인 데 비해, 본문의 주체는 정착민이라는 것이다. 그리고 로마군과 주민 사이에는 양자적 관계가 놓여 있는 데 비해, 소설 본문은 그렇지 않다는 것이다. 정착민은 본래의 원주민이 아니라 흘러 들어온 사람들이며, 기지촌은 새롭게 조성된 공간이라는 것이다. 따라서 본문의 관계는 주둔군-주민 사이에 놓이는 것이 아니라, 주둔군-정착민-기지촌-원주민이라는 4자적 관계를 이룬다. 얼핏 무의미한 차이인 것 같지만 그것은 앞에서 보았던 길의 이중성과 Z자형 겪임에 반향한다. 아무튼 머리 인용과 세부 단락들 사이에는 분명한 연관을 찾기가 힘들다. 대신, 이 단락들 스스로가 어떤 연관을 이루고 있다.

우선, 『비명을 찾아서』와 마찬가지로, 이 작품의 본문 내용도 굳이 단락을 나누지 않아도 그대로 한 편의 드라마로 읽힐 수 있는 단단한 서사적 맥락을 갖추고 있다. 그럼에도 불구하고 단락들, 그리고 그 번호와 제목이 존재한다면, 그것은 왜일까? 이 소설이 회상형 소설에 속한다는 점을 감안하면 이 짧은 단락들은 마치 오래된 사진첩을 연상시킨다. 지나온 과거를 있는 그대로 돌이켜보는 것은 사실상 불가능하다. 그것은 똑같은 방식으로 다시 한 번 살 것을 요구하기 때문이다. 사진은 추억을 잘게 쪼개어 보관하는 편리한 방법을 제공하였다. 그러나 매클루언이 지적하였던 것처럼 그것은 역사의 박제화를 대가로 얻어지는 것이다. 『캠프 세네카의 기지촌』의 이 단락들도 그와 같은 기능을 하는 것일까? 본문은 사진을, 제목은 사진 설명을, 단락 번호는 연표를 담당하는 것일까? 그러나 앞절의 '길' 분석은 그의 회상이 동시에 활동임을 충분히 설명하고도 남는다. 가령, 이 회상이 묻힌 과거를 복각해내는 고난한 작업 속에 있다는 것만을 상기하는 것으로 충분하다. 오히려 거꾸로 들어가는 것이 아닐까? 다시 말해, 모든 회상이 불가피하게 가질 수밖에 없는 역사의 박제화 가능성(최근의 소위 '후일담 문학'은 그것을 노골적으로 보여주고 있다)에 정면으로 접근함으로써 그것 자체를 생동하는 삶의 현장으로 되살리려고 하는 것은 아닐까? 그것이 사진첩의 인상을 의도적으로 채택하도록 한 것이 아닐까? 추억 보관/박제의 원형적 구조 자체를 활동 공간으로 삼아, 그것을 그대로 살아 있는 삶의 현장으로 되살리는 것이 아닐까? 만일 그렇다면 단락들은 스스로의 방식으로 서로 간에 아주 특이하게 연관을 맺어야 한다. 추억이 추억 속으로 가두어지지 않고 현실 위로 되살아나려면 말이다. 과연, 단락들은 그 짐작에 적극적으로 대답하고 있다. 단락들은 일반적인 의미에서 릴레이의 형식을 취하고 있다. 앞 단락의 어떤 부분 혹은 전체가 뒷 단락의 전체로 이어지며 다시 그것은 앞 단락으로 반향한다. 그 단락들의 연관은 좀더 자세하게는 다음과 같은 네 방식으로 나뉜다.

① 병렬
② 짧은 이음
③ 긴 이음
④ 순환적 이음

'병렬'의 경우는 같은 종류의 사건을 여러 개 동시에 나열하는 것이다. 가령, '단락 20'의 '마이신' 이야기, '단락 21'의 '보호 구역' 이야기, '단락 22'의 '미군들 1,' '단락 23'의 '어깨패' 이야기는 동일한 주제에 대한 다양한 사례 제시이다. 그것들은 모두 아무 데도 뿌리를 내릴 수 없어서 몰려든 이 기지촌이 결코 자유로운 공간이 아니라 외적 압력에 둘러싸여 있음을 보여주는 예들이다. 그러나, 그것은 그저 다양한 양상으로서 제시되는 것이 아니다. 그것들은 각각 압력의 중요한 4면을 나타낸다. '단락 22'가 미군의 존재와 기지촌 주민 사이에 필연적으로 연관되어 있는 공생 관계를 지시한다면, '단락 20'은 한국 행정부로부터의 압력을, '단락 21'은 실제의 원주민들로부터의 텃세를, '단락 23'은 기지촌 내부에서 어느새 발생하는 내적 압력을 말하고 있다. 즉, 기지촌 사람들은 바깥의 3면에, 그리고 자기 자신으로부터 분화된 또 하나의 면에 꼼짝달싹 없이 둘러싸여 있는 것이다. 말을 바꾸면, 그들은 문명·자연·인간·자신이라는 사면 초가에 갇혀 있다. 병렬은 세상의 다양성을 보여줄 뿐만 아니라, 그것들 사이를 잇는다.

'짧은 이음'도 빈번하게 활용되는 기법이며, 때로 그것은 병렬적 단락들 사이에 은밀히 개입해 있다. 그것은 앞 단락의 중요하지 않은 이야기가 뒷 단락에서 이야기의 중심 주제로 나타나면서 단락들의 의미를 변화시키는 것을 말한다. '단락 16'은 '간첩' 소동을 다룬 것이다. 그것은 '단락 14'의 미사일 기지와 더불어서 기지촌 사람들이 실제적인 전쟁의 위험을 일종의 재미난 사건 및 이야기로 받아들이고 있는 풍경을 희극적으로 다룬 단락이다. 화자는 그게 의아해서 어머니에게 묻는다. 그때 어머니는 엉뚱한 대답을 내놓는다: "'먹고살기 바쁜 판에, 누가 그런 디 신경 쓰겄니?' 다리미에 넣을 숯을 만드시면서, 어머니께선 내게 눈길도 주지 않으셨다." 어머니는 실제로 약방 일, 세탁소 일, 그리고 임신으로 먹고살기 바빴다. 그러나, 어머니의 대답은 예외적인 대답이다. 일반적 태도에 의해서 그것은 곧 부정된다: "그러나 마을 사람들은 그 일을 이내 잊었다. 하긴 미군들도 간첩이 나타난 것에 별로 신경을 쓰는 것 같지 않았다. 비상은 사흘만에 풀렸고 외출 나온 미군들은 달라진 것이 없었다." 먹고살기 바쁘다기보다는 실감이 주어지지 않는 것이었다. 그럼에도 불구하고 이 단락 속의 어머니 대목은 그대로 사라지는 것이 아니다. 어머니의 대답은 '단락 19'의 '맏이' 이야기에 와서 완전한 제 의미를 드러낸다. 어머니는 아기를 낳았고, 그것은 나에게 '맏이'의 책임감을 부여한다. 그동안 화자는 맏이가 아니었다. 아버지의 부역 때문에 죽은 두 살 위의 형이 있었다. 그러나, 이제 생활이 화자를 맏이로 만든다. 정말 먹고살기 바쁜 판에 죽은 맏이를 영원히 모셔둘 수는 없는 법이다. 그것은 '단락 21'에 와서 화자가 수박 서리를 하다가 들키는 일을 저질렀을 때 아버지에 의해 다시 한 번 강조된다. '단락 16'의 어머니 대답과 '단락 19' 사이의 경우가 짧은 이음을 보여주는 예이다. 두 단락은 약간의 거리를 두고 있다. 그럼에도 불구하고, 그것을 짧은 이음이라고 하는 것은 그 사이에 놓인 두 단락이 계속적으로 연결을 받쳐주고 있기 때문이다. '단락 17'에서의 석규 아저씨의 가족과 헤어진 이야기, '단락 18'의 미군 구급차에 실려 출산하게 된 경위는 16과 19의 두 단락을 긴밀하게 이어주는 보조적 기능을 한다. 물론 사이의 그 두 단락은 각각 제 나름의 기능을 가지고 있어서 '단락 17'은 '단락 35'의 석규 아저씨의 죽음과 길게 이어지고, 더 나아가 기지촌 사람들의 영원한 유랑과 방황의 운명을 예시한다. '단락 18'은 미군과 주민의 최초의 협력을 보여주는 사건이 되어, '단락 24'로부터 '단락 32'에까지 병렬적으로 전개되는 주둔군과 정착민 사이의 협력에 대한 예시적 사건으로 기능한다. 그러한 이음이 바로 '긴 이음'이다.

'짧은 이음'이 이어달리기에서의 바통 터치의 양상과 비슷한 데 비해 '긴 이음'은 럭비에서의 공 주고받기와 같다. 그것은 다소간의 긴 거리를 두고 있는 단락들이 연관되면서 작품의 의미를 심화 혹은 확장하는 것을 말한다. 위에서 든 예들이나, 혹은 '일월당 약포'(단락 14) 대목에서 손님으로 등장한 '혜산진 장씨'가 '단락 49'에 와서 마약 사범으로 붙잡혀 가면서 한 단락의 제목을 차지하는 것, 혹은 "거짓말을 밥 먹듯 했고 스스로 외상값은 갚은 적이 없었고 잡히는 것들은 모두 팔아먹었고 힘든 일은 해본 적이 없"어서 마을 사람들의 미움을 사고 화자에게서도 홀대를 받다가 도망친 '엉터리 이씨'(단락 39)가 그러나 "악한 사람은 아니"었고, 무엇보다도 "예술가다운 면을 가지고" 있어서 간판장이였던 아버지와 자연스럽게 연결되어 다시 회상되는 경우(단락 80)도 '긴 이음'의 예로 들 수가 있다. 아버지의 '일월당 약방'과의 경쟁에서 패배해 문을 닫은 '현대 약방'(단락 41)과 화자가 기지촌을 떠나면서 넘겨준 약국이 새로 내건 간판이 '현대 약국'이라는 것 사이에 맺어지는 관계(단락 93)도 '긴 이음'에 해당한다. '긴 이음'이 '짧은 이음'과 다른 것은 후자가 직접적인 연결과 변화를 보여주는 데 비해, 그것은 간접적으로 연결되어 암시적인 기능을 맡는다는 데에 있다.

그리고 '순환적 이음'이 있다. 그것은 하나의 주제가 일정한 사이를 두고 여러 단락들에 되풀이해서 나타나는 것을 말한다. 장수바위라든가 아버지의 부역, 어머니의 생활력, 기지촌 색시의 대표 유형으로서의 '홍아줌마'(단락 9, 13, 46), 네 차례에 걸쳐 바뀌는 미군들(단락 22, 54, 76, 86), 일월당 약포 – 일월당 약방 – 일월 약국(단락 14, 33, 77)의 변모 등이 그러한 예이다. 그것은 '긴 이음'과 달리 암시와 확장 혹은 심화를 보여주는 것이 아니라 되풀이자 동시에 변모를 보여준다. '긴 이음'이 환유적이라면 '순환적 이음'은 은유적이며, 따라서, 전자가 일종의 삶의 내력을 구성한다면, 후자는 삶의 때마다의 매듭을 이룬다. 긴 이음이 다양한 삶의 유기적(비사실적인) 연관을 제공한다면, 순환적 이음은 삶의 국면들의 의미와 그것의 변모를 표상한다.

더 없을까? 앞 절에서 보았던 '길' 또한 하나의 이음으로 볼 수는 없을까? 이음의 관점에서 본다면, 그것이야말로 가장 큰 이음을 이룬다. 그것을 '방사형 이음'이라고 이름 붙일 수 있는데, 그 이음은 전체를 아우르면서(첫 단락과 마지막 단락), 각 부분들의 세부 단락에 반향한다. 길은 작품 전체에 퍼져 있는 큰 상징이다. 그러나 그 상징은 이미 보았듯이 불변의, 혹은 영원히 완전한 모습을 감추고 있는 그런 상징이 아니다. 그것은 본문의 세부 사건들의 넘쳐남과 모자람에 의해서 변모하는 상징이다.

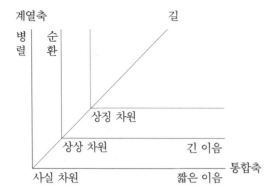

이로써 단락 나눔의 현상이 의미 있는 구조를 갖추게 되었다. 그 단락들은 외부의 끈 없이 스스로 연관되면서 사실의 드라마(기지촌 이야기)를 상징적 좌표(길) 위에 새긴다. 그 연관의 방법은 병렬, 짧은 이음, 긴 이음, 순환적 이음, 방사형 이음으로 나뉠 수 있는데, 그 방법들 자체가 또한 유기적인 연관을 맺고 있다. 병렬과 짧은 이음은 직접적 연결을 이룬다. 그 점에서 그것들을 '사실적' 이음으로 묶을 수 있다. 그중 병렬은 계열체적이고 짧은 이음은 통합체적이다. 긴 이음과 순환적 이음은 암시하고 확장·심화하거나 표징하며 변모한다. 그 둘을 비유적 이음으로 묶을 수 있으며, 전자는 환유적이며 후자는 은유적이다. 그리고 마지막 방사형 이음은 상징적이다. 이로써 큰 구조로서의 '길'의 형태와 세부 구조로서의 단락들의 모음이 하나로 만난다. 다른 이음들은 상징적 이음의 하부를 구성하며, 그것들의 전체로서 '길'의 구조가 자리 잡는 것이다. 그런데, 이 상징적 이음은 단순히 하위의 이음들의 종합이 아니며 하물며 전제는 더욱더 아니다. 왜냐하면 길 그 자체가 둘로 분화되기 때문이다. 상징적 이음은

하위 이음들의 결과이되, 하위 이음들에 기대어 스스로 변모하는 이음이다. 이 이음의 연관도를 위 도표와 같이 도시할 수 있을 것이다.

4. 실패와 열림

위 도표는 공백을 남기고 있다. 상징성의 좌표의 양축에 이름이 부여되지 않은 것이다. 그것은 지금까지의 분석이 '길'의 의미만을 제시하고 '나가는 길'의 의미를 보류한 것과 같은 맥락에 놓인다. 이 공백은 작품의 이야기로 들어감으로써 채워질 수 있을 것이다. '나가는 길'은 무엇인가? 앞의 분석에 따라 되풀이되면서 변모하는 길이라고 말할 수가 있다. 아버지의 입장에서는 기지촌의 삶은 부역의 삶을 되풀이하면서 그것을 변모시킨다. 나의 입장에서는 아버지의 삶을 되풀이하면서 그것을 변모시킨다. 기지촌 사람들의 입장에서는 지금까지의 기지촌 삶을 다시 산다.

그러나, 여기에 어떤 변모가 있는가? 내용상으로 『캠프 세네카의 기지촌』은 성공담도 입지전도 아니다. 오히려 그것은 슬픈 실패의 기록이다. 기지촌의 운명을 개척하려고 한 아버지의 시도는 궁극적인 실패로 끝나고 만다. 그것은 공적비를 뽑아낸 사건이 일어났을 때 그것에 현명하게 대처하지 못한 아들-화자의 실패에 의해서 최종적으로 확인된다. 그 실패는 어떻게 일어났는가? 그리고 그것의 궁극적인 의미는 무엇인가? 그것을 이 작품의 중심 주체들에 각각에 대입해보자.

이 작품의 주체가 결코 아버지 혼자가 아님은 이미 밝힌 바와 같다. 적어도 아버지와 내가 있다. 그리고 더 하나가 불가피하게 추가된다. 아버지와 내가 함께 겪는 삶의 주체, 즉 기지촌 사람들의 삶이 그것이다. 그러니까, 크게 나누어 작품의 주체는 셋이다. 기지촌 사람들, 아버지, 나.

기지촌 사람들은 어떻게 살아가는가? 그것이 작품 내용의 대종을 이룬다. 그 과정은 진입—정착—떠남의 과정으로 이루어져 있다(각각 6~23, 24~33, 34~70의 단락에 분포되어 있다). 작품의 기대에 의하면, 두 과정으로 끝났어야 했다. 정착이 성공했더라면 그들은 다시 떠날 리가 없는 것이다. 그런데도 그들은 떠난다. 그것도 대부분은 더욱 못살게 되어 떠난다. 떠난 사람들도 일부를 제외하고는 사망 통지서가 되어 날아오거나 행방이 묘연하거나 참담한 실패를 겪고 다시 돌아온다. 왜 그렇게 되었을까? 그 대답을 길이 이들에게 무엇이었던가를 묻는 데서 찾을 수 있다. 길은 물론 서두에서 제시된 대로 개척 혹은 적응의 과정이다. 그러나 그것은 대자적 관점에서 그러하다. 그 개척과 적응이 무엇을 향해 있는가의 측면에서, 다시 말해 대타적 관점에서 길은 무엇인가? 그것은 기지촌 사람들에게 무엇보다도 문명이다. 미군의 근처에 가서 사는 것, 그것은 야만의 상태를 벗어나서 문명으로 들어가는 것이다. 어머니가 갑작스럽게 해산하게 되었을 때 나는 정말 문명의 혜택에 고마움을 느낀다: "그러나 내가 정말로 고마움을 느낀 것은 지금 우리가 차를 타고 가는 길이었다. 간밤에 눈이 푸짐하게 내렸는데도, 이 길은 차가 다닐 수 있었다"(단락 18). 또 아버지의 다음과 같은 말: "아버지께선 송석구씨가 앞을 내다보고 큰길을 내지 않아서 그렇게 되었다고 혀를 차셨다. 미리 큰길을 내놓았더라면, 당장엔 길로 들어간 땅이 아까웠겠지만, 결국엔 땅이 덜 들었으리라는 말씀이셨다"(단락 30). 지금의 중년들에게 이 말은 무엇보다도 실감이 갈 것이다. 서구 문명이 들어오면서 삶의 공간에서 제일 먼저 눈에 띈 변화는 바로 '신작로'가 생긴 것이었다. 그 신작로를 통해 자동차가 들어오고 신기한 물건들이 가게에 진열되었다. 그 점에서 기지촌 사람들의 정착 과정은 문명과의 화해와 협력을 이뤄내는 과정이었다. 진입의 국면에서 그들은 아직 문명과 어울리지 못한다. 색시 '쎌리'는 동시에 홍아줌마이기도 했다. 그녀가 사용하는 한국어는 아주 "달차근한 감 장아찌 맛"을 생각키우는 충청도 방언이다(단락 13). 그 어색하게 문명을 덧쓴 삶이 제대로 적응과 정착을 이루게 되는 것은 미군과의 대화를 통해 상호 협력 체계를 만들어나감으로써이다. 여기에서 개척과 적응으로서의 대자적 길과 문명과의 조우라는 대타적 길은 행복하게 만난다. 그러나, 그것은 잠시의 행복일 뿐이었다. 왜? 화자는 문명에 적응하는 과정이 동시에 문명에 매이는 과정이었기 때문임을 보여준다. 우선, 문명과 협력하는 과정은 문명의 법칙을 받아들이는 과정이기도 하다. 바로 경쟁과 약육강식의 법칙. 그 법칙 앞에서 본래 "바깥세상에서 살아갈 힘이 읎"어서 이곳에 모여든 사람들은 시종 패배하고 만다. 석규 아저씨의 세탁소(단락 35), 쓰레기장(단락 34)이 그러했고, 또 "사곡리 한미 친선협회"를 주도했던 김통역 아저씨가 그러했다. "그러다가 협회의 존재가 밖에 알려지게 되고 미군들과 우리 마을 사람들 사이의 일에 관청이 나서는 일이 점점 많아지면서, 협회를 공식적 기구로 만들어야 한다는 의견이 나오기 시작했다. 그래서 두 해 뒤엔 서전군수가 한국 측 회장이 되고 토곡면장이 부회장이 되었다. 김통역 아저씨께선 고문으로 물러나셨다"(단락 31). 다음, 실패의 원인은 내부로부터도 온다. 문명에 자발적으로 예속되는 것. 그것을 비유적으로 보여주는 것이 전기이다. 처음엔 아무도 전기가 무엇인지를 잘 몰랐다. 그러나 일단 전기가 들어오자마자 더 이상 전기가 없으면 살 수가 없게 되었다: "전기가 들어오자, 마을 사람들의 삶은 담박에 바뀌었다. 냉장고에서 무엇을 꺼내실 때마다, 어머니께선 말씀하시곤 했다. '전엔 어떻게 살았는지 모르겠다. 이젠 냉장고 없인 못 산다'"(단락 40). 문명이 또 하나의 미신이 된 것이다: "전기가 들어와서 나온 변화는 거기서 끝나지 않았다. 사람들이 가전제품들을 들여놓는 데 돈을 많이 썼기 때문에, 마을의 돈은 거의 다 서전의 가전제품 가게들로 나가버렸다. 덕분에 마을의 가게들은 외상만 늘어났고 마을엔 불황이 닥쳤다. 불황이 워낙 심해서, 마을의 경기는 세 해가 지나서야 가까스로 회복되었다."

이 어쩔 수 없고 자발적인 예속의 과정이 그 정착의 과정 속에 놓여 있었던 것이다. 그 이후 기지촌 사람들의 반복되는 떠남과 돌아옴은 비참한 후일담에 불과하다. 그렇다면 아버지의 삶이란 어떠했는가?

아버지는 문명을 제것화하는 데 가장 애를 쓴 사람이었다. 그는 기지촌 사람들이 미군과 하나의 공동체를 이루어나가는 일을 주도하였고, 또한 그것을 가장 실용적인 관점에서 그렇게 하였다. 외관에 매이는 것이 그에게 이미 참담한 패배를 안겨주었던 것을 그는 경험한 바 있었다. 그러나, 어찌 된 일인지, 정착에 어느 정도 성공하게 되자, 그는 실질적으로 기지촌과 멀어진다. 처음엔 이민 바람을 휘몰고 다니더니, 다음엔 정치에 관여하게 된다. 물론 그것도 기지촌의 복리를 위한 것이라고는 하나, 그때 이미 그는 기지촌의 실생활로부터 떠나고 마는 것이다. 왜 그랬을까? 그가 철저한 실용주의자의 입장에 서 있었다는 것은 이미 말한 바와 같다. 그러나, 그 실용주의가 봉사한 것은 외관이 아니었을까? 일간지에 한미 간의 화해를 선전하는 일에 봉사하는 것. 그의 의도에도 불구하고 그의 삶은 외관에 대한 봉사에 불과했던 것이 아닐까? 그가 간판장이라는 것의 상징적 의미가 여기에 있다. 그는 "평생 간판을 칠해서, 먹구살았"(단락 77)던 것이다. 그것은 그가 평생 외관 닦는 일만을 하였다는 것과 동의어이다. 그는 외관으로서의 문명에 예속되어 있었던 것이다. 그가 끊임없이 미군이 5년만 더 있어주기를 바란 것도 어쩔 수 없는 일이었을 것이다. 문명은 그가 결코 어떻게 손써볼 도리가 없는 채로 그를 좌우하는 상징적 지배항이었던 것이다. 그것에 매인 상태에서 그는 그가 궁극적으로 해결해야 할 문제에 결코 접근하지 못했다. 그는 고향 앞에까지 갔다가도 "갑자기 가슴이 막"혀서 돌아오고 말았다(단락 79). 부모와 자식을 죽게 한 부역자의 사실에서 그는 한 걸음도 벗어나지 못했던 것이다. 그것은 김통역 아저씨가 이민을 떠날 수밖에 없었던 것과 같은 사연을 이룬다. 그가 한미 친선 협회를 만드는 일을 주도하고 애익선 고아원을 세웠다 할지라도 북에 남겨놓은 처자의 문제는 결코 해결되지 않는다. 그가 기지촌에서 그렇게 열심히 산 것은 모두 그것을 위해서였다. 그러나, 그것은 결코 해결되지 않는 문제였다. 그는 스스로 부인하던 이민을 선택함으로써 "잠깐이라도 고향을 찾"으려 하고야 만다: "식구들에게 며칠 피했다 오마 하시고서 집을 나서셨던 아저씨께선 열여덟 해 만에 고향으로 에돌아가는 길을 따라 태평양을 건너셨다"(단락 51). 그러나 그 '잠깐'은 말 그대로 잠깐이되고야 말 것이다. 에돎은 숙명이 될 것이다.

마지막으로 화자인 '나'의 삶은 어떠했는가? 얼핏 단순한 기록자로 보이는 나는 그러나 이미 말했듯이 관찰자이며 동시에 체험자이다.

나의 삶의 핵심은 아버지에 대한 이해에 있다. 그 이해는 이중적이다. 하나는 아버지를 배워서 실천하는 것이고 다른 하나는 아버지의 슬픔의 뿌리를 확인하는 것이다. 그 두 과정은 얼핏 하나로 맞물려 있는 듯이 보인다. 아버지를 닮는다는 것, 그것은 아버지의 부재 시에 아버지를 대신할 수 있게 된다는 것과 동의어이기 때문이다. 실로 나는 그 일을 잘 해나간다. 나는 훌륭한 맏이여서 미군 감금 사건을 '아버지처럼' 잘 해결한다(단락 57). 또한 내가 정식 약사로서 약방을 맡게 되었을 때 일월당 약국은 일월 약국으로 간판을 바꿔 단다(단락 77). 그 상호 변경은 나의 가족이 나에 의해서 문명에 완전히 적응했다는 것을 시사하는 듯하다. 그리고 이제 비로소 아버지의 옛 과거가 아버지의 입으로 진술되기 시작한다. 아버지가 돌아가셨을 때 나는 마침내 아버지가 갈 수 없었던 고향을 찾아간다(단락 81). 나를 통해서 아버지의 어두운 과거는 온전히 복각되는 것이며, 나는 드디어 아버지의 삶을 대물림할 수가 있게 된 것이다. 그러나, 이 과정은 은밀히 실패를 심어놓고 있다. 우선, 내가 약국을 맡게 된 데에는 바깥 사회에 적응하지 못했다는 사정이 있다. 나는 몸과 마음이 지쳐 돌아오고야 만다(단락 72). 왜 그랬을까? 그것은 그가 아버지로부터 한 걸음도 벗어나지 못한다는 사실을 반증하는 것이 아닐까? 아버지의 상징적 지배항이 문명이었던 것과 같은 방식으로 아버지는 나의 상징적 지배항이 아니었을까? 그리고 그는 마침내 결정적인 실패를 하고 만다. 그 실패는 나의 실패일 뿐만 아니라 아버지의 실패이기도 하다. 공적비 문제가 그것이다. 나는 교사들과의 대화에서 결정적인 말실수로 일을 그르치고야 만다. 그 공적비는 기지촌 사람들이 만든 것이며, 따라서 기지촌 사람들의 것이라고 발설했던 것이다. 나의 말

실수는 사실의 차원에 있는 것이 아니라 태도의 차원에 있었다. 그 말을 통해서 나는 자기 것에 대한 집착을 노출하고 말았던 것이고, 그것은 이중적으로 나의 패배를 확정한다. 하나는, 자기 것에 대한 집착은 문명의 경쟁 법칙에 자기도 모르게 내가 휘말려 들어갔다는 것을 뜻한다는 것이다. 결국 나도 아버지처럼 문명에 예속되고 만 것이다. 다른 하나는 약육강식의 법칙으로 따지자면 기지촌 사람들은 교사들의 힘과 권위를 따라잡을 수가 없다는 것이다(교사들의 행위도 그것 자체가 이율배반적인 실천임은 이미 보았었다. 나의 패배는 옳고 그름의 문제에서 오는 것이 아니라, 힘의 우열에서 온다). 이 실수를 자책하면서 나는 다시 아버지를 떠올린다. "아버지나 김통역 아저씨이셨다면, 공적비가 부끄러운 것이 아니란 것을 알아듣게 설명해주셨"을 것이라고. 나는 아버지를 대신할 수 있게 되었다고 생각했지만 여전히 아버지에 못 미쳤던 것이다. 그러나 그것은 실상 그가 아버지에게 영원히 매여 있는 존재이기 때문이 아닐까? 그리고 아버지가 문명(미군)에 매인 존재로서 궁극적으로 실패의 삶을 살 수밖에 없었듯이, 그도 결국 실패할 수밖에 없는 삶을 산 것이 아닐까? 이 점에서 아버지의 마지막 유언은 새겨들을 필요가 있다(단락 79). 아버지의 유언은 두 가지 내용으로 이루어져 있다. 그 하나는 자식을 잘 키우는 것이 중요하다는 것이고, 다른 하나는 고모가 우리 가족에게 몹쓸 짓을 했지만, 아버지에겐 "단 하나 남은 동기"니까 잘 지내라는 것이다. 이 유언을 어떻게 읽을 것인가? 우선, 드러난 것으로 보아서 그것은 가족애로 읽힌다. 동기들, 혈육에 대한 집착 말이다. 그러나, 자식 잘 키우는 것이 "묘 잘 꾸미고 제사 잘 지내는 거"와 같은 것이 아니라는 것, 또는 못된 동기를 감싸 안으라는 것은 가족애 이상의 것을 보여준다. 아버지는 맹목적 가족애를 실용적 정신으로 넘어서려고 했고, 편협한 자기애를 사랑으로 감싸 안으려고 했다. 그러나 동시에 실용적 정신은 맹목적 가족애의 도구로 쓰일 수도 있으며, 사랑 또한 그렇다. 그렇다면 어떤 게 진짜 아버지의 뜻인가? 그것을 독자는 알 수가 없다.

다만 독자는 아버지가 실용적 정신과 가족애 사이에 착종되어 있었으며, 그 사이에 사랑이 놓여 있었다고 말할 수 있다. 그 사랑은 때로는 그 착종을 더 악화시키기도 하고, 때로는 그것을 푸는 힘일 수도 있다. 아버지의 생애는 그 착종을 그대로 보여주었다. 그런데 그것을 풀 사람은 더 이상 아버지가 아닌 것이다. 유언은 마지막 말이며 마지막 말 다음에는 행동을 할 수가 없는 것이다. 그것은 나의 몫으로 남겨진다. 나의 실수는 아버지의 말과 아버지의 행적을 하나로 혼동한 데서 온다. 내가 여전히 아버지의 이름으로 존재하고 있다는 것은 그가 가족애의 공간을 한 걸음도 벗어나지 못했다는 것을 뜻하며, 따라서 자기 것에 대한 집착을 자신도 모르게 노출하고 말았던 것이다.

모두가 실패한다. 기지촌 사람들도, 아버지도, 나도. 『캠프 세네카의 기지촌』은 아주 쓸쓸한 슬픔의 회상기이다. 그러나, 독자는 이 실패의 과정을 어떻게 읽어낼 수 있었을까? 가령, 나의 궁극적인 실수가 자기 것에 대한 집착에서 기인한다는 것을 어떻게 알아낼 수 있었을까? 그것은 나 스스로가 그것을 깨닫지 않았다면 불가능한 일이었을 것이다. 나는 어떻게 그것이 자신의 실수임을 금세 알아차렸던 것일까? 이 중첩적인 실패의 과정 속에 어떤 새 차원이 기이하게 열리지 않았다면 그럴 수가 없었을 것이다. 실로, 이 중첩된 실패담들은 위에 포개지는 것을 통해서 계속적으로 열린다. 열리면서 거꾸로, 위에 포개지는 것을 확대한다. 우선 기지촌 사람들의 삶은 아버지의 삶에 의해서 합리적인 정착의 길을 찾는다. 그 정착의 과정은 물론 동시에 떠남의 과정이었다. 그러나, 거기에만 그치는 것이 아니다. 결국 실패하고만 그 삶이 남긴 것이 있었던 것이다. 바로, 기지촌에, 아니 더 이상 기지촌이 아니라 본 이름 '절골'을 찾은 그곳에 마침내 뿌리내리고 사는 사람들이 생겨난 것이다. 박동구씨 가족이 바로 그 유형을 대표한다. 다음, 아버지의 삶은 나에 의해서 이중으로 열린다. 한편으로 그의 어두운 과거가 지상 위로 드러날 수 있게 된다. 그러나, 그렇다고 해서 아버지의 과거가, 부모와 자식의 죽음을 초래한 그것이 결코 해소될 수는 없다. 나의 아버지 복원은 해원에 이르지 못한다. 나의 아버지 이해는 그러나 또 하나의 차원을 갖는다. 해원이 아니라, 아버지의 결코 해소될 수 없는 근원적인 슬픔을 이해하는 것이 그것이다. 영원한 간판장이의 삶, 외관 닦는 일만을 할 수밖에 없었던 "실패한 예술가"(단락 80)의 운명적인 슬픔을 이해하는 것이다. 그리고 그것은 아버지를 넘어 기지촌 사람들 일반에게 드리워져 있는 운명적 슬픔에 대한 이해로 확대되는 것이다. 가장 못난 '엉터리 이씨'의 슬픔에까지. 마지막으로, '나'는 아버지에 기대어 아버지와 같은 실패를 겪으며, 동시에 아버지에 기대어 '나'의 자기 집착을 깨닫는다. 그 깨달음을 통해 그는 비로소 아버지를 벗어날 수 있게 된다. 나의 실수에 이어지는 단락들은 바로 아버지의 몫을 아버지에게, 더 나아가 절골의 몫을 절골 주민에게 남기고 떠날 수 있는 근거를 확인하는 과정을 보여준다. 그곳에서 빛날 별들이 그 스스로 되살아나고 있는 것이다.

그러니까, 마지막 단락의 '나가는 길'은 쫓겨남의 길도 새로운 개척지를 향한 출분도 아니다. 그 길의 의미는 실패냐 승리냐의 차원에 있는 것이 아니다. 기지촌의 삶의 중첩적인 실패가 그 자체로서 파인 구멍이 되어서 이중의 열림을 낳는다는 데에 그 길의 핵심적인 뜻이 있다. 그 열림의 하나는 삶의 의미에 대한 성찰을 뜻하며 그 열림의 둘은 그 삶의 장막 그 자체의 열림을 뜻한다. 그 두 열림 또한 각각 이중적인 것이다. 그 의미의 성찰은 삶의 운명적 조건에 대한 이해이자 동시에 그것에 대한 어떠한 감정적 미화로부터도 해방됨을 뜻한다. 그 삶의 열림은 기지촌 삶의 뿌리내림이 그대로 절골 삶의 씨앗이 된다는 뜻에서 기지촌 자신의 열림이며, 동시에 아버지의 이름으로부터의 해방이라는 방향에서의 기지촌이라는 이름의 항상적 강박관념으로부터의 해방을 뜻한다.

『캠프 세네카의 기지촌』은 근대인의 삶의 양식에 대한 가장 지적인 성찰에 속하면서 동시에 소설의 존재론에 대한 아주 새로운 모색이기도 하다. 서두에서 보았던 것처럼 근대와 소설의 탄생은 밀접히 맞물려 있기 때문이다. 길은 근대인의 공간이며 동시에 소설의 기본 뼈대이다. 그 소설의 존재론에 대해 이 작품이 제시하는 대답을, 아니 차라리, 전통적인 소설관에 대한 이 작품의 핵심적 문제 제기를 요약하는 것으로 이 글을 마치기로 하자.

　① 소설은 하나의 모험을 그리지 않는다. 소설은 다시 살기이다. 그것은 기록이 아니라 회상의 형식을 빌렸건 탐험의 형식을 빌렸건 삶의 실천이다.
　② 소설의 다시 삶은 애초의 삶을 미화하거나 추월하지 않는다(이

작품의 묘사가 감정을 최대한도로 억제하는 방향에서 행해지는 것은 그 때문이다). 그것은 분화시키고 변형시킨다.

③ 분화와 변형의 구조를 갖기 때문에 소설은 성격, 줄거리, 비유의 차원에서 해석되어서는 안 된다. 소설은 하나의 삶을 다루는 것이 아니라 여러 삶들을 다루는 것이며 그 삶들의 연관망이 소설 해석의 열쇠 구조가 된다(우리는 비로소 소쉬르의 통찰에 접근한다).

④ 그 점에서 소설은 자아와 세계의 대립 공간이 아니다. 그것은 한 개인이 그것을 체현한다 하더라도 기본적으로 세계들의 대립 공간이다. 바로 그것 때문에 소설은 아이러니에도 수직적 초월에도 속하지 않는다. 그것은 미래 구상의 자리를 제공한다. 그렇다고 해서 새 삶 구상의 자리가 곧바로 미래의 전망대는 아니다. 그 자리는 있는 삶과 있을 수 있는 삶 사이의 지적 싸움터이다.

⑤ 따라서, 소설은 시간들의 싸움터이다. 다시 말하면, 시간은 소설이 근거하는 삶의 기본 형식이 아니다. 그것은 소설의 생산물이며, 그 생산물은 여럿일 수 있고, 그 여럿은 다양한 방식으로 얽힌다.

⑥ 그렇다면, 소설은 근대적 장르인가? 현대적 장르인가? 시간과 공간을 불변의 기본 형식으로 놓은 것은 바로 근대인들이었다. 근대인은 그 기본 형식의 안정성을 바탕으로 소위 '역사'를 발전시킬 수 있었다. 그러나 소설이 문제 삼는 것은 역사가 아니라, 역사들이다. 마찬가지 맥락에서 근대인의 기본 양식에 대한 지적인 성찰은 근대적인 것인가? 현대적인 것인가?! 〔1995〕

타인 안에서 나를 살다

―윤흥길의 단편소설들

이 글은 윤흥길의 단편소설들에 대한 분석을 목표로 한다. 당연히, 모든 것을 분석하지는 못한다. 본래 모래알 하나에도 우주가 들어 있으니, 내가 정보로 산을 쌓고 돛단배로 온 대양을 주유할 시간을 가진다 해도, 단편소설 하나만에 대해서도 모든 것을 말하지는 못하리라. 물론, 그럴 수도 있긴 있을 것이다. 작은 것이 복잡하다면, 그 역도 성립하는 법이어서, 현자는 말 한마디로 천지를 요약할 줄을 안다. 그러나, 나는 식(識)이 깨지 못한 소인에 지나지 않아, 작은 것을 작다고밖에 말하지 못한다. 게다가 지면과 시간이 나를 압박한다. 사실, 지면이야 편집자에게 떼를 쓰면, 어찌 해결할 수도 있겠으나, 내 천성의 게으름은 어찌할 수가 없는가 보다. 윤흥길에 대한 짧은 서평을 쓴 게 언제였던가 했더니 등단한 해이다. 그러곤 그를 본격적으로 다룬 적이 없다. 1980년대 내내 나의 비평적 의식 속에서 윤흥길은 1970년대의 대표적 작가의 한 사람이었는데도 말이다. 아니, 뛰어난 작가들은 시대를 넘어서 있다. 윤흥길은 그의 문장만으로도 충분히 오래 기억될 만한 작가이다. 그 역시 뛰어난 문장인 이문구가 "윤문제일문장"(『무지개는 언제 뜨는가』, 창작과비평사, 1979, p.294; 이하『무지개』로 약칭)이라 치하한 윤흥길의 소설은 독자에게는 축복의 꽃다발과도 같은 것이다. 프랑스의 어느 옛 시인의 표현을 빌리자면, 그는 "양손 가득 한국어를 담고 있는" 작가이기 때문이다(이방인의 재주를 훔쳐 오는 것을 용서하시라). 그런데도 10여 년간 나는 그에 대해 아무것도 쓰지 않았다. 이 게으름을 어찌할 건가? 그런데도, 지금 이 순간에도 나는 여전히 게으름을 피우고 있다. 마감일을 훨씬 넘긴 지금, 편집자의 난감한 표정이 화면 위를 어른거린다.

할 수 없이, 나는 이 글을 윤흥길 소설의 이해에 대한 하나의 문제 제기만으로 한정하고자 한다. 그 문제 제기는 윤흥길 소설의 핵자에 관한 것이다. 윤흥길 소설을 여는 열쇠는 무엇일 수 있는가? 아주 기초적인 이 질문을 내가 다시 제기해야겠다고 생각한 것은 지금까지의 윤흥길론이 그 양적 풍성함에도 불구하고, 어떤 비생산성에 고착되어 있다는 판단이 들었기 때문이다. 그 비생산성은 우선, 실제의 사정에서 나타난다. 실제에 있어서, 윤흥길에 대한 비평은 1979년 김병익이 도서출판 은애에서 '우리 시대의 작가 연구 총서'로『윤흥길』편을 묶은 이후 거의 맥이 끊긴 상태이다. 그의 장편소설『완장』의 말미에 붙은 김병익의 해설「『완장』분석고」와 네번째 단편집,『꿈꾸는 자의 나성』에 성민엽이 쓴 해설「소시민적 갈등의 진정성」이 그 이후에 쓰어진 윤흥길론의 전부라 해도 과언이 아니다(혹시, 내가 미처 확인하지 못한 것이 있다면, 그도 용서하시길). 그 불모성은 1970년대 말에 윤흥길론이 집중적으로 쏟아졌다는 점에 비추어 볼 때 더욱 의혹을 불러일으킨다. 더 이상 할 말이 없게 된 것일까? 그러나,『윤흥길』을 다시 읽어본 나의 느낌은 저마다 정치한 분석과 개성적인 해석을 보여주고 있는 비평들이 아니라, 이상하게도 그 비평들을 지나치면서 그 너머에서 윤흥길을 묶는 어떤 고정관념이 아주 강하게 그의 작품 읽기 위에 드리워져 작가에 대한 열린 논의를 방해하고 있다는 것이었다. 윤흥길의 소설을 분절하는 그 고정관념을 세 개의 문장으로 요약하면 다음과 같다.

1) 윤흥길은 토속성의 작가이다.
2) 윤흥길은 해학의 작가이다.
3) 윤흥길은 토속성에서 해학으로 옮겨 갔다.

상식적인 평가와 작가의 의식적 강조가 겹쳐져 유행하게 된 것으로 보이는 이 고정관념은, 무엇보다도 윤흥길의 소설들을 일관되게 설명하지 못한다는 약점을 가지고 있다. 게다가 더 심각한 문제들이 있다. 나는 그 문제들에 대해 의문을 제기하는 것으로 이 글을 시작하기로 한다. (이 인식론적 장애물을 걷어낼 때 『윤흥길』에 실린 평문들의 상당수는 이 글에 진전된 논의의 터전을 제공해준다.)

1

『무지개는 언제 뜨는가』에 대한 서평의 첫머리에서 나는 그를 두고 "생래적으로 자연과 친화한 작가인 듯하다"(「가족·개인·도구」, 『윤흥길』, p.150)고 적었는데, 지금 다시 읽어보니, 그 생각이 그리 틀리지 않았음을 알겠다. 아니, 이제 나는 그 진술에서 어림 투를 지우려한다. 윤흥길은 자연과 친화한 작가이다. 그런데, 이 단정은 그만큼더 의혹을 유발한다. 자연과 친화한다는 것은 무슨 뜻인가? 14년 전의 글은 그것을 무속성과 연결하고 있었다. 지금 생각해보니, 그것은그리 생산적이지 못한 해석이었다. 물론 무속성 혹은 토속성은 소설가 윤흥길을 알맞게 분절하는 합의된 개념 중의 하나이다. 그것은「장마」가 준 충격으로 인하여 특히 일본(中上健次, 「윤흥길의 「장마」의 충격」, 『윤흥길』, p.192)에서 그의 표장으로 정착된 것이다. 그러나, 그것은 적어도 두가지 점에서 문제를 안고 있다. 하나는 그것의환원주의이다. 윤흥길의 소설에서 토속성을 발견할 수는 있지만, 그의 문학이 곧 샤머니즘이라고 말할 수는 없다는 것이다. 샤머니즘은문학 앞에 있거나 뒤에 있을 뿐이다. 강조점을 찍고, 그것에 문학을 대입하려 해도 마찬가지다. "'아시아적' 토속을 확고히 그린다"(中上健次, 위의 글, p.193)고 말해보았자, 그것은 윤흥길의 소설을 이해하는 데 아무 도움이 안 된다. 짜부러진 토속의 극치를 보려면, 차라리, 무당촌을 기웃거리는 게 낫다. 다른 하나의 문제는 앞의 환원주의로부터 자연스럽게 파생된다. 즉, 토속성은 윤흥길 문학의 변별성을 밝히지 못한다는 것이다. 토속적인 작품들은 그 이전에 이미 무수히 있었다. 김동리의 「등신불」과 윤흥길의 「장마」가 모두 토속성의깊은 경지를 이룬다면, 윤흥길은 곧 김동리인가? 이 어처구니없는질문에 제대로 대답하려면, 윤흥길 문학의 핵심은 토속성에 있지 않고 토속성을 다루는 방식에 있다는 것을 인정하지 않으면 안 된다. 김현이 거의 같은 얘기를 다른 방식으로 이야기하고 있다는 것은 충분히 주목할 만하다. 비평가는, "가짜 이데올로기의 문제에 소외되어 있는" 윤흥길적 인물들에게 "진실한 것은 삶에 대한 친숙성, 옛날 사람들이 말해온 육친감"이라고 말한 후, 이어서 그 육친감에의 호소는 "이해가 아니라 전이해"임을 지적한다: "윤흥길의 뛰어난 몇 편의 소설이 〔……〕 한국인인 우리를 감동시키는 것은 그가 항상 우리를 한국인의 그 전이해의 공간으로 몰고 가기 때문이다. 그 공간에 들어갈 때마다 나는 무한히 고통한다. 나 자신이 불행한, 다시 말해 운명의 장난에 거역하지 못하는 바보 같은 한국인이라고 느끼기 때문이다. 진짜 치열한 역사의식이란 그 공간을 한국인의 내연 공간으로 인정하고 그것을 뛰어넘을 수 있는 새 회로를 만들어내려고 노력하는 것일 것이다"(「생활과 신비」, 『윤흥길』, pp.54~55). 김현에 의하면, 윤흥길의 소설은 육친성에 있지 않고, 육친성에 대해 고통하게끔 하는 데 있다. 다시 말해 그 전이해의 자리를 정직하게 인정하고 의식적으로 이해하여 뛰어넘을 수 있도록 독자를 자극하는 데에 있다. 한국인으로서의 윤흥길에게 육친감은 집단 무의식이며, 작가로서의 윤흥길에게 그것은 방법적 대상이다.

아니, 차라리 방법이 솟아나는 자리이어야 한다. 김현은 바로 다음 문단에서 전이해의 공간이 그 자체로서 제시되지 않고 "어떤 것을 비판하기 위해 재구성되었다는 느낌을 강하게 전해주는" 작품들을 비판한다: "「집」의 형이나 「그것은 칼날」의 칼잡이들은 기괴한 환상 속의 인물들이 아니라 우리가 일상생활 속에서 익히 볼 수 있는 일상인들이며, 그들의 기괴한 행동은 기괴한 행동이 아니라 일상적 행동의 우화적 극단인 것이다. 〔……〕 유년 소년 시절의 얘기 속에는 우리가 이해하려고 노력해도 쉽게 그 전모를 드러내지 않는 신비가 있어야 한다. 그 신비는 재구성되는 것이 아니라 자유로운 상상력에 의해

136

'기괴한 환상'으로 제시되어야 한다. 〔……〕 그 불투명한 신비를 옷 입고 있는 어린애에게서 역으로 우리는 우리 자신에 다름 아닌 '희생 당한 한 마리 짐승'의 원형을 인식한다"(같은 글, pp.55~56).

한데, 「생활과 신비」라는 제목을 가지고 있는 이 진술에서 나는 신 비성을 탈구시켜야 할 필요를 느낀다. 많은 시인·작가들에게서 뛰어 난 구성을 잡아내었던 비평가가 여기에서는 원형을 강조하기 위해 구 성을 제외시키고 있기 때문이다. 위 논지의 표면을 따라가자면 김현 은 상상력과 구성을 가르고, 소설에서 구성을 제외시키고 있다. 소설 에서? 위 문단은 그 소설을 "유년 소년 시절의 얘기"로 한정하고 있 다. 그것은 비평가가 「집」「그것은 칼날」을 비판하면서 "소년들을 주 인공으로 내세울 때 얻을 수 있는 모든 이점을 잃어버리고 있다"고 적고 있는 대목과 상응한다. 그렇다면, 유·소년 시절을 다룬 소설은 '구성'을 거부해야 한단 말인가? 그러나, 직장인을 다룬 소설들에 대 한 김현의 결론을 들어보자: "삶이란 그처럼 복잡하고 다양하다. 그 〔「아홉 켤레의 구두로 남은 사내」의 '권씨' 〕는 삶 속에서 자신이 한 마 리의 상처 받은 동물임을 인식하고 그러나 그 동물로서 철저하게 살 아가려 한다. 그것이 나를 괴롭힌다. 교사로서 정상적인 사회인으로 피교육자를 만들기 위해 그들을 교육해야 하는 나에게 남아 있는 것 은 과연 무엇일까. 「엄동」의 한 출판사 직원처럼 '그저 주위의 모든 것에 부끄럽고 또 부끄러워 더 이상 고개를 바루고 꼿꼿이 서 있을 수' 없는 자신을 확인해야만 하는 것일까. 윤흥길 소설의 힘은 그런 질문을 던지게 하는 데 있다"(같은 글, p.61). 단도직입적으로 말하 면, 직장인을 다룬 소설들에 대한 김현의 평가는 유·소년을 다룬 소 설들에 대한 평가와 구조적으로 다르지 않다. 각각의 논지의 뼈대를 추려서 대입해보기만 하면 그것을 금세 알 수 있다: 1)직장인을 다룬 소설(유·소년을 다룬 소설)은 2)다양하고 복잡한 삶 속에(자유로운 상상력에 의해) 3)인물이 한 마리 상처 받은 동물임을 인식하고 철저하게 살아가는 것을 보여줌으로써(기괴한 환상을 제시함으로써) 4)독자로 하여금 어떻게 살 것인가 하는 질문을 던지게 해주는(우리 자신에 다름 아닌 희생당한 한 마리 짐승의 원형을 인식하게 해주는) 힘을 가지고 있다. 다만, 한 가지 차이가 있다면, 유·소년을 다룬 소설이 드러내는 공간은 전이해의 공간이지만, 직장인을 다룬 소설이 드러내는 공간은 인식 이후의 공간이라는 것이다. 유·소년 소설의 인물은 희생당한 한 마리 짐승의 모습을 그대로 드러낼 뿐이지만, 직장인 소설의 인물은 한 마리 상처 받은 동물임을 "인식"한다. 그러나, 그 인식은 삶의 구성을 향해 가지 않는다. 삶을 그렇게 이해(理解)한 인물은 이해(利害)의 거부를 선택한다. "그 동물로서 철저하게 살아가려"하기 때문이다. 그 이해의 거부를 통해서, 그는 저마다의 이해관계에 얽매인 다양한 집단의 사람들에게 의심을 받는다. 즉, 기괴한 인물이 된다. 전이해의 공간이 기괴한 환상의 공간이라면, 인식 이후의 공간도 기괴한 행동의 공간이다. 그 기괴성의 힘은 정직한 인정과 고통스러운 질문을 던지게 하는 데 있다.

그렇다면, 소설은 정말 구성의 밖에 있는 것일까? 있어야 하는 것일까? 그러나, 기괴한 환상의 제시는 그 자체로서 이미 하나의 구성이 아닐까? 물론, "은유에는 이유가 없다"는 의미에서 환상에는 이유가 없다. 그리고 이유가 없는 곳에 구성은 있을 수 없다. 그러나, 실은 은유는 이유가 없다는 것을 최후의 이유로, 궁극적 구실로 이용한다. 그것은 그것을 구실로, 모든 것들을 대신하는 무엇, 즉 보편적 기호의 제시를 꿈꾼다. 그러니, 그곳에 이미 구성이 있지 않겠는가? 아니, 환상 속에 이미 환상의 결핍이 뚫려 있지 않겠는가? 과연, 김현의 글에서 '기괴한 환상'은 오생근이 「정직한 삶의 불투명성」이라는 정치한 분석적 글에서 '불투명성'으로 규정한 것과 동의어로 이해되고 있다. 김현의 기괴한 환상이 "고통스러운 질문을 던지게 하는 힘"을 가지고 있다는 것은, "그[윤흥길]가 자기의 노출을 감추는 것은 소설이라는 자유로운 공간 속에 주관적인 색채를 보이지 않으려는 의도에서 연유하며, 그가 문제를 추상화하는 것은 하나의 대상을 파악하는 데 있어서 다각적이며 복합적인 추리와 판단을 유출하기 위해서"(「정직한 삶의 불투명성」, 『윤흥길』, p.34)라는 오생근의 지적과 동궤에 놓이지만, 그것이 (재)구성을 거부한다는(해야 한다는) 주장은, 오생근의 "따라서 그의 불투명한 태도는 논리적인 기반을 두고 독자로 하여금 현실의 문제를 상상하고 추리하는 방향으로 유도하는 것이지, 결코 애매모호한 혼돈을 제시해주는 것은 아니다"(같은 글, p.34)는 판단 혹은 "그가 그 비슷한 다른 여러 작가들보다 더 돋보이는 것은 이러한 문제성이 소재로 노출되어 있는 것이 아니라 완벽한 조형력 위에 구축되었다는 점에 있다"(「전반적 검토」, 『윤흥길』, p.9)는 김병익의 판단과 묘한 차이를 보인다(아마도 정황적 이해가 필요하리라. 그것은 김현이 누구보다도 샤머니즘의 허무주의와 싸워온 비평가였다는 것, 또한 이념의 주장이 거칠게 폭주하던 시기에 그 글이 씌어졌다는 것을 말한다. 그러나, 이 자리는 김현론의 자리가 아니므로, 그에 대해서는 그냥 지나치기로 한다).

김현의 진술에서 신비성을 탈각시킨다면, '원형'은 열린 구성으로, 다시 말해, 통일된 구조를 가지고 있되 다양한 반응과 해석을 가능하게 하는 것으로서 고쳐 읽혀야 한다. 그 열린 구성을 가능하게 하는 윤흥길 소설의 핵자, 아니, 그의 소설을 열린 구성으로 읽을 수 있게 해주는 열쇠는 무엇인가?

2

무엇보다도 그의 소설을 명사(실체)나 형용사(분위기)로 파악하는 데서 한 걸음 더 나아가야 한다. 움직이는 것만이 열려 있을 수 있기 때문이다. 윤흥길이 '토속성'의 작가라는 게 어쨌든 사실이라면, 그 토속성을 움직이는 동사로 변화시킬 필요가 있다. 그것은 그를 '토속성'만으로 혹은 '해학'만으로 정의하려는 각각의 해석들을 넘어서게 해줄 것이다. '자연과 친화한 작가'라는 것은 바로 그로부터 시작한다. 그에게서 토속성이나 해학을 접어두고 친화성을 보겠다는 것은 일단 원거리 감상법에 속한다. 그러나, 그렇게 후퇴할 때 더 잘 보일 수도 있는 법이다.

실제, 윤흥길의 소설은 기괴하며 동시에 해학적이다. 그것은 어떤 소설은 기괴하고, 어떤 소설들은 해학적이라는 의미에서 그런 것이 아니다. 한 작품 한 작품이 기괴하며 동시에 해학적이다. 두 개의 대조적인 예를 들어보겠다.

1) 계집애는 회초리를 휘둘러 머리 위의 쇠사슬을 힘껏 후려갈겼다. 계집애가 가진 좋지 않은 버릇 중의 하나였다. 그래서 나는 계집애가 들려주는 음산한 얘기와 우리들 머리 위를 시계추처럼 천천히 왔다 갔

다 하면서 쇠사슬들이 서로 맞부딪쳐 내는 날카로운 쇳소리를 함께 듣는 때가 많았고, 그럴 때면 꼭 살구라도 씹은 듯이 벌레 먹은 어금니가 시려서 얌전히 앉아 있질 못했다. (『황혼의 집』, 문학과지성사, 1976, p.9; 이하 『황혼』으로 약칭)

  2) "나여, 나! 양포리댁이라니께!"/그녀는 일없이 한바탕 낄낄거렸다./"놀랐지? 순금이 자네를 애멕일라고 장난삼어서 한번 못 알아듣는 척했던 게여!"/낄낄거리는 사이에 자기도 모르게 줄줄이 흘러내리는 눈물을 그녀는 도무지 주체할 수가 없었다./"호강하냐고? 아암, 호강허다마다! 아들 손자 메누리 다들 효심이 극진허다네! 그런디 나 같은 갯바닥 늙은이가 서울서 호강받고 살어서 뭣 하겠는가?"/양포리댁의 말소리는 점점 완연한 울음으로 바뀌기 시작했다./"도로 양포리로 내려가고 싶은 생각이 하루에도 열두 번씩은 난다네. 비릿허니 소금기 실은 갯바람을 한번 양껏 마시고 나면은 이 답답한 숨통이 확 뚫릴 것만 같네. 고놈에 기계들 등쌀에 밀려서 내가 암만해도 명대로 살까 싶지가 않네. 기계놈들이 모두 다 한통속으로 작당을 허고는 툭허면 나를 하시허고 껄핏하면 나를 놀린다네."/어머니는 송수화기를 치마폭에 떨어뜨리면서 결국 목놓아 통곡하기 시작했다. 달중씨는 속수무책의 안타까움을 눈에다 담아서 아내 쪽으로 훌쩍 떠넘겼다. 아내 역시 자기 몫의 안타까움을 남편한테 덤터기 씌우려 벼르고 있었다. (『꿈꾸는 자의 나성』, 문학과지성사, 1987, p.137; 이하 『나성』으로 약칭)

앞의 인용문은 「황혼의 집」에서 뽑은 것이고 뒤의 것은 「양포리의 저녁놀」의 마지막 부분이다. 1)은 기괴성의 분위기에 감싸여 있으며 2)는 작가가 '해학'을 의식적으로 시도하게 되는 1980년대에 씌어진 작품에 속한다. 1)은 긴장하고 읽으면 읽을수록 음산함을 가중시킨다. 그러나, 그 온몸을 오그라뜨리는 긴장 속을 얼핏 스치며 긴장을 누그러뜨리는 느낌이 있다. 그 느낌은 화자 '나'의 여유를 동반하고 있는 태도로부터 연유한다. 보라, 서로 맞부딪치며 "날카로운 쇳소리를" 내는 쇠사슬들은 "우리들 머리 위를 '시계추처럼 천천히' 왔다 갔다" 하고 있지 아니한가? 그 묘사는 일종의 속도 제어기, 속도가 잘못 맞추어진 회전판이다. 그것은 쇠사슬의 날카로운 쇳소리를 느린 음향으로 변질시킨다. 긴박감은 늘어지고, 그 속에는 미묘한 여유, 활기가 스며든다. 입술을 태우는 숨 가쁜 조바심은 어느새 달짝지근한 침이 도는 은근한 흥분을 유발한다. 그 은근한 흥분의 실제는 말에 대한 욕구이다. "꼭 살구라도 씹은 듯이 벌레 먹은 어금니가 시려서 얌전히 앉아 있질 못했다"는 것은 '나'의 공포를 표현하는 것이 아니라, 계집애의 얘기가 "오늘 처음 듣는 얘기가 아님을 상기시켜" (『황혼』, p.10)주고 싶어 하는, 다시 말해 계집애(경주)와 동등한 대화자로서 자신을 상승시킬 뿐만 아니라, 한 뼘 더 높이 발돋움하고 바라보려는 욕구를 드러내는 것이다. 그 욕구의 밑바닥을 흐르는 것은 긴박감을 늘어지게 함으로써 음산함에 우스꽝스러움을 보태는 여유이다. 물론 그 느긋한 여유는, 유쾌하게 낄낄대는 웃음으로 노출되지는 못한다. 왜냐하면, 계집애에게 충고해주기로 '나'가 "마음을 굳게 가[지는 순간], 계집애는 다시 쇠사슬을 후려갈겼[으니,] 겨우 좀 잦아들던 쇳소리가 무섭게 되살아나 쩔그렁거리기 시작했고, 나는 왼쪽 볼을 불룩하게 만들어 혀끝으로 충치를 누르며 진득이 참아내는 도리밖에 없었"기 때문이다. 그러나, 그 참아내는 모습 자체도 우스꽝스럽게 나타난다. 할 말을 잔뜩 머금어 불룩해진 볼, 그 안에 이빨을 진득이 누르고 있는 혀 끝은, 정황을 고려하지 않을 때는, 아주 우스꽝스러운 광경을 연출한다. 다만, 그것은 전반적인 음산함에 압도되어 기괴한 형태로 변형되어서 독자의 의식으로 다가온다. 달리 말하면, 윤홍길 소설의 기괴한 환상은 토속성 그 자체로부터 오는 것이 아니다. 그것은 토속성의 귀기와 웃음의 미묘한 혼합으로부터 온다.

2)는 해학적인 정경 자체를 처연한 슬픔으로 변형하고 있다. 그 변형은 외부의 어떤 것들로부터도 오지 않는다. 그것은 '양포리댁'의 말짓 그 자체의 운동으로부터 온다. 눈물은 기쁨이 터진 자리에서 찔끔거린다. 그것은 몸이 감당하지 못할 정도로 연장되고 확대된 기쁨이다. 그 기쁨의 버거움을 잘 이겨내기 위해 몸은 그것에 리듬을 부여한다. "아들 손자 메누리 다들"은 "아들 손자 며느리 다아 모여서……"의 그 리듬에 실려 있다. 그러나, 그 기쁨의 변주와 병행하여 "완연한 울음"이 터져 나온다. 그 기쁨이 과장적으로 위장하고 있는 것은 몸의 상황, 기계에 짓눌린 시골 노인의 절망적인 상황이며, 그러니 그 몸은 기쁨의 확대를 결코 감당할 수 없는 것이다. 그러나, 그 완연한 울음이 오직 해학을 완전한 슬픔으로 뒤바꾸는 것으로 읽을 수는 없을 것이다. 그렇게 읽을 뿐이라면, 마지막 문장의 달중씨와 아내의 해학적 안타까움이 주는 맛을 느낄 수가 없다. 오히려 그 완연한 울음 자체가 해학적임을 느낄 때, 이 대목을 정말 맛나게 씹을 수 있을 것이다. 우선, 그것은 기쁨의 확대·변주와 공존하기 때문에 웃음을 자아낼 가능성을 갖는다. 그러나, 그러한 진술은 아무 의미도 갖지 않는다. 왜, 기쁨의 확대·변주가 가능한가, 를 물어야 한다. 그것이 '변주'라는 것은 그것이 능동적인 의지의 산물임을 뜻한다. 즉, 그 기쁨의 확대·변주는 자연 발생적으로 나타나는 게 아니다. 그것

은 슬픔을 이기려는 마음의 움직임 속에서 나타난다. 그러나, 다시 한 번 물어야 하리라. 왜 그 의지가 해학적으로 나타나는가? 뷜을 빌려서, "해학은 비극을 이겨내는 힘"(권오룡, 「진실과 해학」, 『윤흥길』, p.75)이라고 말할 수는 있겠으나, 비극을 이겨내는 힘이 모두 해학이라고 말할 수는 없기 때문이다. 모든 의지가 해학적인 것은 아니다. 아니, 차라리 의지는 대체로 해학적이지 않다. 대개의 의지는 단호하거나 강파르다. 해학적인 의지는 (단호한) 의지와 자조(의지적이지 못한 것) 사이에 있다. 그것은 세상을 이기려 하되, 세상에 순응하여 그렇게 한다. 혹은 거꾸로, 세상에 순응하는 그 움직임 자체로 세상을 이기려 한다. 거기서 해학의 두 가지 양상이 나온다. 하나는 순응과 싸움의 어긋남이 드러내는 우스꽝스러움이다. 그것을 선명하게 드러내는 것은 위 대목에서 양포리댁의 통화 광경이다. 가만히 보면, 그만큼 우스꽝스러운 것도 없다. 왜냐하면, 그녀는 전화를 통해서 기계를 원망하고 있기 때문이다. 즉, 기계에 매달려 기계를 욕하는 것이다. 그것이 싸움을 벌이되 이미 순응하고 있는 행동의 우스꽝스러움이라면, 그러나, 순응하되 싸움을 벌이는 데서 나오는 즐거움이 또한 있으니, 그것이 해학의 두번째 양상이다. 그것은 양포리댁의 말에 있다. 사투리의 말씨에 있다. 그것은 기계를 수락할 수밖에 없는 사람에게 기계에 대항하여 싸우도록 해주는 물질적 도구이다. 그것으로 그녀는 '전화'에 대한 순응을 눙치면서 싸움을 벌일 수 있다. 첫번째 국면에서 기계에 대한 저항은 말의 내용에 있었다. 그것은 부정적인 의미에서의 우스꽝스러움을 드러낸다. 그러나, 두번째 국면에서 그 내용은 형태화된다. 말의 내용이 형태를 획득하면, 그것은 적극적인 힘으로서의 웃음을 발생시킨다. 물론 양포리댁은 끝내 전화통을 떨어뜨리고 "목놓아 통곡을" 한다. 그것은 그녀의 싸움이 패배했음을 보여준다. 그러나, 그녀의 패배는 다른 사람들에게 싸움의 의욕을 불러일으킨다. 달중씨와 아내가 서로 상대방에게 "덤터기 씌우려 벼르"는 안타까움을 발생시키는 것이다. 아니, 서로 덤터기 씌우려 하니, 안타까움은 단순히 발생할 뿐만 아니라 보태지고 퍼진다. 해학의 중요한 의미는 거기에 있다. 그것은 패배의식을 전염시켜 전의를 확산시킨다.

이상의 분석은 윤홍길 소설의 핵심이 토속성이나 해학에 있지 않으며, 심지어 한국인의 전이해의 공간에도 있지 않다는 것을 보여준다. 그의 핵심은 어떤 동사에 있다. 그것은 토속적이거나 해학적인 공간에 특유의 윤홍길적 특징을 부여해준다. 그것이 무엇인가? 1)에서 기괴한 환상은 토속성의 귀기에 그것을 바라보는 자의 마음의 여유가 특이하게 보태짐으로써 발생되었다. 2)에서의 해학은 부정적 우스꽝스러움으로부터 적극적인 즐거움으로 변경되었는데, 그것을 가능하게 해준 것은 삶에 대한 의지이다. 이 두 가지 상이한 광경을 한데 묶어주는 것이 있다면, 그것은 바로, '참여'라는 동적 움직임이다. 경주가 만들어내는 음산한 공간 속에 나의 가담이 보태짐으로써, 그것은 기괴한 환상의 공간으로 변모한다. 양포리댁의 경우, 순응함으로써 싸운다는 것은 상황 속으로 참여한다는 말에 다름 아니다. 상황 안으로의 참여, 윤홍길 소설의 핵자는 바로 그 동적 움직임이다. 바로 그것만이, 여러 이질적이고 다양한 윤홍길적 특징들을 한데 모아서 이해할 수 있게 해준다. 실로, 그것은 그의 소설의 전 수준에 걸쳐 있다.

우선, 그것은 윤홍길적 인물들의 특이한 유별남을 유발하는 동인이다. 그 인물들은 크게 소년, 소시민, 여인 들의 세 부류로 나뉘는데, 그들의 특이한 행동을 구성하는 것은 모두 동참의 의식이다. 소년들에게서 두드러지는 것은 천진성이 아니라 호기심이다. 호기심이란, 어른들의 세계에 동참하고 싶어 하는 욕구에 다름 아니다. 그 욕구 때문에,「장마」의 '나'는 "외할머니가 실수를 계속할까 봐서 내 마음은 몹시도 조마조마"(『황혼』, p.68)해지는 것이며, 또한 마찬가지 마음의 움직임이 "맥고자의 그 사내는 나한테 그런 얘길 들었다는 걸 누구한테도 알리지 않겠다고 단단히 약속한 바 있었다. 그것은 그때 나이의 내겐 어른들에 의해서 기록된 최초의 치명적인 배반이었다"(『황혼』, p.96)는 생각을 낳는다.「집」에서, "아버지는 될 수 있는 한 우리가 눈치 채지 못하도록 쉬쉬하면서 다른 어른들에게도 낮은 목소리로 얘기할 것을 충고했다. 그러나 우리는 이미 알고 있었다"(『황혼』, p.43)의 '우리'가 "우리는 본능이 요구하는 만큼의 흥분에 도달하지 못해 안달이 날 지경이었다. 불길에 휩싸여 훨훨 타는 광경은 여러 번 목격했어도 두 눈을 뜬 채 지켜보는 앞에서 집채가 폭삭 주저앉는 꼴은 여지껏 구경을 못했다"(『황혼』, pp.44~45)고 안달할 때나, "이럴 경우에 아버지를 돕고 어머니를 위로할 좋은 방법이 없을까. 방법이 전혀 없는 건 아니었다. 비록 어리긴 할망정 부모 된 입장을 충분히 이해하고 있으며 힘이 되어드리지 못해 대단히 죄송스럽다는 표시로 한술 더 떠 어른보다 침통한 표정을 짓고 있노라면 집이 무너지기를 바라며 철따구니 없이 덤벙거린 어제의 죄과가 다소 탕감되는 기분을 맛볼 수 있었다"고 자숙할 때나 그 상반되는 두 마음을 똑같이 사로잡고 있는 것도 어른들의 삶에 동참하고 싶다는 욕망이다. "혼수상태에 빠져 사그라"지면서도 찬란한 기억의 '군가,' "녀석을 한때 빛나게 하고, 한때 자랑스럽게 하던 군가"(『아홉』, p.62)를 자꾸 웅얼거리는 '윤봉이'의 그 안쓰러운 모습도 마찬가지다. 그 양태들은 저마다 다르지만, 그 심리는 똑같다.

거개가 소시민인 어른 사내들의 행태도 실은 크게 다르지 않다. 「아홉 켤레의 구두로 남은 사내」에서 '권씨'의 "이래 봬도 나 안동 권씨요!"(『아홉』, p.174)라든가 "이래 봬도 나 대학 나온 사람이오"(『아홉』, p.193)라는 엉뚱한 유세는 현실의 외진 자리로 형편없이 밀려난 사람이 현실을 구성하는 상징적 코드를 완전히 수용하려고 안간힘을 쓰는 데서 비롯한다. 반면, 「매우 잘생긴 우산 하나」의 '김달채씨'는 고지식하기 짝이 없는 공무원이면서 분수에 맞지 않는 우산 때문에 어처구니없는 봉변을 당하고 마는데, 중요한 것은 김달채씨의 희비극은 그가 본래 고지식한 사람이 아니었다면, 일어나지 않았으리라는 것이다. 현실에 대한 생래적인 순응이 엉뚱한 환상 속으로 그를 몰고 가는 것이다. 다른 한편, 「몰매」의 '김시철'이 주방장을 밀고하는 것은 "두엄자리에 붙박고 앉아서 남의 옷소매에 매달려 감히 구름 쪽을 넘보는" "얼뜨고 허황된 꿈"(『황혼』, p.237)에서 벗어나, 제 손으로 삶의 비극을 만들어보겠다는 위악적 음모를 품었기 때문이다. 반면, 「오늘의 운세」에서의 '나'가 근무를 소홀히 해가면서까지 '차상진씨'를 찾아다니는 것이나, 「꿈꾸는 자의 나성」의 '나'가 '사내'의 행방을 추적하는 것은 김시철과 같은 위악성을 포함하고 있진 않으나, 똑같이 집요성을 동반하고 있다. 그들은 모두 타인의 비극을 좇는다. 그것은 왜인가? "내 차례가 왔구나"(『나성』, p.167)라는 예감이 날카롭게 가리키고 있듯이, 「오늘의 운세」의 나는 타인의 비극을 통하여 내 삶의 끔찍한 비극을 '확인'하고, 함박눈의 화이트 크리스

마스가 따뜻하게 환기하고 있듯이 「꿈꾸는 자의 나성」의 나는 타인의 비극 속에 동참함으로써 더불어 삶의 의미를 깨닫는다. 또 다른 경우도 있다. 「제식훈련변천사」의 '나'는 강교수에게 "개인이기를 포기해 버린 채 가부장의 슬하에 뛰어드는 순간에 느끼는 감정이 그 얼마나 살갑고 평안한 것인가를 한참 이야기하"다가 '이문택'에 의해서 "네 놈은 개다! 윤성철이는 개새끼다!"(『황혼』, p.204)라는 야단을 맞게 되는데, 결말부에 가서 "내가 저지르고 관여한 만큼의 몫은 내 어깨로 감당하고 싶은 심정이"(『황혼』, p.211) 된다. 그 윤성철-나의 마지막 결단이나 '우하사'의 간호를 자청하면서 살해를 꿈꾸었던 「빙청과 심홍」의 '신하사'의 행동은, 타인(혹은 타자화된 나)을 통해서 나의 태도를 세운다는 점에서 '김시철'의 그것과 대척에 놓인다. 김시철과 우하사 사이에 놓인 그 많은 선택들의 차이에도 불구하고, 그러나, 그 구조는 같다. 그들은 모두 상황 속에 참여하려는 마음의 움직임이 낳은 다양한 결과들이다.

한편, 여인들은 어떠한가? 「장마」의 외할머니에겐 자연의 변화와 인간의 삶이 하나로 통해 있다. 그 때문에, 윤흥길의 소설에 '샤머니즘'의 라벨이 붙은 것이지만, 그러나, 그러한 규정은 다른, 보다 일상적인 어머니들의 모습을 온전히 설명하지 못한다. 「집」의 어머니는 아주 일상적인 여인이다. 그녀는 남편의 무능력을 비웃을 줄 아는 현실적인 인물이며, 그녀에게서 무속성을 찾는다는 것은 지나친 일이다. 그러나, 그런 그녀가 "인부들이 해머로 벽을 꽝꽝 때리면 어머니는 손으로 옆구리를 만지면서 애구구, 하고 비명을 울"(『황혼』, p.56)린다. 「내일의 경이」의 '아내'는 아들이 빼앗아 간 TV 채널에서, 난데없이 남편의 옛 친구를 화면에서 찾아낸다. 물론 그것은 착각이다. 그러나, 그 착각이 사건을 만든다. 그 착각이 무엇을 뜻하는가? 그 놀람을 두고 "무엇엔가에 호되게 놀란 나머지 마치 연애 시절에 내가 맨 처음 기습적으로 자기 입술을 훔쳤을 당시같이 새가슴마저 할딱거리고 있"(『황혼』, p.245)다고 묘사하는 대목이 적절히 암시하고 있듯이, 그것이 지리멸렬한 일상에 첫 키스의 신선함을 충전시키고 싶어 하는 마음의 움직임이 낳은 상상적 발명임은 군이 설명할 필요가 없다. 「몰매」의 '미스 현'의 가짜 자살극도 같은 의미망 속에 놓여 있다. 그녀는 의미 없는 삶을 벗어나기 위해, 비극적 환상을 먹고 살며, 결국 그것에 먹힌다. 또한, 「하루는 이런 일이」의 딸들은 아버지를 협박하기 위해 방문한 낯선 침입자에게 무서움을 느끼기는커녕, "쇳소리를 지르"(『아홉』, p.20)며 대들고, 「무지개는 언제 뜨는가」에서의 '아내'는 남편 가족의 숨겨진 이야기에 호기심이 잔뜩 당겨 "천장 모르고 들뜨려"(『무지개』, p.31) 한다.

거론될 수 있는 예는 윤흥길 소설의 인물들 수만큼이나 많다. 그들에게 특이성을 부여하는 윤흥길적 인물들의 유별난 행동들은, 때로는 한심하고, 때로는 기괴하며, 때로는 우스꽝스럽고 때로는 눈물겨우며, 때로는 위악적이고 때로는 순정하다. 그 양태는 그렇게 다양하지만, 그 심리적 뿌리는 하나이다. 그것은 상황 내적 참여의 의지 그 자체인 것이다. 그들은 자신들의 특이성을 통하여, 낯선 사물들을 모두 '친근성'의 자장 안으로 끌어당긴다.

그러나, 여기까지 오면, 이제 그 상황 안으로의 참여에 다른 하나의 속성을 첨가할 수 있을 것이다. 그 상황은 추상적이고 일반적인 상황이 아니기 때문이다. 물론, 윤흥길 소설의 인물들을 시달리게 하는 상황은, 그들이 '소년'일 때는 불가해한 상황이며, 그들이 소시민일 때는 '제도'라는 이름으로 불리는 획일적 상황이다. 그러나, 그들이 그 막막한 단색의 상황을 친근한 것으로 바꾸려 할 때, 그 상황은 더 이상 일반적 상황이 아니라 개별적이고 구체적인 상황, 아니 좀더 자세하게 얘기하면, 대화 상대자 또는 행동 상대자들이 살아 움직이는 상황이 된다. 친근한 공간은 유혹과 홀림이 어지럽게 교차하는 공간이기 때문이다. 「오늘의 운세」에서의 화자가 얘기를 서로 나누자고 청하는 '차상진'을 보면서, "생활의 거대한 외로움이 그처럼 인간의 체온을 그리워하도록 만드는 모양이었다"(『나성』, p.163)라고 생각할 때, 그리고 「비늘」에서의 '나'가 '김대장'의 등에 업히면서, "전류처럼 뻗어오는 그의 따스한 체온을 느꼈"(『나성』, p.280)을 때, 그 '체온'은 단순히 비유가 아니다. 그것은 말 그대로 체온을 가진 존재들끼리의 만남을 뜻하고 있는 것이다. 「내일의 경이」에서의 '문명남'은 왜 '이강민'을 빌려서 패배의 펀치 드렁크 현상에서 벗어나려 하는가? 도덕가의 관점에서 그것은 "구원조차도 타인에 이끌려지는 것이라면 그 같은 일체의 시도는 결국 '협잡'에 지나지 않는다"(권오룡, 앞의 글, p.69)는 태도를 가리킬 것이다. 반면 분석가의 관점에서 보면, 그것은 윤흥길 소설 전반을 관류하는 항상적 의지, 즉 개인을 넘어서 타자와 통하려는 욕구, 혹은 상황을 살아 있는 인물들의 싸움터로 만들려는 욕구에 포함된다. 오생근이 "작가의 관심〔은〕 개인적인 문제의 극복"(오생근, 앞의 글, p.22)이라고 예리하게(예리하게? 왜냐면, 모든 찬사는 작가의 관심에 보편적 의의를 부여하고 싶어하니까) 지적하고 있는 것도 그와 관련이 있다. 그것은 윤흥길의 관심이 개별적인 것들의 구체성에 깊이 뿌리내리고 있다는 것을 뜻하며, 바로 그 의미에서 그것은 거꾸로, 윤흥길 소설의 주 관심은 개인이 아니라 개인 '들'에 있다는 것을 보여준다. 오생근의 지적은 "윤흥길의 소설에서는 어디에서나 복수 주인공들이 있을 뿐 소설 전체를 지배하는 하나의 주인공이 있는 경우는 드물다"(「사건과 관계」, 『윤흥길』, p.95)는 김치수의 지적과 사실상 일맥상통하고 있는 것이다. 개념을 좋아하는 독자를 위하여 좀더 학술적으로 말해보는 건 어떤가. 윤흥길 소설의 문제틀은 자아/세계의 대립(그렇게 오랫동안, 문학의 심리적 요인으로서 간주되어왔던)이 아니라 개인 '들'의 어울림/엇물림이다.

3

이제 하나의 문장을 소리 내어 말할 수 있다. 윤흥길 소설의 기본 동사는 '타자 속으로의 참여'이다. 그런데, 왜 굳이 이 말을 하는가? 타자면 어떻고 그냥 세계면 어떠한가? 「내일의 경이」에서 화자가 말하듯, "누가 알랴, 묘기가 어떻고 의지의 매력이 어떻고는 다아 나발 같은 수작이며 실상은 애시당초 그가 한 마리 희생의 짐승이었던지를"(『황혼』, p.257), 이렇게 말해버리면 어떠한가?

그러나, 이 글은 그렇게 말할 수 없다고 말한다. 굳이, 타자(들)라고 말해야겠다고 한다. 왜? 그것은 이 글이 윤흥길의 소설에서 실체를 찾으려 하지 않고 동사를 찾으려 한 데에 까닭을 두고 있다. 동사를 찾으려 했다는 것은 행위와 동작 주체와의 상관성을 통해서만 상황에의 참여가 실현된다는 것을 뜻한다. 라캉이 소쉬르의 시니피앙/시니피에의 기호 도식을 비판적으로 재구성할 수 있었던 것은, 시니피에는 '말하는 주체'와의 상관을 통해서만 구성된다는 것을 주목했던 덕분이었다. 그와 마찬가지로 '참여'의 실제는 동작 주체와의 관련 속에서, 그리고 동작 주체들 간의 상호 관련 속에서 다양하고 복잡하게 꼬인다. 그 복잡한 변주의 과정을 재구성해내는 것이야말로 윤흥길의 소설을 제대로 읽는 방법이다. 그것은 윤흥길 소설 이해에 적어도 세 가지의 실질적인 생산성을 가질 수 있다.

1) 소설가의 윤리학이 아니라 소설들의 구조학을 세울 수 있다. 좋은 소설 읽기는 긍정적/부정적 인물들을 가르고, 긍정적 인물들에 쏠리는 작가의 심리적 경사를 추출해내는 것이 아니라, 긍정적이고 부정적인 인물들이 서로 얽혀 갈등하고 협상하고 배반하고 이해하는 과정을 읽는 것이다. 소설은 모범적 인간상이 제시되는 장소가 아니라 욕망들의 싸움터이기 때문이다. 그것이 윤리학을 부정하는가? 아니다. 김치수는 윤흥길적 인물들이 "비도덕적"인 데 주목하면서, 그 의의를 "어떤 사건이나 사물 앞에서 작가가 이미 판정을 내림으로써 범하게 되는 작가의 '폭력'에 대한 가장 강한 거부를 하고 있는"(김치수, 앞의 글, p.99) 것으로 파악한 바 있다. 소설은 입장을 제시한다기보다는 입장들의 관계를 성찰하도록 해준다. 아니, 그 이상이다. 무엇 이상인가 하면, 성찰 이상이다. 윤흥길의 소설을 오직 성찰의 자리로서만 생각한다면, 「빙청과 심홍」에서의 '신하사'가 '미스 양'에게 보낸 편지에서 "살인 미수를 자백함으로써 끝까지 제가 옳았다는 걸 증명해 보일 작정입니다. 가능하다면 그렇게 함으로써 저를 비웃던 사람들을 잠시라도 부끄럽게 만들고 싶습니다"(『아홉』, p.146)고 한 말을 이해할 수 없다. "다시 살아난 지금, 명부 문전에서 반송되어 온 꼴인 내 목숨이 눈앞의 아홉 켤레만을 염두에 두는 사람들의 볼기를 철썩철썩 후려갈기는 마땅한 구실을 하게 되기를 바라는 마음

간절하다"(『아홉』, p.203)는 '권씨'의 염원도, "세상을 향해 팔매질"(『무지개』, p.136)하고 싶어하는 '에레나'의 충동도, "형님, 비가 그치고 나면 하늘은 어떤 빛깔이 되는지 아십니까? 그리고 그 하늘에 뭐가 뜨는지 아십니까?"(『무지개』, p.39)고 물을 '동근이'의 질문도 하나의 심적 사실 이상이 되지 않을 것이다. 때로는 작가의 발언이라 생각해도 무방할 정도의 이러한 염원들이 왜 이렇게 빈번히 선명하게 개입하는가?

물론 나는 이러한 일련의 발언들이 윤흥길 '소설'의 세계관을 이룬다고 말하려고 하는 것이 아니다. 이미 나는 도덕가의 관점을 버리자고 주장하였다. 이미 「빙청과 심홍」의 화자도 신하사의 그 편지를 훔쳐 읽고는 "내가 느낀 감정이 신하사가 바라던 대로 일말의 부끄러움이었는지는 꼬집어 말할 수 없다"(『아홉』, p.147)고 의뭉을 떨었다. 내가 말하고 싶은 것은 성찰을 가능하게 하는 방식도 아주 다양하기 때문에, 그 방식의 구조가 밝혀져야 한다는 것이다. 그것은 인물들의 세상에 대한 실천의 양태에, 그리고 그 양태를 구조화하는 글쓰기의 방식에 달려 있다는 것이다. 모든 인물들은 관계하에 놓여 있을 뿐 아니라, 관계에 대한 작용들로 얽혀 있다는 것이다. '타자 속으로의 참여'를 내가 굳이 말한 것은 바로 그 때문이다.

그 이상한 이름의 참여를 고려할 때, 윤흥길적 관계의 상수를 추출해낼 수 있다. 그 상수는 두 개이다. ① 관계는, 이질적인 존재들 사이에 존재한다. 그것은 「직선과 곡선」의 "오선생 생각은 오선생이 경험한 바탕 안에서만 출발하고 멈춥니다. 자기 경험만을 바탕으로 남의 생각까지 재단하기는 애당초 무립니다"(『아홉』, p.248)라는 '권씨'의 발언에서 선명하게 나타난다. 그러나, 이 발언은 이미 또 하나의 상수를 예정하고 있다. 경험의 상이성을 '인정'하는 절차는 경험의 상호 작용을 준비하기 때문이다. ② 경험은 동참을 통해서 공유된다(혹은 배제를 통해서 배반된다).

이것이 결국 무엇을 뜻하는가? 윤흥길 소설의 인물들은 서로 다를 뿐만 아니라, 다른 것을 통하여 타인에게 작용을 가한다는 것, 혹은 타인에 의해 영향을 받는다는 것이다. 윤흥길의 소설은 서로 상이한 입장들의 존재와 그 상대적 위치들을 확인하는 것으로 그치지 않는다. 아니, 그것을 확인하기 위해 판단 중지하지 않는다. 오히려, 그것은 판단에 판단을 겹쳐놓는다. 「엄동」의 '박'이 '미스 정'을 유린할 생각을 난폭하게 먹는 것도 바로 그러한 판단의 인력 때문이다. 폭설로 버스가 끊기자 당돌하게도 앞줄에 서 있던 '박'에게 여관에 함께 데려다 달라고 청하는 '미스 정'에게 '박'은 그저 당황하기만 한다. 그리고 다방에 함께 앉아 미스 정이 다른 사람들이 눈길을 돌릴 정도의 고성으로 제 살아온 이야기를 할 때, '박'은 아주 순수하게 그녀에게 끌린다. 그녀의 성남에 대한 사랑은 "정통으로 급소를 얻어맞은 꼴"(『아홉』, p.91)로 박에게 충격을 주고, 박은 자기와 전혀 다른 동네 사람의 모습을 목격하면서, "꾀죄죄한 외양을 한 꺼풀 벗겼을 때 만좌중에 드러난 그녀의 내부에서는 분명히 건강한 동물성 같은 게 숨쉬고 있었다"(『아홉』, p.96)고 찬탄한다. 그것은 박 자신은 가지지 못한 "축복받은 자산"이면서, 박을 "알맞게 취한 상태가 지속되면서 전신이 다 화끈거리"게 해주는 마력을 내뿜고 있다. 박은 정이 "내뿜고 있"는 "성숙한" 아름다움에 감염된 것이다. 그러나 문득 미스 정은 "어찌 된 셈인지 급속도로 무너져 내리기 시작"한다. 그리고 그녀는 지금까지의 얘기를 몽땅 부인한다. 거짓말을 했다는 것이다. 그리고 그녀가 결론적으로 하는 말은 "따지고 보면 다 자기 못난 탓"(『아홉』, p.98)이라는 것이다. 그때 "박이 느낀 것은 천길 높은 벼랑을 떽떼굴 굴러 떨어지는 듯한 감정이었다." 그리고 그것은 "아주 조포하기 짝이 없는 성욕"으로 바뀐다. "정영순이란 이름의 한 여자를 겨냥했다기보다 그것은 수없이 밟히고 밟혀도 여전히 꿈틀거리는 한 모진 목숨을 보았을 때 느끼는, 거기에 마지막 일격을 가해주고 싶은 충동이나 매한가지 욕구였다."

이 작은 사건을 움직이는 숨은 힘이야말로 판단의 인력이다. 미스 정에 의한 박의 감염, 그것은 내용적으로나(성남에 대한 사랑) 형식적으로나(정의 박에 대한 당돌한 접근) 타인 속으로의 참여라는 형식을 가지고 있다. 그리고 배반. 배반은 내용의 차원에서 일어난다. 미스 정은 갑자기 단독자 개인으로 돌아선 것이다. 그러나, 형식은 아직 돌아서지 않았다. 미스 정은 여전히 박에게 말을 건네고 있기 때문이다. 거기서 박의 의식은 분열을 일으킨다. 박이 취할 행동은 형식을 내용에 일치시켜주는 것일 수도 있을 것이다. 단독자 개인으로 돌아선 그녀의 말의 내용에 맞춤하게 그녀 자신을 대화 상대자가 없는 처지로 만들어버릴 수 있다. 그러나, 그것은 이중의 궁지를 일으킨다. 하나는 그렇게 하는 것은 박을 또한 천길 벼랑으로 굴러 떨어지게 만들 것이라는 것이다. 그도 미스 정과 함께 못난 개인으로 돌아갈 것이기 때문이다. 다른 하나는 그럼에도 그 반응의 형식 자체는 감염적이라는 것이다. 왜냐하면, 그렇게 한다면, 그것은 미스 정의 표변에 덩달아 자신도 그렇게 바뀌는 꼴이 될 것이기 때문이다. '조포한 성욕'은 그 진퇴양난의 궁지가 해결책을 갖지 못한 채 폭발한 것에 다름 아니다. 그것은 타인과의 상호 관계가 형식적으로 유지되지만, 건강한 내용이 채워지지 못하고, 불순한 분비물만 남기게 될. 따라서, 결국 그 관계를 끊어버리고 말. 자폭성만이 그 관계 속에 가득 차는 것을 의미한다. 박의 이러한 반응은 도덕적인 관점에서 옳다 그르다 할 수 있는 것도 아니고, 불가해한 것도 아니며, 한 유형적 인물의 고유한 반응도 아니다. 그것은 미스 정과의 마음의 상호 작용 속에서 필연적으로 이끌려 나온 결과이다.

바로 그 때문에 윤흥길 소설의 인물들은 속성을 가진 존재로서 규정될 수 없다. 그들은 인력을 가진 존재들이며, 인력 속에 놓인 존재들이다. 그들의 인물로서의 의미는 끌어당김에 있지, 그들이 취하는 태도에 있지 않다. 심지어, 그 태도들의 다양성에도 있지 않다. 그것은 오직 끌어당김에 있다.

2) 타자 속으로의 참여는 글쓰기에 결정적으로 관여한다. 다시 말하면, 윤흥길의 글쓰기는 묘사도 진술도 아니다. 그것은 인물들이 타자 속으로 참여하듯이, 이야기의 공간 속으로 참여한다. 묘사하는 듯하지만, 그것은 어느새 진술이 되고 있다는 것이다. 그것을 가장 잘 보여주는 예가 앞에서 인용한 「양포리의 저녁놀」의 마지막 대목이다. 인용문으로 다시 돌아가, 밑줄 친 부분에 눈길을 돌려보자. 완벽하게 객관적인 기술일 것 같으면, '어머니'가 아니라 '양포리댁'으로 지칭되어야 할 것이다. 다음 문장에서 곧 확인되듯이 '달중씨'는 화자가 아니라, 이야기 속의 한 인물이기 때문이다. 그 객관적 묘사들 사이에, 작가는 슬그머니 일인칭적 시선을 끼워 넣고 있는 것이다. 왜 그렇게 되었는가? 묘사하는 시선이 저도 모르게 묘사되는 시선과 동일화되었기 때문이다. 또 하나 예를 들어보겠다.

그는 난로 위를 멀거니 내려다보았다. 주전자 겉면에 묻은 물방울들이 난로 뚜껑 위로 쪼르르 미끄러져 내려 볶음질을 당하면서 메뚜기 배통 터지듯 톡톡 튀는 소리를 내는 일방, 이리저리 굴러다니며, 뱅뱅 맴을 돌며, 점차로 작아지다가 끝내는 눈곱만 한 흔적을 가뭇가뭇 남기면서 아주 없어져버리고 있었다./ "아아아아. 아아 소리만 자꾸 나오는 이놈의 세상! 입을 벌리면 목구멍은 좀더 근사하고 의젓한 소리를 낼 수 없을까. 무슨 일이 좀 벌어져야 할 텐데. 하다못해 얼빠진 수탉이 한낮에 홰를 치는 소리라도 듣고 있노라면 하루가 맘에 썩 들게 짧아질 거야. 뭔가 좀 달라져야만 되겠어. 〔······〕"/애타게 동의를 구하는 근섭의 집요한 시선이 똑바로 자기를 향하고 있었다. 난로 위의 주전자는 물방울을 죄 떨어버린 지금 아주 홀가분하다는 듯이 기분 좋게 쉬쉬 소리를 내기 시작했다. (『무지개』, p.203)

정황과 심리의 병행 묘사가 돋보이는 대목이다. 윤흥길적 기법의 대표적인 예이다. 난로에 닿은 물방울들이 퉁퉁 튀며 사라지는 장면과 무료를 견디지 못해 하품과 같이 쏟아내는 근섭의 말들의 병치. 하지만, 중요한 것은 병치 자체가 아니라, 그 묘사 사이의 상호 작용이다. 우선, (화자의) 물방울 묘사가 (인물) 근섭의 심리를 감싸고 있는 것으로 읽을 수 있다. 이때, 인물의 마음의 무료함은 화자의 묘사에 의해 해학의 외피를 입는다. 근섭의 안달하는 마음은 메뚜기 배통 터지는 듯한 소리를 내면서 우스꽝스럽게 된다. 그러나, 그렇게만 읽으면 반밖에 읽은 것이 안 된다. 「건널목 이야기」는 결코 '근섭'을 해학적 인물로 그리고 있지 않다. 게다가 앞 인용문 바로 앞 문장은 함께 건널목지기를 하는 '노인'이 "말하는 사람의 거동이 하 진지한

데 은연중 말려들어 근섭의 말이 무조건 옳음을 속으로 인정하지 않을 수 없게 되었다"고 속으로 고백하는 모습을 진술하고 있다. 따라서, 작품 전체로 보나, 이 대목만으로 보나, '근섭'은 해학적 인물의 열등성을 가지고 있지 않다. 그런데도 우스꽝스러움이 개입한다면, 그것은 왜인가? 해석의 비밀은 근섭의 말에 대한 물의 보충성에 있다. 바로 "하다못해 얼빠진 수탉이" 운운하는 그 말의 물질적 결핍을 물이 완벽하게 대리해주고 있다는 것. "뭔가 좀 달라져야만 되겠어. 혹부리 영감이 생각나는군. 영감님 의향은 어떠세요. 〔……〕 또는 서양 동화처럼 손이 닿기만 하면 돌도 나무도 사람도 황금으로 변하는 기적같은 걸 혹시 바라지 않으십니까?"라는 근섭의 안달하는 바람을 난로 뚜껑 위로 미끄러지자마자 톡톡 튀고 굴러다니며 흔적도 없이 사라지는 물방울이 충족시켜주고 있다는 것이다. 이 보충성 때문에 근섭의 시선은 그 장면의 우스꽝스러움에도 불구하고 더욱 노인을 집요하게 죄어들 수 있는 것이니, 마침내 노인은 "대기실 안을 연탄가스처럼 은밀히 휩싸고 도는 공감의 분위기 앞에 차츰 저항을 잃어가는 자신을 속절없이 느끼고"(『무지개』, p.204) 마는 것이다. 이 병행 묘사의 운동 구조가 무엇인가는 명백하다. 그것은 화자의 묘사가 인물의 심리 속으로 틈입해 들어가는 형태를 이룬다. 윤흥길의 글쓰기는 이질적 위치로부터 동참적 공간으로, 다시 말해 묘사로부터 교묘히 진술로 이행하는 데에서 그 비밀을 가지고 있다. 이러한 분석이 "삼인칭 소설을 쓰면서 작가는 거의 일인칭의 입장에 서 있다"(오생근, 앞의 글, p.22)는 오생근의 지적과 상응한다면, 반면, 일인칭 소설에 대해 "어디까지가 이야기를 서술해나가는 작가의 관점이고 어디서부터가 소설 속의 등장인물인 '나'의 관점인지 불투명할 때가 많"

(같은 글, p.22)다는 데 주목하면서, 그것을 "'나'를 감추려는 의도"로 파악하고 "소설이라는 자유로운 공간 속에 주관적인 색채를 보이지 않으려는 의도에서 연유"(같은 글, p.34) 한다고 해석하는 것은 무리가 있어 보인다. 그 불투명한 공간 속에서 주목해야 할 것은 차라리, 일인칭 화자들의 대부분이 고유한 지칭을 가지고 있다는 것이 아닐까? 열거해보자면, 「장마」와 「무지개는 언제 뜨는가」의 '나'는 '동만이'이며, 「제식훈련변천사」의 '나'는 '윤성철'이고 「내일의 경이」에서의 '나'는 '성필'이다. 「아홉 켤레의 구두로 남은 사내」의 '나'는 '오선생'이고 「직선과 곡선」의 '나'는 물론 '권기용씨'이다. 「무제」의 '나'는 '한가'이고 「꿈꾸는 자의 나성」의 '나'는 '미스터 김,' 「비늘」의 '나'는 '이형,' 「그믐밤」의 '나'는 '현규 엄마'이다. 물론 '나'이자 삼자적 지칭을 가지고 있다는 사실 자체에 큰 의미를 부여할 수는 없다. 중요한 것은 이 많은 '나'들의 삼자적 지칭이 밝혀지는 것은 이야기 전개상의 중요한 전기와 맞물려 있다는 것이다. 「장마」의 '나'가 '동만이'라는 것은 밤에 숨어들어 온 삼촌의 입을 통해 밝혀지는데, 나-동만이는 삼촌이 다녀갔다는 것을 누설하고 말아, 집안의 불행을 초래한다. 「무지개는 언제 뜨는가」에서의 '나'의 이름이 '동만이'라는 것은 중심인물인 '동근이'와의 형제적 관계를 확정하는 기능을 하고 있다. 「내일의 경이」의 '나'는 나의 친구이자 사건의 주인공인 '문명남'의 입을 통해 '형필'이라고 불리는데, 그때부터 '나'는 문명남과 뗄 수 없는 관계가 된다. 「아홉 켤레의 구두로 남은 사내」에서의 '오선생'은 '이순경'이 '나'에게 권씨의 동태를 감시해달라고 부탁하면서 부른 호칭이다. 그렇게 보면 중요한 것은, 화자로서의 '나'가 동시에, 원하든 원하지 않든, 사건의 주 인물이 된다는 사실에 있을 뿐만 아

니라, 작가가 그 물질적 표지를 작품 속에 남겨놓고 있다는 것에 더욱 있다. 「황혼의 집」의 '나'는 그 이름이 밝혀지지 않지만, 그를 집에 가두게 될 '경주 엄마'에 의해 딸 '경옥이'로 오해받기도 하며, 옛집을 빼앗아 살고 있는 '기와집 자식'이 되어서 혼쭐이 나기도 한다. 「땔감」의 '나'는 어떠한가? 그는 "한 집안의 가장인 아버지와 그의 장남인 내가 분연히 나선 길이었다"의 '장남,' 청솔가지를 몰래 도둑질하는 사건의 주역이 될 인물이다. 마찬가지로 「양」의 '나'는 집안을 망쳐놓은 윤봉이를 비롯해, 윤석이, 성자의 '형아'이다. 「무제」의 '나'의 성은 '한가'이지만, 오히려 중요한 것은 그가 고모부에 의해 북에 두고 온 아들 '승곤이'의 대리 역을 떠맡게 된다는 것이다.

이상은 일인칭 소설에서 화자는 이야기의 서술자인지 등장인물인지 불분명한 인물이 아니라, 진술자이며 동시에 행위자임을, 두 개의 역할을 함께 떠맡은 자임을 보여준다. 일인칭 소설에서 진술자는 작가가 끼워 넣은 표지를 통해 사건 한복판으로 개입하며, 삼인칭 소설에서 '인물'은 글쓰기의 교묘한 조작을 통해 일인칭화한다.

바로 그 점에서 윤흥길 소설의 글쓰기는 자동사로도 타동사로도 이루어지지 않는다. 인물의 행동에서, 타자 속으로의 참여를 통해서 나로 되돌아오며, 작가의 서술에서 묘사로부터 진술로의 이행을 통하여 서술하는 자의 삶으로 되돌아오는 그의 글쓰기는 재귀동사로 이루어져 있을 수밖에 없다. 즉, 윤흥길 소설의 기본 문장은 주어+동사로도, 주어+동사+목적어(보어)로도 이루어져 있는 것이 아니라, 주어+주격 보어+목적 보어+동사로 이루어져 있다는 것이다. 가령, 「무지개는 언제 뜨는가」의 기본 문장은 '나(동만이)는 동근이(가 물어볼)로부터 질문을 받을 것이다(말을 안다)'로 요약할 수 있다. 그것은 '나는 동근이가 할 말을 안다'와 '동생이 형에게 물어볼 것이다'로 분리할 수 있지만, 합쳐놓을 때만 재귀성의 특이한 구조를 인식할 수 있다. 동근이의 물음이 미래형으로 되어 있어서, 내가 인지하는 사건이 내 앞으로 차후에 닥친다. 내가 목격하는 타자의 사건이 내게로 되쏘아지는 것이다.

3) 재귀동사로 이루어진 이 기본 문장은 그러나 단일하지 않다. 왜냐하면, 앞 절에서 하나로 묶어 이해해본 그 '타자 속으로의 참여'의 양태들이 무수히 드러내듯이, 타자들과의 상호 작용은 무수한 이야기를 만들어낼 것이기 때문이다. 이제는 그 다양성에 구조를 부여해야 하리라. 다시 말해, 그 문장의 변주와 변모가 분석되어야 할 것이다. 그것은 참여라는 열쇠 동사가 어느 동사들과 어떻게 얼마만 한 양으로 붙어서 윤흥길 소설이라는 건축물을, 윤흥길의 소설 세계라는 도시를 조형하는가의 문제에 대한 분석이 될 것이다. 그러나, 나는 여기서 그만 그치기로 한다. 이미 지면은 약속된 분량을 훨씬 초과하였고, 최종 마감의 시간은 손가락을 꼽고 있다. 다만, 나는 그것이 기본적으로 두 가지 방향의 교직을 통해 이루어질 수 있으리라는 것을 적기로 한다. 하나는 윤흥길 소설 전반을 가로지르며 항상적으로 나타나는 '참여'와 거부와 싸움의 양상이다. 그것은 참여―끌리다, 참여―배제되다, 참여―말하다, 참여―배반되다, 참여―배제되다, 참여―말하다…… 등의 변주를 가질 것이다. 다른 하나는 윤흥길 소설의 통시성 내에서 드러나는 글쓰기의 참여의 변모이다. 그 변모는 단순히 토속성으로부터 해학으로의 변모를 의미하지 않는다. 그 변모의 구체적 궤적을 이해하려면, 적어도 「장마」 「직선과 곡선」 「무지개는 언제 뜨는가」 「비늘」 「매우 잘생긴 우산 하나」로 이어지는 변

화의 구체적 계기들에 대한 간-텍스트적 분석이 필요하다. 이 변주
와 변모를 탐구하지 않는 한, 나는 아직 윤흥길에 대해 아무 말도 한
게 아니다. 단지, 하나의 외침을 질렀을 뿐이다. 윤흥길 소설을 부르
는 외침을. 문밖에서. 슬며시 열린 문틈으로.　　　　　　〔1993〕

세 겹의 허구
—이인성의 「한없이 낮은 숨결」

1

마감 시간에 쫓겨 서둘러 교정지를 읽으면서 나는 서둘러 해설을 쓸 수 없게 만드는 이인성의 소설을 원망한다. 적당히, 그래 적당히, 쉽게, 그래 쉽게, 빨리, 그래 빨리, 작가의 요구에 따르기로 마음을 정했지만, 그의 소설은 적당함을 향해 가는 내 마음 길에, 소설 속의 그 모든 '나'들, 그 모든 '당신'들이, 서로에게 그리고 스스로에게 들이대는 추궁의 칼날을, 똑같은 위세와 똑같은 서슬로 들이댄다.

해설자여, 당신의 해설은 겉뛰지는 않는가, 무엇을 속이지는 않는가, 당신의 해설이 끝내 위장하는 당신의 정체는 무엇인가.

해설자인 내가 그러하다면, 독자인 나는 어떠했던가. 내가 해설자의 역할을 수락한 때부터 자동적으로 그 역할이 배당된 독자—나는 일반 신분의 독자—당신들과는 다르다는 생각에 어쭙잖게 부풀어 올라, 두 다리를 책상 위에 올려놓은 채 몸을 한껏 늘어뜨리고, 소설을 매개로 침이 마구 튀며 벌어지는 작가와 독자, 나들과 당신들의 싸움을 구경꾼의 눈길로 즐기고 있다가, 어느 곳에서 느닷없이 킬킬거리는 웃음을 터뜨렸었다. 그곳은 소설 속의 작가가 "당신들은 지금 어디서 어떤 모습으로 제각기 읽고 있을까? 가령, 당신은 앉아 있을까?"(이인성, 『한없이 낮은 숨결』, 문학과지성사, 1989, p.26. 이하 면수만 밝힘) 운운하며 있을 수 있는 독서의 온갖 자세들을 나열하는 대목이었는데, 마침 그 순간의 나의 포즈는 빠져 있어서, 소설가가 요건 생각을 못 했구나, 하는 일종의 통쾌감에 온몸이 간지러워진 때문이었다(도대체, 타인이 모르는 것을 안다는 것이 기쁨을 주게 된 것은 언제부터였을까). 하지만 바로 그 순간이 내가 파놓은 함정에 내 발을 헛딛는 순간이었다. 내가 구경꾼의 특권처럼 터뜨린 그 웃음은, 내 의사와는 무관하게, 작가의 질문에 응답한 셈이었고, 바로 그 사실 하나만으로 나는 방관자로부터 가담자로, 수많은 언어들이 메아리치는 소설 내적 존재로 뒤바뀌고 말았던 것이다.

그리고, 그러자, 나는 '당신은 누구요'라는 작가의 심문으로부터 소설 속의 '그'의 침묵에 이르기까지 그 모든 '나'들, '당신'들, '그'들이 건네는 질문과 고백과 호소와 눈길과 손짓으로부터 자유롭지 못하게 되었고, 어떤 방식으로든 정직하게 그것들에 응답해야만 한다는 의무를 짊어지지 않을 수 없었다. 그리고, 그 응답을, 소설 속의 작가가,

나는 물론 이 소설의 이야기꾼이지만, 이 소설에선 이야기꾼으로서의 다른 이름을 가지고 있지 않다. 나는 본문 안에서도 여전히 이 책 표지에 인쇄되어 있는 이름의 존재와 동일한 이인성이고자 하는 것이

164

다. [……]/작가와는 다른 이름으로 무수히 가능한 다른 이야기꾼들
이란, 새로운 두께로 겹쳐져, 나로 하여금 바로 나와 또 하나의 나 사
이를 오가게 하는, 그 사이 속에 개입해 들어오는 타인의 얼굴로 다가
오는 것이다. [……] 이름과 함께, 그는 나를 벗어나 독자적인 주체
이자 대상이 될 테지. 나로부터의 분열이든 확산이든, 그때 하나의 실
체인 그는 이미 그인 것이다. 그렇지만 오늘, 나는 그를 고스란히 나
자신으로 품고 싶다. 원심력의 욕구를 가지고 나로부터 떨어져 나가려
는 한 의식의 반대편으로 일종의 구심력을 작용시키며, 내가 팽팽하게
둥근 하나의 폭으로 열리도록. (17~18)

이렇게 말하면서, 『한없이 낮은 숨결』이라는 하나의 소설을 그의
전 존재로 밀고 나가려고 했듯이(하듯이), 나 또한, 나의 전 존재로
서 치러내지 않으면 안 된다는 당위감이 가슴을 죄어 들어왔다. 아
마, 그때부터였다. 갑자기, 비교적 명료해 보이던 한 편의 특이한 드
라마가 '캄캄한 빛' 무리들의 뜨거움으로 내 살을 파고 들어온 것은.
소설 속의 모든 나들과 당신들이 흐트러지고 뒤엉키며 넘실대면서
'나'가 작가인지, 이곳의 '나'가 저곳의 '나'인지, 그 '당신'이 내가
상상하는 당신인지, 당신이 상상하는 내가 상상하는 당신인지, 소설
을 읽는 내가 소설을 읽다 말고 아파트값이 폭등한다는 신문 기사를
보는 나와 같은 나인지, 모든 게 불투명해지고, 머릿속이 웅웅거렸
다. 소설 속의 작가가 그랬듯, 나도 그 존재들의 전체를 '겪었던' 모
양이다. "없는 듯이, 부드러운 듯이, 때로는 다가올 행복한 포옹의
예감으로, 그러나 돌연 내 정신의 구석구석을 한꺼번에 들쑤셔대는
고통으로" "내 가슴으로 들어와 내 안에서 들끓으며 나를 심문하"는

"내 숨결"(39)인 그것들을. 하지만, 소설 속의 작가와는 달리, 나는, "기왕 발디딘 곳은 그 끝까지 거쳐야만 한다"(226)고 마음 다잡지 못하고, 어서 빨리 이 아수라에서 도망쳐 안정된 나로 돌아가고 싶다는 욕망에 시달리고 있었다. 나는 개별자로서의 '나'를 되찾고 싶었다. 가장으로서의 나, 직장인으로서의 나, 비평가로서의 나, 문화 향유자로서의 나, 시민으로서의 나를. 그 욕망은, 그러나 불행하게도, 그 자신의 한 목표인 해설자—나를 배반하는 것이었다. 그 욕망이 성취되기를 바란다면, 나는 소설로 되돌아가지 않을 수 없었다. 그러나 소설은, 해설자—나가 아니라, 전 존재로서의 나를 요구하고 있었다. 스스로 전 존재를 향해 가는 자의 호소의 형태로.

달아나려니 출구가 벼랑이고, 돌아가려니 입구가 지옥이었다. 나는 내가 선택한 욕망의 당연한 귀결로, 내 욕망을 위협하는 것 속에 들어가 살지 않을 수 없었다.

"강요하지 말라고? 당신이 강요라고 생각한다면, 이번만은 강요하겠다. 당신이 스스로 택하지 않으면 얼마든지 강요받지 않을 수 있는 이 형식 속에서"(107)라고 외치는, 소설 속의 작가의 순정에, 나는 꼼짝할 도리 없이 묶여버리고 말았던 것이다.

이 모순을 산다는 것은 결국 해설의 역할을 택함으로써 해설을 배반해야 한다는 것을 의미한다. 그것은 내가 해설이라는 이름을 통해서 이루어내려 했던 은밀한 욕망을 비롯하여, 문학과 존재와 세계에 대한 우리의 오랜 고정관념을 뿌리째 뒤흔들고 다시 성찰하게끔 만든다. 내 몸속의 무엇이 나를 하나의 뚜렷한 존재로 빚어내려 하는 것일까. 까다로운 것을 쉽게, 형상적인 것을 개념적인 것으로 풀고 명료하게 하는 것이 해설이라는 우리의 생각은 구체와 추상, 형상과 개

166

넘을 한 존재로부터 각각 분리시켜 물신으로 만드는 것은 아닐까. 문학하는 나와 생활하는 나 사이엔 어떤 관계가 맺어져 있는 것일까. 그것은 같은가, 다른가, 아니면, 같고 다름과는 다른 차원의 문제인가. 소설을 읽는 독자와 작가는 세상이 부여해준 역할 그대로, 각각 글 읽는 자이며 글 쓰는 자인가. 해설자-나는 나 본래의 욕망을 뒤따르면서, 그 욕망을 의문투성이로 만난다. 해설자-나가 아닌 전 존재를 요구하는 그 의문의 수렁에 빠진다. 그러나, 길은 멀고 아득하다. 나는 의문을 즉각적인 대답으로 바꾸지 못하고 허우적댄다. 그 의문은 욕망의 길과 함께 있으므로.

소설을, 문학을, 존재의 개별성을, 세계의 구조를 해체하는 이인성의 그 소설이 소설의 "주어진 문법"(238)을 숙명처럼 따르면서 행해지는 것일 수밖에 없듯이.

그 소설의 길이 가리키는 방향에 의식적으로 동의하면서도 내 몸은 여전히 내가 배운 수작을 버리지 못한다. 나는 내가 가진 얼마 되지 않는 능력 중의 하나인, 자르고 나누고 묶고 접붙이는 짓을 되풀이하면서, 결국 한 편의 밋밋하고 재미없는 요약물을 만든다. 다만, 소설 속의 작가가 당신에게 요구하고 자신에게 다짐했던 대로, 글 읽기가 캄캄할 때마다, "욕지기를 뱃속까지 뒤집어 훑어내고 나서 제 몸을 납작하게 뻗쳐 눕힌 마음으로, [……] 두 눈에 온 힘을 모으고"(13) 최초의 내가 보이는 빈 공간의 자리로 끊임없이 되돌아오자는 다짐을 통해, 그 요약이 잠정적인 재구성에 불과하다고 나를 위안하고 변명하면서.

소설 속의 작가의 말투를 빌리자면, 이 해설을 읽는 당신은 어떠한가. 당신도, 나처럼, 스스로 채우고자 한 욕망이 스스로를 배반하는 꼴을 겪어야만 했는가?

이인성의 소설이 어렵다는 세간의 평가는, 방금 그려본 개별성의 욕망과 무관하지 않다. 그것은 하나의 성격, 일관된 줄거리, 분명한 흥취를 찾는다. 명료하고 단일한 것에 몸을 기댈 때 존재의 불안이 사라지기 때문이다. 그러나, 이인성의 소설은 하나의 틀 속에 세상을 가두는 것 자체를 문제 삼는다. 그것은 세상의 무한한 분화와 복잡성을 하나로 통합하지도, 그대로 풀어놓지도 않는다. 그것은 그 숱한 이질적인 것들을 한 공간 안에 밀어 넣고, "끝까지 맞물려 데리고 [살려]"(51) 한다. 그것은 그것들을 전 존재로, 함께, 동시에 밀고 나가려 한다. 그것은 존재의 불안을 촉발한다. 그것은 그 불안을 끝끝내 감당하라고 다그친다. 세상 안에 튼튼하고 부드러운 집을 짓고 그 속에 누우려고 하는 우리는 당황하지 않을 수 없다.

그 당황감이 공격성에 뒷받침될 때, '난해'라는 딱지를 만든다. 소설 속의 작가는, 그의 소설이 난해하다는 질책에 대해, "기실 '난해'란 자신이 알고 있는 지적 체계를 벗어나 있다는 뜻 이상은 아[니다]"(25)라는 예리한 반론을 펴고 있지만, 체계의 벗어남은 질서·안정·확신을 위협하는 징표에 다름 아니다. 그것은 생활과 문화, 노동과 휴식, 언어와 존재를 분리하여, 그것들을 따로 누리고자 하는 일상인들의 안주 욕구와, 그것들을 단일한 무엇으로 설명하고 통합하려고 하는 권력가들의 지배 욕구를 함께, 동시에 부스러뜨린다. 우리의 존재의 불안은 가중된다. 욕망의 요에 몸을 눕힌 사람은 혹은 외면하고, 혹은 단죄한다. 내 물질적인 자리, 내 정신적인 자리, 그 소유의 자리를 내놓고 싶지 않기 때문이다. 그러나, 우리가 욕망에 눕지 않고 욕망을 살고자 한다면, 개인적 인격체로서의 욕망, 직업의 욕망,

향유의 욕망, 유일한 진리에의 욕망, 질서의 욕망, 그 사방으로 내뻗치는 몸의 길을 따르면서, 그것들을 '관계'시키고자 한다면, 나의 욕망을 그것과 다르지도 같지도 않은 타자의 욕망들과 한데 어울려놓고자 한다면, 그래서, 그 길을 함께 가자는 소설의 호소에 화답하고자 한다면, 아니, 그 소설이 여는 길이 정말 풍요로운 길인지 따져보고자 한다면, 그래서, "반발의 방식으로" 소설의 부름에 반응하고자 한다면, 그의 소설은 어렵긴 하지만, 그 까다로운 소설이 한 공간에 있다는 사실 하나만으로도 긴장을 당긴다. 정색을 할 때, 그의 소설은 재미있다.

한 가지 예를 들어보자.

보기는 본문의 12~13면에 걸쳐 있는 문단 중 12면의 15행에서 문단의 끝까지이다.

본문의 그 자리로 건너가보는 사람은, 그 대목이 아마, 소설 전편에 걸쳐 가장 읽기 힘든 부분 중의 하나이며, 또한, 그것이 소설의 앞머리에 기습처럼 제시된 것이어서 난해함을 배가시킨다는 것을 느낄 것이다. 그 대목의 어려움은 우선은, 두 개의 진술을 겹쳐놓고 있기 때문이다. '당신'과의 통화를 시작하는 나의 마음 다짐이 문면에 나타나고, 그에 반응할 '당신'의 자세에 대한 나의 바람이 괄호 속에 묶여 나온다. 하나의 입에서 두 개의 목소리가 동시에 발성된다. 그 대목의 두번째 어려움은, 그 두 개의 진술이 따로따로 펼쳐지지 않고, 서로 상대의 발언에 영향을 미치거나 받기 때문이다. '따라서' '이렇게나마' '이' '그' 등 지시사들이 그 영향을 매개한다. 그 지시사들은 바로 앞의 진술을 받기도 하고 두 목소리가 함께 놓인 정황을 받기도 한다. 어떤 때 그것들은 두 개 이상의 문맥을 받기도 한다.

그러니, 읽는 사람은 혼란스럽다. 주어·동사·목적어……를 순서에 맞게 갖춘 하나의 문장 단위로 구문이 배열되고, 그 문장 하나에 하나의 의미가 있도록 오래 교육받은 우리는 이렇게 입체적으로 짜인 구문을 눈 안에 가두기에 힘들어한다.

그러나, 무슨 특별한 능력을 가질 필요도 없이, 자세하게 꼼꼼히 들여다보면 우리는 그리 어렵지 않게 그 의미를 파악할 수 있다. 그 두 개의 목소리를 분할해보자:

1) ① 그건 필경, 뭣도 못 되는 내가 건네주는 시늉만 했던 쬐끄만 욕사발을 당신이 지레짐작, 미리 낚아채 얻어 마신 덕분에 토해내는 욕지기일 터이다[……]. ② 여기서 [……] ③ 추상적으로 역할 그 욕지기의 냄새를 추상적으로나마 직접 맡고 확인할 수 없다고 해서 [……] ④ 나는 [……] ⑤ 얼마든지 그럴 수도 있으리라는 투로 한 발자국 물러서는 일종의 자기 속임수를 쓰지는 않겠다[……]. ⑥ 차라리 적극적으로 [……] ⑦ 나는 [……] ⑧ 그것을 일단 긍정적인 사건으로 받아들이려 하는데 [……] ⑨ 왜냐하면 이제 그 비어버린 허구의 욕사발을 물끄러미 응시하는 당신을 상상하면서 [……] ⑩ 그 모습이, 그 비어 있음을 통해 바로 당신 자신을 보고 있다고 판단하기 때문이다[……]. ⑪ 내 상상 속에서, 당신은, 당신 자신을 바라보는 그런 자세로, 이 소설에 대한 순종을 거부하고 있는 것이다[……]. ⑫ 어쩌다 입장은 대립되었었지만, 어쨌든 당신도 당신 나름의 길을 따라 '그 언젠가'에 이르고 싶다는 듯이 [……].

2) [……] ① 그래도 이렇게나마 반발감을 느낀다면, 역설적이지만 한 줄기 희망이 있다?── 애매한 질문이 불쑥 괄호 안에 묶여 튀어나

온다〔……〕. ② 거기서 〔……〕 ③ 왜 그런지 언뜻 대답을 구할 수 없는 의문 자체로밖에 구체화될 수 없다고 해서 〔……〕 ④ 당신은 〔……〕 ⑤ 마찬가지로, 생각해보니 그런대로 재미있을 것도 같은 소설인데 — 하고 슬쩍 얼버무리고픈 함정에서 벗어나야 된다〔……〕. ⑥ 그러면 당연히 〔……〕 ⑦ 당신은 〔……〕 ⑧ 이 태도의 또 다른 위험성에 대해서도 새로운 의혹을 뒤잇게 될 텐데 〔……〕 ⑨ 왜냐하면 그렇게 당신을 상상하는 나를 상상하면서 〔……〕 ⑩ 정말 그러한지, 모든 물음들을 당신 자신에게 되돌리는 의식의 시련 속에 빠져들 수밖에 없겠기 때문이다〔……〕. ⑪ 당신은, 얼마나 오랫동안, 당신을 거꾸로 덮치는 말사발 속에, 환한 듯 캄캄하게 갇혀들곤 했던가〔……〕. ⑫ 부디 그러기를!

1)은 나의 다짐 부분이며, 2)는 당신에 대한 나의 바람이 표명된, 본문의 괄호 안의 부분이다. 〔……〕는 상대의 진술이 놓이는 자리이다. 1)의 ○표 속의 번호들은 2)의 그것들과 각각 대응한다. 서로의 영향을 매개하는 지시사들, 혹은 한정사들에는 밑줄을 그었다.

이렇게 서툴게나마 분할하여 정리를 함으로써 우리는 다음과 같은 사항을 길어낸다:

i) 1)과 2)의 각 ②④⑦은 이 두 진술이 '나'와 '당신'의 맞섬의 관계로 설정되어 있음을 보여준다. 이 구문의 구조는 기본적으로 2인 대화의 구조이다.

ii) 1)의 내용은 이렇다: 내가 던진 욕에 대한 당신의 반발은 무시될 것도 체념될 것도 아니다. 그것은 역설적으로 나와 당신이 이 소설의 길에 동참하고 있다는 것을 증거하는 긍정적 현상이다. 나와 당신은 서로에 대한 상상을 통해서 자신을 들여다본다. 그 상대를 통한 자기 보기는 나와 당신을, 대결적 관계로서나마, 함께 '그 언젠가'를 향해 가도록 할 것이다.

iii) 2)의 내용은 이렇다: 내가 던진 욕을, 당신은, 이 소설을 버리지 않는 한, 정직하게 맞아야 한다. 당신은 나의 도전을 얼버무리지 말고 끊임없는 의혹의 공간 속에 집어넣고 드잡이해야 한다. 당신은 1)에서 내가 표명한 동참에의 믿음까지도 의심해야 한다. 동참을 의심하는 형태로 동참을 행하는 것, 그것이 당신을 '그 언젠가'로 열어주기를!

iv) 1)의 밑줄 부분 중 ①③⑤⑧⑨의 것들은 이 구문 앞부분의 당신의 반응을 받는 지시사들이다: 1)은 당신에 대한 나의 상상 속에서 진술된다. ⑩⑪의 밑줄 친 부분들도 똑같이 당신의 행동을 받지만, 동시에 1)의 진술 자체를 받는 것이기도 하다: 내가 상상하는 당신은 1)을 진술하는 나의 밖에 있을 뿐만 아니라, 안에 있기도 하다. ⑫의 밑줄 친 부분은 '나'와 내가 상상하는 '당신'이 함께 꿈꾸는 공통의 정황을 향해 있다. 나와 당신의 뒤엉킴은 나/당신의 구별이 없는, 혹은 그 구별의 모양이 지금의 대결과는 전혀 다른 것이 될 그 언젠가를 향한다.

v) 2)의 밑줄 친 부분의 대부분은 바로 앞에 나오는 1)의 진술을 받는다. 가령, ⑤의 '마찬가지로'는 1)의 ⑤를 받아, '내가 자기 속임수를 쓰지 않는 것과 마찬가지로'의 뜻으로 해석된다. 다만, ③⑥⑪의 밑줄 부분은 예외다. ③의 '왜 그런지'는 같은 2)의 ①을 받아 '왜 한 줄기 희망이 있는지'의 뜻으로 해석될 수도 있지만, 그보다는, 위 구문의 앞에서 던져진 나의 욕을 받는 것으로 보는 것이 더 타당하다. 그때, 그것의 뜻은 '눈을 감지 않았거나, 너무 일찍 떴다고 해서 왜 속물

인지'(11면의 제3문단 첫 문장 참조)가 된다: 이것은 2)의 진술이 1)의 진술에 붙어 나온다고 해서, 1)에 그대로 매인 것이 아니라, 1)과 함께 이 구문을 감싸고 있는 정황 속에 놓이고 상호 작용한다는 것을 보여준다. ⑥의 '그러면'은 같은 2)의 ⑤를 받는다. ⑪의 '얼마나 오랫동안'은 1)의 ⑪의 역상황을 받는다. 즉, '의식적으로 순종을 거부하는 행동을 하기 이전에 거의 무방비 상태로 소설을 읽어왔던 당신은 얼마나 오랫동안'의 뜻이다: 위 구문은 '나'와 '당신'이 현재, 이곳에서 놓여 있는 정황뿐만 아니라, 그것의 허수, 즉, 지금, 이곳을 하나의 가능성의 빈 터로 만드는 '지금, 이곳 아닌' 정황까지도 이 구멍 속으로 잡아 당긴다.

뜻이 어느 정도 풀렸으면, 마지막 문제가 남는다. 왜 이렇게 복잡한 구문을 작가는 쓸 수밖에 없었을까. 그것이 이 소설의 실존 자체이기 때문이다. 이 소설 속에서 모든 존재들은 한데 엉켜 동시에 나간다. "색깔 다른 두 마리 뱀〔……〕이 서로서로 꼬리를 물고 돌게 하며 그 가운데의 낯선 공간을 우리의 그 '무엇'으로 빚어내야 하는 알 마음의 노동"(13)이 소설을 이끈다. 색깔 다른 두 마리 뱀! 그 "살갗에 비늘이 돋혀오는 징그러움." 그리고 그 "징그러움의 홀연한 아름다움." 왜 징그러운가. "단순한 단수 2인칭 대명사"가 아니라 "일종의 집합대명사"인 '당신' 속에 "들끓는 복수"(26)가 있기 때문이다. 그 들끓는 복수는 "하나의 중심 행위로 겹쳐진 복수"이다. 무슨 중심 행위? 세상 안에 개별적 주체로서 '홀로 서겠다'는 욕망의 행위. 그 욕망은 모든 타인들을 자기 몸과 마음에 맞추어 절단하고 짓이긴다. '나'도 역시 그 안에 포함될 뱀들의 그 욕망은 징그럽다. 징그럽기 때문에 많은 사람들은 그것에서 달아나려 한다. 그러나, 그 징그러움을 껴안는 사람은 아름다움을 느낄 수 있다. 그것은 들끓는 복수들을 어떤 '무엇'의 생산으로 연결시켜주기 때문이다. 그 무엇을 만드는 것은 서로 복수로 불타는 '우리'이다.

소설 속의 작가가 '우리'라는 어사를 그렇게 쓰기 주저하면서도, 또한 과감히 그것을 쓰려고 애쓰는 것은 그 때문이다. 그 '우리'는 자칫하면, 복수의 욕망에 희생되어 마구 짓이겨지고 오그라든 나만의 우리에 불과할 수 있다. 그것은 나의 자기중심성에 하나의 알리바이를 제공한다. 그 우리는 우리에 갇힌 우리이다. 그러나 그럼에도 우리는 '우리'를 향해 가야 한다. 모든 나들, 당신들이 새롭게 만들어낼 우리를. 그러니까, 무한히 변형·확대될 우리를.

2

이인성의 소설은 '그 언젠가'의 '우리'를 향해 막막히, 더듬거리며, 힘겹게 나아간다. 첫 소설집 『낯선 시간 속으로』를 상자한 이후, 5년간의 그 더딘 걸음 속에서 하나의 매듭이 주어질 때마다 작가는 한 편의 단편 혹은 중편을 만들어낸다.

그리고 그것들을 모아 책으로 꾸밀 생각을 하게 되면서, 그중 "어떤 것들에 대해, 그것들이 이미 씌어져 제 육체를 삶으로써 그 존재를 되돌이킬 수 없게 되었다고, 안타까워"(311) 한다. 그는 "속 깊은 살의"를 감춘다. 아마 그 살의가 터져 나왔다면, 우리는 이 책을 못 대하게 됐으리라. "그런데, 며칠을 술에 절고 난 어느 날 아침," 그는

"작품이 구조라면, 그건 무기체의 구조가 아니라 유기체의 구조야. 내 작품을 내 의도와 다르게 독자가 읽을 수 있는 것도, 〔……〕 내 욕망이 작품의 욕망과 어긋나는 탓이기도 하고, 내 살과 작품의 살이 섞이는 관계가 독자의 살과 작품의 살이 섞이는 관계와 다른 탓이기도 한 거지. 어쩔 수가 없어"라는 말을 독백체로 중얼거린다. "그날 부터 그는, 담담히, 이 소설들을 하나하나 다시 만나, 소설이 거부하지 않는 한에서 말의 살을 오르게 하거나 군살을 빼주고, 부실한 건강에 관한 몇 가지 의견을 제시하고, 이 책 속에서의 자리를 잡아주는 일을 시작"한다.

거기에 지금까지의 인용이 들어 있는 「다시 그를 찾아갈 우리의 소설 기행」이 덧붙어, 연작 장편소설, 『한없이 낮은 숨결』이 태어난다. 처음 씌어진 것은 「그는 왜 그럴 수밖에 없었을까」(1983년 겨울)이다. 본문 속의 작가들에 의하면, 작가는 그 후속편으로 「그는 그럴 수밖에 없었다」를 쓸 예정이었는데, 그러나 쓰지 못한다. 왜? "그 연유와 과정을 곰곰이 따지고 되씹는 일은 내 몫이 아니다"(153)라고 한 작가는 뻗댄다. 그러나, 그는 「그는 그럴 수밖에 없었다」를 쓰지 못했기 때문에 빈사 상태에 빠진 작가가 "지금 그대로의 역설적 존재로 살아남아, 〔……〕 어떤 지표가 되어주기를"(154) 바란다. 그 바람이 결국 그를 살게 한다. 이야기를 쓰지 못한 그의 고통은, 그와 다르다고 주장하거나 그와 같다고 고백하는 다른 작품들의 작가들의 의식 속에 고뇌와 안간힘의 꼴로 끊임없이 출몰한다. 그것은 그들 모두의 항상적 강박관념이다. 소설 속의 작가들은 그 고뇌에 대한 그들 나름의 대답을 모색한다. 그 모색의 과정이 소설 그 자체이다. 그 모색은 때로는, '그는 왜 그럴 수밖에 없었을까'의 '그'와는 동떨어진 '당신'

에 대한 이야기가 되기도 하고, 때로는 '그'를 찾아가는 기행을 낳기도 한다. 그렇게 해서 「그는 왜 그럴 수밖에 없었을까」를 포함해 12편의 글들이 씌어진다. 작가는 그것들을 배열하는데, 첫 작품으로 등장하는 것은 「그는 왜 그럴 수밖에 없었을까」가 아니고 「당신에 대해서」이다. 작가는 그 배열을 통해서, 작품들의 내용뿐만 아니라, 작품이 씌어졌다는 사실 자체를 허구로 뒤집어놓는다. 허구라고? 소설 밖의 작가 이인성과 가장 가까운 존재임을 자처하는, 「어느 허구에 관한 사실」의 작가, "양심의 정치적 책임 소유자이며 이 소설집의 경제적 판권 소유자인 나 이인성"(108)의 발언을 보라: "이 소설집의 작가로서, 별도로 첨부한 1983년 3월 21일자 동아일보 체육면의 한 기사를 보는 순간, 그것이 내 소설적 감각을 끌어당기기에 끌려 들어가 본 결과, 그것을 소설적 소재로 판단하게 되어, 그 후 거기에 소설적 상상력을 가함으로써 변형·확대될 일련의 작품들을 막연히나마 구상케 되고, 그에 따른 소설적 실천을 구체화하기 시작하였으므로, 그것을 근거로 하여 산출되는 모든 작품들이, 그 각각의 이야기꾼들이 제 이야기 속에서 무슨 주장을 하든, 어떤 허구의 개진임을 〔……〕 확인해둔다." 모든 이야기가 허구라면, 지금의 그 확인 발언도 소설 속에 들어가 있는 한, 허구가 아닐 것인가. 그 허구는 사실 속에서 솟아나와 사실을 물들이지 않는가. 그 허구는, 그렇다면, "씻겨간 것과 씻겨지지 않은 것 사이가, 우리 나들이 발 디디고 있으며 움직이고 있는 공간 아닐까?"(212)라는 바로 그 의미로, 씌어진 것과 씌어지지 않은 것 사이, 저마다 '한없이 낮은 숨결' 그 자체인 글들이 발 디디며 움직이는 공간으로서의 허구이다. 그 허구는 현실에 밑받침되어 현실을 뒤집어엎는 허구이다. 사실은 사실로 정착된 허구이며, 허구는 아직 허구인 사실이다.

가장 먼저 씌어진 「그는 왜 그럴 수밖에 없었을까」는 일곱번째에 실려 있다. 그것은 그 작품이 『한없이 낮은 숨결』의 중핵을 이루고 있다는 것을 의미한다. 그것을 중심으로, 앞으로는 '그'와는 관계없이 작가인 '나'와 독자인 당신(들)의 말싸움이 벌어지고, 뒤로는 '그'를 찾아가는 우리의 소설 기행이 펼쳐진다. (그런 의미에서, 『한없이 낮은 숨결』은 선이며 동시에 원인 이중의 기하학적 꼴을 가진다. 배열의 순서로 보자면, 그것은, 나-당신에서 출발하여 그를 거쳐 우리로 이르는 길이며, 최초의 작품을 중핵으로 배치한 것으로 보자면, 그 중핵의 둘레를 다른 작품들이 다양한 궤도를 그리며 돌아가면서 소설 공간을 증폭·확산시킨다.) 도대체 무슨 사건이 벌어졌기에, '그'가 '나'를, '당신'을, '우리'를 법석대게 하는 것일까. 그 이야기의 단서가 되었던 신문 기사(99~100)는 '그'가 마라톤의 기록을 앞당기기 위해 '희생의 주자'의 역할을 한 페이스메이커였다고 전한다. 작가인 나는 그 기사에서 어떤 의혹을 품는다. 바로 전날의 중계방송과 그것 사이에 "건너뛰어지지 않는 벼랑을 감지"했기 때문이다. 무리한 질주로 인해 낙오한 평범한 마라토너가 하룻밤 사이에 '숨어 있는 영웅'으로 변신한 것이다. 당연히 그 의혹은 사회적인 관심으로 확대된다. 집단을 드높이기 위해 그 성원들을 기능적 도구로 전락시키는 집단주의 혹은 집단적 개별주의의 폭력, 대중 매체의 정보 조작을 통한 대중 의식의 환각과 마비. 그리고 그 조작에 무방비의 상태로 속아 넘어가는 우리에 대한 자기 분노. 그러나, 소설 속의 작가들의 진정한 관심은 그 사회 비평을 넘어선 곳에 있다. 그것은 사회적 억압이 진행되는 자리에서의 인간의 실존에 있다.

작가들이 저마다의 이야기 속에서 끊임없이 되새기는 것은 '그'의 두 번의 질주와 주로 이탈이다:

1) "야, 구복아! 이십이야 이십!" 하는, 쉬어 갈라진 외침이 사내에 게서 터져 나온다. 그 손가락질과 외침이 무엇을 뜻하는지 분명치 않은 것이, 뗌무리로부터는 아무런 반응이 없다. 사이. 다시, "야, 임마, 구복아!" 하고, 사내가 목청을 키워 찢어지게 소리를 뱉는다. 몇 초의 사이를 띄우고, 앞 가운데 18번의 고개가 천천히 소리친 사내 쪽으로 움직인다./언어의 눈이 벌어졌던 거리를 조금 좁혀본다. 주자들의 모습만으로 시야가 한정된 화면 속에서, 여전히 제자리를 지키며 뛰고 있는 그. 시선을 오른쪽으로 돌리고 있는 그의 눈 밑이 순간적으로 부들거린다. 그 눈 밑을, 수건을 감싸 쥔 오른손이 떠올라 문질러댄다. 다시 천천히, 고개가 앞으로 되돌아온다. 그사이에 잠깐, 그는, 짧게 숨결을 깨뜨리고, 입술과 턱을 재빨리 움직여 소리 없는 한두 마디 말을 흘린다. 그리고는 두 눈을 가늘게 가꾸어 자기 앞을 그윽이 가늠해 내다보다가, 순간, 한덩어리로 묶여 있던 주자들의 대형을 박차며, 정면으로 빠르게 뻗쳐 나오기 시작한다. (114~15)

2) "자, 이제 따라잡자, 따라잡어!" 하는 굵은 목소리와 쉬어터진 "구복아, 책임 완수다! 웅!?" 소리가 거의 동시에 뒤섞여, 홀로 가는 그의 등뒤에 와 닿는다. 그러자 그가 다시 고개를 돌려, 이번엔 어깨까지 비틀어 돌려 등뒤로 멀어져가는 그들을 쳐다본다. 이제 완전히 옆모습으로 보이는, 상체와 하체가 뒤틀린 그의 뛤 자세가 조금 더 비틀린다. 그러다가 더 이상 상체를 돌릴 수 없겠다 싶을 때, 그의 자세가 그 탄력으로 앞으로 돌아선다./그대로 그렇게, 잠시./이제 그의 등

뒤 멀리서 아까와 같은 거센 함성이 일기 시작한다. 화들짝 놀라는 그. 그러자, 갑자기, 그의 팔·다리의 왕복 운동이 잦아지고 빨라지기 시작한다. 그 바람에 하마터면 언어의 화면이 그를 놓칠 뻔한다. 상체를 앞으로 기울이고 목을 뽑아낸 모습으로 그는, 점점 숨소리를 올리며, 거의 4백 미터나 8백 미터 달리기 선수의 속력을 낸다. 뜸해졌던 가두의 박수가 다시 줄지어 터진다. 느닷없이 맹렬하게 달려 나가는 그의 옆얼굴에, 눈을 부릅뜬 경직된 표정이 떠오르다 꺼진다. (121)

3) 콧구멍 속의 어둠이 동그랗게 여겨질 정도로 고개가 뒤젖혀진 18번—그의 얼굴은, 얼굴을 거기 앞 주자들의 어깨 위로 내밀고 있는 자체가 벅차 보인다./그대로 그렇게, 잠시./"구복아! 무리하지 말고, 이제 뒤로 처져!" 쉰 목소리가 낮게 잠겨 껄끄럽게 들린다. 18번—그의 두 눈동자가 허연 눈자위의 한쪽 구석에 몰려, 소리 쪽을 향한다. 고개를 돌리지 않고 두 눈동자만 게슴츠레 그쪽으로 고정시킨 그의 구릿빛 얼굴이 별안간 새하얗게 탈색된다. 뭐라고 외칠 듯이 입을 크게 벌리던 그가 그냥 윗니로 아랫입술을 악문다. 악문 이는 터져 나오는 숨결을 못 이기고 쉽게 벌어진다. (125~26)

1)은 그의 첫번째 질주이다. 그것은 감독의 주문에 따른 것이다. 2)는 그의 두번째 질주이다. 책임을 완수한 그는 질주할 이유가 없는데 "느닷없이 맹렬하게 달려 나"간다. 3)은 무리한 질주로 페이스를 잃고 선두를 빼앗기면서 뒤로 처지기 직전의 그의 모습이다. 뒤로 처진 후, 그는 주로를 이탈해 "그냥 집으로 달려갔다가 나중에 뒷산을 넘어 운동장에 가"(100)본다. 1)은 레이스 페이스를 앞당기기 위한

그의 '희생'으로서, 그 뒤에는 감독의 동의 아니면 요구, 아니, 신기록을 염원하는 '국민'(그러니까, 제도가 지칭하는 바로서의)의 동의 아니면 요구가 있다.

2)는 그의 '파행'의 시작이다. 그렇게 가속해서는 완주를 할 수 없는 게 뻔한 이치인데, 그는 속력을 낸다. 그 파행의 앞에는 그의 버림받음이 있다. 그와 엇갈리면서 눈길이 마주치던 다른 주자들이, 엇갈려 지나치는 순간, 그들의 얼굴은 다시 정면으로 향하고, '책임 완수'라는 말과 함께 그의 역할은 끝난다. 그의 존재는 더 이상의 의미가 없다. 그들을 그는 그냥 지나치지 못하고 다시 고개를 돌려, 그들의 등 뒤를 바라본다. 그리고 그의 파행이 시작된다. 3)은 그의 파행의 결과이다. 그는 이제 뛰는 대열에 함께 있다는 사실 자체가 벅차다. 그러나, 파행의 결과인 그것은 동시에, 파행의 계속과 함께 있다. 그것은 주로 이탈이라는 그의 새 파행의 전조이다.

「그때 그를 당신도 보았다면」의 작가가 신문 기사를 의혹의 범주에 넣었다면, 「그는 왜 그럴 수밖에 없었을까」의 작가는 그의 주행을 복원해낸다. 한편으로는 신문 기사를 따르면서, 다른 한편으로는 의혹을 덧대면서. 그 사실과 의혹의 결합 속에서 그의 소설적 재구성이 태어난다. 그 재구성은 「그때 그를 당신도 보았다면」의 작가가 "그의 '희생'이 자발적이라는 데는 동의할 수 없지만 그의 파행은 자발적이었을 것이라고, 나는 순전히 정서적으로 확신하고 있다"(104)고 말했을 때의 그 정서적 확신을 물질적 현존으로 바꾸는 재구성이다. 그 물질적 현존 속에서 그의 자발성은 생생하게 살아 움직이는 과정으로서의 자발성이 된다. 그 과정을 간단하게 정리해보자:

i) 고개: 1) 감독의 외침에 서서히 고개를 돌린다; 2) 엇갈린 그들을 고개를 돌려 뒤돌아본다; 3) 감독의 소리에 고개를 돌리지 않는다.

ii) 눈: 1) 순간적으로 부들거린다; 2) 부릅뜬다; 3) 감독의 소리 쪽을 향한 두 눈동자는 게슴츠레 풀려 있다.

iii) 입: 1) 소리 없는 한두 마디 말을 흘려보낸다; 2) 점점 숨소리를 올린다; 3) 뭐라고 외칠 듯이 입을 크게 벌리다가 그냥 윗니로 아랫입술을 악문다──악문 이는 터져 나오는 숨결을 못 이기고 쉽게 벌어져 나온다.

이 몸의 움직임과 변화는 감독의 외침, 다른 주자들의 함성과 선명하게 대비를 이루며, 정황과 외롭게 대결하는 자의 고통을 드러낸다. 정황과의 대결이라는 점에 초점을 맞춰, 조금 도식적으로 개념화하면 다음과 같다:

	1)	2)	3)
① 고개: 의식의 지대	수락	반발	대립
② 눈: 전의식의 지대	미련	저항	대결
③ 입: 욕망의 지대	외면	포기	인내-갈등

우리는 이 개념의 틀을 가로로도 세로로도 읽을 수 있다. 가로로 읽으면 시간적 변화가 드러나고, 세로로 읽으면 공간적 중첩이 드러난다. 세로로 읽으면서 가로로 풀어나가자. 우선 우리는, 그의 몸이 상당히 복합적인 반응을 일으키고 있다는 것을 알 수 있다. 고개와 눈은 한 몸 안에서 상반된 욕구를 드러낸다. 고개는 돌아 감독의 명령을 따르는데, 눈은 바르르 떨며 반발한다. 책임을 완수한 그를 정황이 버릴 때 그것은 막바로 저항을 낳지 않는다. 여전히 그들에게

기대고 싶은 마음이, 혹은 길들여진 몸이 남아 있어, 고개를 돌려 그를 버리고 가버린 그들을 바라보게 한다. 그 미련은 단호한 저항의 의지와 공존한다. 그리고 그것들은 상호 작용한다.

고개의 수락과 눈의 저항이 고개의 외면을 낳는다. 그 외면은 이미 버림받음을 수락한 자의 자발적 단절, 그러니까, 거부이며 동시에 체념이다. 눈의 반발과 고개의 미련이 눈의 포기를 낳는다. 반발과 미련의 소득 없는 싸움 속에서 그의 눈은 감독의 소리 쪽으로 쏠린 상태에서 게슴츠레 풀려 있다. 이때쯤이면 몸은 완전히 탈진된 상태다. 게슴츠레 풀린 눈이 그 탈진의 극점, 즉 몸의 소멸을 향해 서서히 나아가고 있다면, 한 방향으로 고정된 고개는 그 몸을 계속 유지시키려는 관성, 혹은 몸의 생명적 요구를 끌고 간다. 조금 더 도식화한다면, 이 상호 작용의 다원적 결정의 지대가 입이다. 수락과 반발의 사이에서 소리 없는 한두 마디 말이 새어 나온다. 그 말은 감독의 외침과 상호 영향 없이 대립한다. 미련과 저항의 대립은 대결로 융합한다. 나를 버린 이 세계에 그래도 남고 싶다는 것과 나를 버린 이 세계를 이기겠다는 것이 함께 욕망으로 전화될 때, 그것은 이 세계에 어떻게든 남아 이 세계와 싸우는 싸움을 가능하게 한다. 그 싸움은 지는 싸움이다. 이미 감독의 요구에 의해 무리한 질주를 감행한 바 있는 그의 또 한 번의 질주는, 우승해서 사람들을 놀라게 하기는커녕 그를 완주조차 못 하게 할 것이다. 말과 힘과 법을 갖지 못한 자의 그것들을 가진 세계에 대한 싸움은 세계를 뒤흔들지 못하고 그를 폭발시킨다. 그는 폭발 직전까지 간다. 한편으로는 폭발을 향해 몰고 가는 몸이 있다. 거부이면서 동시에 체념인 그의 고개는 갈 데까지 가는 몸의 관성을 좇는다.

다른 한편으로는 그 폭발의 뇌관을 끊어버리고 주저앉으려는 몸이 있다. 도저히 무너뜨릴 수 없는 자에게 시선이 쏠린 상태로. 그 시선 안에는 복잡한 감정이 명멸한다. 그러나, 마라토너인 한 그는 주저앉을 수 없다. 한번 주저앉으면 그는 계속 주저앉게 될 것이다. 세상이 그를 받아주어도 그 자신으로서는 영원히 패배한 자로서 살게 될 것이다.

"내가 네 어깨를 좀 잡고 걸어도 되겠니?"〔……〕"선수 운송차가 올 때까지 그냥 쉬시지 그러세요? 어차피…."〔……〕"아니, 난 계속 가야 되거든…."(134)

폭발할 수도 주저앉을 수도 없다. 거꾸로 말하면 주저앉지도 폭발하지도 않는다.

그 두 마음의 결합이 "아랫입술을 악물게 한다." 그는 세상과의 대결을 지속하려 한다. 그러나, 악문 이는 터져 나오는 숨결을 못 이긴다. 그 대결의 지속은 폭발의 지연이고 가속일 뿐이기 때문이다. 그러니까, 생명적 요구는 대결하려는 마음과 포기하려는 마음 두 군데에 동시에 있다. 죽음보다 못한 삶을 벗어나려는 욕구와 삶의 고통을 벗어나려는 욕구. 생명의 욕구는 언제 어디서나 존재한다. 그 생명적 욕구들은 갈등하면서 그의 삶을 펼쳐나간다. 제한 시간에도 목표지에 도달하지 못한 그는 주로를 이탈해 그의 집으로 간다. 그 집으로 가는 도중의 길은 "길을 건너오기 전과는 판이하게 다르다"(142). 그 길에는 "한결같이 오래되고 손보지 않은 낡은 외관과 빛깔들을 내보이고"(143) 있는 건물들을 식품점·수예점·만두집·중화요리·물물교

환·헌책방·문방구 등이 차지하고 있고, '도시 재개발 지구'의 팻말
이 붙은 곳에는 뽀얀 흙먼지가 일고 있다. 시야가 갑자기 어두워진다.
시끌벅적하고 "누군가와 부딪치지 않고는 한 발도 헤쳐나갈 수 없
는 좁은 시장길"에는 "리어카에서 모락모락 피어오르는 김이, 그 앞
에 서서 오뎅국물과 떡볶이와 순대를 마시고 씹는 꼬마들을 감싸며,
시장의 반대편 입구 쪽 저 뒤로 천막 천장 밑에 조금 열린 하늘을 시
야에서 흐리고 있다"(144). 그리고, 조금씩 밝아오면서, 구정물이 흐
르는 개천, 판잣집들, 이리저리 갈려나가는 비좁은 오르막의 골목길.
그리고, 다시, "시야의 중심이 샛노랗게 환해져"(145) 오면서, 흐드러
지게 핀 개나리꽃들, 언덕, 공터, 나란히 텔레비전 안테나가 달려 있
는, 작은 흙언덕을 깎아 파고 들어선 슬레이트 지붕 집들. 라면 봉지,
깨진 병, 연탄재, 생선뼈, 개똥 따위가 깔린 개울 바닥, 혼잣속으로
뭐라 중얼거리는 점집의 할머니, 베니어판 조각들을 꿰 붙여 만들어
비닐로 덧씌워놓은 두 개의 좁은 방문과 툇마루와 어둡게 비춰지는
부엌이 있는 그의 집. 그는 툇마루에 쓰러졌다가 부엌에서 라면 줄기
를 씹고, 나와 물을 마신 뒤, 산길을 뛰어 오른다. "헤어 헤어 기어이
산골 마루에 오른 그가, 하늘을 배경으로 제자리에서 제자리 뜀을 뛴
다. 이때, 그의 주먹 쥔 두 손이 어정하게 머리 위로 떠오른다. 떠오
른 순간, 그의 두 손은 손가락을 펴 V자를 만들고, 다음 순간, 힘없
이 떨어져 내린다"(149). 그리고 산길을 내려가, 운동장의 닫힌 철문
에 다다른다. "그래서, 마침내, 그가 그 암록색 철문 앞에 멈추어 선
다. 그는, 높이 뻗어 올린 두 손과 머리를 철문에 댄다. 그리고 그 모
습 그대로 서 있는다"(151).
　이 거친 요약 속에는 김현이 "가난의 공간"이라고 부른(「실험시·실

험소설의 공간」, 김현 문화론집, 『두꺼운 삶과 얇은 삶』, 나남, 1986, p.126) 공간이 펼쳐져 있다. 그 공간은 낡고 어둡고 더럽다. 그 어둠의 깊은 곳에는 사람들의 시끄러운 목소리들이 한데 뒤섞여 부닥치고 있다. 그러나, 그 어둠 깊숙한 곳엔 하늘을 향해 올라가는 빛의 길이 있다. 그 길의 한편엔 흐드러져 눈부신 개나리꽃들이 있고 다른 편엔 움푹 들어간 어둠의 집들이 있다. 그곳엔 어둠과 빛이 살 비비고 있다. 어린이들의 합창과 어른들의 컬컬한 목소리의 대비는 그것을 아주 선명하게 보여준다. 그가 어정쩡하게 들어 V자를 만들었다가 힘없이 떨구는 손도 그것을 선명하게 보여준다. 그리고 그는 두 손과 머리를 철문에 댄다(이 또한 V자의 형태이다). 어둠과 빛이 집약된 곳엔 그의 고뇌가 있다. 그 고뇌를 펼치면 앞에서 요약한 가난한 사람들의 삶의 굴곡(구불구불한 골목길, 다양한 형태로 볼록하게 돋고 오목하게 들어간 언덕, 개울, 집들의 모양과 같은)이 드러난다. 그 가난한 사람들의 삶은, 현실에 의해 그대로 파묻혀 있지도, 현실과 당당히 맞설 만큼 힘 있지도 않다. 그것은 그 사이에 있다. 그 사이는 아주 넓고 깊다.

우리는 두 가지 사항을 알 수 있다. 첫째, 작가가 그리는 '그'의 욕망의 지대, 즉 무의식적 담론의 지대는 가난한 사람들의 집단적 삶을 향해 열린 통로이며, 그 집단 무의식은 현실의 억압과 욕망의 분출 사이에서 다양하게 변주된다는 것이다. 그 무의식은 관념적 지식인들의 몇 마디 말로 환원될 수 없는 복합적 공간을 이루고 있다. 그 공간은, 극단적으로 요약하자면, 한편으로 현실을 수락하면서, 다른 한편으로 현실과 대결한다. 아니, 현실을 수락하는 과정이 곧 현실과 대결하는 과정이다. 그 공간의 집들에 빠짐없이 달려 있는 텔레비전 안테나를 보라. 지배적 제도의 가장 강력한 지배 장치인 그것을 보면서 사람들의 의식은 마비되고, 규격화되며 신비화된다. 그러나, 그 과정은 동시에 억압된 것으로의 회귀 과정이기도 하다. 마라톤 중계를 본 사람들은 '그'가 나타나자, "이봐, 괜찮아?" 하고 걱정하고, 철없이 "꽁찌했대요~" 하며 합창하는 어린이들에게 "야, 이놈들아!" 호통을 치며, 한 아낙네는 빨래하다 말고 그를 안쓰럽게 쳐다본다.

지배 제도의 그물에 걸리는 과정이 곧 그들의 어떤 집단적 열망이 움트는 과정이기도 하다. 그렇기 때문에 그 집단 무의식은 일방적으로 폄훼될 것도 일방적으로 미화될 것도 아니다. 그것은 탐구·이해되어야 하고, 우리의 전 존재와의 만남을 통해서 통화되어야 하며, 어느 평론가의 용어를 그대로 빌리자면, '활성화'되어야 한다. 둘째, 그 집단 무의식의 공간은 공식적인 자기 말을 갖지 못한 공간이라는 것이다.

앞 인용문들로 돌아가 보자. 세 인용문이 모두 생생하게 드러내는 것은, 감독의 말과 그의 침묵 사이의 선명한 대비이다. 그는 몇 마디 말을 흘리지만 그것은 소리 없는 소리이며, "뭐라고 외칠 듯이 입을 크게 벌리"다가 아랫입술을 악문다.

그의 침묵의 동작은 감독에 의해 규제되고, 중계방송 아나운서와 해설자에 의해 '설명'되며, 신문 기사에 의해 '규명'된다. 그 신문 기사에 의혹을 품고 작가가 그것을 소설로 복원해보려 하자, 이번엔 작가의 안에서 "아직 선택받지 못한 그에 대한 수많은 이야기꾼들이 엉켜 저마다 소리를 지르며 들끓"(106)는다. 누구는 왜 육체적 한계에 대한 정신의 싸움으로 끌고 가지 않느냐고 힐책한다. 다른 누구는 진실과 허상의 문제를 추구할 절호의 기회라고 부추긴다. 또 다른 누구는 운동을 사회적 도구로 사용하는 체제의 모순은 무엇인가의 문제로 나아가야 한다고 주장한다. 또또 다른 누구도 이렇게 말하고 또또또 다른 누구도 저렇게 말한다. "그들이 모두 자기를 외쳐대, 거꾸로 우리의 그는 갈가리 찢겨"진다. 다른 한편으로는, 그 숱한 이야기들이 "어떤 소리와 소리 들은 서로 부딪치고 간섭하며 깨어져 잡음으로만 들리고 어떤 소리와 소리 들은 서로 합쳐져 다른 소리 덩어리가 되거나 더욱 작게 나뉘어져 가냘프게 꼼지락거린다"(107).

우리는 여기서 분화되는 두 개의 문제를 만난다.

i) 말은 세계를 구성하고 재생산한다. 그것은 다른 재생산의 가능성들을 틀어막고 절단하고 자기 식으로 꿰어 맞춘다. 말은 욕망의 표층이다. 그래서 말들 사이에는 지배/피지배의 구조가 형성된다. 억압받는 말은 공식적인 언어로서 자리 잡지 못한다. 그것은 햇빛이 차단된 시장의 시끌벅적함처럼 '불투명한 은폐'의 형태로 있다. 그 말 없는 삶을 가르쳐 이끌건, 달래건, 미화하건, 공식 언어들은 그 삶을 '설명'한다. 어떻게 해야, '그'로 하여금 그 스스로 말하게 할 수 있는 것일까?

ii) 지배의 욕구로 들끓는 말들의 싸움 사이를 틀 통로는 무엇인가.

이제 알겠다! 그가 「그는 왜 그럴 수밖에 없었을까」 다음에 왜 「당신에 대해서」를 썼는지, 그리고, 왜 그를 찾아가는 소설 기행들을 썼는지.

3

이제, 허구의 의미를 길어내야 할 때가 된 것 같다. 우리는 앞에서,

이인성의 소설이 허구의 기록임을 보았다. 그리고, 그 허구가 씌어진 것과 씌어지지 않은 것 사이의 움직이는 공간이라고, 약간은 단정적인 해석을 내렸었다. 왜 그랬던가.

다시 되짚어보자.

작가 이인성은 어느 날 일간 신문에서 한 마라토너에 관한 기사를 읽는다. 그는 의혹을 품는다. 그 의혹에 어떤 대답이 주어지는 듯해서, '그'에 관한 두 편의 소설을 기획한다. 그러나, 한 편밖에 쓰지 못한다. 대신 그는 '당신'에 대한 소설을 쓴다. 그것이 씌어지는 도중에 '그'를 찾아가는 '우리'의 이야기가 씌어진다. 거기에 그 소설들에 관한 이야기들을 또한 허구의 이름으로 덧붙이고, 새롭게 배열한다. 그 덧붙임과 배열을 통해, 그는 그런 소설들을 썼다는 사실과 그 소설들의 단서가 되었던 신문 기사까지를 모두 허구로 돌려놓는다. 『한 없이 낮은 숨결』이라는 연작 장편소설의 출간 자체가 허구화된다. 허구가 현실 위로 떠오른다. 그것이 떠오르는 과정은 세 개의 단계를 가지고 있다.

의혹의 단계가 그 하나이며, 탐사의 단계가 그 둘이고, 재구성의 단계가 그 셋이다.

그것들은 허구의, 겹쳐진 세 의미를 암시한다.

허구는 기사에 대한 의혹으로부터 시작한다. 기사란 무엇인가. 그것은 사실을 전달한다. 그것은 '내 눈으로 똑똑히 봤다, 내 귀로 분명히 들었다'고 주장한다.

그것은 사실은 어쨌든 사실이라는 믿음 위에 기초해 있다. 그러나, 있는 그대로 드러나는 사실이 있는가. 기사는 현실이라는 무정형의 덩어리에서 특별한 부분을 떼내, 그것을 특별한 틀로 재조립한다. 어떤 부분은 강조되고, 어떤 부분은 은폐된다. 있는 그대로 드러내고자 할 때도, 그것에는 그것을 드러내는 사람의 무의식이 작용하고 있다. 거기에 특별한 의도가 가미되면(그게 호의적이든, 계산적이든) 또 하나의 틀이 덧씌워진다. 강조되는 것은 과장되고 은폐되는 것은 전반적으로 비하되고 그중 어떤 부분은 떼내어져 과장되는 것 속에 포함된다.

그래서, 아주 특별한 어느 부분이 전체가 되고, 모든 것을 설명하는 유일한 기준이 된다. 이러한 강조·은폐·과장·흡수는 현대 사회에서 거대한 제도적 차원에서 기획되고 운영되며, 사람들의 몸속에서 체질화된다. 의식은 거기에서 모순과 공백을 발견하지만, 몸은 거기에 빠진 채로 있는 경우가 허다하다. 작가는 신문 기사에서 모순과 공백을 발견하고, 대중 매체의 의식 조작과 거기에 속아 넘어간 자신에 대한 분노를 동시에 느끼며, 그 모순을 풀고 그 공백을 채워 그의 진정한 모습을 복원하려 한다. 그러나, 어떻게? 무슨 논리에 근거해 그것을 풀고, 무슨 상상에 기대어 그것을 채울 것인가. 그의 유일한 밑천인 언어는 지배 제도의 언어와 똑같은 통사론적 구조에 밑받침되어 있다는 한계, 그 주어진 문법의 한계에 묶여 있다. 다른 무엇을 기대하지만, 그는 찾을 수가 없다. 작가는 그가 정직하게 할 수 있는 하나의 방법을 택한다. 신문 기사를 그대로 따라가면서 그 모순과 공백의 자리를 괄호를 집어넣어 여는 것. 「그는 왜 그럴 수밖에 없었을까」의 '언어의 화면'은 바로 그 빈 괄호에 다름 아니다. 그것이 허구의 첫번째 의미이다. 그것은 사실을 따라가면서, 허구의 이름으로, 사실의 허구성을 뒤집어 보인다. 허구의 언어는 현실의 언어의 통사론적 구조를 따라가면서, 그것의 사방에 비틀린 곳, 파인 곳을 만든다. 허구의 형식은 기존의 형식을 따라가면서 그것을 파괴한다. 하지만, 그 빈자리에 무엇을 채워 넣을 것인가. 작가는 「그는 왜 그럴 수밖에 없었을까」에 이어 「그는 그럴 수밖에 없었다」를 기획하고 있었다. 한 소설의 2부로서, "일부는 현상 그 자체가 되고, 이부는 소설적 재구성이 되"(164)도록. "그래서 어떤 대상을 소설화하는 과정 자체가 객관적으로 드러나"도록. 그렇다면, 작가는 일부는 질문의 형식으로 '제시'하고 이부는 대답의 형식으로 '구성되게끔' 하면서, 그 질문에서 대답으로 건너가는 과정에 역점을 두려 한 것이리라. 그러나, 역설적이게도, 질문의 형식이 따로 떨어져 나오자, 그것은 그 자체로서 "이미 하나의 틀을, 하나의 관점을 구성"(164)하고 있었다. 즉 질문이라는 이름의 대답을 내놓은 셈이었다. 그것을 작가가 인식한다면, 이부는 도저히 씌어질 수가 없는 것이었다. 그렇다면, 일부만으로 한 편의 소설을 완결 짓는 방법은? 그것 또한 못 할 일이리라. 왜냐하면, 현상 그 자체의 제시가 이미 하나의 틀인 한, 그것은 수많은 이야기 방식들 중의 하나에 불과한 것이니까. 그 선택 뒤에는 선택받지 못한 수많은 이야기꾼들이 아우성을 칠 것이다. 그리고, 그것은 소설의 대상이 되었던 '그'로 하여금 그 스스로 말하게 할 가능성을 털끝도 건드리지 못하는 것이니까. 그것은 결국 한 공식 언어로 그의 삶을 재단하는 것이 될 것이다. 그래도, 현상 그 자체의 제시, 즉 질문의 형식으로 문제를 제기하는 것은 그나마 객관적이지 않으냐는 반문이 따른다면?

그러나, 거기서 객관적이란 말은 무슨 뜻인가? 그것은 결국 '사물을 밖에 두고 보는'이란 뜻이지 않은가. 질문의 형식 자체가 이미 하나의 틀, 즉 현상을 안에 가두는 것이라면, '사물 밖'이라는 뜻으로서의 객관성은 용어상의 모순이거나, 알리바이거나 둘 중의 하나가 될 것이다. 그것이 알리바이라면, 그것은 「이미 그를 찾아간 우리의 소설 기행」에서 제시된 하나의 예(260~61) 처럼, 자본주의적 기업에서 밥 벌어 먹고사는 사람이 야구의 자본주의적 성격을 맹렬히 비난하는 것과 다름이 없을 것이다. 그것은 자신이 그 일부인 세상에서 슬그머니 빠져나와, 요지부동으로 쥔 딴 세상의 관점으로 세상을 난도질하는 것일 것이며, 야구를 보는 사람들의 속 깊은 곳에서 이는 어떤 사회적 욕망을 이해하지 못하는 것일 것이다(이 대목에서 나는 예리한 칼날에 살을 베이는 듯한 아픔, 혹은 부끄러움과 안간힘을 동시에 느낀다. 그 부끄러움 그리고 안간힘은 나의 현실 비판적 인식이 '밖의 사물'을 보는 듯한 세상 분석에 머물고 있지는 않은가 하는 자책으로부터 비평이라는 것은 그 문자 그대로의 의미가 가리키듯이 은밀히 감추고 있는 확고한 관점에 의한 대상의 재단을 함정처럼 두고 있는 것은 아닌가, 그럼에도 비평을 버릴 수 없다면 나는 비평가로서 무엇을 어떻게 해야 하는가에까지 걸쳐 있다. 이인성의 소설은 그것들을 한꺼번에 성찰하게 해주는 힘을 갖고 있다). 그렇다면, 작가는 애초의 기획을 수정할 수밖에 없다. 그 수정의 핵심은 이렇다:

  i) 현상/재구성, 질문/대답이라는 이분법을 버린다.
  ii) 소설화하는 과정을 객관적으로 드러내겠다는 의도는 유지된다 (이때의 객관성은 '밖의 사물을 보는'이라는 것과는 전혀 다른 의미에서의 객관성일 것이다).

이분법을 버리자, 작가에게 다가오는 것은 질문-대답이 한몸인 그 무수한 이야기들의 아우성이다. 그것들은, 그것들을 바라보는 작가의 시선까지 포함하여, 저마다 복수의 욕망으로 들끓는다. 그것들은 각자 나를 내세우고, 그것을 당신에게 강요하려 한다. 그러나 그것들은 상호 통화하기가 힘들다. 그것들은 저마다 자기 식의 길을 열고 있으므로. 이야기가 언어로 구성된다면, 그것은 언어의 선조성과도 관계가 깊다. 주어진 문법은 두 개 이상의 이야기를 겹쳐놓지 못한다. 그것들은 순차적으로 배열될 수 있을 뿐이다. 그 이야기와 언어의 결합이 오늘날의 사회에서 소설이라는 이름으로 불리고 소설이라는 장르로 정착해 있다면, 그것은 소설이 놓인 정황과도 관계가 깊다. 작가는 독자의 반응에 관계없이 제 말만 터뜨릴 수 있으며, 독자는 소설을 앞에 두고도 읽을 수도 안 읽을 수도 있다. 작가는 독자를 돈벌이의 수단으로 이용할 수도 있으며, 독자는 제 기분을 즐기기 위해 작가를 이용할 수도 있다. 그 모든 욕망들은 한데 엉켜 아우성치지만, 그것들은 상대방 속으로 들어가지 않는다. 작가에게 놓이는 과제는, 그렇다면, 그 저마다의 이야기들을 하나의 용광로에 집어넣는 것이리라. 이야기 하나의 입장에서 보자면, 그것은 그 이야기 속에 담겨 있거나 거기서 피어나는 이념·감정·생활의 전체, 그 숱한 이질적인 것들을 한 몸에 끌어안는 것이며, 이야기들의 입장에서 보자면, 그것은 그 숱한 이질적인 이야기들을 한 공간 안에서 만나게 해 교통시키는 것이다. 그것이 허구의 두번째 의미이다. 그것은 실제 그러지 못하는 것을 허구의 공간 속에서 함께, 동시에 만나게 한다. 「그는 그럴 수밖에 없었다」를 쓰지 못한 작가가 「당신에 대해서」를 쓴 것은 그 때문일 것이다. 그는 '그'의 이야기를 쓰려고 하다가, 이야기라는 것의 근본적인 문제에 부닥친다. 그의 이야기는 그러니까, 이야기에 대한 이야기를 거치지 않을 수 없다. 그 이야기에 대한 이야기, 그것이 나와 당신의 통화의 이야기이며, 나 혹은 당신 속의 수많은 다른 존재들의 교통의 이야기이다. 허구의 공간 속에서 그것들은 "황홀한 반죽"이 된다. "그러므로 글을 쓰고 읽는다는 건 애당초 그 결합의 첫걸음을 실천하는 일"(32)!

작가의 말을 빌리자면, 허구의 두번째 구조는 "문자를 매개로 한 상상적 연극놀이"(61)의 구조이다. 연극은 문자의 원심성을 하나의 빈 공간 속으로 끌어당기며, 문자의 숙명적 간접성은 극장 공간의 직접성이 하나의 통일(감정 이입)로 나아가는 것을 다른 방향으로 돌린다. 어느 방향? '과정'으로서의 방향. 우리는 아직 이 문제를 암시만 했을 뿐이다. 허구의 두번째 구조에서는 '문자'가 아니라, '연극놀이'에 강조점이 주어진다.

그렇다. 그 허구에 문제가 없는 것이 아니다. 그 허구에서 상상되고 실천되는 것은 이야기들의 교통이다. 그러나, 제 스스로 말하지 못하는 삶들이 있다. 그것들은 싸움의 공간에서 밀려나 서로 싸우는 이야기들에 의해 이용되고 훼손된다. '그'를 통해 열리는 그 삶은 은폐되고 이용되면서, 그러나, 그럼에도 제 자신의 굴곡을 펼쳐나간다 (그러니까, 그 삶은 확고한 실체로서 있는 삶이 아니라, 구성되는 삶이다. 그것은 제 말을 갖지 못한 이야기이다). 작가는 그 삶을 복원하려고 했었다. 그러나, 완성하지 못한다. 그는 제각기 제 주장을 펴는 이야기들에 걸린다. 그는 먼저 이야기들에 대한 이야기들을 쓴다. 그러나, 이야기들에 대한 이야기는 제 말을 가진 자들만의 이야기이다. 그는 다시 '그'에 걸린다.

이야기들의 한 공간에 들어오지 못하는 이야기들이 있다!

그런데 이 순간, 막무가내로 가슴이 저려온다[……]. 당신들을 가능한 한 넓게 어지럽게 흩어놓으려 했지만 당신들이 흩어져 미치지 못하는 곳이 있음을, 또한 선명히 깨닫게 된 것이다. 나는, 막노동판의 인부가 도시락을 까먹고 철근더미에 기대어 이 소설을 읽으리라 도저히 상상할 수 없다. 캄캄한 갱도 속에서 곤죽이 되어 나온 광부나 재봉틀 앞에서 열다섯 시간을 기계로서 움직이며 파김치가 되는 처녀의 짧은 휴식과 나를 맺어본다는 건 터무니없다. 〔……〕 그렇게 지금, 그들은 모두 쓰기를 선택한 나와 읽기를 선택한 당신들의 밖에 있는 것이다. 그러니 이제, 뿔뿔이 널어놓은 당신들을 다시 하나됨에 모아들이려 해도, 그 주위에서 결코, '당신'으로 겹쳐지지 않을 그들이 외쳐대는 침묵에 휩싸여, 어찌 뼈저리지 않을 수 있겠는가. 이미 들린다, 당신도 들리는가, 귀울음처럼 흐르는 저 낮은 소리바람이. 그 신음과 한숨과 울분의 침묵이 묻는다. "넌 뭐냐?" 대답할 수 없음. "밥과 잠을 다오." 아무것도 줄 수 없음. 아까와 같은 대화라면 논리적으로 대응할 수 있으리라. 하지만 그 모든 것들을 떠나, 그 모든 것 이전에, 맹목적으로 복받치는 이것은? 오 푸르른 하늘님, 어찌하오리까? (27~28)

작가는 "절벽 같은 탄식"을 쏟아놓는다. 그러나, "한 가닥 의식의 응어리"가 "망연자실"해서는 안 된다고, "나는 왜 혁명가가 못 되는가'라는 자학적 질문 대신 '나는 소설가로서 무엇을 어떻게 할 것인가'라는 생산적 질문에 작품으로 답해나가야 한다고, 스스로를 뒤집어 설득해본다." "하지만 여전히 뚫려 있는 그 순수 감정의 구멍"을 어찌지 못해 안절부절못한다. 그 망연자실과 안간힘의 사이에서 그의 마음은 '당신'에게로 향한다. "당신은 〔어떤가〕?" 묻는다. 그리고 '당신'이 생각할 여유의 시간을 원고지에 여백으로 남겨놓는다. 그 여백 안에서 당신은 대답할 것이다. 그러나, 그건 당신만의 대답인가? 그 대답은 곧 '나'와 '당신'의 만남일 것이다. 제각기 엇갈리던 나와 당신이 한자리에서 만나고 있는 것이다. 그러자, 그 빈 공간에서 변화가 일어난다. 무슨 변화? 만남의 자리는 곧 변화의 자리라는 인식이 생성되는 변화. 공간적 융합이 시간적 전개로 풀리는 변화. 그 여백 직후에 '나'는 말한다:

지금 당신은, 지금의 '지금'이라는 시간 단위 위에 있는 당신이 한정된 '당신'임을 깨닫고 있는가? 그러면 당신은, 그 언젠가의 '지금'엔 지금과 다른 당신이 되어 지금은 '당신'이 아닌 그 누군가들과도 함께 '당신'이기를 바라는가?

나와 당신의 만남은 그 언젠가의 우리를 향해 가고, 그 우리는 그 언젠가의 우리가 될 '그'를 찾아갈 것이다. 비로소 그를 찾아가는 우리의 소설 기행들이 씌어진다. 여기에 허구의 세번째 의미가 있다. 허구는 변화이다. 우리는 이제 그 변화의 의미와 모양에 대해 말할 지점에 와 있다.

4

허구는 뒤집기이고, 허구는 통화이며, 허구는 변화이다. 이 세 명제는, 그러나, 아직 추상적이다. 그 변화는 어떤 변화인가? '나'와 '당신'은 그 언젠가 우리가 되어 '그'를 찾아갈 터인데, 그를 어떻게 만날 것인가? 계몽주의자들처럼 그에게 나와 당신의 이야기를 보급

할 것인가? 아니면, 제국주의자들처럼 그의 숨은 이야기를 나와 당신의 것으로 빼앗을 것인가? 한 가지 대답이 있다. 그 변화는 통화에 뒷받침되어 있다. 통화란, 동등한 주체들의 상호 교류에 대한 의지를 전제하므로, 그의 만남은 나와 당신과 그의 동등한 만남이 되어야 할 것이다. 그러나 그렇다면, 그 통화를 어떻게 이룰 것인가? 한자리에서 만나 마음만 털어놓으면 서로 자연스럽게 '우리'가 되는가? 다시, 하나의 대답이 열린다. 그것은 현실이 우리의 삶에 설치해놓은 각종의 위계질서, 금기를 부숨으로써 가능하다. 그러나 그렇다면, 어떻게 부술 것인가? 끝까지 뒤돌아왔으니, 이제는 기댈 데가 없다. 하지만, 다시 앞으로 나간다면? 현실은 바로, 나들과 당신들의 이야기가 아우성치는 그 자리가 아닌가.

그러니까, 현실은 바로 나들과 당신들의 관계 속에 있지 않은가. 그렇다면, 현실을 뒤집는 일은 바로 나들과 당신들을 뒤집는 일 아닌가. 그리고 그렇다면, 그를 찾아가는 우리의 소설 기행은 똑같은 의미에서 나들과 당신들을 찾아가는 길이 아닌가. 다시 뒤로. 그렇다면, 그를 찾아가는 우리의 소설 기행은 우리의 전 존재의 반성의 과정인가. 다시 앞으로. 그의 삶이 부재의 형태로 있는 것이 아니라, 숨음과 펼침의 형태로 있다는 것을 우리는 보지 않았는가. 그를 찾아가는 우리의 소설 기행은 우리의 전 존재의 반성의 길인 동시에, 현실의 억압 아래서, 좀더 정확하게 말해서, 현실과 욕망 사이에서 꿈틀꿈틀 흐르는 어떤 "밑 모를 힘"(238)을 길어내는 일이 아닌가.

이상은, 『한없이 낮은 숨결』 전편을 관류하는 '소설적 추진력'이라고 이름 붙일 수 있는 것의 거친 요약이다. 작가는 이 전진-회귀의 복합적 과정을 서서히, 끊임없이 되풀이하면서 그 공간을 넓혀나간

196

다. 우리는 여기서 허구의 세 명제를 받쳐주는 두 개의 축을 만난다.

i) 그를 찾아가는 길은 나·당신을 찾아가는 길이다.
ii) 우리의 전 존재의 성찰의 길은 그 어떤 생명력을 향한 길이다.

그렇게 해서, 『한없이 낮은 숨결』의 구도가 떠오른다:

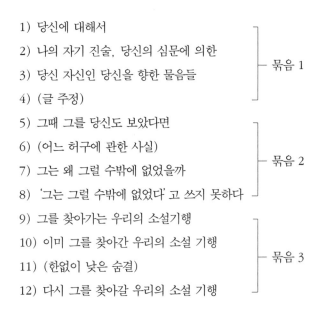

1) 당신에 대해서
2) 나의 자기 진술, 당신의 심문에 의한
3) 당신 자신인 당신을 향한 물음들 ⎤ 묶음 1
4) (글 주정) ⎦
5) 그때 그를 당신도 보았다면
6) (어느 허구에 관한 사실)
7) 그는 왜 그럴 수밖에 없었을까 ⎤ 묶음 2
8) '그는 그럴 수밖에 없었다'고 쓰지 못하다 ⎦
9) 그를 찾아가는 우리의 소설기행
10) 이미 그를 찾아간 우리의 소설 기행
11) (한없이 낮은 숨결) ⎤ 묶음 3
12) 다시 그를 찾아갈 우리의 소설 기행 ⎦

12편의 글을 우리는 세 묶음으로 나눌 수 있다. 각 묶음엔 모두 4편 씩 들어 있다. 그 4편 중 3편은 그 묶음의 본 이야기들이며, 괄호 친 1편은 본 이야기들과 소설 밖의 작가를 연결해주는 역할을 하고 있 다. 물론 허구의 이름으로. 이 세 개의 묶음은 각각, 나-당신에 대한 이야기, 그에 대한 이야기, 우리-그에 대한 이야기이다. 그것들은 구조적으로 동일한 지반에 놓이면서, 점진적인 변화를 보여준다. 구조적으로 동일한 지반이란, 그것들의 밑에 놓인 형식적 제약 혹은 조건을 말한다. 묶음 1에서 그것은 언어의 문법적 제약이며, 묶음 2에서 그것은 마라톤의 주행 거리이며, 묶음 3에서 그것은 찾아가는 기행의 단선성이다. 그것들은 모두, 한 길이다. 소설은 그 조건을 딛고 그 제약을 넘어서려 한다. 묶음 1에서 그 극복의 노력은, 이미 보았듯, 한 공간 안에 전 존재를 집어넣는 연극놀이를 통해 시도된다. 일단 통화의 형식이 마련된다. 그러나, 그 또한 보았듯, 그것은 치명적인 한계를 넘어서지 못한다. 그것은 말을 가진 자들끼리의 말싸움을 낳을 뿐이다. 괄호의 이야기가 '글 주정'이 되는 것은 그 때문일 것이다. '그'의 삶을 복원하는 것은 아직 잠재성의 형태로 있다. 묶음 2는 '그'에 대한 이야기들이다.

작가는 소설쓰기의 계기가 되었던 작품을 포함하여 '그'에 대한 이야기들을 나-당신의 이야기 다음에 놓는다. 그 자리바꾸기가 무슨 변화를 가져오는가. 현상 그 자체에 불과하다고 생각했던 것이 그 답을 이미 가지고 있다는 것. 그러나, 그 답은 처음 의도했던 것처럼 의미 부재의 형식으로 제출되는 답이 아니다. 이번엔 묶음 1의 형식적 통화가 출구를 찾을 수 있는 단서를 제공한다. 어떻게? 그의 삶을 보여줌으로써. 그 삶은 의식의 차원에서는 현실의 억압을 수락하고 있으나, 무의식의 지대에서는 그 억압을 넘어서려는 몸의 길을 펼쳐 보이고 있다. 의미 부재의 공간이었던 곳이 가 닿아 발견해야 할 의미 충일의 공간으로 뒤바뀐다. 그래서, 그를 찾아가는 소설 기행이 가능해진다. 묶음 3은 그 찾아가는 과정을 보여준다.

「그를 찾아가는 우리의 소설 기행」은 두 가지 얘기를 동시에 펼쳐 보인다. 하나는, 나는 나와 함께 그를 찾아갈 '당신'을 찾는다는 것이며, 다른 하나는, 그 과정은 결국 나를 찾아가는 과정이라는 것이다. 그 과정은 '나'의 거듭되는 2핵 분열을 통해 드러난다. 도식적으로 요약하자면 이렇다:

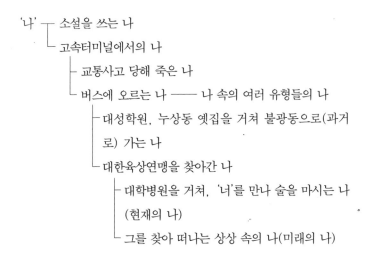

이 자아 분화의 과정 속에서, '나'는 한편으로는 내 속에 들어 있는 모든 나들을 파헤치면서, 다른 한편으로는 그 무수한 나의 움직임을 통해, 무수한 당신들을 만나, 나와 함께 그를 찾아갈 '당신'을 찾는다. 그러나, 나는 당신을 못 만나며, 그를 찾아가는 나는 현실로 떠오르지 않는다. 왜? '당신'은 언제 어디서나 있었으나, 나가 찾지 않았으므로. 찾지 않았다고? 그는 찾으려 했으나 찾지 않았다. "이들 속으로 어딘가 당신이 있는가? 이들이 모두 당신들인가? 몇 걸음 사이에 끓는 물 속에 잠긴 솜뭉치처럼 흐물어져, 나는 도저히 이 인파

를 감당할 수가 없다"(159).

나는 온전히 떨어져서 '이들' 속에서 '당신'을 고르려 했다. "나는 아무것도 책임지지 않았다"(236). 그러니, 당신은 어디에도 없다. 그 책임지지 않은 나의 모습은 그 숱한 나들 중에서 가장 먼 나, '불광 동의 나'에서 가장 선명하게 경험했던 것이며 가장 어둡게 감추어져 있었다. 나는 그 숱한 나들의 분화를 통해 마침내 그곳까지 더듬어 간다. 그리고 자신이 행한 일을 선명하게 되살려낸다. 그때, 그곳에 서 나는 이미 사람 찾는 일을 하고 있었다. 그때, 그곳에서 나는 이미 '그'를 만나고 있었다. 그러나, 나는 아무것도 책임지지 않았다. 그리 고 그것이 현재의 나를 있게 했다. 현재의 나에 대해서는 충실했는 가? "나는 여전히 아무 대답도 하지 못했다. 그런데도 우리는 다시 만나기 시작했다. 그리고 나는 소설에 몰두하기 시작했다"(196). "그 때 이미 나는 너를, 당신들을 배반했던 것이다"(197). 나의 소설쓰기 는 배반 위에서 시작되었다. 나의 배반이 이렇게 지속되는 동안에도, "그는 뛰고 있을 것이다. 언젠가 어디선가 뛰고 있을 것이다…." 그 배반의 양상들을 다 훑어가며, 배반의 뿌리에까지 닿았을 때, '현재 의 나'는 온 속을 게워낸다. 게우고 난 나는, 그를 찾으러 가기 위해 메고 나왔던 가방을 잃었고, 말이 나오지 않는다! "나는 손을 앞으로 내밀며 하소연하듯 침묵을 외친다. 당신도 소리 없는 악을 쓰는 게 분명하다. 우리는 한참을 벙어리와 귀머거리로 몸부림친다"(235~ 36). 나는 말을 잃는다. 그러나 그 순간이 그를 당신과 그에게로 가 게끔 하는 순간이다. "내 짝 당신의 얼굴은, 아무래도 어디선가 본 얼굴, 그것도 여러 얼굴들의 혼합이다. 그때 갑자기 귀가 트인다. 그 러나 그 귓구멍 속으로는, 지금이 소설의 현실이 아닌 다른 세계의

소리가 들려오는 듯싶다. 그것은 숨소리다. 내 귓부리를 간질이는 그
것은, 이 언어 밖 저 멀리서 당신들이 뿜어내는, 수많은 익명의 2인
칭 존재들이 내 짝 당신으로 함께 뒤섞인, 한없이 낮은 숨결의 그림
자다./〔……〕 내 몸에서 무엇인가가 스며 나온다. 그것은 숨소리다.
내가 애틋이 내뿜는 그것은, 내 가슴 깊숙이 화석처럼 묻혀 있던 성
심이와 성기가 다시 자기 이름으로 살아나, 끝내는 나의 새로운 '그'
안에서 스스로 이름을 지우며 나를 부르는, 한없이 낮은 숨결의 그림
자다./가까이 멀리, 멀리 가까이, 어디선가, '우리'가 숨 쉰다"(236).
말을 잃음으로써 나는 당신들의 숨소리를 듣는다. 당신은 당신들이
된다. 그는 그들이 된다. 비로소 나는 당신을 찾지 않고, 당신을 언
제 어디서나 만난다. 비로소 나는 그를 통해 열린 그들의 실존을 향
해 숨결을 뿜는다.

그리고 그때 "당신은 〔……〕 이미 그를 만났다고 말없이 말하고
있다"(237). 「이미 그를 찾아간 우리의 소설 기행」에서 당신들은 그
들을 만난다. 나는, 「그를 찾아간 우리의 소설 기행」에서 '상상된
나'인데, 혼자 그를 찾아간다. 작가-나는 그를 찾아가는 나를 '보
고,' 당신에게 만나진 그를 '만난다.' 첫 모양으로서는 나-그와 당신
들-그들 사이의 관계에는 단절이 있다. 나는 낯선 상황을 향해 찾아
가고, 당신들은 어떤 공감을 통해 그들을 만난다. 그 낯섦과 공감의
어긋나는 관계는, 그러나, 당신-그가 계속 생성되면서, 하나의 실존
적 만남을 이룬다. 나와 완전히 무관한 사람들로서의 당신-그가 다
섯번째로 등장하고, 다음 차례에 "다른 내가 쓴 '그'를 읽고 신흥시로
찾아갔던 당신"(285)이 등장한다. 그리고, 당신은 "현실의 그를 찾아
가는 것이 아니라, 거꾸로 현실 속에서 소설 속의 허구의 그를 온전

히 찾아 만나는 일"(286)을 계획하고 실천한다. 당신은 뜬다. 그리고 그의 그날의 행적을 다시 산다. 그러니까, 나는 당신을 통해서 허구의 그를 만난다. 그 만남 속에서 나-그의 만나기와 당신-그의 살기가 첨예하게 부딪친다. "나는 당신 현실의 그를 원했"다는 나의 말에, 당신은 "허구가 허구 자신으로서 이 현실 속에 존재해 있다는 것을 확인했을 뿐"(293)이라고 대답한다. 막을 내리기 전에 나는 허구의 그와 함께 운동장으로 가본다. 나도 허구의 존재를 살고 싶었던 것일까? 본 이야기들과 괄호 친 이야기들의 관계는 '비각'에서 '길항'으로 다시, '융해'로 변모한다. 그 융해를 통해, 이 소설 자체가 현실 속에 허구 자신으로 존재한다.

허구 자신인 이 소설을 소설 속에 이어줄 마지막 통로가 되는 「한없이 낮은 숨결」은 한없는 말더듬이로 이어지고 있다. 왜일까? 더 이상 그 허구의 삶을 말로 표현할 수 없어서? 아니다. 현실의 말의 흐름에 그 허구가 겹쳐지기 때문이다.

마치 처용 가사의 네 다리가 허구의 두 다리가 겹쳐져 여섯 다리, 그 이상의 다리이듯이. 한없이 낮은 숨결이 그 아주 미세한 말들 사이를 넘나들고 있다. 그것은 허구의 이름으로 세상을 열어 그 새로운 삶의 가능성을 풍요롭게 열어놓는다.

글을 마치면서, 나는 치밀하게 분석해봐야 할 몇 작품을 서둘러 처리한 것이 마음에 걸린다. 특히 뒷부분의 작품들이 그렇다. 그것들을 좀더 꼼꼼히 읽고 세밀하게 복원을 하는 일이 필요했지만, 나는 시간과 지면도 능력도 없었다. 다시 뜯어고치기에는 나는 이미 돌이킬 수 없는 상황에 이르고 말았다. 이 아쉬움이 변명이 안 되려면, 나는 "한없이"의 형태로 그의 소설을 뒤적이는 벌을 받아야 하리라. 〔1989〕

제4부 **혼종법**

누가 웃나, 그리고 그녀는 왜 우나?
─성석제의 『홀림』에 대하여

> 안녕 나는 곽영출이다. 나는 여기서 산다.
> 죽을 때까지 천년만년. 하늘로는 안 간다.
> ─「이무기」

1. 기묘한 웃음

저 '곽영출'을 성석제로 바꾸어도 좋을 것이다. 물론 그렇다고 해서 소설 속의 곽영출과 그가 비슷하다는 얘기는 절대 아니다. 작가 성석제는 오직 저 문장만을 공유한다. 아니 차라리 그것은 작가만의 것이라고 말해도 될 법하다. 소설의 맥락 속에서 곽영출의 저 발언은 조금은 생급스럽기 때문이다. 그것은 차라리 작가의 집요하고 불투명한 관념이 불현듯 인물에게 투사되면서 선명한 화면을 얻은 것일 수 있다. 그리고 그렇다면 저 인물이 작가와 전혀 무관한 존재라고 할 수도 없다. 한 인물이 생각의 대리인으로서 선택되기 위해서는 인물과 작가 사이에 상호 수용 가능성이 있어야 하기 때문이다. 한데 곽영출은 바보다. 그것은 문득 독자를 당황하게 만든다. 작가의 입을 대신하고 있는 저 인물이 바보라면, 고로 작가도 바보다? 물론 그럴 수는 없다. 바보가 스스로를 바보로 묘사하는 일은 일어나지 않기. 때문이다. 그것은 각다귀가 지능을 갖기보다 더 확률이 희박할 것이다. 만일 그런 일이 있다면, 그것은 그가 똑똑하기 때문이다. 그러나 그렇다고 한다면 작가가 멋쩍어할 것이다.

단지 우리는 인물과 작가 사이에 어떤 친연성이 있음을 짐작할 수 있을 뿐이다. 그 친연성을 조금 현학적으로 말해, 하나 되는 표지trait unaire를 통해 작가와 인물이 내통하였다고 말할 수 있다. 그 하나 되는 표지는 인물의 백치성과는 다른 무엇이다. 그 무엇이 무엇인가? 여기에 독자의 첫번째 질문이 놓인다. 어쨌든 그럼에도 불구하고, 독자는 이 친연성을 통해 작가와 인물을 통째로 동일시하고 싶다. 환유는 언제나 은유를 욕망한다. 그리고 바로 그 동일화의 욕망 때문에 독자는 불편하다. 왜냐하면, 그것이 독자의 독서 의지를 꺾기 때문이다. 그것도 삼중으로. 한편으로 인물의 바보스러움이 작가에게 전이된다면, 그것은 작품 전체를 추락시킨다. 다른 한편으로, 소설이라는 이 고도로 밀도 높은 심리적 협력의 공간 안에서 전이의 효과는 쉽게 독자 그 자신에게까지 파급될 것이기 때문이다. 그것은 독자로 하여금 자신의 존재론적 지위에 대해 불안케 한다. 마지막으로, 독자는 거기에서 인물과 독자를 동일화하려는 작가의 은밀한 술책을 엿볼 수도 있다. 이때 독자는 화날 것이다.

2. 웃음의 형식

성석제 표 웃음의 특이함은 여기에서 나온다. 본래, 비극의 작가는 인물 속으로 파고들면서 그리지만, 희극 작가는 인물을 밀어내면서

그린다. 그런데, 성석제의 희극에는 인력과 척력이 동시에 작용하고
있다. 좀더 정확하게 말하면 척력이 곧 인력이다. 밀어내는 감정, 즉
객관화하는 과정 그 자체가 끌리는 감정, 즉 주관화되는 과정을 동반
한다. 우리가 허리를 꺾고 배를 움켜잡는 동안 무언가 꺼림칙한 감정
이 슬그머니 콩팥을 시큰거리게 한다. 나는 왜 웃는가? 세상은 정말
웃기는가? 세상이 실은 내가 아닌가? 다시 말해 내가 맘껏 그 못남
을 즐기는 저 대상이 바로 내가 아닌가? 이 점에서 성석제의 웃음은
채만식적이라기보다 김유정적이다. 그러나 김유정의 웃음이 미리 주
관성으로부터 출발하고 있다면, 따라서 한국 고유의 해학적 전통의
연장선상에 있다면, 성석제의 웃음은 우선은 객관적 거리를 확보하는
데서부터 시작한다. 대부분의 작품에서 인물을 화자와, 더 나아가 작
가와 동일시할 명시적 근거는 별로 나타나지 않는다. 「꽃 피우는 시
간」의 '송선생,' 「해방」의 '그,' 「소설 쓰는 인간」의 '나,' 인물의 경
험은, 그가 화자이든 아니든, 일상적 경계를 훨씬 초월하고 있어서,
그 또한 아주 특이한 경험의 존재인 소설가와 연결될 가능성을 아주
희박하게만 갖는다. 그의 웃음이 해학이 아니라 풍자로 나타나는 것
은 그 때문이다. 하지만 그럼에도 불구하고 그의 웃음이 동시에 주관
화의 절차를 동반하고 있다는 것은 그의 웃음이 풍자 이상임을 또한
암시한다.

　서둘러 말하자면, 그의 웃음은 대상의 지위와 행동에 근거하는 것
이 아니라는 것이다. 『시학』에서 아리스토텔레스는 비극이 보통 사람
보다 우월한 인물을 다루는 데 비해 희극은 보통 사람보다 열등한 인
물을 다룬다고 말했다. 그런데, 성석제의 경우에는 차라리 보통 사람
들 자신을 다룬다. 『홀림』(문학과지성사, 1999)에서는 「이무기」의

'나'를 제외하면 대체로 정상적 인간들이다. 게다가 인물들은 특이한 능력의 소유자들이다(다시 말해 정상적일 뿐 아니라 때로는 보통 사람들보다도 우월하다). 그 능력은 두 가지 성질을 가지고 있다. 하나는 그것이 혐오감과 폄척(貶斥)의 원천이라는 것이다. 동시에 그것은 유혹적이라는 것이다. 도박, 술, 춤이 그런 것들이다. 언뜻 소재만을 보면 악의 유혹에 빠진 자가 겪는 어리석고 헛된 고난을 보여줄 듯이 보인다. 다시 말해 본래 평범한 보통 사람이 유혹에 빠지는 순간 아둔의 허방 속으로 추락하는 꼴을 보여줄 것 같다. 그러나 실제 전개되는 사건은 인물들의 어리석음을 드러내지 않는다. 오히려 그들의 행동은 차라리 비극적이다. 「해방」의 '그'가 술집 작부에게 바치는 집요한 연정은 비극적이다 못해 참담하다. 「꽃 피우는 시간」의 도박사 '피스톨 송'의 언동은 얼마나 당당한가? 「소설 쓰는 인간」의 춤쟁이인 '나'는 사이비 '제비'가 아니다. 스스로 사이비인 줄 모르는 그런 제비도 아니다. 오히려 '나'는 가장 경건하고 진지한, 이를테면 제비의 '도'를 추구하는 사람이다. 게다가 '나'는 춤 인생의 끝자락에서 감히 소설을 쓰기로 결정한다. 그 계기를 '나'는 이렇게 말한다.

춤이 생계와는 큰 상관이 없는 일이 되자 내게 이상한 감정이 찾아들었다. 진정 춤은 무엇이고 위대한 제비는 뭔가. 진정한 내 인생의 목표는 무엇인가. 어느 때부터인가 혼자서 그런 질문을 뇌까리며 술잔을 기울이는 일이 잦아졌다. (113)

이 진술에서 춤을 다른 일상적인 직업으로 옮겨보면 아주 진지한 고민으로 읽힐 것이다. 만일 독자가 웃음을 흘렸다면 그것은 오직 일의 성질 때문이다. 다시 말해, 춤의 반-사회적이고 비도덕적인 성격과 고민의 진지함이 서로 어울리지 않기 때문이다. 그러나 '나'는 시방 그것을 자신이 필생을 바친 삶 그 자체로서 고려하고 있는 것이다. 그리고 춤을 저열한 것으로 보는 일반적인 시선이 오히려 잘못된 고정관념임을 누차 강조했으며, "세상에 잘못 알려진 우리의 세계를 바로 알리고 싶"(91)어서 소설쓰기를 택했던 것이다. 그러니 정말 우스운 것은 그 고정관념에 기대어 저 진술을 우습게 생각하는 독자의 태도일 수도 있다.

이로부터 몇 가지 단서를 길어낼 수 있다. 첫째, 성석제 소설이 자아내는 웃음의 과녁은 무차별적이라는 것이다. 그것은 중심인물을 겨누는 척하면서 작가를 암시하고 그런 척하면서 독자를 놀린다. 둘째, 그러한 웃음의 무차별성 혹은 대상 부재는 그의 웃음이 대상의 행동 속에서 나오는 것이 아니라, 소설의 글쓰기 자체를 이루고 있는 말 속에서 나온다는 것이다. 성석제의 웃음은 담론의 힘만으로 발생한다. 그것을 가장 명료하게 보여주는 것들은, 말의 이어짐을 통해 말이 스스로를 배반하는 언어적 정황을 연출하거나, 말의 지시적 힘이 사건 그 자체를 압도하는 경우이다. 앞의 예는 가령,

① 여자는 신작로를 오가는 떠돌이들에게서 함께 가자는 희롱을 당하기도 했고 **미친 여자에게 놀림을 당하기도 했다.** (167, 이하 강조는 인용자)

② 다행인지 불행인지 이건 춤판에서의 이야기이다. 또 다행인지 불행인지 춤판은 인생의 축소판이다. (115)

에 잘 나타나 있다. ①에서 여자는 미친 여자에게 놀림을 당한다. 본래 우리의 역사적 경험 속에서 미친 여자는 전형적인 놀림의 대상이었다. 그러니까 여자는 놀림당하는 여자에게 놀림당하게 된 것이다. 다시 말해, 미친 여자에게 미친 여자 취급을 받은 것이다. ②는 첫 문장에서 독자를 안심시키고는 불현듯 이어서 다시 독자를 불안 속으로 집어넣는다. 일종의 뒤통수치기이다. 그 뒤통수치기는 실은 이미 예고되었던 것이다. 두 문장의 모두를 이루는 "다행인지 불행인지"가 그 고지대이다. 정상적인 문장이라면, 첫 문장에서는 '다행스럽게도'라고 써야 하고, 뒷 문장에서는 '불행하게도'라고 써야 한다. "다행인지 불행인지"는 미리 다른 의미를 가지고 있는 두 개의 문장을 미리 혼동시키고 있다. 여기에서 그치는 것이 아니다. 정상적인 문장에서라면 첫 문장이 '다행스럽게도'로 씌어야 한다고 말했다. 그러나, 그것은 인물의 입장에서만 그렇다. 반대의 입장도 충분히 가능하다는 얘기다. 새파란 "초짜 꽃뱀"이 "날고 기는 왕제비"를 등칠 수 있다면, 어리숙한 민초가 조직적인 정치 사기꾼들을 '엿 먹일' 수도 있을 것이다. 혹 그런 일이 벌어진다면, 그건 불행한 게 아니라 다행스러운 거다. 이렇게 웃음의 화살은 고성능 미사일처럼 마구 춤춘다. 완전한 무차별성과 무방향성을 가지고 웃음의 공간에 놓인 모든 대상들을 정확히 겨눈다. 이 무차별적 차별성, 무방향적 정방향을 인도하는 역선은 오직 그의 말재간이다. 두번째 경우의 예를 든다면,

그 사람은 때가 반질거리는 손바닥을 내밀면서 가진 돈을 톡톡 털어 술을 마시고 잠이 들었는데, 그 다디단 잠을 깨워놓았으니 다시 취하도록 마실 돈을 주어야 한다고 주장했다. 그러고는 남은 손으로는 그

의 교복 소매를 단단하게 움켜쥐었다. 그는 <u>교복 단추 두 개와</u> 고향 집
으로 돌아갈 차비의 삼분의 이를 뜯기고 그의 집요하고 더러운 손에서
놓여날 수 있었다. (64)

의 밑줄 친 대목은 주정꾼과 '그' 사이에 벌어진 기막힌 소동을 아주
압축적으로 희극화한다. 두 사람이 드잡이한 결과는 단지 돈을 빼앗
긴 사실만이 아니다. 그 와중에 격렬한 몸부림이 있었을 터이니, 뜯
겨 나간 교복 단추가 그 전투의 흔적이다. 그런데 이 "교복 단추"가
격렬한 몸부림 전체를 다 묘사한 것일 수는 없다. 그것은 후자의 특
징적인 한 부분이다. 이 특징적인 부분은 사건을 요약하는 것이 아니
라 환기한다. 그 환기력은 비유의 힘에서 나온다.

정향의 혼란을 내포하고 있는 그의 말의 웃음은 따라서 가벼운 말
장난만으로 그칠 위험을 자주 노출한다. 그러나 그 말장난이 방향의
혼란성 그 자체, 다시 말해, 세상의 온갖 우스꽝스러운 얽힘 밑에 도
사리고 있는 정신적 근원에까지 가 닿을 때 그의 웃음은, 특정한 대
상을 겨누는 보통 희극은 결코 가 닿지 못할 인식의 깊이를 획득한다.
제스처의 희극을 넘어서 언어의 희극을 이루어낸 몰리에르의 항상적
인 관심사가 인간의 본성nature을 관찰하고 드러내는 데 있었던 것
과 같이, 성석제의 말로만 이루어진 웃음은 세태 그 자체를 공격하는
대신 그 세태의 본성 혹은 생의 본성을 파고들어간다.

셋째, 이 웃음의 언어를 운반하는 존재는 어쨌든 소설 속의 인물들
이고, 그 인물들은 어떤 방식으로든 소설가와 연관되어 있다는 것이
다. 「소설 쓰는 인간」에서 춤쟁이 '나'가 직접 소설쓰기로 작정하는
데서 암시되지만 독자는 책 전체를 통해 인물들이 어딘가 작가와 닮

았다는 인상을 갖게 된다. 그 인상을 밝히는 일은 인물들 사이의 유사성, 아니 차라리 동형성homologie이라고 부를 수 있는 것으로부터 시작한다. 도박, 술, 춤, 그리고 「협죽도 그늘 아래」의 여자의 완강한 머무름과 한없는 기다림, 「봄밤과 텅 빔」에서의 '나'의 "언제나 형님의 뒤를 따랐으나 텅 빈 채로 산" 삶, 그리고 머릿글로 인용한 「이무기」의 바보 '곽영출'을 공통적으로 묶어주는 끈이 있으니, 그것은 다음 세 문장으로 요약할 수 있다: ① 인물들은 두루 사회의 가치로부터 배제된 일에 빠져 있다; ② 그들은 그 하찮거나 무의미하거나 부도덕한 일에 가장 진지하게 몰두한다; ③ 행위의 결과는 대체로 하찮고 허망하다.

①에 대해서는 금방 알 수 있다. 「꽃 피우는 시간」「해방」「소설 쓰는 인간」의 춤, 술, 도박이 그렇다는 것은 췌언이 될 것이다. 『홀림』의 아이들 역시 빈번히 "이웃 도시로 '오입'을 깐다." "방학이 끝나고 나면 몇몇 책상이 비어 있었고 그 자리의 주인이 오입을 깠다는 소문이 퍼지곤 했다"(125). 「협죽도 그늘 아래」의 '여자'는 이미 오래전에 남편의 행방불명 통지서가 왔는데도 칠순이 되도록 "매일처럼"(170) 동네로 들어가는 길목 "시멘트 의자 위에 앉아 있다." 「봄밤과 텅 빔」의 '나'는 때로는 의지에 의해 때로는 할 수 없이 "형님"을 따르다가, 암까지 함께 걸린다. 「이무기」의 '곽영출'은 바보다. 바보라는 것은 그가 하는 일이 무의미하다기보다 차라리 그의 존재 자체가 무가치하고 무의미하다는 것을 가리킨다. 그것은 그의 나이 많은 조카 "우홍"이 "저리 안 가, 이걸 확!" 하고 팔을 쳐드는 광경 속에 선명히 압축되어 있다.

이 사회적 가치로부터 배제된 삶은 그러나 동시에 유혹적이어서 많은 사람들이 거기에 빠져든다. 그런데 작가에 의해 선택된 인물들은 그 무리에 속하면서 동시에 그 무리와는 다른 품격을 가지고 있다. 그 품격은 그들이 빠져든 일에 가장 높은 경의를 표하고, 최대한도의 성실성으로 그것을 실천하는 데서 나온다. 「꽃 피우는 시간」의 피스톨 송은 노름에 대한 10개의 철칙을, 다시 말해 노름의 10계명을 설파한다.[1] 「해방」의 술꾼 '그'는 스스로를 "품격 있는 중독자"라고 생각하며, 술꾼 3대의 집안에서 할아버지, 아버지와 자신을 구별한다. 그는 "할아버지한테서 허무주의, 아버지한테서 패배주의를 물려받았"지만, "그러면서도 마음 한편에는 그 반대인 에너지가 꿈틀거리고 있었"다. 그 반대인 에너지는 "내 멋대로 살아보자, 그래서 망하더라도 떳떳이 보아란 듯이 망해보자는"(78) 것이다. 술집 작부와의 사랑에서도 그는 여자를 포함한 주위의 반대에 대해 자신의 "판단과 의지를 관철"(78)하는 일을 "세상과〔의〕 싸〔움〕"(80)으로 여긴다. 그는 심지어 "술로 살아온 놈이 존경하는 술을 자살의 도구로 쓰"는 것을

1) 지나는 길에 덧붙이자면, 10개의 철칙 중 세번째 철칙이 빠져 있다. 작가는 여기에서 숫자는 그리 중요하지 않다고 말할 수 있겠으나, 그가 10개의 철칙을 만들었다는 것은, 그의 소설들 속에 문화적 참조물들이 사방에 숨어 있다는 것을 염두에 둘 때(가령, 한 인물이 "할아버지한테서 허무주의, 아버지한테서 패배주의를 물려받았다"고 말했을 때, 그 허무주의, 패배주의는 1970년대의 한 계간지가 그에 대한 저항을 선언했던 한국인의 정신적 고질이다), 거의 무의식적으로 10계를 패러디한 것이라는 짐작이 가능하다(열번째 철칙에 와서, 그는 노골적으로 "열번째 계명"이라고 말한다). 제3의 철칙을 빠뜨린 것도, 그렇다면, 무의식의 소산이다. 그러나 나는 그 무의식의 정체를 분명하게 확인할 수 없었다. 막연한 짐작으로는 그것은 완성에 대한 부정 혹은 강박관념과 연관되어 있다는 것이다. 인도-유러피언 언어를 사용하는 민족에게 셋은 완성의 숫자이다. 알타이 어족에게도 그러한지는 확실치 않다. 게다가 이 문제는 텍스트 내적으로 해명되어야 할 문제이지, 바깥의 참조를 통해 해명될 문제가 아니다. 텍스트 내적 차원에서 아버지-어머니-아이의 삼각관계에 대한 강박관념이 성석제 소설의 중요한 심리체를 이룬다는 것이 단서로서 작용할 수는 있다. 깊이 파헤치려면 좀더 많은 시간이 필요할 것이다.

"건방진 생각"이라고 일축한다. 「소설 쓰는 인간」의 '나'는 그에게 춤을 가르쳐준 친구가 호두를 주자 "춤을 모독하는 놈"이라고 꾸짖으며 "유혹적으로 반들거리는 호두를 구두로 콱 밟아 박살내"(102)버린다. 「협죽도 그늘 아래」의 '여자'가 "가슴속에 가시나무가 숲을 이루"(155)도록 한결같이 헌신한 가시리 길목의 협죽도 그늘 아래 시멘트 의자는, 실천 자체로서 여자의 자세를 보여준다. 「붐빔과 텅 빔」의 '나'도 '형님'을 따를 때나 혹은 그에게 거역할 때나 아주 완강한 고집으로 그것을 실행에 옮긴다. 여기까지 오면 머릿글로 인용한 「이무기」의 '나'의 발언이 작가의 생각의 투사일 뿐 아니라 인물 자신의 발언이기도 하다는 짐작이 가능해진다.

무의미에 최대의 의미를 부여하려는 것, 이것이 성석제식 인물들에게 일관되게 적용되는 행동 양식이다. 이것이 무엇을 의미하는가는 나중에 살펴보기로 하자. 이것이 작가 자신과 어떤 관계에 있는가를 우리는 먼저 물었다. 언뜻 이 인물들과 작가를 이을 끈은 분명하게 보이지 않는 듯하다. 그러나 우리는 소설 쓰기로 한 춤쟁이에게서, 그리고 곽영출의 생급스러운 발언을 통해 그 끈의 존재를 암시받은 터다. 조금 길게 우회를 하면 그 끈을 찾아갈 수 있을지 모른다.

과연, 얼핏 지금의 주제와 무관한 듯이 보이는 「방」이 그 끈을 감추고 있는 장소임을 알 수가 있다. 거기에서 무슨 일이 벌어졌는가? 화자가 두 개의 "방"과 그에 얽힌 이야기를 하였다. 그런데, 그 방들은 무엇이고 두 방의 관계는 무엇인가? 그 방에서 화자는 "첫사랑"과 "죽어서도 책을 좋아하는 벗"과 "어처구니"를 "만나기를 바란다"(214). 여기에서 화자는 좀 가치 있는 일에 매달린 듯싶다. 적어도 앞의 두 가지는 의미가 있어 보인다. 하지만, 첫 방에서 '나'는 방 주인의 세 딸과 사랑을 했고 그녀들은 모두 '나'를 떠나갔다. 두번째 방에서 '나'는 방 주인이 결혼식 전날 어떤 여인과 사랑을 나누는 것을 목격했고, 방 주인은 신혼 이튿날 차 사고로 죽었다. 화자의 방 이야기는 그러니까 의미를 꿈꾸며 시작했으나 무분별하게 전개되었고 허망하게 끝난 경험에 대한 이야기이다. 이것은 앞의 텍스트들의 구조와 ①과 ②의 형태가 뒤바뀐 꼴이다. 눈치 빠른 독자는 이것이 다른 텍스트들과 거울 대칭을 이루고 있음을 알아차릴 것이다. 그리고 더 눈치 빠른 독자라면, 거울의 이편에 다른 텍스트들만이 있는 게 아니라 「방」 그 자신도 있다는 것을 알 수 있을 것이다. 「방」의 어느 쪽이 거울 이편의 실물이란 말인가? 그것은 바로 독자의 궁금증이다. "그 다음 이야기가 궁금한가"(218)라고 화자는 자꾸 확인하고 있지 않은가? 그 독자는 소설을 펼쳐든 독자이다. 그런데 작가가 "먼저 책장이 사방 벽을 가득 채운 방에 대해 말해보려 한다"고 썼을 때 "아무도〔작가에게〕'먼저 다음의 방은 어디냐' 하고 물어오지 않았다"(220). 요컨대 독자는 별 관심도 없는 소설을 읽기 시작했다. 그리고 어느새 (물론 작가의 상상적 꼬드김을 통해서) 자꾸 방에 대해서 알고 싶어진다. 그래서 작가-화자에게 거듭 묻는다. 다음 이야기는 뭐냐? 두 방 사이의 관계는 무엇이냐? 그렇게 진지함에 빠져들었을 때 작가-화자는 독자를 농락한다. "방과 진실을 동시에 담은 말은" "그런 방은 없다. 먼저고 다음이고 간에 내가 말한 방은 원래 없었다"(226)는 것이다. 그러니까 작가-화자는 어처구니없는 얘기를 가공해내서(①) 그것을 아주 교묘히, 최대한도의 기교를 부려서, 독자가 속아 넘어가도록(②) 이야기하였다. 그러고는 지금까지의 이야기를 아예 해찰해버린다(③).

소설이라는 작업도, 그러니까, 무의미에 최대의 의미를 부여하려는 작업이다. 이 텍스트 내의 소설적 실천이 실제의 작가 성석제의 소설 이론과 일맥상통함을 짐작하기란 어렵지 않다. 그리고 그렇다면 바로 의문이 생긴다. 성석제의 소설 작업은 가장 진지하게 추구된 춤, 도박, 술 등과 다를 바 없다. 그것이 무의미에 최대의 의미를 부여한다는 명제의 뜻이다. 일반적인 작가들은 세상 속의 숨은 의미를 최대한도로 길어 올리려고 한다. 성석제는 아예 무의미에서 시작해 무의미를 공공연하게 현시하며 그것에 온 정성을 기울인다. 다시, 왜 그럴까? 이것은 단지 글장난일까? 그러나, 미리 작가는 그렇게 치부하지 말아달라는 암시를 곳곳에 숨겨놓고 있다. 가장 직접적이고도 가장 교묘한 암시는 '어처구니'라는 단어의 사용이다. 어처구니의 본뜻은 "상상 밖의 엄청나게 큰 물건이나 사람"이다. 그런데 '어처구니가 없다'의 뜻은 상상 밖으로 큰 물건이나 사람은 없다, 라는 뜻이 아니라, 어이없고 황당하다는 뜻이다. '어처구니〔가 있다〕'와 '어처구니가 없다'가 같은 뜻인 것이다. 그러나 이 모순이야말로 소설의 본질을 정확히 꿰뚫고 있다. 모순된 욕망으로서의 소설, 마르트 로베르는 그 점을 정확히 알고 있었다. "소설 쓰고 있네"라고 말할 때 소설은 황당하기 짝이 없는, 다시 말해 어처구니없는 이야기를 가리킨다. 반면 "소설 같구나"라고 말할 때 소설은 인간의 힘으로서는 이룰 수 없는 아름답고 장려한 꿈을 가리킨다. 이 로베르적 소설관이 한국어의 '어처구니' 속에 집약되어 있다. 우리는 어처구니없는 얘기를 하면서 어처구니를 꿈꾼다. 그런데 성석제는 말의 정확한 뜻에서의 그런 어처구니란 없다, 고 말하고 있는 것이다. 다시 말해 그는 아름다운 꿈의 성취로서의 소설을 부정하고 있는 것이다. 게다가 작가-화자는 말을 번복한다. "어처구니가 없다는 것은 있었기에 가능한 말이다. 어처구니는 언젠가 있었다." 어처구니가 있다? 아니다. 어처구니는 있었다. 지금은 없다. 지금까지의 맥락 속에서 작가의 이 발언은 바로, 상상적 소망은 과거에 있었다; 그러나 지금은 없다; 지금은 황당함만이 있을 뿐이다. 다시 말해 어처구니없음이 있을 뿐이다, 로 자연스럽게 읽힌다.

이렇다는 것은 성석제의 소설이 지금까지의 소설 관념을 파괴하려는 의지 속에 전개되고 있음을 충분히 암시한다. 그 의지를 짐작할 수 있다면, 그의 어처구니없는 이야기가 단순히 허황된 말장난일 수 없다는 것도 암시받을 수 있다. 작가에게는 그럴 만한 필연적인 이유가 있었다. 소설의 입장에서 보면, 소설에 대한 종래의 고정관념이 파괴될 필연적인 이유가 있었다. 그 이유가 무엇인가?

3. 웃음의 사연

어쨌든 "방에는 최소한 방이라도 살고 있다"고 작가는 말한다. 조금 전에 "그런 방은 없다"고 말했던 작가가 말이다. 물론 "그런"에 주목한다면, 그 방은 작가가 "말한 방"이다. 그것은 "원래 없었다." 요컨대 소설가의 말은 거짓말이다. 그런데 거짓말의 사연은 장난이 아니다. 표제작이면서 소설가의 삶과 가장 가까운 듯이 보이는 「홀림」은 소설가가 거짓말을 하게 된 사연을 꽤 사실적으로 전해주고 있다.

그 도입부에 어떤 경험이 있다. 그 경험은 일탈의 경험인데, 그러나 두 가지 점에 주목할 필요가 있다. 일반적인 일탈의 경험은 이웃 도시로 "오입 가(까)는" 것이다. 그런데, 그 오입은 헛소문이거나 도로 붙잡혀 와 실패하거나 아니면 열차에 치여 죽는 비극으로 귀착하곤 한다. 아이들은 그 때문에 "오입을 떠나려면 조금 더 필연적인 이유를 생각해내야 했다." 왜냐하면 그것은 자칫 죽음을 대가로 치를 수도 있기 때문에, 그에 걸맞은 이유가 있어야 했던 것이다. 그러나 죽음과 맞먹을 만한 이유는 성인의 몫이지 아이의 몫이 아니다. 그러니, 그것은 '오입은 깔 수 없다'는 결론을 낳는다. 반면 주인공인 '아이'가 겪는 경험은 오입 까는 것이 아니다. 그는 술심부름 중에 몰래 마신 술에 취해 짚단에 쓰러져 잠들었다가 짚단 속에 갇히게 된다. 그때 아이는 "처음으로 아름다움과 공포가 혈연관계를 맺고 있다는 것을 알게 됐다"(124). 이 가상 죽음 체험의 의미는 두 가지이다. 하나는 이것이 '오입까기'의 대리 행동이라는 것이다. 다른 하나는 오입까기가 일탈에 대한 호기심과 허망한 결말로 귀착한다면, 가상 죽음 체험은 아름다움과 공포를 동시에 제공하였다. 전자에게 호기심과 결말은 해소될 수 없는 대립으로 남지만, 후자에서 아름다움과 공포는 한덩어리로 뭉친다. 이것은 그러니까 오입까기이면서 유다른 오입까기이다. 이것이 주인공 '아이'의 결코 잊을 수 없는 원체험이 된 것은 그 때문이다. 아이는 "어느 날 자신에게서 벋어나온 게 분명한 낯선 가지와 그 가지에 매달린 차갑고 푸른 잎사귀를 보았다. [……] 오래 바라보면 바라볼수록 가지는 더욱 굵어졌고 잎사귀는 무성해졌다"(131). 이후의 아이의 모든 행태는 이로부터 발원한다.

그러나, 이 유다른 오입은 일반 오입과 다른 대가를 요구한다. 일반 오입은 사회로의 복귀 혹은 죽음을 결말로 가지지만, 가상 죽음 체험으로부터 솟아난 아이의 행동은 사회로부터의 망각을 초래한다.

아이가 "종종 사람들의 시야에서 사라"지고 외진 곳에서 "무협지의 세계"에 젖어 있는 동안 "식구들은 아이가 보이지 않아도 으레 집 안 어디에 있으려니 여기게 되었다"(128~29) ; 아이가 자신에게서 벋어 나온 가지가 "마침내 〔……〕 자신을 지켜보는 아이의 거죽을 뚫고 뛰쳐나가 바깥에 그 존재를 과시하려고" 했기 때문에 "어느 겨울 밤" "아버지가 모는 자전거 뒤에 타고 집으로 돌아오"던 중 아버지에게 학교 자퇴의 의견을 표했을 때 한참 동안 어디론가 사라졌다 돌아온 아버지는 그 이튿날 아이가 한 이야기에 대해 전혀 기억을 하지 않는 다, 혹은 못한다. "그렇게 알아듣도록 얘기를 했건만 아버지는 아침 에 술이 깨자 그 중요한 이야기를 몽땅 잊어버린 것이다"(134). 그 망각에 충격을 받은 아이가 "좀더 고차원적인 방법"으로 자신을 인식 시키기 위해 우물가에서 죽은 듯이 누워 있는데, 우물가에 모여든 아 낙들은 "전혀 관심이 없다." "설거지와 수다에 열중"할 뿐이다. 참다 못해 아프다고 비명을 질러도 "차가운 바닥에 오랫동안 누워 있었던 탓에 입〔은〕 잘 움직여지지 않"았고, 아낙은 "너 거기 계속 있을 거 냐. 바닥이 좀 차가울 텐데. 계속 잘 거면 바닥에 얼굴 대지 마라. 입 돌아간다"는 말만 남기고는 사라진다. "수치심과 분노"로 아이는 정 말 앓는다. "사흘을 내리 정신이 오락가락할 정도로 앓았다"(137).

사람이 그냥 앓는 법은 없다. 어느 가수의 말처럼 아이도 아픈 만 큼 성숙해졌다. 그는 나름의 깨달음을 얻은 것이다. 그 깨달음의 내 용은 이렇다: "세상의 어른들이란 어른들은 남녀·직업·귀천·말수를 불문하고 몽땅 아이들을 영원히 아이로 잡아두기로 공모하고 있다"; "아이는 다시는 어른들에게 속마음을 드러내지 않겠다"; "어른들의 웃음거리가 되지 않겠다"; "서른 살이 되기 전까지는 아이로 남아 있겠다." 그러니까, 아이는 아이가 되지 않기 위해 아이로 남는 법을 선택한 것이다. "아이는 차문을 열다 말고 멈칫한다. 아이에게서 스무 걸음 정도 떨어진 곳에 서 있는 한 아이를 본 것이다"(119)로 시작하는, 아이가 아이를 바라보는 작품의 첫 장면은 이 선택에 의한 것이다. 그는 영원히 아이로 머물지 않기 위해 영원히 아이로 남은 것이다. 물론 전자의 아이는 어른들의-아이이고 후자의 아이는 그냥 아이이다. 즉 그 아이는 딴 존재로서의 아이이다. 어른들의-아이는 아이 됨을 수락함으로써 언젠가 어른 세계로 입문하게 될 아이이며, 딴 존재로서의 아이는 어른-아이의 사회적 구도를 벗어남으로써 스스로 어른이 되어버린 아이이다. 이 스스로 어른이 되어버린 아이가 보여줄 대사회적 행동은 당연히 보통 아이가 배우게 될 행동이 아니다. 그가 개발한 그만의 행동은 분신(分身), 그리고 한뎃잠(가출벽)이다. 그는 스스로를 "쌍둥이로 만들어," "갖가지 사소한 악행을 일삼는 아이들 그룹에 쌍둥이 하나를 보냈고 다른 쌍둥이는 착실하고 양순한 얼굴로 공부에 열중하도록 만들었다"(140). 그것이 분신이다. 또 아이는 분열된 만큼의 자기 존재들에 깊이 빠져들었다. "시간을 아끼기 위해 아이는 사물과 사람을 알고 관찰하기보다는 흘리고 반하고 빠졌으며 도달한 곳에서 필요한 만큼 머물고 다시 다른 곳으로 떠나는 방법을 선택했다"(142). 이것이 한뎃잠이다. 그 양태로 보아, 분신과 한뎃잠은 모두 이중적인 삶의 실천이다. 다시 말해, 그것은 한편으로 사회적 적성을 가진 존재로, 다른 한편으론 반-사회적 존재로 혹은 탈-사회적 존재로서 사는 것이다. 분신은 그것의 공간적 형식이며, 한뎃잠은 그것의 시간적 형식이다.

　몇 개의 생각들이 한꺼번에 올라온다. 우선, 이 삶의 방식이 다른 소설에서의 인물들의 삶과 닮았다는 것. 즉, 소설가와 인물들의 구조적 동형성. 이것은 되풀이해 설명하지 않아도 될 것이다. 다음, 가출이 잠의 용어를 통해 표현되었다는 것,[2] 이것은 잠시 후에 재론하기로 하자. 마지막으로, 딴-존재로서의 삶의 실제적 양태는 두 존재(사회적 존재이자 동시에 탈-사회적 존재)라는 것이다. 지금 우리의 관심은 여기에 있다. 왜 이렇게 되는가? 아예 딴 존재가 될 수는 없는가? 그것은 그런데 불가능했던 것이다. 이미 아이는 그것을 실험해보았었다. 자퇴를 표명하였고, 죽은 체했었다. 그러나 아무도 관심을 가지지 않았다. 순수한 딴 존재는 망각 속으로 파묻힌다. 그래서 선택한 것이 주체의 분열이다(정신분석학적 관점에서 재미있게 풀이될 수 있는 대목이다. 그러나 이 글에서는 지나가기로 한다.) 이 분열의 밑바닥에는 세계로부터 탈출한다는 것은 불가능하다는 인식의 깊은 비애가 놓여 있다. "이 거대한 컨베이어 벨트 위에서, 나날이 증식하고 뻗어 마침내 시작된 곳으로 돌아와 연결되는 폐곡선 속에서 미치지 않기 위해서라도 스스로를 분열시키지 않을 수 없었다"(139)고 말하고 있지 않은가? 세상은 팽팽한 폐곡선이다. 다시 말해 딴생각을 가질 여유를 허용하지 않는(팽팽한), 획일적 질서이다(폐곡선). 이 인식은 여기에서만 나타나는 것이 아니다. 「협죽도 그늘 아래」에서의 '여자'가 앉아 있는 장소의 모습을 보자. 여자는 "어설픈 나이테를 그려놓"아 나무 의자처럼 위장한 "시멘트 의자"에 앉아 있고, "그 의자

---

2) 다시 지나는 길에 지적해두기로 하자. 앞에서 인용한 "가지"의 비유나, 잠 곧 가출은 기형도 글의 바탕을 이루는 의식이기도 하다. 잘 알다시피 기형도와 성석제는 대학 동기 동창이며, 학교에서 함께 문학 활동을 하였다. 전기 연구자들은 이 어사들에서 연세대 79학번 문인들의 문학적 의식의 모태 구조를 발견할 수도 있을 것이다.

위에 앉은 여자의 등뒤로 가시리로 가는 길"은 "의자가 세워지던 해에 시멘트로 포장된 도로다." 길은 "두 갈래로 갈라지다가" "두 갈래의 길이 자루의 주둥이처럼 폐곡선을 이루며 만나는 곳에 가시리가 있다"(150). 이 숙명적인 갇힘의 인식을 도박판의 황제 "피스톨 송"도 슬그머니 토로한다: "노름판에서는 최후의 승자는 누구일까. [……] 도박판에서는 하우스장이요, 카지노에서는 카지노 사업가이며, 경마장에서는 경마장 운영자, 인생에서는 시간이다"(42) ; "최후에 웃는 것은 카지노의 왕고기, 하우스의 주인장이며, 세월의 주인이신 조물주다"(43).

파스칼은 "이 무한한 공간의 영원한 침묵이 우리를 두렵게 한다"고 썼다. 그것이 비극의 심연이다. 루카치는 "비극은 [……] 신이 구경하는 놀이이다. 신은 단지 관객일 뿐 배우들(인간)의 대사와 움직임에 결코 끼어들지 않는다"고 썼다. 그와 똑같은 무게로 '피스톨 송'은 방금 희극의 가장 깊은 심연을 말했다. "최후에 웃는 것은 세월의 주인이신 조물주다." 이 심연에 대한 인식이 있기 때문에, 그는 "인생은 노름, 노름은 인생이다"(37)라고 말할 수 있는 것이다. 그 발언은 한편으로 숙명적인 패배를 받아들이는 자의 비애와 그 비애 위로 솟구쳐 오르는 강한 도전으로 깡깡 뭉쳐져 있다. "인생은 노름"이라는 말은 인생은 헛된 내기이다, 라는 뜻이다. 그것이 비애의 측면이다. 하지만, "노름은 인생이다." 다시 말해, 아무리 헛된 내기라도 그게 인생이다. 그러니, "하나뿐인 인생을 가짜나 사기로 살 수는 없다. 다 살고 나서 보니 헛것으로 살았다면 얼마나 허무하겠나." 이것이 도전의 측면이다. 이것이 무의미에 최대한도의 의미를 부여하며 살기라는 인물들의 한결같은 행동 양식의 바탕이며, 또한 소설의 근본적

출발점을 이룬다.

성석제의 소설 밑바닥에는 숙명적 비애가 있다. 독자가 요절 복통하다가도 꺼림칙한 느낌에 멈칫거리게 되는 것은 그 때문이다. 그 풍자가 나를 겨냥하는 것일 수도 있다는 불안은 그 부분적 양상에 불과하다. 근본적인 것은 저 시간의 최후의 웃음이다. "최후"는 시간적인 마지막을 뜻하는 게 아니다. 그것은 차라리 "가장 배후에 있는"이란 뜻이다. 그것은 개인사든 집단사든 모든 인간의 시간 줄기를 타고 울려 퍼지는 그 웃음이다. 그래서 그것은 "세상에서 가장 오래된 이야기"(226)이다.

4. 울음의 근원

성석제의 현란한 분신 놀이, 그리고 가출벽에서 독자는 놀랍게도 비애를 발견하였다. 비애가 분신의 근원이자 한뎃잠의 근원이었다. 가장 시끄러운 난장판 밑바닥에는 가장 찐득거리는 설움이 놓여 있다. 그러나 그가 드러낸 것은 설움이 아니라 웃음이다. 이것을 간단히 그의 소설 내용은 설움이고 소설 형식은 웃음이다, 라고 말할 수 있을까? 그럴 수 있을지도 모른다. 그는 뛰어난 코미디언처럼 울음을 웃음으로 치환하였다, 라고 말이다. 그러나, 이 말은 좀더 섬세히 분석되어야 한다. 그 치환의 방식과 결과는 아주 다양할 수 있기 때문이다.

그 분석을 위해서 「해방」의 '그녀'에게로 가보자. 「해방」은 술 중독자 '그'가 술집의 사람들 앞에서 자신이 살아온 인생을 이야기하는 과정으로 이루어져 있다. 그런데 이 이야기를 듣던 여자가 울었다. 작품의 발단은 그 여자가 왜 울었는가에 대한 의문으로 시작한다. 왜 울었을까? '그'의 이야기는 가장 어처구니없는 사랑(작부와의)을 가장 진지하게 이야기하면서 (그 처절한 과정을) 말재간을 통해 우습게 표현하고 (이야기 내용과 이야기 정황을 수시로 해찰하고 희화화하면서) 허망하게 결말짓는(이 모든 비-희극의 밑바닥에는 성 불능이 있었다) 방식으로 전개된다. 그런데 여자가 그 이야기를 듣고 울었다. '그'는 왜 우느냐고 묻고 자문한다. 추정되는 몇 개의 대답이 여자의 울음을 설명해줄 수는 없다. 독자의 궁금증을 유발한 작가의 의도도 어떤 대답을 끌어내려는 게 아닐 것이다. 단지 독자의 호기심을 자극하여 상상력을 유도하고자 하는 것인 듯하다. 다만, 여기에서는 상상의 방식 자체가 문제가 된다. 여자의 울음뿐 아니라 동석했던 다른 사람들의 반응까지도 함께 살펴보면 그것을 알 수 있다. 우선 독자는 작중의 '그'가 추정하는 대로 따라 추정한다. 사소한 우연한 단서들은 제거한 다음 남는 것은 이 이야기가 내용으로서는 비극이라는 것이다. 비극의 배수관과 효과는 무엇인가? 감정 이입과 카타르시스이다. '그'가 묻듯이 독자도 묻는다. 여자는 '그'의 이야기 속의 여인에 감정 이입된 것일까? 그러나, 감정 이입을 겪는 것은 실은 동석한 다른 사람들이다. 보라, "한번 이야기하기 시작한 이상 끝을 본다는 [……] 오랜만에 찾아온 욕망에 사로잡혀 있었다. 그때 선배라는 사내가 난폭하게 주전자를 낚아채더니 자신의 잔에 술을 따라 마셨다"(79)고 씌어져 있지 않은가? 그에 비하면 여자는 단지 침묵을 지키고 있다가 "표정이 심각해지기 시작"했을 뿐이다. 그 표정의 뜻은 가려져 있다. 한데, 감정 이입의 결과는 허망하다. 비극의 뒷무대에는 "아무리 고

224

귀한 신분의 소유자라도 억제할 수 없는 정념"이 놓여 있는 것이 아니라, 성 불능이 있었던 것이다. 그래서 감정 이입에 사로잡혔던 '선배'는 화를 낸다. 왜 그 얘기는 "처음부터 하지 않았"(86)느냐고. '선배'의 화가 감정 이입의 종착점이라면, 여자의 울음은 감정 이입이 아니다. 그것은 무엇인가?

분명한 대답은 없다. 다만, 한 가지 단서가 있다. 여자의 몸 자세가 그것이다.

"왜 우는 거요?"

여자는 오도카니 앉아 있다. 끝내 대답을 하지 않을 모양이다. (88)

작품의 마지막 문장이다. 이 포즈가 무엇을 뜻한다는 건가? 어디선가 보았던 자세이기 때문이다. 바로,

그가 매일 만만한 손님을 끌고 와서 교장과 교장이 대표하는 시시한 세상과 시시한 세상의 시비에 관한 고담준론으로 술상을 치며 밤을 밝히는 동안 싸늘한 윗목에서 그의 여자는 오도카니 앉아 있었다. 그는 자신의 여자가 앉아 있던 자리를 볼 때마다 살의를 느꼈다. (80)

여기의 여자는 '그'의 사랑이었던, 이야기 속의 여자이다. "오도카니"라는 한마디 말이 나왔다고 해서 이 둘을 일치시키는 것이 아니다. 정황과 행동이 똑같기 때문이다. 이야기 속에서 '그'가 "고담준론으로 술상을 치며 밤을 밝히는 동안"에 "그의 여자[가] 오도카니 앉아 있었"다면, 이야기 밖의 여자 역시 '그'가 허망한 비극적 이야기로 술

상을 치며 밤을 밝히는 동안에 오도카니 앉아 있는 것이다. 이때 이 야기 속의 여자와 밖의 여자는 두루 이야기 공동체에 대해 거리를 두 고 있다. 속의 여자는 '윗목'이라는 위치를 통해, 밖의 여자는 의문의 울음을 통해. 그렇다면, 이 거리두기의 기능도 같을 것이다. 그 기능 은 이야기의 비극성의 허망함을 냉정하게 인식케 한다는 것이다. 윗 목에 앉은 여자는 저 고담준론의 흥분과 어지러운 술상이 실은 성 불 능의 과장적 회피임을 알고 있다. 그와 마찬가지로 울음을 우는 여자 는 이 이야기 자체의 허망함을 비춘다. 여자가 운 시점은 만난 지 "30분쯤 지나서"(62)라고 앞부분에 명시되어 있었다. 그러나, 그 시 간은 동시에 이야기가 거의 끝나갈 무렵이다. 그것은 위의 인용문에 서 '그'가 현재형으로 묻는 걸로 알 수 있다. 그 전까지 여자는 표정 이 심각해지다가, 이야기가 클라이맥스에 올라갈 즈음에 "점점〔그 쪽으로〕고개를 기울여"(83) 왔을 뿐이다. '기울여왔다'는 것은 여자 가 졸기 시작했다는 것을 암시할 수도 있으나 분명치는 않다. 어찌 됐든 그러다가 갑자기 여자는 울기 시작했다. 그 이유를 알 수는 없 지만, 소설의 안과 밖에서 두루 이 이야기를 냉정하게 다시 바라보게 하는 기능을 갖는다. 우선, 소설의 안쪽에 남는 것은 허망함의 분위 기이다. 그 비극적 이야기의 뒤에는 성 불능이 있다는 것, 그동안 '그'가 한 얘기가 한 편의 희롱에 불과했다는 것. 그리고 그 허망한 놀음은 계속된다는 것. 왜냐하면, 마지막에 와서 '그'는 단주 모임에 서 삶의 의의를 찾는다고 말하고 있기 때문이다. 그는 "거기 있는 사 람들을 좋아"한다. "거의 다 죽었다가 살아 나온 사람들이니까. 거기 를 안 나가면 사람 같은 사람을 못 만날 것 같"다. 그는 비로소 진지 한 삶의 자리를 찾은 것일까? 그러나, 바로 그런 생각과 느낌으로 그는 예전에도 술을 먹고 작부와 결혼하고 자살을 꿈꿨었다. 그러니까, 저 단주 모임도 실은 '그'의 허망한 놀음의 되풀이에 불과한 것이다. 다음, 독자에게: 이 장구한 사연은 겨우 30분 동안 얘기된 것이다. 그럴 수가 있을까? 그것은 독자를 허탈하게 만든다. 눈치 빠른 독자라면 이 30분이 이 작품을 읽는 데 들 시간임을 알아챌 수 있을 것이다. 독자는 지금 처절하고 비극적인 한평생의 드라마를 읽은 듯이 여겼지만, 실은 30분짜리 소설 하나를 읽은 것이다.

5. 울음의 효과

독자는 허탈하다. 독자가 웃는다면 허탈해서이다. 이것이 바로 숙명적인 비애의 효과이다. 그렇다는 것은 사건 당사자(인물)에게 비극인 것이 사건 관찰자(독자)에게는 헛됨으로 나타나기 때문이다. 다시한 번 말하자. 희극은 신이 웃는 무대이다. 배우들은 단지 연기할 뿐이다. 이 비애는 그러나 울음을 낳지 않는다. 비애가 울음 그 자체이기 때문이다. 울음이 울음을 되풀이한다면 지겨움과 의식의 무감각화를 초래할 것이다. 작가는 인물의 입을 통해 그 점을 예리하게 지적한다. "내 딴에는 이런저런 생각을 잊기 위해, 조용히 머리를 정리하기 위해 한동안 소설만 수백 권을 읽었다. 그런데 읽다 보니 세상을 다 산 것처럼 폼만 잡는 한심한 소설이 너무 많더라"(116). 게다가 그것은 단지 폼만 잡는 것이 아니다. 그것은 타자를 이용해먹는 일이다. 왜냐하면, 헛된 비극을 옆의 인물들에게, 독자에게 나누어 가지도록 강요하는 것이니까 말이다. 「해방」의 '그'가 그 여자에게 그토록 집착했던 것은 "내가 망해가는 데 그 여자를 이용"(78)한 것이었다.

그러니 작가가 비극 쪽으로 가지 않은 충분한 이유가 성립한다. 그가 보기에 울음의 효과는 웃음이다. 비애의 효과는 희극이다. 그래야만 한다. 어떤 희극을 말하는가?

우선 풍자의 희극이 있을 수 있겠다. 비애로부터 어떻게 풍자가 나오는가? 신이 웃는 무대에서 모든 인간들의 행동은 한갓 놀림의 대상에 지나지 않기 때문이다. 아등바등거리며 모여 살며 정 주고 돈 빼앗는 인생살이들이 실은 한 여름밤의 꿈에 지나지 않는 것이다.「꽃 피우는 시간」의 "K시 사람들"이 "정작 무서워〔하는〕 것은 돈을 빌린 채권자들, 그들과의 의리나 관계, 이른바 시스템이 무너지는 것"(17)이다. '인연 시스템'이라고 불릴 만한 이 시스템은 실상 전체 작품의 인물 관계에 작용한다.「해방」의 오순도순 모여 앉은 술자리,「소설 쓰는 인간」에서의 '사교 댄스장,'「협죽도 그늘 아래」에서의 유교적 가정관,「붐빔과 텅 빔」에서의 형제애,「이무기」에서의 다섯 성씨가 모여 사는 마을 등등 사방에서 인물들은 인연 시스템의 바퀴에 끼여, 생의 바위를 헛되이, 열심으로, 굴리고 있는 것이다. 성석제의 인물들은「이무기」가 잘 암시하고 있듯이, 용이 되지 못하고 오르다 산정에 걸려 구름이 되고 만 이무기들, 그래서 걸핏하면 비를 쏟아내는, 다시 말해, 시끄러운 잡음과 잡사를 벌이는 이무기-인간들이다. 이 이무기-인간들에 대한 작가의 풍자는 궁극적으로 인간의 무지에 대한 풍자로 나타난다. 다시 말해 자기 자신에 대해 몰라도 너무 모른다는 것에 대한 풍자이다. 보라, '피스톨 송 선생 초청 강연회'의 입구에서 "카메라나 녹음기, 권총이나 수류탄, 지뢰가 없는지 수색"(20)을 한다. 철저한 비공개고 보안이다. 그런데 그것이 '나'에 의해

녹취되었다. 어떻게? 바로 K시에서 특별히 구한 만년필 녹음기에 의해서. K시의 전자상가는 "다양성이라는 면에서는 [서울의 전자상가에] 비교도 되지 않"지만, 그러나, "K의 전자상가에 가보면 정보와 다양성에 구체성, 또 K 특유의 무엇이 결합된 게 있"어서, "어떻게 이런 물건들이 이런 장소에 모여 아는 사람만이 아는 보물산 같은 광채를 내뿜고 있"(11)는 것이다. 만년필 녹음기도 바로 "어떻게 이런 물건이"라는 감탄을 자아내게 하는 K시에서 나온 첨단 제품이다. 그런데 그것이 다른 곳도 아니고 바로 K시의 보안망을 망가뜨린 것이다.

이 인연 시스템의 자기 무지에 대한 풍자는, 한데, 인간 그 자체를 겨냥하고 있는 것이지, 어떤 특정한 사회를 겨냥하고 있는 것은 아니라고 보인다. 물론, 「꽃 피우는 시간」「붐빔과 텅 빔」「협죽도 그늘 아래」「이무기」는, 그의 소설을 합리주의가 제대로 뿌리내리지 못한 채 인정과 핏줄을 끈으로 한 '동족 사회 시스템'에 집요히 머물고 있는 한국 사회에 대한 풍자로서 읽어도 충분히 손색이 없다는 것을 증명하는 작품들이다. 그러나 그것들은 그의 소설이 경험의 구체성을 지녔다는 것을 가리킬 뿐, 그것 자체가 경험 대상에 대한 공격을 목표로 하고 있다는 것을 증명하지는 못한다. 그 경험의 구체성, 이것이 이른바 긍정적인 의미에서의 사실 효과effet du réel다. 그러나 사실 효과는 부분적이다.

우선, 사실성을 담보하고 있을 때라도 그가 겨냥하는 것은 세태가 아니라 한국인의 정신적 뿌리이다. 세태에 대한 풍자라면 피스톨 송이 도박의 도를 전하는 그 자세며 내용이 그렇게 진지하고 진술할 수 없을 것이다. 오히려 이런 진지성 자체가 허망함으로 끝나고 마는 보편적인 정신적 질병에 대한 풍자이다. 그리고 이 질병은 단순히 한국인의 질병만인 것이 아니다. 「소설 쓰는 인간」에서 '나'는 사교춤이 한국에 와서 어떻게 왜곡되었는가를 보여주었다. 「해방」에서 '그'는 「라스베이거스를 떠나며」의 니컬러스 케이지와 자신을 비교하였다. 그러나, 그 왜곡은 어느 사회에서나 있을 수 있는 것이고, 그 비교는 한국인 대 서양인 사이의 비교가 아니라, 개인 대 개인 사이의 비교이다. 게다가, 「홀림」에서의 나의 '실직'은 오히려 철저한 합리주의적 태도의 결과이다. 차라리 성석제의 소설은 한국인의 정신적 질병을 매개로 해서, 인간 일반의 헛된 삶, 사르트르가 "무용한 수난"이라고 말한 그 숙명적인 어리석음에 대한 풍자로 건너간다고 말하는 것이 나을 것이다.

그렇게 볼 때, 그의 웃음은 또한 풍자 너머로 간다. 앞에서 풍자가 비애로부터 나온다고 말했다. 그렇다면, 거꾸로 풍자가 다시 회귀해 비애와 결합하는 일이 왜 없겠는가? 풍자가 비애와 결합하면, 풍자의 주체는 이 남루하고 허망한 삶을 폭넓게 수락할 수밖에 없다. 이게 인생인 것이다. 그러면 여기에서 살 수밖에 없다. "절대 하늘로는 안 간다." 이미 못 가기 때문이다.

과연, 「해방」에서의 여자의 자세를 보라. 두 여자 모두 "오도카니" 앉아 있다. '오도카니'의 사전적인 뜻은, "작은 사람이 맥없이 조용히 서 있거나 앉아 있는 모양"이며, 그것의 큰 말은 '우두커니'이다. 그런데, 그 음성학적 뉘앙스에 의해서 우리는 오도카니에 다른 의미적 자질을 부여하고만 싶다. 그것은 단순히 "맥없이 조용히 서 있거나 앉아 있는 모양"이 아니라, 몸을 작고 둥그렇게 웅크린 앉아 있는 모양이다. 그에 비해 우두커니는 '서 있는' 모양이다. 여자는 둥그렇게 몸을 말고 앉아 있다. 그 둥긂은 술자리의 둥긂(더 나아가 인연 공동체의 둥긂)을 작은 모양으로 복사한다. 작음을 통해서 그것은 후자들에게서 헛김을 뺀다. 그러나 동시에 둥긂을 통해서 그 공동체의 존속을 되풀이한다. 세상에 대한 비애는 세상의 존속을, 저의 존비속들인 인간들을 향해 있는 것이다.

실로 이 둥그렇게 웅크린 모양은 『홀림』에 편재하는 이미지이다.

아이는 집으로 돌아가는 조용한 길 위 작은 그늘 속에서 배가 불룩한 가방을 메고 잠이 들곤 했다. 잠에서 깨면 하루가 지난 듯, 혹은 한 해가, 한 생애가 지난 듯 아이는 스스로의 나이테가 많아진 것을 느끼고는 가볍게 진저리를 쳤다. (130)

길은 아이 밴 여자의 배처럼 불룩하다가 가라앉고 두 갈래로 갈라지다가 이윽고 천천히 굽어 끝이 보이지 않는다. 두 갈래의 길이 자루의 주둥이처럼 폐곡선을 이루며 만나는 곳에 가시리가 있다. (150)

며칠 후 동네 어귀에서 그는 자신의 아버지와 나이가 비슷한 사람이 동네에서 가장 오래 묵은 느티나무 밑에 오그리고 누워 있는 것을 보았다. 〔……〕 자고 있는 얼굴은 군데군데 얼어터지고 더러웠지만 표정만은 평화로워 보였다. (64~65)

어느 해 갑자기 서울이 맹꽁이 배처럼 부풀어 올랐습니다. 그래서 우리 고향은 움직이지도 않았는데 공짜로 서울에 가까워지게 되었고 땅값이 올랐습니다. (182)

이 편재하는 둥긂의 이미지는 긍정적일 때도 있고 부정적일 때도 있다. 긍정적일 때 그것은 느리고 작고, 부정적일 때 그것은 빠르고 크다. 또 하나, 대체로 잉태의 이미지로 나타난다. 그 잉태의 이미지가 무엇인가를 짐작하기란 이제 어렵지 않다. 그것은 다른 삶을 그것이 품고 있다는 것이다. 즉 비애는 무언가를 안에 품고 있는 것이다. 그 무엇은 무엇인가? 그것이 비애의 연속일 수 없음은 이미 말했다. 다시 말해, 그것은 웃음의 일종이다. 그러나 그 웃음은 풍자일 수가 없다. 풍자는 대상의 비하를 통해 얻어지는 웃음이다. 그렇기 때문에 항상 풍자의 주체는 대상의 위에 멀찌감치 있다. 그런데, 대상 안에서는 그런 웃음이 가능하지 않다. 그것은 세상으로의 귀향을 전제로 하기 때문이다.

그 웃음이 무엇인가? 일단 그 웃음을 대상을 비하하지 않는 웃음이라고 말할 수 있을 것이다. 대상을 비하하지 않는 웃음은 주체와 대상을 함께 드높이는 웃음이다. 상투적인 용어로 그것은 세상에 대한 폭넓은 긍정으로서의 웃음이다. 그러나 실제 바흐친식 결론을 흔히 장식하는 그런 웃음은 없다. 웃음은 이미 그 자체로서 대상에 대한 비하를 포함하고 있기 때문이다. 가령 염화시중의 미소를 보자. 그것은 함께 웃는 웃음이다. 그런데, 그 웃음은 어떤 다른 대상에 대한 비하를 동반한다. 염화시중의 미소는 석가와 가섭만이 통했고 일반 대중은 몰랐기 때문에 나온 것이다. 석가와 가섭의 소통적 웃음은 대중을 낮추지 않고서는 피어날 수 없다. 그렇다면, 해학인가? 해학은 주체의 낮춤과 높임을 번갈아 함으로써 발생하는 웃음이다. 그런데, 그것은 오직 주체에 의한, 주체에 대한, 주체를 위한 것이다. 성석제의 웃음이 그것을 부분적 소재로 쓸 수는 있으나, 해학이 전부는 아니다. 왜냐하면, 그의 웃음 대상은 주체까지 포함하여 무차별적이며, 무차별성이 극단적으로 진행된 곳에서는 주체와 대상의 주체할 길 모르는 혼돈으로 귀착하여, 주관화를 결코 허용하지 않기 때문이다. 그렇다면 골계(익살)인가? 골계에서는 주체와 대상이 동시에 낮추어져서 어느 한편을 공격하는 것이 무의미해지는 웃음이다. 그것은 세상으로의 귀향이라는 작가의 속 깊은 주제와 어울리지 않는다. 그 귀향은 어쨌든 세상에 대한 긍정을 포함하고 있는 것이기 때문이다.

어떤 웃음인가? 우선은 그것이 세계에 대한 폭넓은 수락에 근거한다고 말할 수 있다. 그 수락이 세계에 대한 긍정으로 이어질 수 없기 때문에 수락은 비애에 머무른다. 그러나, 그 비애가 수락과 연결되어 있기 때문에, 세상 긍정의 가능성을 내포한다. 그러니 그것은 세상에 대한 긍정·부정의 동시성을 추구하는 것, 긍정/부정의 희한한 거울반사 놀이이리라고 짐작할 수밖에 없다. 실로 「홀림」의 '나'가 한없이 추구했던 분신과 한뎃잠은 바로 그러한 대립적인 것의 동시성이라는 놀이를 통해 연출된 것이 아닐까? 또한 독자는 이러한 놀이를 진실과 거짓말의 거울 반사 놀이로 유추할 수도 있다. 작가가 들려주는 이 소설은 극단적인 허구이면서 동시에 극단적인 진실이 아닌가? 가령, 다음과 같은 대목은 그 비밀을 눈치 챌 단서를 주고 있다.

세상에는 소설처럼 사는 인간도 있고 소설을 써야 먹고사는 당신 같은 인간까지 있는데, 나로 말하면 소설을 쓸 수밖에 없는 인간이다. 춤으로 인생의 황금기를 보낸 한 사나이, 왕제비로 알려진 인생, 그러나 이제 원고지 앞에 돌아와 알몸으로 앉아 있는 인간의 이야기를. 제

목, 어느 왕제비의 인생 — 내 운명을 바꾼 호두알 두 쪽. (116)

이 대목이 미당의 「국화 옆에서」의 패러다임은 금세 눈치 챌 수 있을 것이다. 작가는 가장 순정한 사념 하나를 자기의 가장 지저분한 잡념과 포개놓고 있는 것이다. 그런데, 여기에는 더 재미난 것들이 많다. 우선 "호두알 두 쪽"에 대해. '나'는 앞에서 친구가 준 호두알 두 쪽을 구두로 밟아버렸다. 그렇다면 이 호두알은 뭔가? 우선, '나' 가 쓸 소설이 거짓부렁이 될 거라는 해석이 가능하다. 그러나, '나' 가 나중에 호두알 두 쪽을 다시 구해 써먹었을 수도 있다. 그런데 그런 이야기는 나오지 않는다. 그렇다면, '나'가 소설 「소설 쓰는 인간」 속에서 "귀신 씻나락 까 처먹"(232)게 씨부린 이야기가 거짓이다. 무엇이 진실인가는 중요치 않으며 결코 대답되지도 않는다. 중요한 것은 '호두알 두 쪽'을 경첩으로 해서 진실이 거짓으로, 거짓이 진실로 휘까닥 휘까닥 뒤집히는 이 놀이 자체이다. 또 하나: '나'는 이 이야기를 누구에게 하고 있나? 당연히 독자에게. 아니다. 독자에게 이야기하는 것은 작가이지, 소설 속의 '나'가 아니다. '나'는 "소설을 써야 먹고사는 당신 같은 인간"에게 시방 이야기를 하고 있는 것이다. 그러니까 '나'의 독자는 작가 성석제다. '나'가 성석제에게 하고 있는 이야기를 성석제가 쓰고 있다.

그러니, 비애가 잉태한 웃음은 변신에서 나오는 웃음이다. 주체가 대상에 대한 가학을 강화하면서 스스로 대상이 된다. 더불어 대상은 주체로 몸을 바꾼다. 그 과정 속에서 대상으로 전락한 주체는 자신의 대상화되는 힘의 여진에 의해 다시 몸을 돌려 주체로 복귀하려고 한다. 주체에 의해 주체가 되어버린 대상은 스스로의 주체 됨을 놓지 않으려 한다. 바꿔 말해보자. 풍자는 비애가 되고, 비애 된 그 힘으로 풍자가 되려 하며, 풍자 된 그 힘으로 비애는 비애로서 풍자이고자 한다. 이것이 성석제식 웃음의 요체이다. 풍자와 비애의 씨름.

체질에 네 종류가 있듯이 웃음에도 네 종류가 있다. 풍자, 해학, 골계(익살) 그리고 소설적 웃음이다. 그것들은 각각 세계와 주체에 대한 독특한 관점을 가지고 있다. 도표화하면 이렇다.

형식＼대상	세계	주체
풍자	+	−
해학	−	+
골계(익살)	−	−
?	+	+

풍자와 해학에 대해서는 앞에서 간단히 암시했으므로, 그리고 누구나 잘 알고 있으므로, 굳이 설명하지 않겠다. 다만, 골계는 부언이 필요할 것 같다. 그것은 세계에 대한 가학성이 주체의 피학성으로 전화된 것이다. 그 방식에 의해서 골계에서는 어떤 것도 승하지 않으며, 세계와 주체 모두를 흐트려놓는 기능을 한다. 물음표의 부분, 그곳이 소설가의 웃음이 자리한 곳이다. 그것은 세계에 대한 가학성과 자신에 대한 피학성이 동시에 팽팽하게 드러난 것, 풍자와 비애가 동시에 승해 서로를 탐하고, 그 탐함이 결코 긴장을 잃지 않아 한없는 몸 바꾸기 놀이를 지속시키는 데서 나오는 그런 웃음이다.

독자는 이 도표를 어디에선가 보았다고 생각할 것이다. 바로 루카치가 『소설의 이론』에서 3원 체계로 서술하였고 조동일이 교술을 추가하여 4분 체계로 도식화해 그린 도표, 즉 장르의 유형학의 도표와

위 도표는 꼭 닮았다. 그 도표와 연관시켜 말하자면, 풍자는 논설에 알맞고, 해학은 단편과 시에 알맞으며, 골계는 극에 맞는다. 그리고 소설적인 것은 소설가의 웃음의 몫으로 돌아간다. (물론 이건 장난이다. 아니, 장난이 아니다.)

그건 그렇다 치고……

우리는 이제 마지막 대답을 할 수 있게 되었다. 누가 웃나? 신이 웃는다. 아니다. 신이 최후로 웃는다고? 그녀가 울었다. 그녀가 울음을 울 줄 알았기 때문에 이제 내가 웃는다. 내가 너를 화내게 할 줄 알았기 때문에 네가 웃는다. 네가 나에게 무언가 도발적이기 때문에 내가 웃는다. 여기에도 인연이 있다. 인연 시스템은 소멸할 줄 모른다. 그 인연 때문에 너와 내가 웃는다. 「홀림」의 마지막 장면은 그것을 아주 수일한 이미지로 제시하고 있다.

아이가 다리를 다 건넜다. 그러고는 문득 돌아서서 아이를 바라본다. 마치 아이의 존재를 진작부터 알고 있었다는 듯이, 고랫적부터 알아온 사이라도 되는 양 물끄러미 아이를 바라본다. 무례하면서도 몰두해 있으며 어릴 적에 헤어져 알뚱말뚱한 핏줄에게 보낼 법한 눈길이다. 아이가 아이를 본다. 아이가 아이에게 홀린다. 아이들이 웃기 시작한다. 홀리게 한 아이가 먼저 웃고 홀린 아이가 나중에 웃는다. 저 녀석이 왜 웃는 거지? 똑같이 생각하면서 웃는다.   〔1999〕

236

백민석에 관한 두 장의 하이퍼 카드
─「16믿거나말거나박물지」

1. 종이 속의 세상

이것은 종이 속의 세상이다. 소설 속에서 얘기된 세상이라서 그렇게 말하는 게 아니다. 『16믿거나말거나박물지(博物誌)』(문학과지성사, 1997)라고 명시되어 있음을 눈여겨볼 필요가 있다. 종이는 이 소설들의 두 겹의 포장재이다. 소설이라는 종이가 담고 있는 세상이 이미 그 자체로서 종이에 싸인 세상이기 때문이다. 물론 문면만으로 보자면 '믿거나말거나박물지'는 책을 의미하지만은 않는다. 그것은 화랑, 다이어트 상담소, 음악인 협동조합, 만화사 박물관, 각종 공장들, 이벤트 기획사, 버스, 병원, 방송국 등 아주 다양한 사업체를 거느리고 있는 거대 "그룹"(「악」*)이다. 때문에 그것은 "각종 지식을 종합적

---

* 작품들을 다음의 한 글자로 요약한다.
「캘」: 「캘리포니아 나무개」; 「완」: 「완다라는 이름의 물고기」; 「달」: 「믿거나말거나박물지식 달걀 다이어트」; 「홈」: 「Green Green Grass of Home」; 「분」: 「그분」; 「운」: 「그

으로 모아놓은 책"이라는 박물지의 뜻에서 다종다양한 것들을 모아놓았다는 특성을 특별히 강조해서 쓰인 것으로 읽힐 수도 있다.

그러나, 박물지는 박물지이지 박물관도 백화점도 아니다. 다시 말해, '믿거나말거나박물지'는 근본적으로 하나의 종이책이다. 보라, 책과 책 밖의 차이가 얼마나 또렷한지를. "믿거나말거나식 달걀 다이어트"가 그 위력을 발휘하는 곳은 바로 책 속에서이다. 수많은 다이어트 희망자들이 "굶거나 중국산 효모를 먹거나 청계산을 뛰어오르고 스포츠 센터에 회원으로 가입하거나, 지방 제거 수술을 받고 정신과에 다니고 침을 맞고 「무엇이든 물어보세요」에 출연하거나 FM 상담 프로그램에 전화를 걸"음으로써, 체중 감량에 "전략적으로 실패"(「달」)했는데, 완벽한 감량의 사례들은 "『Believe it or Not Magazine』의, 체중 감량 특집 기사"에 적혀 있다. 이 많은 실패 사례의 나열은 현실에 나와 있는 다이어트 방법들은 모두 실패라는 것을 가리키고, 단 하나의 잡지의 제시는 그 책만이 유일한 진실을 담고 있음을 가리킨다. 또 다른 예를 들어보자. "믿거나말거나박물지 갤러리 코미디즘"의 몇몇 전시물들은 "우리 눈을 어지럽혔"는데, "그중 가장 어지러웠던 것은 「성서 시대 최초의 피임 기구」였다"(「켈」). 성서 시대가 '아주 오래된 시대'의 관용적 표현이라면 왜 하필이면 성서 시대인가? 이른바 "책 중의 책"이 믿거나말거나박물지 그룹의 아주 은밀한 강박 관념이 되고 있기 때문이 아닐까? 더 결정적인 예는 여기에 있다.

들은 운명적으로 자질구레함을 타고났다」; 「요」: 「요람 속의 고양이 둘」; 「술」: 「술집 까스등」; 「플」: 「플로리다산 오렌지 주스」; 「열」: 「열네 개의 병원 침대」; 「카」: 「Café China」; 「사」: 「사랑의 고통」; 「음」: 「음악인 협동조합 1: 감독관 앞에서」; 「악」: 「음악인 협동조합 2: 비트나 펑크냐」; 「인」: 「음악인 협동조합 3: 18번 격납고 *HANGAR 18*」; 「협」: 「음악인 협동조합 4: 횡령범의 최후」, 「소」: 『헤이 우리 소풍 간다』.

"믿거나말거나박물지"에서 기획한 공연에서 사회를 보게 될 기획자 (펨프)의 아들은 스테이지 어나운스먼트를 위한 한마디의 말을 '종이 쪽지'에 적어 끊임없이 중얼거린다. 게다가 그 사내아이가 준비했던 또 다른 종이쪽지는 "선택하라, 비트냐 펑크냐"라고 씌어 있는데――또 한 그것은 공연 현수막의 첫 문장을 장식하고 있기도 한데――, 그것 은 "김지하, 라는 어떤 옛날 사람이 쓴 「諷刺냐 自殺이냐」란 글에서 베낀"(「악」) 것이었다. 그러니, '믿거나말거나박물지'는 상징의 책들, 혹은 책의 상징을 깃발처럼 휘날리고 있다고 말할 충분한 까닭이 있 는 것이다.

놀라운 일이다. 이 숨어 있는 비밀과는 정반대로, 믿거나말거나박 물지에 등장하는 전시물들과 사건들은 그야말로 책과는 무관해 보일 뿐더러, 오히려 탈문자의 극단을 향해 가는 것들이다. "철물/목조/ 시멘트/TV 브라운관으로 이뤄진 조각-설치 미술 작품들"(「캘」), 슈 퍼맨, 스파이더맨, 배트맨과 나란히 "믿거나말거나박물지 만화사 박 물관에 그 이름을 올[릴]," "온몸에 야채와 과일을 주렁주렁 매단 채 긴 의자에 앉아 한가롭게 광합성을 하고 있는, 반인간 반식물 우리의 그린맨"(「홈」), 그리고 무엇보다도 믿거나말거나박물지에서 기획한, "1996년 한국의 수도권에 사는 우리로서는 거의 꿈조차 꿀 수 없는 그런 밴드들까지 무대에 오른다"(「음」) 공연은 도저히 "상상해보건 대, 결코 〔……〕 상상해볼 수 없"(「완」)는 그런 사물·사태들이다. 그 것들을 가능케 한 것은 현상적 질료들의 자유로운 분해와 합성을 절 차로 가진 디지털 조작이다. 그것은 문자의 실체성, 민족어의 점착 성, 언어의 상상성 등 문자의 형이상학적 특성들과 두루 어긋나 있 다. 뉴메리컬 이미지는 실체가 아니라 명멸하는 부호들이며 휘발적이고, 그리고 상상되지 않고 생산된다. 그것을 작가는 "상상해낼 수 있는 모든 것을 이미 다 생산해낸 인류는 이제, 인류가 상상해낼 수 없는 것들을 생산해내기 시작했다"(「캘」)는 말로 날카롭게 정리한다. 상상은 그 자체로서는 비현실이지만, 그것은 현실과의 대립을 통해서만 존재한다. 현실을 뛰어넘고자 하는 의지 혹은 욕망이 상상의 원동력인 것이다. 그러나, "상상해낼 수 없는 것들을 생산해내기 시작"한 시대의 생산은 그 상상/현실의 대립을 무의미한 것으로 만든다. 오늘의 생산의 법칙은 중성자 폭탄처럼 어떤 현실의 벽도 흔적 없이 통과해버린다. 그 생산이 어느 정도까지 가는가 하면, "믿거나말거나박물지의 어떤 공장에선 CD판이나 책을 찍어내듯 *투명인간들*, 을 찍어"(「분」)낼 수도 있게 된 것이다. 이제 생산은 곧 무한이다. 그리고 그렇게 무한의 질주가 시작되자, "생산의 속도가 너무 빨라, 의미의 속도를 추월"한다. "압구정동 갤러리 코미디즘의 큐레이터같이 세계를 구조하는 이들은, 팸플릿 카탈로그 일러스트레이션 평론 작품해설 따위를 끊임없이 제작하며 의미들을 붙여대지만, 불행히도 생산되는 거의 대부분의 것들은, 그 각자의 의미가 찾아지기도 전에 폐기된다"(「캘」).

지금 독자가 주목할 것은 이 진술 자체가 아니다. 이러한 문화적 규정 혹은 철학적 성찰은 이제는 꽤 상투화된 생각 중의 하나이다. 책은 기껏해야 상상까지 갔다. 그것이 상상까지밖에 못 간 것은 의미에 포박되어 있기 때문이다. 멀티미디어는 상상을 넘어 생산으로 간다. 그렇게 할 수 있게 된 것은 의미, 혹은 진실의 사슬을 마침내 끊어버렸기 때문이다. 이런 성찰이 여전히 제대로 이해되지 못하고 있는 중요한 문제임은 틀림없으나, 작가의 관심은 그것을 넘어 더 멀리, 아니 더 깊이 들어간다. 지금 독자가 놀라는 것은, 바로 이 문화들 안에 책이 혹은 책의 망령이 숨어 횡행하고 있다는 것이다. 각종의 팸플릿 카탈로그 일러스트레이션 평론 작품해설 따위를 통해 제작자는 끊임없이 의미들을 붙여대고 관객들 또한 그것들을 통해 끊임없이 의미를 찾으려고 안달한다는 점이다. 지나가는 김에 덧붙이자면, 아마도 미스트(Myst)라는 어드벤처 게임을 접해본 사람이라면, 이 말을 더욱 실감할 수 있을 것이다. 지금까지 출시된 게임 중 하이퍼텍스트의 가장 훌륭한 구현으로 알려졌고, 200만 카피 이상 팔려 세계의 화제가 되었던 그 게임은 책에 대한 비밀로 포화되어 있으니, 하이퍼텍스트의 모험이 진행될수록 더욱 텍스트에 대한 강박관념에 사로잡히지 않을 수가 없다. 미스트를 두고 "후기 인쇄 시대의 자의식의 산물"(*Post Modern Culture*, 1997. 1)이라고 지적한 스티븐 존스의 말은 실로 통찰을 담고 있다. 하이퍼텍스트의 이상을 향해 가는 열린 길은 동시에 텍스트의 심연에 침몰하는 길이다.

도대체 왜 책의 망령은 이렇게 끈질기게 따라다니는 것인가? "비트냐 펑크냐」를 "풍자냐 자살이냐"에서 베껴 왔다고 한 사내애는 "「풍자냐 자살이냐」를 끝까지 다 읽었어?" 하고 놀라 묻는 나에게 "아농"하며 부정한다: "그럴 시간이 어디 있나요?"(「악」). 그러니까, 책의 존재태가 달라졌다. 그것은 말 그대로 유령으로서만 존재한다. 예전에 의미의 집적소이고 의미의 용광로였던 책은 여전히 그 표장을 간직한 채로 오직 그것의 지시적 가치만으로, 단지 그것만으로도 굉장히 위력적으로, 오늘날 존재하는 것이다. 무슨 지시적 가치? 문화가 스스로 충일한 의미를 담고 있음을 증거하는 가치 말이다. "선택하라"는 한마디로 세상을 딱 가르는 능력, "모든 언어로 표현할 수 있는 가능한 모든 것을 총망라하고 있다"(보르헤스, 『바벨의 도서관』, 황병하 옮김, 민음사, 1994, pp. 135~36)고 가정된 도서관을 존재의 처소로, 모든 표현들의 최초의 근원인 "한 권의 책"을 존재의 상징으로 둔 책의 상징 가치가 바로 그것이다. 책의 실존은 없고 그것의 이름만이 이 믿거나말거나박물지의 전체 뒤에 은륜을 두르고 있다. 이 책의 표지를 앞의 사내애는 "평생 읽어본 책이라곤 성경책밖엔 없는 할머니들이 그러듯 더 이상 더 빠를 이유도 더 느릴 이유도 없는, 그런 속도로 종이쪽지를 수도 없이 되풀이해서 읽었고 나는 그 앞에서 지루함을 참아내기 위해 발광을 하고 있었다"(「음」). 모든 책의 근원으로서의 성경과 이 속담 속의 성경은 얼마나 다른가? 하나는 충만하고 다른 하나는 껍데기에 불과하다. 그 사이에는 거의 우주가 가로놓여 있는 것이다. 그러나, 성경은 하나이다. 그 성경이 이 성경인 것이다. 이 성경은 저 성경의 흔적만으로 책을 대체한 멀티미디어의 세상에 여전히 숨은 신의 권력을 행사하는 것이다.

그렇게 해서, 디지털 문명과 아날로그 문화는, 하이퍼텍스트와 텍스트는, 책과 뉴 미디어는 협잡한다. 이미 첫 소설집 『헤이, 우리 소풍 간다』를 통해 체험은 박탈당한 채 문화만을 먹고 자라도록 강요당한 빈민층 신세대의 음울하고 절망적인 삶을 묘파하였던 백민석은 『16믿거나말거나박물지』에 와서 드디어 이 문화의 최후의 뒷무대는 다름 아니라 그 문화가 내팽개친 문자 문화, 아니, 진리의 기호로서의 문자, 바로 그것이라는 범상치 않은 발견을 해내기에 이른다.

작가는 독자에게 이중의 놀라움을 준다. 하나는 그가 이른바 신세대 문화를 문학적 고정관념에 의해 비판적으로 묘사하지도 않지만(젊은 세대니까 당연히), 그렇다고 그것을 있는 그대로 기술하지도(긍정하지도) 않는다는 것이다. 그는 그것의 현실적 존재론을 파고들어간다. 그 천착의 결과는 "기껏해야 과외나 받고 독서실에나 다니던 중산층의 아이들이 빈민 계층의 음악을 한답시고 날뛰는 우리 풍토," "우리 록 신엔, 펑크와 얼터너티브의 탈을 뒤집어쓴 캠퍼스 록밖에 없다는"(「음」) 씁쓸한 현상에 대한 비판적 성찰이다. 그 비판적 성찰은 주어진 현실에 대한 현란한 반항의 포즈들이 실은 있는 현실의 숙명적인 체념 혹은 교묘한 이용에 불과하다는 것을, 더 나아가 그것이 있는 현실의 확대에 기여하고 있다는 것을 깨닫게 해준다. 이것을 두고 체험적 성찰이라고 명명해도 되리라. 그 성찰이 무엇보다도 작가 자신의 가난한 삶의 경험과의 대비로부터 나오는 것이기 때문이다. 그러나, 『16믿거나말거나박물지』의 초점은 거기에 있지 않다. 실로, 그런 말들로 독자를 긴장케 하는 것은 작가의 분신으로서의 '나'가 아니라, 바로 펨프이다. 다시 말해, 그것은 그 사실을 알면서도 그것을 이용해 부를 추구하는 믿거나말거나박물지 운영자들, 이를테면 공연 기획자가 하는 말이다(과연, 그러니 그는 '펨프'인 것이다). 오늘의 문화 생산체는 소화에 관한 한 전대미문의 능력을 가지고 있다. 자신에 대한 가장 강력한 비판마저도 그것의 지시적 가치를 이용해 문화 생산 공정 속에 포함시켜버릴 정도이다. 그것은 멀티미디어 문화가 책의 상징 가치를 자신 안에 포함시키는 전략과 동궤에 있다.

그러니, 소설의 초점 이동에는 불가피한 이유가 있다. 가장 구체적이고 진실된(경험에 근거했기 때문에) 비판마저도 문화 산업은 어느새 썩 유용한 협동 과정으로 만들어버린다. 작중의 내가 사내애의 "치킨헤드"를 참지 못하고, 완고한 "인간으로 돌아가" "울부짖는 사내애의 빨간 수탉머리에 대고 라이터 불을 댕겼"던 사건은 결국 무엇이었던

가? 그것은 바로 나의 "텔레비전 첫 출연작"(「음」)이었던 것이고, 그날로 '나'는 그 세계에서 "공포의 대상"이 되었다는 것이다. 그는 현실과 타협해서가 아니라, "고집불통인 데다 앞뒤를 안 가리는 멍청이라, 이 세계에서도 잘 생존해나갈"(「인」) 수 있는 것이다.

그렇게 해서 독자가 갖는 두번째 놀라움이 바로 새로운 문명과 낡은 문화의 이 공모, 이 협잡이다. 공모의 발견은 그것으로 그치지 않는다. 그것은 공모의 원인으로 그의 물음을 선회시킨다. 그것은 새로운 문명이 낡은 문화를 적절히 이용한 결과로 나타난 것일까? 물론 그렇다. 책은 미디어의 영원한 아버지이다. 의미의 성소로서의 책, 그것이 없다면, 그것에 이 탈의미의 각종 해프닝들이 기대지 않는다면, 그 모든 것들은 단숨에 지리멸렬해지고 증발되어버린다. 하나의 구심점이 필요한 것이다. 별의별 제멋대로의 행동들을 두루 관류하는 보편성이 있어야 하는 것이다. 그래서, "나는 너에게 하나의 의미가 되고 싶다"고 말하지 않는가? 그래서, 아들들은 언제나 아버지를 꿈꾸며 아버지에게 반항하지 않는가? 이제는 오늘의 문화가 개인적이고(개성적이고 혹은 반사회적이고) 일탈적이고(범죄적이고 혹은 전복적이고) 비생산적이라고(소비 지향적이라고 혹은 해방을 꿈꾼다고) 말하지 말자. 그것들은 그 자체로서 사회적 실천이며, 연대 운동이고, 확대 재생산 기구이다. 그러나, 책은 미디어의 이용 대상인 것만이 아니다. 그것은 그 이상이다. 왜냐하면, 그러한 멀티미디어의 팽창은 바로 문자 문화가 그 존재의 원천이 되어주었기에 가능한 것이기 때문이다. "만약 키 6.5m짜리 일본 전국 시대풍의 화염 뿜는 사무라이를 보고 싶다면 비디오 「브라질」을 보면 된다. 만약 악어를 한입에 삼키는 아마존 왕뱀을 보고 싶다면 KBS의 「재미있는 동물의 세계」를 틀어놓고 마냥 기다리면 된다. 『좀비』라는 소설을 읽다 보면, 초보적인 뇌수술 기술에 대한 19세기 중반의 텍스트가 20세기 말의 한 온순하고도 끔찍한 연쇄 살인범에게 어떤 방식으로 오용될 수 있는지 이해할 수 있다." 그렇다, "다 도서관의 잘못이었"(「켈」)던 것이다.

작가의 책파기는 경악할 장소에까지 이른다. 책은 멀티미디어의 아버지일 뿐만 아니라, 동시에 그것의 생모이다! 어떻게 그것이 그것들을 낳았는가? 바로, 도서관의 누적 기능 덕택에 그런 비약이 가능했던 것이다. 끊임없이 모으고 결코 완결되지 않을 목록 작성을 되풀이하고, 그리하여, 스스로 의미들의 저장소로부터 의미의 형식적 표지들로 서서히 이동해 간 끝에 책으로부터 멀티미디어의 이형 변이가 마침내 발생했던 것이다. 물론 책의 상징은 결코 사라지지 않는 채로. 마치, 플로리다를 찾아가는 두 카우보이의 노정을 다룬 영화 「미드나이트 카우보이」에서의 플로리다처럼: 플로리다는 정작 "등장하지도 않"지만, "두 멍청한 소몰이꾼들의 대사 속에서 환청 속에서 그리고 CM송에서 끊임없이 되풀이되풀이되풀이 등장"(「플」)하는 것이다.

그러니까 책은 뉴 미디어의 앞에 있을 뿐만 아니라 그것의 위에 있기도 하고 동시에 밑바닥에 있기도 하다. 다만 옆에만 없으니, 책은 뉴 미디어와 동행하지 않는다는 것을 뜻한다. 동행하지 않되, 그것은 후자의 전 둘레를 감싼다.

책이 그런 위력을 가지고 있다면, 그것의 힘이 단지 뉴 미디어에만 미칠 것인가? 그것은 정반대로 문자보다도 더 오래된 문화, 다시 말해 말의 문화까지 장악하고 있지는 않을까? 이 대목을 보자.

노랫소리란 뭘까. 이, 물체에 각인된 역사를 읽어낼 줄 아는 초능력자에 의하면 노랫소리란 바로, 흙을 떠온 구릉에서 찢겨 죽거나 타 죽거나 목말라 죽은 영혼들의 비가라는 것이다. 수세기에 걸쳐 누적되어온, 수세기 동안의 희생물들의 비애들이, 이제 그 누적된 양에 힘입어 마침내 현재의 현상 세계에서 소리를 내게 되었다는 것이다. 그 앞〔……〕에 서면 노랫소리가 들린다, 듣는 이는 수세기에 걸쳐 누적누적누적된 영혼들의 자장——비애의 정서들을 듣게 되는 것이다. (「완」)

노랫소리란, "뉴욕 소호 뒷골목에 있는 믿거나말거나박물관"이 소장하고 있는 "노래하는 산의 흙 한 줌"이 내는 소리이다. 인용된 설명은 소장품 카탈로그 안의 해설(글자들) 안에 들어 있는 것이다. 물론 이러한 설명이며 물건은 "믿거나 말거나 한" 것들이다. 그러나, 신중한 독자라면, 이 해설이 그 자체로서 아주 오래된 문화적 담론의 하나와 아주 정확하게 조응하고 있다는 것을 알아차릴 수 있다. 그것은 탈세계적 저항 문화라고 이름 붙일 수 있는, 특히 수난 공동체에 두드러지게 나타나는 일종의 도피적이고 소망적인 담론이다. 물론 지금의 초점은 이 조응을 확인하는 데 있지 않다. 주목할 것은 어떻게 "찢겨 죽거나 타 죽거나 목말라 죽은 영혼들의 비가"를 한 줌의 흙이 낼 수 있는가 하는 것이다. 그것은 무엇보다도 "수세기에 걸쳐 누적누적누적된 영혼들의 자장"이 형성되었기 때문이다. 다시 말해, 퍼지고 흩어지는 소리들을 빨아들이고 응고시키며, 그리고 축적할 수 있는 능력을 흙이 가지고 있기 때문이다. 그 흙의 능력이 없었다면, 비참하게 죽은 영혼들은 영원히 원한을 간직한 채로 떠돌기만 했을 것이고, 세상은 그 소리들을 바람결에 흩어버리면서 여전히 평화로웠을 것이다. 이 흙이 담당한 기능을 매체의 발달사 속에서 문자가 떠맡은 게 아닌가? 종이가 발명되기 전 고대의 서판이 나무, 흙, 돌, 상아로 만들어졌듯이 문자는 무엇보다도 단단한 물질적 실존성을 표상하고 또 그렇게 기능했던 것이다.

물질적 실존성, 혹은 실존감은 소리도 비트도 가지고 있지 못하고 오로지 글자만이 가진 것이다. 그렇기 때문에 저 중세인들은 텍스트를 무엇보다도 "하늘로부터의 파종"(리처드/마리 루스Richard H. Ruse & Marie Ruse, 「7세기 동안의 수고 문학」, 루이 헤이Louis Hay 엮음, 『텍스트의 탄생』, José Corti, 1989, p.89)으로 이해했으리라. 신의 말을 지상에 뿌리내리고 번식하게 해주는 것, 그 장소이자 그 물질인 것, 그것이 텍스트 혹은 문자인 것이다.

그러니, 어느 철학자가 말한 것과는 아주 다른 의미에서 원-글쓰기라는 게 이미 존재한다고 보아야 한다. 태초에 말씀이 있었다!? 아니다, 태초에 음성이 있으려면 그렇게 그것이 기록되어야 한다. 무엇보다도 책 중의 책인 성경에. 문자의 탄생은 그 음성에 영원한 물질성을 부여한 사건이었다. 그 사건을 통해 역사는 선회한다. 말의 존재를 증명하기 위해 태어난 글이 이제는 말의 이전에 심원을 파고 말을 보편적 로고스의 말씀으로 꿰매는 것이다. 나중의 사건이 태초의 사건 이전으로 회귀하는 이 봉합 절차만이 로고스를 영원하고 절대적인 장엄한 로고스로 만들어준다.

그렇게, 문자는 이미지의 문화를, 소리의 문화, 복제의 문화, 기억의 문화를 다 지배한다. 문자는 그것의 실존성으로 이미지의 문화를, 그것의 유일성으로 복제의 문화를, 그것의 물질성으로 소리의 문화를, 그것의 누적성으로 기억의 문화를 지배한다. 대지이고 성좌로서.

오디오-비주얼한 문화들이 세상을 장악한 오늘날, 문자 문화가 겨우 목숨을 부지하고 있는 오늘날에도. 그 겨우-목숨은 아주 질긴 목숨이고, 아주 눈부신 목숨이므로.

2. 유리 조각 위의 생

분명, 이것은 소설가에게 첨예한 위기를 유발한다. 소설가는 어쨌든 그것을 글로 써야 한다. 바로 글과 미디어의 공모에 대해서, 책의 저 껍데기 상징으로서의 기능에 대해. 소설가의 글도 마찬가지의 함정에 빠지지 않을까? 왜 그는 '글쟁이'이기를 택했던 것일까? 「그분」의 '나'가 "비극적인 희극 작가"인 것은 그 때문이다. 그 희극 작가는 원고지에 대본을 쓰는 것이 아니라, "'평촌팬더비디오'의 카운터에서, 설을 풀고 있었다." 그가 "결코 설득시킬 수 없는 어떤 것을 설득시키려고 카운터 여점원 앞에서 안절부절못하고 있"는 반면에, '나'의 모든 얘기들은 이미 비디오로 다 나온 것이라고 콧방귀를 뀌는 여점원이 "소설은 원고지 위에다 써야 되지 않을까요?"(「분」) 하고 핀잔을 준다. 글의 편은 작가가 아니라 바로 비디오 점원인 것이다. 왜? 이미 말했듯 비디오와 책은 돈독한 사이이기 때문이다.

작가는 오히려 책의 불온사상가다. 문학은 자신의 그 음험함을 내부로부터 잘 알고 있기 때문이다. 머리로 알지 못한다 하더라도 어쨌든 몸으로 느끼기 때문이다. 문학은 자기 혐의를 떨쳐버릴 수가 없다. 문학의 긴장은 바로 그 자기 혐의로부터 시작한다. 그러지 않으면 오늘날 대량 생산되고 있는 상품 소설들이 가고 있는 길, 문자의 상징 가치를 유통의 파이프라인에 끊임없이 급유하는 파렴치한 삶의 나락으로 떨어질 것이다. 그래서, 작가는 끊임없이 듣는다. "풀풀! 풀! 풀풀풀! 풀! 풀풀!" 오직 '팸플릿'을 통해서만 신원이 밝혀지는 캘리포니아 나무개가 흘리는 웃음소리는 곧바로 "제 오줌에 흠뻑 젖은 멍청이들을 맘껏 비꼬아주는, 냉소와 심술궂음의 뉘앙스"(「캘」)를 가진다. 오줌에 흠뻑 젖은 멍청이들은 바로 팸플릿에 속아 넘어간 자들이다. 책에 취한 자는 그 소리를 "내 생의 엉덩이를 한번 물어뜯기 위해 악착같이 쫓아 다니는, 시간의 뒷골목들을 배회하는, 불길함의 아가리들이 짖어대는 소리"로 듣지 않을 수 없다. 그 소리는 내 생의 엉덩이를, 바로 나의 구린내 나는 뒤를 벗기는 소리이다.

풀이야 어떻든 소설은 이런 문제를 사변적 성찰로 끌고 가지는 않는다. 소설이 그렇게 간다면, 독자는 얼마나 심심하겠는가? 소설가는 언제나 생체험의 차원에서 사물들의 모험을 통해 스스로 의식적으로는 결코 이해하지도 못할 수 있는 그런 인식의 세계를 넌지시 열어 보여줄 따름이다. 소설은 스탕달의 거울 이상도 이하도 아니다. 아무튼 생체험의 차원이라고 말했다고 해서 거창하게 받아들이지는 말자. 단지, 그것은 미디어의 세상 속에서라는 뜻을 가질 따름이다. 굴 밖에서 아무리 외쳐도 호랑이는 나오지 않는다. 때문에 문학의 모험은 언제나 직접적이면서 동시에 에둘러 간다. 세상의 부정성에 도취한 채로 세상의 속살의 틈새들을 미끄러져나간다. 물론 곧 얘기되겠지만, 문학의 이 타락한 모험이 꼭 독자를 심심치 않게 하기 위해서만은 아니다.

개인적 글쓰기의 관점에서 보자면, 『16믿거나말거나박물지』는 우정의 파탄이라는 작가의 심리적 싸움의 연장선상에 놓인다. 『내가 사

랑한 캔디』의 심층 주제였고, 『헤이, 우리 소풍 간다』에서 그 파국적
현상을 드러냈던 우정의 파탄은 단순히 현대 사회의 인간관계의 상실
을 가리키는 것이 아니다. 현대 사회의 인간 관계망의 붕괴를 두고
사람들은 "사회망의 총체적 붕괴"를 말한다 그러나, 우정의 파탄은
그 사회망의 붕괴 속에서도 유일하게 보존되는 관계, 즉 사적 관계마
저도 파열하고 완전한 불모의 사막이 되는 것을 가리킨다.

작가는 어떻게 해서 이 관계의 사막에 이르게 되었는가? 우선은,
그 사적 관계들이 끊임없이 그것의 불모성을, 무의미를 속이는 자질
구레함에 불과하기 때문이다. 이 자질구레한 목록들을 보라. "1960년
대식 인간이건 미래 인간이건 누구이건, 저만의 은밀한 장난감이 하
나씩은 있는 법이다. 리모트 컨트롤, 강보에 싸인 아기곰 인형, 이빨
로 소주 병뚜껑 따기, 엔터프라이즈 호, 커크 선장, 동성애, 근친상
간, 정신과 상담, 소설가 백민석…… 등등./지금 누군가 바로 자살
하지 않는다면, 그러한 장난감이 적어도 하나쯤은 있다는 얘기다"
(「술」).

"젊음이란 빌어먹을, 모든 종착점이 자살로 끝나는 사다리 게임
같"(「협」)다고 외치는 오늘의 젊은 세대들에게 이 자질구레한 목록들
이 바로 자살을 막아주는 것이다. 죽음을 연기시키는 이것들은 그러
나 얼마나 쓸데없고 무의미한가? 그러나, 작가는 이 자질구레하다는
성격이 문제의 핵심이 아님을 잘 알고 있다. "이봐! 그렇지! 우리 사
이에 뭔가 잘못이 가로놓여 있는 게 틀림없"다고 외치는 나에게 그녀
는 "내가 진정 슬픈 건 그런 자질구레한 것들로 나와 너의 어떤 것이
이뤄져 있다는 것이야"(「운」)라고 대꾸하는데, '내'가 보기에 "그녀는
여전히 잘못, 이란 내 말을 잘 못 알아듣고 있"는 것이다. 나는 "그,

인간의 숙명적인 자질구레함이란 이미 구약 성서 시대 훨씬 이전부터 널리 받아들여지던, 인류의 역사만큼이나 오래되고 케케묵은, 구태의연한 주장"임을 익히 알고 있는 터이다. 이 숙명적인 자질구레함을 벗어나기 위해서 인간들이 해온 것이 무엇이었던가? "모든 시간을 거꾸로 되돌려" "창조신과 창조 신화를 하나나 둘, 혹은 수만 개씩 만들어 가지게 했던 것"이고, 그리하여 여전한 자질구레함 속으로 빠져들어갔던 것이다. 그렇게 "우리는, 우리를 끊임없이 속임으로써 살아남는다"(「운」).

그러니, "인간의 숙명적인 자질구레함을 진지하게 고뇌하는 자의 이상야릇한 표정"을 아무리 지어봤자, 그것은 자질구레함의 영원한 포로가 되고 마는 것이다. 내가 생각한 "뭔가 잘못"은 그러니까, 자질구레함에 대한 고뇌가 아니다. 그것은 도대체 무엇인가? 우선은 그런 자질구레함의 숙명성에 대한 인식이 되겠다. 그녀가, 그리고 "지구의 모든 민족"이 자질구레함을 벗어나고자 의지했고 또 여전히 하고 있다면, 작가는 그 의지가 필경 여전한 자질구레함 속으로 떨어지고 말 것임을 알고 있는 것이다. 물론, 이 자질구레함이란 사적 유대의 다른 이름이다. 사적 유대는 꼭 사람과 사람 사이의 관계가 아니다. 나만의, 오직 나의 절대적인 짝을 찾는 것, 그것이 사적 유대이다. 문화사회학자들이 사이버펑크 문화라고 부르는 것, 그러나, 꼭 오늘의 사이버 시대에서만 존재했던 것은 아닌, 공동체의 유대망으로부터 쫓겨나거나 스스로 도피하거나 거부하는 사건들과 더불어 언제 어디서나 발생했고 발생할 유대의 개체화이다(그것은 민족 등의 공동체에서도 발생할 수 있는데, 그때는 그것이 그보다 논리적으로 상위 단위인 공동체로부터 고립된 사적 단위가 될 때이다). 아무튼, 그렇다면,

'나'가 잘못이라고 느끼고 바르게 가려고 했던 것은 이 인식을 그대로 가리키는가? 그러나, 그 잘못이란 게 어떤 잘못인가를 보라. "우리 사이"에 뭔가 잘못이 있다는 것이다. 여전히 '나'는 '우리'를 버리지 않고 있는 것이다. 여전히 관계가 전제 조건으로 되어 있다. 실로, 사적인 것으로의 도피가 결국 또 다른 관계로의 도피에 불과한 것이고 그리고 그것은 필경 관계의 사막에 다다르고 만다면, 관계를 부정하는 것으로는 어떤 출구도 나타날 수가 없다. 그러니, 다시 관계 속으로 들어가야 한다. 분명, 그 잘못은 관계의 새로운 형식에 대한 문제가 틀림없다.

먼저 지적할 일: 독자는 관계의 사막이 곧바로 책의 문제와 상응하고 있음을 느낄 수 있다. 이 사적 관계들의 자질구레함은 도서관의 목록들의 팽창과 멀티미디어로의 이형 변이에 대응되며, 자질구레함을 벗어나고자 하는 욕망은 모든 진리를 압축해 담고 있는 '한 권의 책'에 대한 욕망과 상응한다. 과연, 믿거나말거나박물지 갤러리 코미디즘에서 찾아 나섰던 완다라는 이름의 물고기는 바로 하나의 단어였던 것이다.

별로 믿을 만한 자료는 아니지만, 한 17세기 박물지에 의하면, 그 희망을 잃어버린 원주민들의 언어에는 단지 '완다'라는 그 한 단어밖엔 없었다고도 한다. 그들의 언어 세계에선 그 한 단어— 완다—가 모든 것을 지칭했었다고 한다. 물 한 방울 안 나는 사막과, 그런 사막을 견디는 생의 권태로움과, 그런 권태로움을 견디는 그들 자신과, 언제 닥칠지 모르는 사막 폭풍과, 죽음 죽음 죽음…… 그 밖의 생각하고 볼 수 있는 모든 것들을 지칭했었다고 한다. (「완」)

그러니, 독자는 개인적 차원에서 전개되는 관계 회복의 모험이 사회적 차원에서 제기되는 책의 존재론, 아니 문자 문화의 야곱인 문학의 존재론과 내통하고 있음을 알아차릴 수 있다. 다만, 사회적 성찰 속에서 책과 멀티미디어가 공모와 협잡의 관계 속에 놓여 있다면, 개인적 욕망의 차원에서 그 자질구레하지 않고 특별한 '무엇'은 결코 도달할 수 없는 욕망, "깊이 있고 우아하며, 아름답고도 매혹적이라고 알려진, 하지만 〔우리가〕 결코 알지 못"(「사」)할 강박관념이 되어 있다. 그래서, 저 인용문은 "별로 믿을 만한 자료는 아니지만"이라는 야릇한 전제를 대고 있는 것이다. 이 믿거나 말거나 한 거짓투성이의 세상에 그런 지적이 무슨 의미가 있겠는가? 독자는 이 대목에 와서, 믿거나말거나박물지가 불현듯 저의 부끄러운 내부를 언뜻 비추고 있다고, 다시 말해, 이 거짓말투성이의 세상이 실은 어떤 진리, 진실에 대한 열망에 사로잡혀 있다는 것을 순간적으로 암시한다는 것을 그 역시 직관적으로 느끼는 것이다. "우리 모두는 법을 열망"(「음」)하는 것이다.

그러니까 개인적 체험은 사회적 성찰을 꼬아서 비춘다(덧붙이자면, 유전자의 염기들이 꼬여 있듯이, 꼬인 것만이 생을 만든다). 사회적 차원에서 음모로 파악된 것이 여기에서는 치유할 길 없는 질병이 되는 것이다. 그렇다는 것은 무엇을 뜻하는가? 사회적 차원의 완벽한 관계가 실존적 차원에서는 곧 파탄 나고 말 불안한 관계로 뒤바뀐다는 것을 그것은 뜻한다. 원치 않은 아이를 지우기 위해 실업자 '나'와 나의 애인(혹은 아내)인 그녀가 다방에서 낙태 비용을 둘러싸고 나누는 대화로 이루어져 있는 「사랑의 고통」은 그 변형을 흥미롭게 보여준다.

작가는 이 통속적인 드라마를 문명 사회의 사회심리학으로 끌어올리는데, 그 배경을 꽤 복고적인 다방으로 설정함으로써 그렇게 한다.

분명, 젊은 두 남녀가 이런 낡은 장소에서 만난다는 것은 심상치 않은 일이다(그 장소를 택한 것은 '나'인데, 그것은 '그녀'와 달리 '나'가 복합적 심리 혹은 의식의 소유자임을 가리킨다). 이 명동다방에서는 "작사·작곡 정민섭/노래 이씨스터스"의 「목석같은 사내」라는 옛날 노래가 흘러나오고 있다(여기에 덧붙은 소도구들: 팔각 UN 성냥갑과 담뱃불로 지진 자국들투성이의 노란색 커다란 재떨이). '나'의 아이를 가진 '그녀―너'는 젊은 세대답게 이런 구질구질한 분위기에 질린다. 이런 문화는 그녀의 나라 것이 아니다: "저게 도대체 어느 나라 노래야? [……]/내가 꼭 저런 노래를 듣고 앉아 있어야 해?" 그녀와 달리, '나'는 이 옛날 노래를 되살려낸 "믿거나말거나박물지 유선 방송 엠플리파이어"에 관심을 기울인다. '나'의 비판적 의식은 현대 기술 문명이 자신의 단절된 과거를 상징 가치로 이용하고 있음을 보는 것이다. 오늘의 음향 산업은 "디지털 이전의 세계를 뛰어넘"어 "위대한 진공관 시대"에 대한 향수를 복원해냄으로써 하나의 신화로서 뿌리내리고 발전한다(그 또한 일종의 신화 창조 사업인 것이다). 이 진공관―디지털 음향의 관계가 앞에서 본 책―멀티미디어의 관계의 조응임은 쉽사리 알 수 있다. 그러나, '나'의 비판적 의식은 어느새 흔들리고 있다. '나'는 시방 낙태 비용이라는 현실적인 문제와 직면해 있는 중이다. 여기서 저 현대 문명의 문제는 나의 실존적인 문제로 이동한다. 내게는 「목석같은 사내」의 노래에 "곡명 「사랑의 고통」/작사·작곡 백민석/노래 목석같은 아내"라는 또 다른 노래가 겹쳐 들린다. 그것은 "좀 전에 우리가 들은 곡에 대한, 똑같은 하나의 칩에 내장된,

또 다른 이본 트랙처럼" 들린다. 그 내용은 이렇다. "너는 말했지,/ 우리는 사랑하므로 고로,/우리는 존재한다고. (근데 나는 골치가 다 아파)/너는 말했지,/우리가 존재하지 않는 곳에서 우리는 사랑한다 고로,/우리는 사랑하지 않는 곳에서/우리는 존재한다고. (근데 나는 골치가 다 아파)".

진공관-디지털 음향의 관계는 슬며시 사랑-(자유) 연애의 관계로 투사된다. 저 '사랑'이라는 신비한 언어는 단지 언어로서만 존재하는 것이다. 마치 저 "위대한 진공관 시대"가 "실제로 가능한 것[……] 이 아니라 그것에 대한 하나의 광적인 추앙일 뿐"이듯이. 만일 그것 을 진짜로 있다고 생각하게 되면, 골치만 아플 뿐이다. 우리가 존재 하는 곳에서 우리는 결코 사랑하지 않는 것이다. 그러니, 사랑 따위 때문에 골치 아프지 말자. 그의 비판적/객관적 의식에 의해서 '나'는, "그 어떤 책임도 지려 하지 않고 그 어느 누구에게도 그 어떤 책임도 지우려 하지 않는 것으로, 이미 유명해져 있었"던 나는 "그 누구에게 도 실업자에게 그 어떤 책임을 지울 권한 따위는 없는 거야!"라고 거 의 소리 지르다시피 한다. 그러나, 그렇게 말하는 나도 여전히 골치 아프다. 우리가 존재하는 곳에 사랑은 없다. 그래! 그러나?! 뭔가가 여전히 '나'의 발목을 잡고 있는 것이다. 나는 그 뭔가에 잡혀 "가련 하게 떨고" 있다. 이 '나'의 비책임론에 대해 그녀도 물론 신파조로 매달리지 않는다. "목석같은 사내새끼 하나 때문에 눈물 흘릴 여자애 따윈, 이젠, 없는 거야, 없다!"고 그녀는 소리 지른다. 그녀도 신세대 답다. 그러나, 그녀는 왜 소리 지르는가? 그녀의 그 악쓰는 듯한 소 리 사이로 하나의 진실이 얼핏 스쳐간다. "너는 나, 라는 말을 너무 많이 해……" 그것은 선고와도 같다. 사랑과 쾌락 사이, 진공관과 디지털 사이의 공모를 냉정한 시선으로 따지고, 그것을 아는 이상 결코 책임을 지려 하지 않는 '나'는 그만큼 인식 주체, 인식의 주인으로서의 '나'라는 것에 절대적으로 매달려 있는 것이다. 그것이 그가 비판적으로 보는 현대인들의 사적 관계로의 도피와 무엇이 다른가? 그 '나' 역시 실존물로서의 '나'가 연물처럼 매달리는 작은 타자에 불과한 것이다. 그러니, 나 또한 한 마리의 고양이에 지나지 않는 것이다. "신비——니야옹, 꺄르륵, 꺄르륵"(「요」) 거리면서 자신의 텅 빈 내면 속으로 "동그랗게 말리"는 고양이, "제 삶 속에 힘껏 쑤셔박혀 도무지 돌아 나올 줄 모르는" "가련하고 안"(「술」)된 고양이 말이다.

그러니, 그녀가 "네게 기대한 건 어차피 없었으니까, 어차피 넌 실업자니까"라고 말하며, "울컥, 잔을 뒤집어엎어버"린 행위는 한편으로는 그녀의 현대인적 삶의 파탄을 가리키면서 동시에 그 현대의 삶을 비판적으로 바라보고, 그것과 고전적 상징의 관계를 가늠하는 나의 치명적인 허위를 들추어내는 것이다. 그녀에게 그것은 "저 오후의 햇살들 아래 커피 대신, 자기 자신의 몸뚱이를 한 장의 걸쭉한 혈서처럼 쏟아버린" 것이며, 나에게 그것은 그 피를 뒤집어쓰지 않으면 안 된다는, 다시 말해, 이 부정적 삶의 한복판에 스스로 가담하지 않을 수 없다는 각성의 계기가 되는 것이다.

그러니, 문학이 생체험의 차원에서 세상을 비추는 것은 단지 재미 때문만이 아니다. 생체험의 층위에서 운명은 인식의 대상이 아니라, 참여의 장소가 된다. 그것은 냉랭한 인식이란 그것이 비웃어 마지않는 자질구레함으로의 올가미에 스스로 결박당하는 것에 불과하다는 것을 보여준다. 객관적 인식이란, 결국, '나'만을 세상으로부터 떼어놓기, 다시 말해 '나'라는 작은 타자로의 도피일 뿐이다. 그것을 깨달은 자는 운명적으로 자질구레함의 운명 속에 가담하지 않을 수 없다. 내재적인 부정, 긍정적 부정만이 세상의 부정성에 작용할 수 있는 것이다. 그러니, 저 앞에서 작가가 나열하고 있는 자질구레함의 목록들 중에 작가의 이름이 끼어 들어간 것은 장난이 아니며, 자조도 아니다. 그것은 자질구레함의 참여이고, 그것들에 대한 사랑이다. 좀더 정확히 말하면, 그것들에 대한 '사랑의 고통'이다.

소설가는 그냥 소설가가 아니다. 소설가 백민석, 소설가 구보씨의 그 숱한 '소설가'들은 하나의 상징 가치일 뿐이다. 소설을 씀으로써 소설가는 소설가가 된다. 사유인으로부터 실천가로, 머리의 존재로부터 몸의 존재로 월경한다. 그리고 비로소 관계의 모험이 시작된다. 『헤이, 우리 소풍 간다』에서 그 관계는 유리 조각들처럼 산산이 깨어졌었다.

K는 고개를 들어, 검은 십자 그림자들이 이룬 격자무늬들 새로, 천천히 K 자신들을 향해 내려지는 어떤, 광선의 칼날들을 본다…… 얇디얇은 은회빛의 칼날들이 공중의 구름 뭉치들을 저미고, 성긴 공기층들을 자르며, 다시, K와 흙의 피투성이 된 머리에게까지 내려와, 내리꽂힌다. 다시, 되튕겨오른다, 알겠어, 흙? 다시 온다, *박스바니, 그 미친 성난 토끼가 다시 온다…… 다시 와…… 우리의 퐁텐블로로, 우리의 퐁텐블로로……* (『소』: 327)

이 깨어진 관계들, 모든 사적 관계의 붕괴는 유리 파편처럼 튀어 인물들의 몸 구석구석을 날카롭게 저민다. 『헤이, 우리 소풍 간다』는 그 파편들이 산란시키는 빛들로 아주 어지럽다. 그 현기증은 피투성이 된 온몸의 상처들이 아득히 죽어가면서 지르는 소리들로부터 나온다. 그 소리들, 점점 빠져나가는 피와 더불어 아득히 잦아드는, 잦아들지만, 피를 흘리는 동안, 다시 말해, 글쓰기와 글읽기가 계속되는 동안 결코 완전히 사라지지는 않을 영원히 계류된 소리들. 그러나, 이제 그의 문체는 변모해야만 할 것이다. 깨진 조각들을 다시 모아야 할 까닭을 발견했기 때문이다.

단도직입적으로 말해 『16믿거나말거나박물지』의 기본 문체는 대화이다. 너와의 대화, 세상의 자질구레함에 포박당한 너와 그것의 무의미를 알면서 그것에 참여하는 나의 대화. 이 2인 대화가 기본 구도이다. 아마도 당연하리라. 『16믿거나말거나박물지』는 무엇보다도 참여에 관한 소설이니까. '노사간의 대화가 필요하다'는 식의 세속적인 대화론에서부터 토도로프에 의해 '대화 이론'이라고 명명된 바흐친의 이론적 담론에 이르기까지 대화는 항상 만남과 화합을 예고해주는 듯이 말해진다. 그러나, 다시 생각해보자. 대화는 변별적인 둘 이상의 개별 주체를 전제로 한다. 이 이질적인 존재들, 저마다 주체에 대한 환상에 사로잡혀 있는 이 완고한 존재들이 어떻게 서로 화통할 수 있겠는가? 그러니, 대화를 기본 형식으로 갖는 장르는 소설이 아니라, 극인 것이다. 고전적 이론에 따르면, 세계와 자아의 영원한 평행을 기본적 세계관으로 갖는 장르이다. 결코 만나지 않는, 그래서, 당연히 시간이 발생할 수 없고, 역사의 파열면을 보여주는 것, 그것이 극이다(지금은 기억의 저편으로 사라져버린 루카치 식의 이런 장르학을 나는 아직 버릴 생각이 없다. 그의 실천론은 억지이지만, 그의 관념론은 아직도 유효하다고 나는 생각한다).

그러니까, 대화만으로는 결코 화합을 이루어낼 수 없다. 어느 정신분석학자는 정신분석을 2인 심리학으로 이해하는 경향에 대해 냉소를 보내면서, 적어도 정신분석에는 3명의 등장인물이 있다고 하였다. 그 제3자는 바로 언어이다. 전통적인 소설에서 이 제3자란 진술과 묘사에 다름 아니다. 진술은 모두어 끌고 가는 힘이며 묘사는 인물들의 작은 공동체를 세계의 크기만큼 확대하는 힘이다. 이 두 힘이 있을 때만 대화는 합류하고 분기하며 마침내 큰 바다에 가서 만난다.

물론, 우리의 젊은 소설가는 전통적인 소설을 따라갈 수 없으며, 그럴 의향도 없을 것이다. 전통적인 소설이 상수(常數)로 놓고 있는 개인 주체를 그의 소설은 전제할 수 없기 때문이다. 사적인 모든 것의 붕괴를 체험한 자가 어떻게 그것을 낡은 훈장처럼 지킬 수 있겠는가?

물론 어떤 소설들이건 그 인물들의 대부분은 개인들이다. 소위 포스트모던한 신세대들이 모더니스트의 권위를 두르고 있는 모든 것을 내팽개치려고 할 때 여전히 남겨두고 제것화하려고 하는 것, 그것은 바로 '개인'이라는 모더니즘의 원자핵이다. 아마도 문명의 팽창이 종의 육체적 경계를 허물어버리게 되는 순간까지 개인은 계속 들끓을 것이다.

다만, 『16믿거나말거나박물지』에서 개인들은 상수가 아니라, 변수일 것이다. 그것은 이제 더 이상 인물로서의 유일한 권리를 주장하지 못할 것이며, 스스로 풍화하고 재구성되는 아주 유동적인 존재로서 나타날 것이다. 정말 어떠한지는 직접 살펴볼 일이다.

우선, 인물들은 여전히 독립적인 개체들로 나타난다. 19세기식 근대 소설처럼 성명과 신원이 확실히 밝혀져 있지 않고, 간단한 인칭대명사로 지칭되고 있으나, 그렇다고 그것이 직접 개인의 와해를 증거한다고 할 수는 없다. 인칭은 인간관계의 원형적 지칭이다. 독자가 주목할 만한 것은 다른 것들이다.

먼저, 주제적 차원에서: '나'의 '너'에 대한 관계는 거부와 이끌림이라는 모순된 태도로 나타난다. 가령, '너'는 '나'를 끊임없이 불러내려고 한다. '나'는 '너'가 남겨놓은 음성 녹음들을 인정사정없이 지우고, 너의 설명을 귓등으로 흘린다. "나는 타인의 호출기에 대한 존경과 예의가 없는, 그런 인간들이 싫다"(「완」). 그러나, "나는 계속 귀 기울이지 않았지만, 이상하게도 호기심은 불어났다"(「캘」). 그는 '너'의 얘기가 헛소리에 불과하다 해도 그것을 기록한다. "이 기록은 놈의 수다가 정말일 수도 있으며, 또한 일단은 내가 정말인 것으로 믿는 듯 행동하는 것을 전제로 한다"(「완」). 왜? 아마도, 이 소설이 무엇보다도 참여에 관한 소설이기 때문에 그러할 것이다.

다음, 형식적 차원에서: 기본 형식이 대화이듯, 양적으로도 대화 구문이 소설들의 많은 부분을 차지하고 있다. 그런데, 이 대화들은 대화 구문의 일반적 관행을 따르지 않는다.

밖에는 비가 왔고 우리는 결혼을 일찍 한 여자 친구들과 얼마 전 제대한 남자 친구들에 대해, 「중국인 거리」와 「중국행 슬로 보트」에 대해 얘기했다./① "친구 하나가 스물둘에 결혼했어, 왕십리 어디에 있는 예식장에서. 몇 년 전 일이지."/② "이젠 애가 둘이야. 얼마 전 봤는데 내가 어릴 적 보아왔던 엄마 모습 그대로야. 〔……〕 어떤 기분일까? 나이 스물다섯에 두 아이의 엄마가 된다는 것."/③ 네가 가볍게 입술을 삐죽거리며 말했다. ④ "때로는 그래. 〔……〕 왜 모두들 스물다섯에 애 둘을 가지거나 하나도 가지지 않거나 할까? 다들 왜 한결같거나 아님, 한결같지 않거나 할까?"/⑤우리 둘은 가볍게 이맛살을 찌푸리면서 목소리를 한데 모았다. "그래도 어차피 시간은 가!" (「카」)

보통의 대화 구문은 일대일 대응이 기본이다. 대화는 대개 행갈이를 통해, 혹은 겹따옴표를 사이로 주고받는 것이 원칙이다. 그러나 『16믿거나말거나박물지』에서는 이런 관행이 빈번히 무시된다. ①②④의 연속되는 대화문은 모두 '너'의 것이다. '나'는 침묵을 지키고 있었고 얼마간의 사이를 두고 '너'가 계속 얘기했다는 것이다. ③의 지문은 다음 말이 '너'의 말임을 명시하는 기능을 가지고 있는데, 그것이 끼어 들어감으로써 오히려 ②의 주체를 '나'로 착각하게 하는 데 기여한다. 이것은 대화가 뭔가 고장을 일으키고 있음을 보여준다. 세 가지 해석이 가능하다. 첫째, 둘 사이의 대화가 어긋난다는 것. 즉, 대화의 형식을 취하고 있기는 하지만, 실은 각각 자기만의 독백을 하고 있다고 해석할 수 있다. 카페에서 나가 "너는 59번 버스, 나는 11-1번 버스"를 타고 각각 헤어지듯이. "덩어리가 철제 책상 너머에서, 짜증과 분노로 얼룩진 고함을 내질렀다./ '꺼져줘!' /하지만 솔직히, 내 두 귀의 청신경들은 너무나 지쳐 있어서, 그런 따위 고함엔 아랑곳하지 않았다"(「악」) 같은 구절도 그러한 사정을 잘 보여준다. 그러나, ⑤에서 둘은 어쨌든 생각의 일치를 보여주지 않는가? 따라서, 둘째, 이 대화들은 대화의 형식을 취하고 있으나, 현대인들의 공통된 생각 혹은 감정을 대변하고 있다고 해석할 수 있다. '너' '나'의 구별은 형식적 표지에 지나지 않으며, 실은 모두 한결같은 목소리를 내고 있다고 할 수 있는 것이다. ④의 내용은 그것을 암시하며, 따라서, 현대인의 사회 심리적 풍경에 대한 작가의 비판적 의식을 엿볼 수 있다. 그러나, 이것은 이 연작 소설집이 참여에 관한 소설이라는 독자의 판단과 어긋난다. 게다가, 이 같은 생각은 얼마나 모호한 말인가? 방금 본 인용문의 '덩어리'와 '나'의 어긋난 대화에도 공통점이 하나 있으니, 둘 다 짜증과 분노로 얼룩져 있다는 것이다. 그렇다면, 형식적 표지는 한결같음이고 실제로는 '너'와 '나'가 저마다 다르다는 것인가? 이러한 해석은 첫번째 해석의 보완이 될 수 있을 것이다. 이 두 해석은 결국 현대인에 대한 아주 상반된 두 가지 해석과 그대로 상응한다. 한편에서 사람들은 인간이 등록번호의 시대를 살면서 획일화·기계화되어가고 있다고 말한다. 다른 편에서는 사람들은 파편화·개인화되어가고 있다고 말한다. 두 생각은 다 일리가 있으나, 그러나, 똑같은 정도로 부족하다. 어찌 됐든 이 두 가지 해석은 대화의 이상 증상을 통해 현대인들의 소통 불가능성을 반영하고 있다고 하는 사회학적 해석이다.

그러나, 아니다. 이 소설이 참여에 관한 소설이라는 독자의 궁리가 타당하다면, 독자는 지금까지 뭔가 잘못 보고 있는 것이다. 위의 두 해석은 모두 대화들만을 읽었다. 그러나, 정작 읽어야 할 것은 대화들과 그 대화들 사이의 여백, 즉 침묵이 아닐까? 성기들에 대한 천연덕스러운 언급, 천진한 어린이식 말투, 짧은 단문들의 경쾌한 이어짐 등으로 무척 상쾌한 분위기를 돋우고 있는 이 대화들의 상쾌함을 실제로 떠받쳐주는 것은 바로 대화들 사이에 부푼 공기처럼 들어찬 여백들이기 때문이다. 과연 '너'와 '나'가 대화를 주고받는 공간은 그냥 백지의 공간이 아니다. 그곳에서는 DJ가 "쓸쓸하고도, 명확히 쓸모를 알 수 없는 중국식 농담 같은 표정으로" 음악을 틀고 있고, "우리〔가〕 한동안 가볍게 웃음을 웃"는 동안 "와이셔츠와 타이 차림의 사내들 대여섯이 저쪽 팔인용 테이블에서 차를 마시고 있"다. 이 쓸쓸한 DJ의 표정과 와이셔츠 차림의 사내들의 무표정 사이에서 '나'는 "어쩌면 시기를 놓친 것인지도 모른다"는 생각을 한다. DJ는 분명 중국식 농담을 했을 텐데, '내'가 보는 것은 "중국식 농담 같은 표정"이다. 사내들도 무슨 말들인가 나누고 있을 텐데, 그것은 물론 '나'와 '너'에게 들리지 않는다. DJ의 표정은 나와 너의 대화 속에 뒤섞이면서(실제, DJ의 멘트는 둘의 대화 속에 표지 없이 끼어든다), 둘의 대화에 시간을 놓쳐버린 자의 쓸쓸함의 정조를 입혀 카페 차이나를 흐르게 한다. 그 쓸쓸한 흐름은 사물처럼 놓여 있는 사내들에게 부딪쳐 튀어 오른다. 그 튀어 오름이 인간의 말이 된 것, 그것이 "어쩌면 시기를 놓친 것인지도 몰라"이다. 또 다른 예:

나는 손을 뻗어 네 엉덩이를 주무른다. 산소 주입기에선 증류수가 끓는다. 나는 흥분하고, 얇고 아주 적은 양의 가래가 할머니처럼 내 기도를 타고 끓어오른다. 갸르륵— (「열」)

이번엔 몸의 대화이다. 둘의 성애가 묘사된다. 그러나, 그것만 있는 것이 아니다. 그 옆에선 병든 할머니가 있고, 할머니를 위한 산소 주입기가 있다. 둘의 성애의 열기는 산소 주입기를 타고 할머니 쪽으로 퍼진다. 할머니의 목에서 가래가 끓듯이, 성애로 흥분된 나도 가래가 끓어오른다. 나와 너의 리비도의 가래는 타나토스의 가래와 순간적으로 뒤섞이고 되튕겨나온다. 그러니까, 제3의 인물이 있는 것이다. 그 제3의 인물은 바로 침묵, 말 없는 말이며, 삼투와 탄성을 야기한다. 대화의 경쾌함은 바로 거기서 나온다. 그것은 지극히 어둡고

백민석에 관한 두 장의 하이퍼 카드 263

불길한데도 불구하고, 죽음과 생의, 쓸쓸함과 어떤 열망 사이의 파닥이는 긴장을 낳는다. 가령, 이 3자 대화는 "불행이라는 커다란 덩어리 케이크의 표면에 오밀조밀 박혀 있는, 달콤한 건포도들"처럼 까실까실한 생의 감촉을 가지고 있고, "소파의 등받이에는 그녀가 벗어놓은 비닐 쇼트팬츠가, 나 자신의 어두컴컴한 절망감을 투영하며 짧게 늘어져 있었다"(「운」)의 쇼트팬츠처럼 생의 어두움을 밝게 반사한다.

『16믿거나말거나박물지』의 개인들은 고전적인 인물들이 분명 아니다. 그 극단에 있는 로브그리예의 사물들도 아니다. 그렇다고 개인 주체의 요동을 보여주던 시기의 사르트르·까뮈의 의지인도 아니다. 그 인물들은 흔들리는 개인이면서 동시에 살아 있는 관계인들로서만 존재하는 개인들이다. 살아 있는 관계인들이되, 가령 그들은 이인성의 인물들이 보여주는 바와 같은 타자로의 끝없는 분산과 이타성들의 쉼없는 순환을 전개하는 인물들은 아니다. 『16믿거나말거나박물지』의 관계 형식은 기본적으로 나와 너(의 대화), 그리고 배경(침묵)이다. 그것은 투명인간으로 말소되어가고 있는 현대인, 좀더 정확히 말해, 타인의 문화를(그 타인의 문화는 그 자체가 타자의 문화를 제 것인 양 전용하는 문화인데) 먹고 자랄 수밖에 가난한 젊은이에게 닥쳐 있는 문제가 주체의 문제이기 때문이다. 『헤이, 우리 소풍 간다』에서 '나'의 관계는 산산조각이 났다. '나'는 시방, "유리가루"(「인」) 위에 서 있는 것이다. '나'는 펨프의 투명인간 프로젝트 실험에 직면해 있는 것이다.

관계의 모험을 우화의 형식을 빌려 완성하고 있는 '음악인 협동조합' 4부작(완성한다고 했으나, 그 모험은 시작과 과정만 있을 뿐 결코 종결되지 않는 모험이다. 그것은 현대 문화의 오버그라운드 ── 언더그라운드 — 언더언더그라운드 — 오버오버그라운드로 이어진 이 연작이 독자의 기대 지평을 연속적으로 배반하면서, 나선형적 순환을 하고 있기 때문이다. 이 4부작만을 떼어서 분석하는 것도 무척 흥미로운 일이 되겠으나, 지면 때문에 여기서는 생략하기로 한다)의 맨 마지막 대목은 바로 작가의 문제가 관계의 항으로서의 주체의 정립이라는 것을 보여준다.

> 가로등 불빛에 덩어리들의, 거칠고 잿빛인 털로 덮인 굽은 등이 희미하게 보였다./폐드럼통들은 아니었다…… 덩어리들은 살아 있으면서, 살아 있는 모두를 떨게 하는, 어떤 것들이었다.
> [……]
> "자네도 그걸 보고 있나."
> 내가 펨프의 최후 진술을 나지막이 따라 중얼거려보았다. (「협」)

이 "거칠고 잿빛인 털로 덮인 굽은 등"의 덩어리는 "동그랗게 말리는" 고양이, "제 삶 속에 힘껏 쑤셔박혀 도무지 돌아 나올 줄 모르는" "가련하고 안"된 고양이에 다름 아니다. 살아 있는 모두를 떨게 하는 것은 바로 살아 있는 것이다(펨프도 가련한 횡령범에 지나지 않는 것이다). 모든 삶에 대한 두려움은 바로 두려움을 창조한 그 생각의 덩어리였던 것이다. 『16믿거나말거나박물지』가 전하는 마지막 전언이 바로 그것이다. 우리가 그토록 저마다의 사적 창조 속에서 열망하는 신화 혹은 법, 또는 우리의 삶을 그렇게 신화와 자질구레함 속 사이에 내통케 하는 배후는 없다, 라는 것이다. 책과 뉴 미디어의 이 협잡, 위대한 진공관 시대와 디지털 음향의 이 공모, 창조의 신화와 자질구레함의 이 나락 사이의 이 안달복달 저 뒤에 도사린 미지의 뒷무대, UFO, 에일리언, 대형은 없다! 그것은 나의 우울 속에서 태어났고, 너의 불안 속에서 커져갔으니, 그것을 거둘 자도 나와 너일 뿐이다. 그래서, '나'는 펨프의 최후 진술을 스스로 중얼거리는 것이다. 이젠 펨프도 없는 것이다(작가는 고전적 개인 주체로 결국 돌아가는 것인가? 아니다. 여전히 그 '나,' 그 '너'를 살게 하는 것은 살아 있게 하는 것은 나와 너의 관계이지, 나 그 자체, 너 그 자신이 아닌 것이다).

그것을 알았으니, 이제 그는 유리가루 위에서 피 흘리기를 두려워하지 않으리라. 하나의 시험에 들기를 피하지 않으리라. 독자는 이 젊은 작가가 어떻게 이런 깊은 생각의 심연에까지 이를 수 있었는지 잠시 넋이 나간다.　　　　　　　　　　　　　　　　〔1997〕

제5부 보유

사적 정신으로부터 사회적인 것을 구출하거나
서사의 해체를 향해 가다
─2004년의 소설들

2004년의 한국 소설의 특징적 양상은 대략 세 가지로 요약할 수 있다.[1]

첫째, 1990년 이후 다양하게 확산되던 '개인화' 경향이 정체되고 사회적 문제들을 다루기 시작했다는 것이다. 둘째, 이러한 개인으로부터 사회로의 반전을 가능케 한 것은 원로 작가들의 약진이라는 것이다. 셋째, 젊은 세대의 개인화 경향이 정체된 병목의 자리에서 서

---

1) 이 글에서 다루어진 작품들을 선정하는 데는 다음과 같은 세 가지 기준이 적용되었다. 첫째, 책으로 완성된 작품만을 대상으로 삼았다. 즉, 정기 간행물에 발표된 중·단편이나 연재소설은 고려하지 않았다. 이것은 특정한 시간대에 대한 문학적 해석이 이제는 '책' 단위로 이루어져야 한다는 판단에 의한다. 둘째, 2003년 12월에서 2004년 12월 사이에 출간된 작품들 중에서 신간만을 다루었다. 즉 두드러진 바가 없는 개작 혹은 재간 작품은 제외하였다. 셋째, 여기에서 다루어진 것들은 논의되어야 할 '가치'가 있다고 필자가 판단한 것들이다. 이 목록은 따라서 필자의 주관성에 강하게 지배되고 있다고 할 수 있다. 그러나 이 글의 목적이 2004년에 출판된 전 작품의 계량적 수치를 드러내는 데에 있는 것이 아니라면 이 주관성은 불가피한 것이라 생각한다. 특히 서점에 나가 보면 알 수 있지만 인터넷을 통해 엄청나게 쏟아지고 있는 신변 토로형 혹은 심심풀이형 저급 로맨스들의 범람을 생각하면 더욱 그렇다.

사의 해체라는 새로운 양상이 나타나기 시작했다는 것이다. 이 특징적 양상들을 좀더 풀이하면 다음과 같다.

우선 2004년의 소설이 원로 작가와 젊은 작가들의 뚜렷한 양극화 속에서 진행되었다는 것을 지적해야 할 것 같다. 원로 작가군은 환갑을 지난 4·19세대 작가들을 주로 일컫는 것으로 박완서·최일남·서정인·이청준·김원일·김용성의 작품이 2004년에, 그리고 2003년 12월에 황석영의 『심청』이 출간되었다는 사실에 근거한다. 이들이 출간한 작품을 열거하면 다음과 같다(작가 이름순).

김용성: 『기억의 가면』, 문학과지성사, 2004. 6
김원일: 『물방울 하나 떨어지면』, 문이당, 2004. 1
김채원: 『지붕 밑의 바이올린』, 현대문학, 2004. 6
박범신: 『빈방』, 이룸, 2004. 6
박완서: 『그 남자네 집』, 현대문학, 2004. 10
서정인: 『모구실』, 현대문학, 2004. 11
이청준: 『꽃 지고 강물 흘러』, 문이당, 2004. 10
최일남: 『석류』, 현대문학, 2004. 6
한승원: 『잠수거미』, 문이당, 2004. 4
황석영: 『심청』, 문학동네, 2003. 12

한편, 젊은 세대 작가군은 30, 40대의 소위 '386' 이하의 세대들을 가리킨다. 이중 '연배'뿐만이 아니라, 문학 활동의 시기와 문학적 경향에서 386세대에 속하는 작가들은 다음과 같다.

김영하: 『오빠가 돌아왔다』, 창비, 2004. 3

김형경: 『성애』, 푸른숲, 2004. 3

배수아: 『에세이스트의 책상』, 문학동네, 2003. 12;

　　　　『독학자』, 열림원, 2004. 8

이응준: 『무정한 짐승의 연애』, 문학과지성사, 2004. 4

정영문: 『달에 홀린 광대』, 문학동네, 2004. 9

서하진: 『비밀』, 문학과지성사, 2004. 5

박상우: 『사랑보다 낯선』, 민음사, 2004. 6

원재길: 『달밤에 몰래 만나다』, 문학동네, 2004. 5

정미경: 『나의 피투성이 연인』, 민음사, 2004. 6

조경란: 『국자 이야기』, 문학동네, 2004. 12

이 중, 1990년대 한국 문학의 주도적 경향이었던 '개인화' 경향에 호응하는 작가는 김영하·김형경·박상우·배수아·서하진·원재길·이응준·정미경·정영문·조경란이며, 연배상으로는 386세대에 가깝지만 그 이후 세대에 넣을 필요가 있는 작가는

이명행: 『사이보그 나이트클럽』, 문학과지성사, 2004. 2

이해경: 『머리에 꽃을』, 문학동네, 2004. 6

이다. 그리고 386 이후 세대를 이루는 작가들은 다음과 같은 작품들을 출간하였다.

강영숙: 『날마다 축제』, 창비, 2004. 3

고은주: 『칵테일 슈가』, 문이당, 2004. 8

권여선: 『처녀치마』, 이룸, 2004. 8

김도언: 『철제 계단이 있는 천변풍경』, 이룸, 2004. 1

김종호: 『검은 소설이 보내다』, 열림원, 2004. 2

박형서: 『토끼를 기르기 전에 알아두어야 할 것들』, 문학과지성사,
2003. 12

서성란: 『방에 관한 기억』, 문이당, 2004. 4

서준환: 『너는 달의 기억』, 문학과지성사, 2004. 10

심윤경: 『달의 제단』, 문이당, 2004. 5

양선미: 『맛동산 리시브』, 문이당, 2003. 12

윤성희: 『거기, 당신?』, 문학동네, 2004. 10

이기호: 『최순덕 성령충만기』, 문학과지성사, 2004. 10

이명랑: 『나의 이복형제들』, 실천문학사, 2004. 5

천운영: 『명랑』, 문학과지성사, 2004. 8

그 외, 세대나 에콜을 가리는 게 무의미하여 독립적으로 이해할 필요
가 있는 작가는

김훈: 『현의 노래』, 생각의 나무, 2004. 2

송은일: 『도둑의 누이』, 문이당, 2004. 2

유재현: 『시하눅빌 스토리』, 창비, 2004. 5

이충걸: 『슬픔의 냄새』, 시공사, 2004. 1

등이다.

이 목록을 헤아리면 386세대와 4·19세대 사이의 공백이 가장 뚜렷
하다. 이른바 '유신 세대' 즉 '10월 유신'과 '긴급 조치'로 상징화할
수 있는, 박정희 정권 말기에 대학을 다녔고 1980년 5월 광주의 참상
에 대한 죄의식을 끌어안고 성인이 되어야 했던 작가군 중에 2004년
에 볼만한 작품을 출간한 작가는

하나뿐이다. 그리고 바로 그 앞 연배에 속하는 작가들, 즉 4·19세대
와 유신 세대 사이에 놓인, 이문열·김원우 등의 세대가 출간한 소설
은 눈에 띄지 않는다.

유신 세대의 소설이 보이지 않는 데에는 여러 가지 이유가 있을 것
이다. 이 중 가장 주의 깊게 생각해봐야 할 문학적 이유는 1980년대
적 문학의 퇴조이다. 다시 말해 1980년대에 새롭게 부상했던 문학적
이상이 이제 그 효력을 상실했다는 것이다. 다만 그 효력 상실이 문
학적 의의의 소멸인지 아니면 교환 가치의 상실인지는 더 깊은 논의
가 필요하다는 전제가 따라야 할 것이다. 이 자리는 그걸 따지기에는
적절치 않으므로 사실들을 확인하는 선에서 그치기로 하자. 거칠게
요약하면 그것은 두 가지 양극적인 1980년대적 문학의 퇴조로서, 민
중문학과 언어 탐구의 동시적 소멸을 가리킨다. 그 둘이 추구한 방향
은 극단적으로 달랐지만 문학적 사안들을 삶의 총체성의 차원에서 다
루었다는 공통점을 가지고 있었다. 이인성의 표현을 빌리면 그들은
어쨌든 "전체를 밀고 나간" 것이다. 따라서 우리는 1980년대적 문학
의 퇴조를 종합적 정신의 소실로서 정의할 수 있을 것이다.

원로 세대의 약진은 두 가지 점에서 주목할 만하다. 하나는 한국
문학이 조로 현상을 극복했음을 보여주는 뚜렷한 징후로서 읽을 수
있다는 것이다. 10여 년 전만 해도 50대 이후에도 소설을 쓰는 작가
는 극히 드물었으며, 설혹 그런 작가가 있다 하더라도 자신의 소설적
갱신과 한국 문학의 지평 확대와는 거리가 멀었다. 그래서 이웃 나라

인 일본이나 중국의 사정에 비추어 우리 소설계의 조로를 탄식하는 한숨이 꽤 소음을 냈었다. 그러나 이제는 그런 한탄은 하지 않아도 될 듯싶다. 특히 2004년 발표된 원로 작가들의 작품들은 작가 본연의 문학 세계를 심화하는 한편으로 노년소설의 새로운 경지를 개척하고 있다는 점에서(이 분야에 대한 탐구가 진행된 지는 이미 4~5년 전부터다) 한국 문학의 지반이 매우 단단해졌음을 확인시켜서 그 지반 위에서 나날이 소설의 도시는 번창할 수 있다는 행복한 기대를 갖게 한다. 주목해야 할 다른 한 가지 점은 원로 세대의 약진이 1990년대 이후 진행된 한국 문학의 개인화 추세가 임계점에 이른 상태에서 그 문화적 상황을 극복하기 위한 문학적 응전으로서 읽을 수 있다는 것이다. 이 점에 대해서는 우선 개인화 추세를 주도했던 386세대의 소설적 경향의 추이에 대해 먼저 언급한 뒤에 재론해야 할 것이다.

　1990년대 이후의 '개인화' 경향은 종합적 정신에서 '사적 정신'으로의 이행을 가리킨다고 할 수 있다. 이때의 '사적'이라는 것이 정확하게 무슨 뜻인지는 아직 깊은 논의가 이루어진 바가 없다. 다만 그것이 공적 영역으로부터의 '탈주' 혹은 공적 영역의 '거부' 양상을 띠고 있었다는 점은 분명해 보인다. 문제는 완벽한 의미에서 '사적' 영역은 없다는 것이다. 설혹 있다 하더라도 그것은 사회에 '드러날' 수가 없다. 가령 우리는 흔히 '자아'를 자기만의 고유한 무엇이라고 생각하기 일쑤인데 실제 그것은 타인에게 비추어지도록 주체가 자신에게 부여한 이미지에 지나지 않는다. 그렇지 않으면 '자아'를 주장하거나 그것을 실현할 이유가 없는 것이다. 따라서 '사적 정신'이라고 명명할 때 우리는 이 사적 정신이 어떤 암묵적으로 가정된 공적 정신의 치환인지를 살펴야 하며, 그것을 통해서 사람들이 비판하고자 하는 것이 무엇인가, 즉 현재의 사회에서 지배적으로 군림하고 있는 특정한 공적 정신이 무엇인가를 물어야 할 것이다. 가령 조르주 뒤비와 그의 제자들이 밝혀 보여주었듯이 중세 유럽에서 태어나 특별한 사유와 감정의 집단적 양식으로 기능한 '사적인 것'이 실은 '남성적이고 가족적인 것'의 다른 이름이며, 그것을 통해 중세 유럽인들이 저항하고자 한 '공적인 것'은 '로마적인 것'의 다른 이름이었던 것처럼 말이다.

만일 1990년대의 개인화 경향이 단지 문학만의 문제가 아니라 한국인의 삶 전반에 걸쳐서 일어난 문화적(문화란 삶의 침전물이라는 의미에서) 변화라고 한다면, 그리고, 따라서 2004년 한국인의 삶의 문화가 대략 15년간에 걸쳐져 진행된 변화의 결과라고 한다면, 우리는 1990년대부터 일어나기 시작한 '사적 정신'의 정체를 얼마간 짐작할 수 있다. 오늘날 한국인의 삶의 문화는 사적인 것이 극도로 팽대한 양상을 보여주면서도 동시에 그 사적 양태들이 그 자체로서 공적인 효력을 발휘하는 그런 특이한 성질을 가지고 있다. 그것은 한국인의 문화적 변화는 공적인 것에서 사적인 것으로 이행한 것이 아니라 사적인 것이 공적인 것을 대신하게 되었다는 점에 포인트가 있음을 보여준다. 그것은 우선은 과거의 정치권력에 의해 자행된 정치적 탄압과 지도 계층의 각종 비리와 사욕이 폭로되는 과정 속에서 보편적 감정 체계로 굳어진 '공적인 것에 대한 불신'으로부터 태어났다. 그 불신은 1988년 이후의 민주화 추세 속에서 공적 영역으로부터 배제되어 있었던 보통 사람들의 삶 하나하나에 대한 적극적 가치 평가와 의미 부여를 낳았다. 그리고 공적 영역에 대한 불신은 공과 사를 구별하는 필터를 제거하게 하였고, 그 결과로 보통 사람들의 저마다의 생활·문화·의식·생각의 모든 것들이 곧바로 공공의 광장에서 제 권리를 주장하기 시작하였다. 그러나 본래, 사람들의 사적 삶의 각종 세목들은, 사람들마다 그리고 분야들마다, 지극히 이질적인 것들이어서 그것이 공공 광장에서 힘을 얻기 위해서는 새로운 공적 필터의 도입이 요구되었는데, 현존하는 공적 영역이 만들어놓은 법률·관습·규칙이 그 필터를 제공할 수 없었기 때문에(왜냐하면 '공적인 것에 대한 불신'이라는 보편적 감정 체계와 모순을 일으키는 것이니까) 어떤 가정된 '진정한' 공공성에 근거하여 세워진 몇몇 추상적 원칙들이 필터 역할을 하게 되었다. 그 추상적 원칙들 중의 핵심은 무엇보다도 민족주의와 평등주의인데 중요한 것은 그것이 제도나 율법으로서 작용하는 것이 아니라 그 추상성만큼이나 뜨거운 정서로 작용한다는 것이다.

2004년의 시점에서 되돌아보면 1990년대에 진행된 문화적 변화는 공적인 것의 소멸이 아니라 그것의 변형이었다. 그 점에서 1990년대에 한때 유행했던 후일담 문학은 핵심을 잘못 짚은 것이라고 할 수 있다. 변한 것은 공적 정신의 소멸이 아니라 사적 정신으로 공적 정신을 대신하는 사태였다. 그렇기 때문에, 가령 2002년 월드컵에서 여실하게 드러났듯이, 집단적 정서는 소멸하지 않고 오히려 자발성의 끈끈이에 강하게 엉겨 붙어 더욱 곧추세워졌다. 1980년대에 집단적 정서의 상징적 실체로서 압도적인 위세를 발휘했던 '민중'이라는 어사는 이제 아무도 사용하지 않지만, '서민' '근로자' '보통 사람들' '한국인' 등의 어사가 때마다 편의적으로 동원되면서 1980년대의 '민중'이 가졌던 것보다 더 강한 에너지를 뿜곤 하는 것이다. 다만 그 이념의 내용과 그 이념에 따라야 할 법칙이 사라졌을 뿐이다. 그것을 자발성이 대체한 것이다. 그 점에서 2003년 말에 상자된 방현석의

『랍스터를 먹는 시간』(창비, 2003. 11)은 흥미롭게 읽힐 만하다. 그것은 후일담 문학의 하나의 귀착지가 원칙을 무시하는 세상에 대한 환멸과 소박한 인정주의라는 것을 보여준다.

한편 1990년대 이후 발흥한 새로운 소설들, 즉 개인화 경향에 부응하고 또 그것을 촉진하는 데 협력한 소설들은 어떠한가? 먼저 지적해야 할 것은 그 소설들은 방금 살펴본 문화적 변화와 같은 길을 가지 않았다는 것이다. 즉 1990년대의 소설들은 모든 종류의 '집단주의'에 저항해서 문자 그대로 '개인'의 영역을 찾아 나섰다는 것이다. 그것은 1990년대의 소설들이 당대의 문화적 흐름을 촉발하는 데 촉매의 역할을 했음에도 불구하고 후자와 적어도 두 가지 점에서 변별된다는 것을 가리킨다. 첫째, 소설은 개인화 경향이 처음 솟아났을 때의 욕망의 순수한 원형에 머물면서 그 욕망의 심화를 향해 나아갔다는 것이다. 일반적인 문화적 흐름이 개인화 경향을 집단주의에 다시 맞추어 변형시킨 것과 다른 점이다. 둘째, 이러한 개인화에 대한 순수 욕망의 보전은 한국인의 집단적 정서가 설정한 대타항(對他項)과는 다른 대타항을 가지고 있었다는 데 연유한다는 것이다. 다시 말해 문화적 양태로 발현될 한국인의 집단적 정서가 설정하고 있던 대타항이 '집단'(국민)의 이름을 빙자한 정치권력 집단이자 그들에 의해 자행된 유형무형의 부정과 탄압과 핍박과 소외라면, 문학이 상정한 대타항은 이 권력과 권력 행사의 모든 양태들의 근원에 놓여 있는 집단주의적 무의식이었다는 것이다. 그래서 전자의 개인화 경향은 당시의 정치권력에 대항하는 새로운 집단적 힘으로 재결집하였던 데 비해 후자의 개인화 경향은 문자 그대로 집단주의와 대립되는 '사적 정신'의 변주 혹은 심화로 나아갔던 것이다.

이러한 특징 속에서 1990년대에 발흥한 소설들의 '사적 정신'의 경향은 세 가지로 대별된다. 하나는 '사소한 것들의 유의미성'이다. 신경숙의 소설로 대표되는 이 경향은 얼핏 한국 사회의 정치경제적인 큰 문제들과 관련이 없어 보이는 자질구레한 일상의 세목들이 중요한 삶의 의미를 가지고 있다는 것을 처음으로 설득력 있게 보여주었다. 그러나 이것은 생활의 발견은 아니었다. 생활의 발견이었다면 그것은 사회의 큰 문제로부터 소외된 사람들의 삶의 구체적인 내용들과 양상들에 긍정적인 의미를 부여하고 그것으로 큰 사회적 영역에 대응하는 나름의 집단적 공간을 구축하는 길로 나아갔을 것이다. 가령 그것은 유신 세대 작가인 양귀자의 『원미동 사람들』이 개척한 길이었다. 1990년대 작가들이 보여준 일상의 풍경은, 그런 것이 아니라, 유대 (紐帶)가 끊어진 혹은 사회적 유대로부터 강제로 쫓겨났거나 혹은 자발적으로 소외된 개별자들의 삶의 모습들이었다. 때문에 '사소한 것들의 유의미성'의 방향에 놓인 소설들이 보여준 삶의 풍경은 '세상에 의해 의미를 부여받지 못한' 삶의 모습 혹은 '잘못된 의미 부여' 속에서 엉뚱한 운명 속에 놓이게 된 그것이었다. 그 한끝에 신경숙의 「배드민턴 치는 여자」가 있다면 다른 끝에는 성석제의 '조동관'이 있다. 그러나 그럼에도 불구하고 그 무의미의 나락으로 내몰린 삶이 고유한 의미를 가지고 있음을 보여주는 것이 이 소설들의 역할이었다. 그 의미는 어떻게 생성되는가? 그것은 가령, 생활적 차원에서가 아니라 '표현적' 차원에서, 다시 말해 이미 강력한 의미를 내장하고 있는 생활의 의미를 형상의 차원으로 되돌리는 작업에서 생성되었다. 이 작업을 통해서 생성된 의미는 그러니까, 우리 삶의 사소한 일상성이 이미 강력한 의미를 내장하고 있음을 밝히는 데서 드러나는 의미이며 동시에 그 확정된 의미로 인해 매우 딱딱해진 현실 세계를 해체하는 가운데 피어나는, 의미의 그물에서 해방된 세계에 대한 암시를 담은 불투명한 의미였다. 신경숙의 소설에서 줄거리가 약화되고 분위기가 강해졌다는 것, 롤랑 바르트의 용어로 말하면 기능 단위들보다 징조 단위들이 더 우세한 현상은 그로부터 비롯되는 것이었다.

다른 하나의 경향은 '사적 정신' 자체를 삶의 실행의 차원에 옮겨 놓는 데에 있었다. 김영하의 『나는 나를 파괴할 권리가 있다』에 선명하게 드러난 입장이 그것이었다. 그것은 사회적 일탈, 법으로부터의 탈주, 그리고 정상적 세계를 거부하고 도착을 자발적으로 행하는 양태들로 나타났다. 그것은 물론 소설이라는 허구적 장치에 기대어서만 가능한 현실이었으니 그것의 근본적인 존재 양식은 환상fantasy이었다. 정영문이 지속적으로 발표한 그로테스크한 무기력자들의 세계 역시, 그 환상을 통해서 현실의 눈에 썩 기이하고 불편한uncanny 광경을 목도하게 하였고 그럼으로써 '행복'의 이데올로기로 충만한 21세기적 비전에 끊임없이 불안의 그림자를 드리우고 있었다.

그리고 마지막으로 이 사적 정신이 '장르적' 차원에서 구현된 곳이 또한 있었다. 바로 가상공간의 세계에서 가상공간적 성질을 가진 소설들이 출현했던 것이다. 우선 가상적인 것이 사적인 것과 어떻게 통하는가를 물어야 할 것이다. 간단히 대답하자면 1990년대부터 현재까지에 이르는 한국적 현실에서는 그 둘은 통한다. 우선 통상 주변 장르로서 일컬어지는 '추리' '판타지' 'SF'는 그 존재의 속성상 사회적 추세와 그 사회 특유의 전통적 문화형과는 무관하게 사적인 취향에 의해 생산·유통되는 장르이다. 이 장르가 언제나 '마니아'를 동반하고 있는 것은 그 때문이다. 1990년대부터 이 주변 장르들에 대한 본격적인 관심이 나타났다는 것은 바로 그 당시 사람들이 '개인'에 대해 눈뜬 현상에 상응한다. 그런데 이 주변 장르 중에서 한국에서 발흥한 것은 '판타지'가 유일하며 판타지 중에서도 '서사epic 판타지'가 유행하였다. 이것은 1990년대 이후 한국의 문화가 사적인 것의 자발적 집단주의화의 길을 보여주었다는 앞에서의 진단을 다시 한 번 증빙하는 현상이다. 따라서 서사 판타지들을 통해 유통되고 증폭된 정서는 순수하게 사적인 것이라기보다는 사적인 것의 표지를 가진 정서·생각·주장들의 합일적 정념이었다. 언젠가 어떤 가수가 말했듯 이 "개성 찾다 유행 따라가"는 현상이 벌어진 것이다. 또한 이것은 인터넷이라는 가상공간의 한국적 존재 방식에 그대로 부응하는 것이다. 그렇기 때문에 문학적 차원에서 유의미한 작업은 이러한 가상공간의 한국적 존재 방식 자체를 물음표의 저울 위에 올려놓거나 아니면 가상공간의, 한국적인 경계를 넘어서는 보편적 존재 양식과 그에 따른 주체의 존재 양식을 질문하는 것이었다. 희한하게도 소설에 한정할 때 전자의 작업은 김영하의 『아랑은 왜』(문학과지성사, 2001)를 제외하고는 거의 이루어지지 않았고(시에서는 이원의 집중적인 탐구가 있을 뿐만 아니라 김혜순을 비롯해 많은 시인들이 그런 실험에 산발적으로 개입하였다), 후자의 작업은 얼굴 없는 작가 듀나Djuna의 'SF'소설들만이 겨우 채우고 있다.

2004년의 소설은 이 경향들이 어떤 임계점에 다다랐음을 보여준다. 386 세대의 소설들에서 나타나는 현상은 앞에서 언급한 경향들의 세 가지 방향의 변주이다. 하나는 이 중 한 방향의 극단적 심화이다. 정영문의 『달에 홀린 광대』가 이전 소설 세계를 다시 한 번 반복하고 있다면, 배수아의 『에세이스트의 책상』은 '사적 정신'을 환상적 공간에서 현실적 공간으로 옮겨놓는다. 그러나 방금 보았듯이 그 사적 정신이 현실적으로는 존재 불가능의 상태로 제시되는 것이어서 배수아의 소설은 형상화의 작업에서 벗어나 이념화의 길에 접어듦으로써 돌파구를 모색한다. 사적 정신의 의사-논리적 정당화가 배수아의 최근 소설들이 끈질기게 매달리고 있는 주제라는 것이다. 소설 제목은 그 이념에 대한 강박관념을 그대로 보여준다. 김형경의 『성에』는 약간 다른 방향에서 사적 정신의 '지식화'라는 야릇한 길을 모색한다. 1990년대를 전후해 갑자기 열린 문화의 우주 앞에서 현기증을 느낀 소설가들 중에 그 현기증을 현란한 잡학의 과시로 극복하려 한 작가들이 있었다. 가령 '록 음악'이 제재라면 온갖 록 아티스트들과 그들의 음반을 나열함으로써 독자를 주눅 들게 했던 것이다. 이러한 현상을 단순히 작가의 과시욕으로 돌려서는 별로 얻을 게 없다. 그럴 게 아니라 그것을 일종의 시대적 요구로서 읽는 게 생산적인 것이다. 다시 말해 '개인'이라는 새로운 정신세계로의 이행에 왜 지식이 필요했는가, 라는 물음이 필요하다는 것이다. 그것은 지식이 바로 정신의 불을 태우는 연료의 역할을 하기 때문이다. 그 연료가 없으면 정신은 자기 자신을 연료로 삼을 수밖에 없어서 스스로의 정념의 불길에 녹아 우그러져버린다. 그렇기 때문에 지식의 증가는 새 정신세계로의 진입에 필수 불가결한 요건인데 1990년대와 2004년의 소설들 사이에는 지식의 성질에 분명한 차이가 있다. 전자의 지식은 공유 가능하면서 작가가 선점한 지식이다. 그런 성질에 의해서 '너희가 ~을 아느냐'라는 말이 유행어가 되기도 했던 것이다. 그러나 배수아의 『에세이스트의 책상』에서 중심인물이 과시하는 지식은 철저하게 '사적인' 지식이다. 자기만의 지식, 공적 소통은 불요하며 오직 개인과 개인 사이의 내밀한 주입을 통해서만 전이되는 그런 지식이다. 아마도 클래식을 잘 알고 있는 식자라면 배수아의 음악 지식이 가진 결함을 따져 물을 수도 있을 것이다. 그러나 그것은 작가의 의도와는 무관한 것이다. 배수아의 지식은 오로지 사적 정신의 이념화를 위해서만 기능한다. 그것을 위해서만 기능하려고 할 때 지식은 단순히 연료의 지위를 벗어난다. 스스로 사적 정신이 되고자 하는 것이다. 즉 지식은 정신의 소유물에서 정신의 존재태가 되려고 하는 것이다. 배수아의 소설에서 '지식화'를 보지 않고 '이념화'를 본 소이이다. 이것은 배수아의 사적 정신의 이념화가 물리적으로 불가능한 사적 존재를 정신적인 차원에 집중시켜 극단화하는 태도임을 알려준다. 하지만 『성에』의 지식은 그렇게 사적인 것이 아니라 공유 가능한 것이다. 그런데 이 지식들은 전방위로 뻗친다. 두 남녀의 비련에서부터 짐승들의 짝짓기를 거쳐 식물들의 공생에 이르기까지. 세상의 모든 생명들은 온통 '성에' 붙들려 있는 것이다. 그런데, 그것이 모든 사랑의 파괴를 낳는 것이다. 인간은 애욕 때문에 살인하고 생명들은 짝짓기 중에 포식자에게 먹히곤 한다. "짝짓기를 향해 몰두하는 수컷들의 본능에 죽음으로 가는 직선 도로가 있"는 것이다. 여기까지 오면 『성에』의 지식은 단순히 공유 가능한 지식이 아니다. 그것은 아예 모든 생명들의 운명을 쥐고 있는 보편적 지식이다. 인간이 혹은 생명이 지식을 소유하는 것이 아니라 지식이 생명들을 주관한다. 인간 혹은 생명은 지식의 주체가 아니라 노예일 뿐이다. 이 엄혹한 운명과도 같은 지식을 통해 드러나는 것은 무엇인가? 그것은 환상의 불가피성과 환상의 불가능성의 동시성이다. 환상의 불가피성은 사랑을 충동질하고 환상의 불가능성은 사랑을 죽음으로 이끈다. 우리는 앞에서 '사적 정신'이

훼손의 양태로 나타나거나 아니면 환상의 형식으로 구현된다고 말했다. 『성에』에서 사회적 금기를 아슬아슬하게 넘어가는 두 남녀의 사랑은 저 보편적 지식의 조명 아래서 맹목적 정열이 되기를 그친다. 다시 말해 '이념화'되기를 그친다. 애초에 사적 정신의 연료로 쓰이기 위해 동원된 지식이 오히려 그 정신의 고양을 훼방하는 것이다.

『성에』는 따라서 1990년대적 지향이 부딪힌 장벽을 정면에서 바라보게 해준다. 1990년대에 발흥하여 한국 소설의 장을 휩쓴 개인화의 경향이 심화의 방향 속에서 허무한 밑바닥을 본 것이다. 서하진의 『비밀』은 다른 측면을 통해 허무의 심연으로 다가간다. 다른 측면이란 '사소한 것들의 유의미성'의 측면을 말한다. 그것들의 유의미성이 의미의 풍요와 충만을 가리키는 것이 아니라 의미에 포박되어 있음을 가리키는 것임을 앞에서 말했다. 서하진의 소설에 와서 의미에 포박된 상태는 존재의 죽음의 상태로까지 나아간다. 그것은 "생의 불가사의한 일들이 번쩍, 섬광처럼 다가와 스쳐간다면 얼마나 좋겠습니까. 모래시계처럼 천천히 다가오더라도 감지할 수 있다면 또 얼마나 다행이겠는지요. 내게 그것들은 늘 안개와도 같았습니다. 별이 맑은 밤하늘을 보고 잠든 아침, 밤사이 조용히 다가온 적군처럼 창밖에 있지요"(「사심」)라는 진술 속에 날카롭게 암시되어 있다. 생의 불가사의한 일들은 '나'에게 존재의 전환이라는 체험을 주는 게 아니라 그것의 끝없는 무기력을 유발한다. 이 끝없는 무기력을 벗어나는 길은 존재의 실제적인 죽음만이 있을 뿐인데 그 무기력은 그것마저도 불가능하게 만든다. 그럼으로써 살아 있는 상태로 끝없이 죽어 있게 한다. 그러나 작품집의 모두(冒頭)에 배치된 「뱃전에서」는 그러한 산 죽음의 상태로부터의 탈출 가능성을 모색한다. 그 탈출 가능성은 의미의 절대적 증여자(아버지)가 의미 쟁탈의 세계에서 물러난 이후 존재의 반란(앙코르와트 여행에서 만난 육체적 곤란)에 부딪히면서 생겨난다. 그럼으로써 의미의 수혜자로서만 여기던 딸과의 화해가 시작되는 것이다. 하지만 이 탈출 가능성은 '의미 쟁탈'의 세계에서 물러난다는 조건하에서만 생기는 것인데 그 조건은 아버지의 의지에 의해서 조성된 것이 아니다.

하지만 서하진의 소설은 개인화된 세계가 이미 사회성으로 가득 차 있음을 여실히 증명한다. 그리고 바로 이 자리에서 사적인 것으로부터 사회적인 것으로의 시선의 이동이 가능해진다. 김영하의 『오빠가 돌아왔다』와 이응준의 『무정한 짐승의 연애』는 상이한 방향에서 그 이동을 실행한다. 『오빠가 돌아왔다』에서 가장 주목할 만한 작품은 「너를 사랑하고도」이다. 시점을 달리하여 두 남녀의 '바보 같은 사랑'을 보여주고 있는 이 작품은 성격이 판이한 두 사랑을 하나의 조명 하에 동일하게 비추는데 그것은 탈의실에서 수영복을 갈아입는 것을 깜박 잊고 벌거벗은 채로 수영장에 뛰어든 '아줌마'의 사건이다. 그 사건은 이중적으로 사랑에 작용하는데, 하나는 인간의 환상(수영을 통해 피어나는)과 실제(벌거벗은 늙은 육체) 사이의 끔찍한 간극을 통해 환상의 파괴를 실행한다는 것이다. 그 사건 앞에서 '인숙'의 실연이나 '영수'의 억측은 하찮기 짝이 없는 것이 되고 만다. 그러나 거기에서 그치는 것이 아니다. '영수'의 눈앞에 환각처럼 출몰하는 아줌마의 '토르소'는 환상을 품고 또한 그에 의해 배반당하는 '육체'의 엄연한 존재성을 확인시키는 기능을 한다. 그 육체가 없다면 환상이 발생할 리 없고 환상이 깨어진 이후에도 육체는 깨지지 않고 남아 있는 것이다. 그러니 어쨌든 살긴 살아야 하는 것이다. 그렇기 때문에 그

아줌마의 동료들은 그녀를 감싸 보호했던 것이다. 그것은 사회적으로 이미 의미가 규정된 세계에 대항하여 존재 자체로부터 인화된 의미의 가능성을 찾게끔 한다. 표제작은 그런 결론의 연장선상에서 나온 작품이다. 반면 이응준의 『무정한 짐승의 연애』는 개인화 경향의 윤리학을 파고 들어간다. 여기에 개인들의 사랑이 있다면 그것은 말의 바른 의미에서의 사랑인가를 묻는 것이다. 그러나 이응준의 소설은 사랑의 부재를 비판적으로 성찰하는 데에 목표를 두고 있지 않다. 오히려 그는 개인들의 세계에서 사랑의 부재가 현대인들의 인간적 결함으로 인한 것이 아니라 명백한 사회적 현상임을 밝히는 한편으로 그 사랑이 부재하는 개인들의 삶 하나하나로부터 사랑의 미약한 출발을 발견한다. 이렇게 비판적 인식을 실천적인 감싸기로 이행시키는 작업 속에서 그 특유의 미학이 태어나는 것이니, 미학은 윤리와 인식의 결과를 다시 삶에게 되돌려주는 데서 혹은 윤리적 판단가들과 비판적 인식자들 자신의 삶에 적용하는 데서 태어나는 것임을 다시 한 번 상기시킨다. 여하튼 사랑의 상대성 원리라는 이름을 기꺼이 붙일 수 있는 그의 미학은 욕망의 한계를 사랑의 신호로 '전복'시키는 과정 속에서 구축된다. 넓은 의미에서 보자면 정미경의 『나의 피투성이 연인』 역시 그와 같은 방향 속에 놓이며, 원재길의 『달밤에 몰래 만나다』는 그런 사랑의 역학을 우화적 분위기 속에 우주적 교통의 원리로 세우는 작업을 한다.

조경란의 『국자 이야기』는 개인화 경향에 대한 재성찰의 작업이 자기 긍정의 결과에 다다른 경우에 속한다. 이 작품집은 무엇보다도 '자존'과 인간 삶의 '신비'에 관한 소설들을 모아놓고 있다. 그러나 이 자존이며 신비는 저절로 주어지거나 특별한 개인의 행적 혹은 기행으로부터 나오는 것도 아니다. 그것은 무엇보다도 땀과 설움의 승화인데 자존과 신비는 그 승화의 결과가 아니라 승화 과정 그 자체에서 발생한다. 바로 여기에서 '개인'이 인간의 '대명사' 역할을 하는 구실과 책임이 따르는 것이니, 이 소설집의 고유한 품격은 그 승화 작업에 대한 진솔한 내면 성찰에서 나온다.

1990년대 이후에 시작된 개인화 경향이 재성찰의 저울에 올라서게 된 과정을 기술하였다. 원로 세대의 약진은 1990년대 이후의 문학적 흐름에 대한 반성의 결과이자 사회성의 회복을 위한 노력의 결실로서 나타난 것으로 보인다. 사회성의 회복이 역사(삶의 연속성)에 대한 성찰로 나타난 것은 김용성의 『기억의 가면』과 김원일의 『물방울 하나 떨어지면』 그리고 황석영의 『심청』이다. 이 중 역사적 사건 자체를 주제로 삼고 있는 작품은 『기억의 가면』이며, 역사의 진행 속에 얄궂은 운명을 맞이한 개인들의 자기 회복의 노력을 담고 있는 작품은 『물방울 하나 떨어지면』이다. 김원일의 소설은 1950년대 이래 현대사를 다룬 한국 소설의 일반적 공식을 따르면서 그 공식이 내포하고 있는 세계에 대한 부정적 인식을 긍정적 세계관으로 극복하려고 한다. 한국 소설의 일반적 공식이란 근대 초엽부터 지속된 외세의 개입에 의한 한국인의 수난을 그리는 것을 가리킨다. 그 수난을 자신의 몫으로 수용한다는 뜻으로서의 '내면화'(김병익의 용어)의 태도를 개발한 것은 김원일 자신이 속해 있는 1970년대 작가들이었다. 『물방울 하나 떨어지면』은 그 내면화를 외재화로 다시 바꾸는 것, 즉 수난의 흔적과 증거들을 고루 없애려고 하는 사랑의 실천을 통해 개인의 회복으로부터 만인의 회복으로 나아가려고 한 작품이다. 반면, 『기억의 가면』은 세 해 전에 출간된 황석영의『손님』(2001)과 마찬가지로 한국사에 대한 전혀 새로운 관점을 보여줌으로써 한국 소설의 일반적 공식을 뛰어넘으려고 한다. 이 소설은 일제 강점에서부터 월남전에 이르기까지 한국인들이 수난을 겪기만 한 것이 아니라 자발적으로 참여했음을 밝힌다. 그것은 그러나 한국인들의 '악덕'을 비난하기 위해서가 아니라 한국인이 감당해야 할 주체적 책임의 문제를 거론하기 위해서이다. 다만 관동 대지진과 6·25와 월남전 사이의 연결이 약해 동떨어진 세 개의 사건을 보는 듯한 느낌이 들게 하는 것이 이 작품의 약점이다. 황석영의『심청』은 마치『손님』의 안티테제처럼 보인다. 후자가 반성적이라면 전자는 자기 위안적이며, 후자가 묘사적이라면 전자는 설명적이다.『심청』은 한국인의 수난사를 입지전으로 바꾸면서 그 영역을 동아시아로 확대하여 입지전을 다시 영웅담으로 바꾼다. 작가의 의도와 관계없이 이 작품은 지극히 제국주의적이다.

최일남의『석류』와 서정인의『모구실』은 오늘의 한국의 세태 혹은 젊은 세대의 세계관에 대한 원로 세대의 성찰을 보여준다.『석류』가 오늘의 세태의 연원을 작가가 속한 세대의 역사적 불성실에 두고 있는 데 비해, 따라서 유년으로부터 발원하는 또 다른 시간 줄기를 작가가 꿈꾸는 데 비해,『모구실』은 젊은 세대의 문화와 '낡은' 세대의 문화를 정면으로 대비하면서 이해를 위한 복잡한 그물을 짠다. 한편 박완서의『그 남자네 집』과 한승원의『잠수거미』는 원로 세대의 자기 긍정의 작업을 보여준다.『그 남자네 집』은 작가 특유의 '생존'의 '논리'를 절묘한 곡예처럼 끌고 나가는 데 비해『잠수거미』는 생존의 '서정'을 통해 삶은 그래도 살 만한 것임을 일깨운다. 김채원의『지붕 밑의 바이올린』과 박범신의『빈방』은 얼핏 보아서는 사회성의 회복과는 무관한 작품으로 보인다. 그러나 김채원의 작품이 '환상을 주입하는 세상'에 대한 반성에서 출발하고 박범신의 작품이 '참된 오브제의 망실'에서 출발한다는 점에서 두 작가의 작품은 앞에서 언급한 작가들의 문제의식을 '문화적' 차원에서 공유하고 있다고 할 수 있다. 김채원은 이 환상 주입의 세상에 죽음의 미학으로 맞서려고 하며, 박범신은 불모성에 처한 예술의 상태를 끝까지 따라가봄으로써 읽는 사람의 마음을 예술에 대한 욕망과 예술의 실패 사이에서 거듭 찢어져 있게 만든다. 이청준의 『꽃 지고 강물 흘러』가 남았다. 이 작품집 속에서 작가는 최근 그가 종종 보여준 '아버지'에 대한 성찰의 심원을 슬그머니 드러내고 있다. 우선 최근의 작업들은 작가의 평생의 작업이 '아버지 되기,' 즉 아버지로서의 자아에 대한 상상이었음을 확인시킨다. 다음, 최근의 작업들은, 그러나, '아버지 되기'에 여러 복합적인 차원이 존재함을 일깨우는 한편, 작가의 관심이 더 근본적인 차원으로 이동했음을 보여준다. 그것을 작가는 '어머니'를 '형수'로 치환하는 방법을 통해서 시작하는데, 그 치환에 의해서 유발되는 것은 '아버지 되기'의 자기 검증 작업이다. 즉 예전의 소설에서 어머니가 매개가 되었을 경우 아버지 되기라는 정언 명령과 그 노역을 떠맡고 싶지 않다는 거부감 혹은 그것을 가로막는 현실적 정황에 대한 비판적 성찰이 중심 주제를 이루었다면, 형수가 매개가 된 이번 소설들에서는 '아버지가 될 만한 자격'의 취득 여부가 넘어야 할 '문턱'으로 놓이는 것이다. 요컨대 형수의 젖을 빨던 시동생이 어떻게 없는 형을 대신하여 가장이 될 수 있는가, 라는 질문이 제기되는 것이다. 사실 이것은 한국 현대 문학의 아주 중요한 주제이면서도 해석자들의 주목을 받지 못했고 더 나아가 작가들의 탐구도 빈약한 대목이었다. 그것은, 한국의 현대 문학을 근본적으로 다시 읽는다는 전제하에, 채만식과 손창섭의 소설들에서 그 묘상을 발견할 수 있으나 외인(外因)에 의한 수난과 저항 혹은 '내면화'의 흐름에 의해서 망각의 늪으로 던져진 주제이자, 오늘날 모든 한국인들이 앞 다투어 자신의 '주인됨'을 자랑하게 된 세상에서 마침내 다시 부상해야 할 필연성을 갖게 된 주제이다. 그것을 이청준이 부활시킨 것이다.

386 이후 세대의 작가들은 어떠한가? 지면이 부족하니 짧게 정리하기로 한다. 386 이후 세대의 작가들은 직전 세대의 경향을 심화하는 작업을 그들이 부닥친 모순을 해결하는 방향 위에 놓는다. 이 세대의 소설들의 상당수가 줄거리(서사적 맥락)의 해체를 보여주고 있는 것은 모순을 연장하는 방식으로 그 모순을 극복하려는 태도에서 나온다. 즉 개인화 경향을 사회적인 것으로 되돌리는 대신 더 사적인 방향으로 밀고 나간다. 그런데 서사적 맥락은 곧 사회적 의미성과 통한다. 젊은 소설가들의 작업이 서사적 맥락의 해체를 향해 가는 것은 바로 사회적 의미성의 '확보'를 거부하려는 무의식적 경향 때문이다. 그 무의식 속에는 아마도 사회성의 복원이 과거로의 투항일 수 있다는 우려가 놓여 있을 수도 있으리라. 혹은 급격하게 변화한 문화적 여건이 그러한 과거로의 귀환을 불가능하게 하는 것인지도 모른다. 그렇다면 '사회적'인 것이 아닌 다른 무엇이 소통의 세계를 담당해야 할 터인데 그에 대한 탐구는 아직 확실히 보이지 않는다.

권여선의『처녀치마』와 김도언의『철제 계단이 있는 천변풍경』, 그리고 서성란의『방에 관한 기억』은 '사소한 것의 유의미성'을 더욱 극단적으로 밀고 나가 규정된 의미 자체의 황폐성에까지 다다른다.

반면 고은주의 『칵테일 슈가』와 윤성희의 『거기, 당신?』은 그 극단성 속에서 개인을 구출하려고 한다. 특히 『거기, 당신?』은 사소한 일상성들을 시시각각으로 '움직임'의 층위에 올려놓음으로써 의미의 포박으로부터 구출하려 한다는 점에서 주목할 만하다. 어쨌든 온갖 사물들과 사람들과 생명들은 괴물이나 등록번호의 형태로가 아니라 숨 쉬는 존재의 형태로 살아 있는 것이다. 이 두 가지 태도 사이에 강영숙의 『날마다 축제』가 있다. 강영숙의 특징은 의미의 황폐함과 존재의 살아 있음의 어느 한쪽을 선택하는 것이 아니라 그 두 가지 가능성 사이에서 끝없이 부유하는 내면 편력을 '환몽'의 형식으로 제시한다는 데에 있다. 어쨌든 이 두 가지 중력과 한 가지 '약력'은 일종의 울타리를 구성한다. 그리고 상당수의 젊은 작가들은 저마다의 고유한 포즈로 그 울타리 바깥으로 뛰쳐나간다. 김종호의 『검은 소설이 보내다』, 박형서의 『토끼를 기르기 전에 알아두어야 할 것들』, 서준환의 『너는 달의 기억』, 양선미의 『맛동산 리시브』, 이기호의 『최순덕 성령충만기』, 그리고 천운영의 『명랑』이 개인화의 극단적 심화를 통해 사회를 위협하는 다양한 형태의 괴물을 창조하는 데 비해 이명랑의 『나의 이복형제들』과 심윤경의 『달의 제단』은 인간들을 의미의 그물 속에 가두어놓은 사회에 대한 복수를 음모한다. 박형서와 양선미의 작품들이 '무의미한 기괴함'의 세계를 만들어내는 것은 저 저주스럽게도 유연한 사회적 의미의 그물을 찢기 위해서다. 그 비슷한 행동을 서준환은 의미 세계의 추문화를 통해서 시도하며 김종호는 그것의 부재화를 통해서 그렇게 한다. 이기호의 『최순덕 성령충만기』와 천운영의 『명랑』의 작업은 약간 다르다. 이기호는 사회적 의미의 세계에 반하는 괴상한 그러나 분명히 일종의 대타항을 구성하는 의미 세계를 형식과 주제의 동시적 창조를 통해 '구현'한다. 『명랑』 또한 '엽기적 여성성'의 세계를 창조하는데, 그러나 작가는 그것을 언제나 부정과 파괴의 방식을 통해서 제시한다. 그 점에서 그의 소설은 얼핏 보아 극단적인 것처럼 보이지만 실제로는 꽤 복합적이다. 사회에 대한 복수를 감행한 소설 중 『나의 이복형제들』은 양귀자의 『원미동 사람들』을 뒤집어놓은 세계를 보여주고 있으며, 『달의 제단』은 오랫동안 암묵적인 금기의 영역이었던 전통적 유교 세계의 검은 흑막을 파헤쳤다는 점에서 신선한 충격을 주었다.

이명행의 『사이보그 나이트클럽』은 가상공간과 정치적 음모를 연결한 소설이다. 이 소설은 사이버 세계에 편승한 대부분의 이 방면 장르 소설들과 구별된다는 점에서 의의를 갖는다. 이해경의 『머리에 꽃을』은 1990년대 초반에 나타났던 후일담 소설의 문화적 변용이다. 후일담 소설은 386세대에 속하면서도 오늘의 사회적·문화적 변화에 '절망'한 사람들의 탄식의 소설이다. 그것의 문화적 변용은 탄식이 아니라 자기 위안을 구한다.

'개인화'가 1990년대 이후 한국 문화의 '트렌드'라면 어쨌든 이것은 소설에서도 어떤 공서적(共棲的) 언어 형식도 따르지 않고 독자적인 자기만의 '아지트'를 창조한 작가들을 생기게 했다. 송은일의 『도둑의 누이』는 아주 오래되었으나 이제는 아무도 눈여겨보지 않는 이야기 형식, 즉 특별하지만 또한 그 수량으로 볼 때 아주 범상하다고도 할 수 있는 사람들의 일상적 잡사를 탄탄한 스토리텔링의 능력에 힘입어 그럴듯한 소설로 만들었다. 유재현의 『시하눅빌 스토리』는 한국 사람들의 이야기가 아니라 캄보디아인들의 이야기다. 그렇다는 것은 이 소설이 캄보디아를 소재로 한 소설 중 앙코르와트 얘기를 하지 않은 최초의 소설이라는 것을 뜻한다. 한국에도 생활이 있듯이 거기에도 생활이 있다. 50년 전의 한국을 보는 듯 아주 끔찍하고 처절한. 이충걸의 『슬픔의 냄새』는 한국판 '프레시외즈précieuses'의 세계를 보여준다. 개인화 경향은 사람들 모두에게 특별한 개성적 문화를 충동한다. 그 개성에 대한 추구는 그러나 대체로 유행을 좇는 것으로 끝나기 일쑤이다. 이에 대해서는 앞에서 풀이한 바가 있기 때문에 덧붙이지 않겠다. 『슬픔의 냄새』의 특징은 바로 그것을 '슬픔'으로 감지할 수 있는 사람의 정서를 보여준다는 데에 있으며 또한 그걸 아는 사람은 실현 가능성에 관계없이 최대한의 장식적 문화를 추구할 수밖에 없다는 것을 보여준다는 데에 있다.

김훈의 『현의 노래』가 마지막이다. 김훈의 소설 세계는 한편으로 1990년대 이후 개인화 경향을 완성한다. 그는 『칼의 노래』(생각의 나무, 2001)에서 순수한 단독자로서의 개인을 창조하였다. 조선 사회의 유교적 이념과도, 국가의 존망과도 전혀 무관한, 그러나 그 무관계성을 통해 거꾸로 국가를 위기에서 구하면서 자신과 유교적 이념의 동시적 죽음을 전달하는. 그런 의미에서 김훈 소설의 '개인'은 1990년대 이후 개인화 경향의 한 '상징'으로 읽을 만하다. 그러나 실제 김훈의 개인은 1990년대 이후의 젊은 세대가 추구한 사적 개인이 아니다. 그의 개인은 보편적 개인이다. 그는 보편적 개인으로서 국가라는 보편적 세계에 저항한다. 배수아의 사적 개인이 사적 정신의 이념화를 향해 갔다면 김훈의 보편적 개인은 개인의 공적 의미를, 다시 말해 근대 세계의 태초에 놓여 있었던, 근대적 표징의 깃발을 세운다. 그렇기 때문에 김훈의 소설이 추구하는 것은 '개인주의'가 아니라 문자 그대로의 '개인'이다. 거기에는 실존만이 있을 뿐 이념은 없다. 그러나 그 실존성 자체가 이념으로서 작용하기 때문에 개인의 실존은 실존의 법칙에 흡수된다. 그것을 보여준 게 『현의 노래』이다. 실존의 법칙 앞자리에 '쇠의 법칙'이 있다면 그 쇠의 법칙에 개인이 스며들어 실존의 법칙이 될 때 그것은 음률의 법칙이 된다. 보편적 개인의 실존은 그렇게 보편적 '행동' 속으로 스며 사라진다.　　〔2005〕